本书为陕西师范大学"一带一路"文化研究院高水平成果资助计划、中国语言文学"世界一流学科建设"成果,获得学校优秀学术著作出版基金资助。

鲁迅研究文丛

鲁迅的书写行为与文化创造

李继凯 | 著

光明日报出版社

图书在版编目（CIP）数据

鲁迅的书写行为与文化创造 / 李继凯著. -- 北京：光明日报出版社，2024.7. -- ISBN 978-7-5194-8104-9

Ⅰ.I210.97

中国国家版本馆 CIP 数据核字第 2024ML4076 号

鲁迅的书写行为与文化创造
LUXUN DE SHUXIE XINGWEI YU WENHUA CHUANGZAO

著　　者：李继凯	
责任编辑：郭玫君	责任校对：房　蓉　李海慧
封面设计：中联华文	责任印制：曹　净

出版发行：光明日报出版社

地　　址：北京市西城区永安路 106 号，100050

电　　话：010-63169890（咨询），010-63131930（邮购）

传　　真：010-63131930

网　　址：http://book.gmw.cn

E - mail：gmrbcbs@gmw.cn

法律顾问：北京市兰台律师事务所龚柳方律师

印　　刷：三河市华东印刷有限公司

装　　订：三河市华东印刷有限公司

本书如有破损、缺页、装订错误，请与本社联系调换，电话：010-63131930

开　　本：170mm×240mm	
字　　数：320 千字	印　　张：19
版　　次：2024 年 7 月第 1 版	印　　次：2024 年 7 月第 1 次印刷
书　　号：ISBN 978-7-5194-8104-9	

定　　价：98.00 元

版权所有　　翻印必究

内容简介

作为现代中华"民族魂"、文化巨人的鲁迅先生最擅长于文章书写和文化创造，由此成就了被称为现代中国"百科全书"的《鲁迅全集》以及新近推出的共78册的《鲁迅手稿全集》。他固然是特殊意义上的现代中国的文学家、思想家、革命家、教育家和书法家，却也是格外勤奋的笔耕者，生命不止，"挥翰"不休。他手中的"金不换"就是他从事书写和创造的劳动工具。鲁迅的一笔一画所留下的各类作品，尤其是他留下的"鲁迅体"的宝贵墨迹亦即书写文化遗产，都饱含着他丰富的生命信息，彰显着一种不朽的"影因"力量，形塑着一个献身于现代文化创造的巨人形象，这便是"在墨迹中永生的鲁迅"、"伟大的书写者鲁迅"。本书有上、中、下三篇（"后古代"中国的鲁迅及其"影因"、鲁迅作为现代文人的书写行为、鲁迅的文化磨合与文化创造），凡十一章，内容丰富，贴近事实，笔带情思，是作者多年来"鲁海拾贝"的收获。对专业人士和青年学子尤其是关注并喜爱鲁迅的人，具有一定的参考价值。

前言

鲁迅：在墨迹中永生

鲁迅幼时开始读书写字，后来通过勤奋而有思想的书写成为一个伟大的作家。书写，是他主要的劳动亦即工作方式，鲁迅的一笔一画所留下的作品，尤其是他留下的宝贵墨迹，都饱含着他的生命信息，彰显着一种不朽的"影因"力量，形塑着一个献身于现代文化创造的巨人形象，这便是在不朽墨迹中永生的鲁迅、伟大的书写者鲁迅！

有"民族魂"之誉的鲁迅，是我们心目中具有世界眼光、现代风范和导引先路作用的"大先生"，令人格外崇敬，也引人多思多感。他年轻时就曾说过："学说所以启人思，文学所以增人感。"① 作为"大先生"的鲁迅便是既能引人多感，更能引人多思的极具感召力和启发性的一位现代文化巨人。一个伟大的民族必有其伟大的"民族魂"，也必有能够代表其文化精魂的文化巨人。身处于由古代转型为现代的历史"大时代"，鲁迅便是应运而生的这种文化巨人。我以为，"鲁迅与民族魂"这一重大命题，足以和"孔子与儒学魂"之类的命题相媲美。笔者记得，最早接触鲁迅传记方面的材料时便关注到"民族魂"这个概念，也忘不掉当年覆盖在鲁迅灵柩上的那面书有"民族魂"的硕大白旗，并由此了解到80多年前鲁迅逝世时民众及知识界的心声及表达。很明显，"民族魂"与鲁迅的关联不是偶然的巧合或某种权力人士的策划与决策，而是民众和知识界不约而同的长期感知与认同。

鲁迅作为中国20世纪的文人代表，在20世纪上半叶的"新文场"中左冲右突，并和他的同时期文化人一道把中国文化和文学带到了一个新的境界。学术界之所以有"说不尽的鲁迅"之说，恰是因为在中国建构"大现代"的艰难进程中有一个经常能够唤起人们回忆和思考的文化巨人"鲁迅"。他是文学家、

---

① 许寿裳. 鲁迅传［M］. 长春：吉林人民出版社，2014：25.

思想家、革命家、教育家、美术家等，也是像梁启超那样的"复合型杰出人才"，为中国文化及文学事业做出了巨大贡献。尤其是在文学创作方面，率先垂范，创作出了一系列具有原创性和引领性的乡土小说、反思小说、哲思诗文和批判杂文，树起了20世纪具有"大现代"意义的"启蒙文学"大旗，也使其本人成为中国20世纪的一位丰富乃至复杂且能经常复活的文化巨人。他的双向"拿来主义"和"启蒙文学"等，迄今仍有巨大的启示意义。我们有理由认为，鲁迅本人就是诸多文化思潮和文化元素积极磨合的一个杰出代表，单纯用一个"主义"（如个人主义或集体主义）或"理论"（如进化论或阶级论）来看待鲁迅往往难以自圆其说。因为在他的笔下，无论是论辩文章还是创作文本，都彰显了"文化磨合"的文化主张，鲁迅一生的文化思想是一个思想世界或丛林，与"后古代"涌起的"文化磨合思潮"翕合无间。进而我们也有理由强调，以鲁迅为代表的五四新文化先锋们，实际并不是对本国传统文化的全盘否定，更不是对外来文化的无情拒斥。他们实际是在探求文化磨合之道，寻求重建具有现代性、世界性的富有活力的文化生态体系。从19世纪到20世纪，人类社会的现代化浪潮已经从欧洲局部向全世界扩展，对20世纪的中国来说，其现代化过程最为显著地表现为现代文化思潮的兴起和政治革命的此起彼伏。在当时，文化中国与政治中国都处于"探路修路"阶段。鲁迅力求通过思想启蒙尤其是国民劣根性批判，来彰显对长期奴役民众的封建文化的批判。他将积淀甚久、弊端严重的封建文化视为一种奴役民众、销蚀灵魂的"吃人文化"。鲁迅笔下的众多小说，如《狂人日记》《孔乙己》《药》《明天》《头发的故事》《故乡》《阿Q正传》《白光》等，都深刻揭示了封建文化对国人灵魂的奴役及控制，其笔下生动的人物形象如阿Q、华老栓、爱姑、祥林嫂、闰土等也都通过各自的人生悲剧，昭示了封建文化何以"残酷而又优雅地吃人"的现实。显然，鲁迅最擅长文化批判，倡导文化剖析包括剖析自我，由此才能有现代文化自觉并摆脱封建礼教专制文化及"精神胜利法"的困扰，从而获得基于"大现代文化"而来的文化理性。其中，从文学艺术角度而言，我们要特别关注鲁迅式的"修辞"，笔者称之为鲁迅的"文化修辞"。所谓文化修辞实际上就是寓意深厚的文化话语，其文本修辞效果或实际影响比较大，其中的文化意蕴比较复杂甚至会引起争议，但文化修辞是再生性的，可以不断衍生，有说不尽的意味。比如，鲁迅笔下的"吃人""人血馒头""铁屋子""过客""阿Q""精神胜利法""假洋鬼子""落水狗""长明灯""拿来""脊梁"等等，鲁迅精心构思的这些"概念"或"符号"，都是与文化主题密切相关的修辞表达，是"故意为之"

的，其间渗透了文化策略方面的运思。包括鲁迅的犀利甚至所谓"偏激"，恰恰体现了他贴近当时的时代需要，达成其文化目的而采取的适配的文化策略和文化修辞，充分体现了其激进、激烈却机智应对的文化策略。也就是说，要理解当年的历史情境和鲁迅的策略选择，也要尽量设身处地，回归历史语境，甚至也要有个"度"的把握。比如，鲁迅的诸多"过激""决绝""尖刻"的表达都是在特定时代、具体语境中的符号化，原本是文化策略运思的产物，体现为策略性很强的话语及巧妙的修辞。最为著名和典型的例子是其对"吃人文化"的批判和"在铁屋子中的呐喊"。

鲁迅的人生追求，实际确立了有异于古代文人"旧三立"（封建文化价值观制约下的立德立功立言）的"新三立"（现代文化价值观重构中的立人立家立象）境界。不少人都以为鲁迅仅仅是"破坏型人物"，缺少"立得住的东西"，其实，鲁迅在"立人"（倡导现代人的充分自觉）、"立家"（眷顾个人之家、集体之家、国家乃至人类之家）和"立象"（创造以文学、学术及书法等为代表的形象化、符号化世界）方面，贡献了许多标志性的重要成果，留下了丰富的烙有"鲁迅"深深印记的文化遗产。笔者曾由衷认为："以现代人的清醒，以思想家的理智，以革命家的敏锐，以文学家的激情，来系统地、缜密地、持续地'研究'中国人，进行空前的彻底的民族反省，终生为民族及其子民们的自我更新而奋斗，并获得了卓越的成就，产生了广泛而深刻影响的，在中国文化史上，迄今为止，仍应首推有着'民族魂'之誉的鲁迅！"[①] 这也可以说是对鲁迅"三家说"（文学家、思想家和革命家）的积极继承和阐释。因为在"三家说"的整体评价中，包含了很多耐人寻味的意蕴。即使最容易引人质疑的"革命家"之说，至今也会进一步激发"鲁迅与革命""鲁迅与时代""鲁迅与启蒙"等问题的深入思考。尤其是结合鲁迅的一生追求和深切认知，对"有度"的革命和"无度"的革命的区别理解与准确把握确实很有必要。其中尤其要把握住革命与启蒙的兼容、互动关系，避免顽固的"二元对立"思维模式导致的误解和误用，这方面的历史教训可谓非常沉重，我们理应从鲁迅的丰富思想中获得有益的启示。

斯人虽逝，英魂犹在。鲁迅作为"民族魂"还能给我们更多的有益启示。比如，鲁迅在批判传统封建文化、积极提倡"拿来主义"的同时，也以《中国人失掉自信力了吗》《理水》等彰显着与时俱进的民族自信和文化自信，礼赞了

[①] 李继凯. 民族魂与中国人［M］. 西安：陕西人民教育出版社，1996：1.

"中国的脊梁";再比如,鲁迅不仅关切启蒙和革命,也切实关注实实在在的国计民生问题。作为真正"接地气"的现实主义者,他始终认为,重视"国计"要有实干的精神和足够的智慧,顾及"民生"则更要有实实在在的福利。这在今天无疑仍有相当大的启发意义。其他还有鲁迅的"精神西游""异地求学""民魂宝贵"等命题也都值得关注和思考,且事实上也是言说不尽的。

笔者坚信,守护中华优秀传统文化的鲁迅通过汉字书写,已经创造了彪炳史册的现代文化。而作为中国特色文化的书法文化,也必将在持续的"文化传承创新"方面有所作为。鲁迅的文化实践也已证明了这点。即如鲁迅当年为北京大学用书法设计且沿用至今的校徽,以及许多集"鲁字"为校名、院名、刊名、报名、馆名等的文化行为,还有更为丰富和精彩的鲁迅书法实践(包括条幅、横幅、对联、题字及大量手稿、手札等),以鲁迅诗文或以书写鲁迅的诗文为内容的大量书法作品,以及网络上的"鲁迅体字库"等等,作为文化的创造尤其是精神文化的创造,也已构成了一种引人注目的"鲁迅文化现象",既与校园文化有关,也与社会文化有关,于是演化为"文化传承创新"的一种宝贵的文化资源。

其实,"文化传承创新"不仅是高等学校的重大使命,也是文学艺术家理应承担的重大使命。作为一位杰出的中国文人作家,鲁迅先生即能够通过其书法书写(包括具有文学创作与书法书写等复合特征的"第三种文本"的书写)为我国"文化传承创新"提供重要的资源和启示。笔者以为,鲁迅由此也获得了一种独特的生命存在方式,甚至意味着,在其不朽的书法墨迹中,他也将由此获得永生。可以说,鲁迅用廉价的"金不换"书写的大量墨迹,包括作为国家级文物珍藏的真迹和借助各种媒体传播的书法影迹,显示出了永久传世的强大生命力,可能较之于许多所谓"专业"书法家的作品,还要具有不朽的文化价值和隽永的艺术魅力。古人追求"立德立功立言",并称"此之谓三不朽"。伴随着时代文化语境的转换,鲁迅的人生实践及追求亦可谓存有"三不朽",即"立人立家立象"。关于他的"立人""立家"之说,学界论者甚多,但关于鲁迅的"立家"的丰富含义仅从"建立现代国家"层面阐述是不够的;对"立象",则论述尤其不够。这在当今"读图"时代,似乎应该努力加以改进。值得强调的是,这里所说的"象",即为墨迹、墨象,是"书法意象",是作家型书法家将其情思、哲思、感悟、想象融于墨象的结晶。于是用生命创化且灌注人文气息的"立象"亦可不朽。倘将鲁迅书法及相关书法精选并镌刻于石,设立西安碑林式的"鲁迅碑林",那蔚为大观的墨迹气象,也定然会成为人间罕见的名胜。

鲁迅曾经希望自己的杂文速朽，却从未说过希望自己的书法速朽。他还曾经常将认真创作的书法作品送给朋友，包括许多日本朋友。甚至由此体现出了从"拿来主义"进至"送去主义"的文化追求。诚然，日本对鲁迅的人生和精神产生过巨大的影响，但他在传统文化修养方面却有意无意地表现出了某种自信，特别是在书法文化方面。一个值得注意的现象是，他非常热爱收藏碑帖画作，却很少收藏日本现代书法方面的东西，包括日本书法家的作品，相反，他倒经常挥毫创作书法作品送给日本友人。由此看来，他不仅是力主"拿来主义"的先驱，而且也是"送去主义"的现代先锋，在书法方面尤其如此。这无疑出于他的一种文化自信，包括在书法造诣方面的自信。自然，作为一种国人殷切期盼的文化创造境界，从"拿来主义"走向"送去主义"，这在整体上需要一个持久的艰难而又曲折的奋斗过程。可以说，20世纪的鲁迅与21世纪的我们，其实都有一个共同的民族文化复兴之梦。这也启示我们应尽快从"中国制造"走向"中国创造"的道路，在文化创造的追求方面，永不满足，既谦虚"拿来"，又自信"送去"，为祖国和东方的文化复兴，奉献一份才智和心力，就像当年鲁迅所曾做过的那样。

鲁迅是笔者深心喜爱的文人书法大家之一。在寒斋中虽无鲁迅书法真迹，但在有关鲁迅的数百册书籍及诸多藏品中，也常可见到鲁迅的墨迹。有从北京鲁迅博物馆购买的鲁迅对联"横眉冷对千夫指，俯首甘为孺子牛"，有从多地购买的《鲁迅诗稿》《鲁迅名篇手迹》《鲁迅手迹珍品展图录》等等，如今还有了鲁迅手稿的各种电子版本，时或观览欣赏，每每欣然陶然，废寝忘食。窃以为，面对鲁迅一生留下的大量的墨迹存稿，能够静心体味甚至心摹手追，是一种难得的人生幸福。半个多世纪前，郭沫若曾挥毫为《鲁迅诗稿》（影印本）撰写了序言，由此也成就了一篇名文和名帖，其中经常被人引用的则是这样的名论："鲁迅先生亦无心作书家，所遗手迹，自成风格。融冶篆隶于一炉，听任心腕之交应，朴质而不拘挛，洒脱而有法度。远逾宋唐，直攀魏晋。世人宝之，非因人而贵也。"这段话道出了郭沫若观赏鲁迅诗稿书法的艺术感受，鉴于郭氏对书法的用心用力和潜心研究所达到的大家境界，人们普遍相信他对鲁迅书法的推崇是有一定道理的。其谓鲁迅"所遗手迹，自成风格"，稍谙书法者，大多都会认为确乎如此，同时见字如面，看到鲁迅墨迹，还会油然而生一种音容宛在的感觉。

如今，我们可以通过各种方式保存和爱护鲁迅的书法墨迹，除了采取文物保护的珍藏方式之外，还可以制作为纸质的、镜像的以及电子的各类形态，使之永远传播下去。而鲁迅书法与新媒体的紧密结合，则呈现出一种可喜的传播态势。比如，网络上不仅有了鲁迅书法的大量图片（某些图片似还经过了精心加工），还可以查询很多相关的文献或论文，即使在网民的只言片语中，也往往可以领略到走下神坛、走向民间的鲁迅所拥有的文化魅力。有网民如是说："鲁迅不是俗人，其文是丰碑，其字是高山。钢笔铅笔，羊毫狼毫，只能说明笔的用材，而就笔之用途来看，则分文笔与书笔，或用于作文，或用于书法绘画。那么妙笔生花，则是用笔的最高境界。"网络世界无疑可以将鲁迅墨迹传播到全世界，将鲁迅生花妙笔所创造的书法之美，持续传扬开去，影响一批又一批喜欢中国文化的人。

当然，从鲁迅的书写行为中，我们看到的不仅是他的笔迹墨迹，还有他的许多杰出的文学文本和学术著述。他的书写劳动创造了一个浩瀚的"鲁迅世界"，同时也形塑了"伟大的书写者鲁迅"。本书仅是作者多年来"鲁海拾贝"的一个收获而已。

目 录
CONTENTS

上篇　"后古代"中国的鲁迅及其"影因" ········· 1

第一章　鲁迅：现代中华民族魂 ········· 3
第一节　"后古代"诞生的现代中华民族魂 ········· 3
第二节　鲁迅的"新三立"和"不朽" ········· 11
第三节　《野草》中的"国民性"叩询 ········· 23

第二章　鲁迅的"影因"及案例分析 ········· 36
第一节　鲁迅与陕西的结缘及"影因" ········· 36
第二节　鲁迅与高校的结缘及"影因" ········· 47
第三节　在持久"接受"中彰显鲁迅的当代性 ········· 51

第三章　鲁迅：研究中国人的自觉者 ········· 64
第一节　建构"立人"的系统机制 ········· 64
第二节　在顺应、超越中"立人" ········· 75
第三节　文化的巨人和方法的典范 ········· 87

中篇　鲁迅作为现代文人的书写行为 ········· 99

第四章　鲁迅与中国书法文化 ········· 101
第一节　鲁迅书法文化活动的功能 ········· 101
第二节　客观评价鲁迅的书法艺术 ········· 110
第三节　鲁迅致赵家璧信札手稿探析 ········· 112

第五章　书法视域中的鲁迅与越文化 ········· 125
第一节　书写一生的鲁迅与书法文化有着深广的联系 ········· 125

- 第二节 绍兴是鲁迅书法生涯起步发展的生成性文化场域 …… 128
- 第三节 越文化精神是鲁迅书法的重要精神文化资源之一 …… 130

第六章 鲁迅的"送去主义"与"书法外交" …… 135
- 第一节 相关的送字史实 …… 135
- 第二节 珍贵的历史记忆 …… 141
- 第三节 书法外交的有益启示 …… 143

下篇 鲁迅的文化磨合与文化创造 …… 147

第七章 鲁迅笔下的"农民形象"及"国民性" …… 149
- 第一节 鲁迅与茅盾农村题材创作的定向性 …… 149
- 第二节 鲁迅农民题材小说的发展和变化 …… 159
- 第三节 鲁迅、茅盾农村题材创作的情理交融 …… 172

第八章 鲁迅笔下的"女性形象"及其"异化" …… 185
- 第一节 鲁迅小说中的女性异化 …… 185
- 第二节 鲁迅与莫言小说中的女性命运 …… 198

第九章 文体史视域中的鲁迅文体 …… 214
- 第一节 文体与鲁迅文体探索 …… 214
- 第二节 鲁迅文体研究的历史回顾 …… 218
- 第三节 历史视域中的鲁迅文体 …… 229
- 第四节 鲁迅文体的现代性和经典性 …… 247

第十章 鲁迅的创作活动与信息反馈 …… 262
- 第一节 相知—酬应 …… 262
- 第二节 争议—增进 …… 265
- 第三节 诋毁—韧战 …… 267

第十一章 鲁迅的文化磨合与创新 …… 269
- 第一节 拿来与磨合:鲁迅"大现代"文化观的生成 …… 270
- 第二节 思想与方法:鲁迅"大现代"文化观的构成 …… 273
- 第三节 策略与修辞:鲁迅"大现代"文化观的表达 …… 278

后 记 …… 285

01 上篇

"后古代"中国的鲁迅及其"影因"

第一章

鲁迅：现代中华民族魂

第一节 "后古代"诞生的现代中华民族魂

我始终认为：从国家层面认定和阐释鲁迅是"现代中华民族魂"很有必要，也当是学术界理应承担的一个重大命题和研究任务，具有多方面的价值意义。我也认同我们拥有悠久而又辉煌的古代优秀文化传统，但更关注"后古代"亦即由"大现代"（通常说的近代、现代和当代的"三代整合"）所显示的文化景观及未来发展态势，古今中外文化的磨合与创化蕴含着"大现代"文化发展的无限可能性。

就鲁迅研究而言，我们固然应看重鲁迅的文学文本、文字符号所展示的形式美，对其符号之妙、修辞之巧进行深究细研，但我们似乎更应看重他的思想、情感亦即他的心魂和精神。因为有"民族魂"之誉的鲁迅，确是我们心目中具有现代风范和导引先路作用的"大先生"，令人格外崇敬，也引人多思多感。他年轻时便上下求索、转益多师，善于感受，勤于思索。他曾说过："学说所以启人思，文学所以增人感。"[①] 作为"大先生"的鲁迅便是既能引人多感，更能引人多思的极具感召力和启发性的一位现代文化巨人，他的著作被誉为现代中国的一部"百科全书"，他本身并非长寿的一生却是一部名副其实的恢宏的"史诗"。如果说圣人孔子是"古代中华民族魂"，对维系古代社会及文化厥功至伟；那么鲁迅就是当之无愧、影响巨大的"现代中华民族魂"，对建构现代社会及文化也是厥功至伟的。笔者还以为，作为古今中华文化世界性传播的机构和象

---

① 许寿裳. 鲁迅传 [M]. 长春：吉林人民出版社，2014：25.

征——"孔子学院",如果要求更全面更具有整体性,窃以为也可以命名或置换为"孔鲁学院"的。这个想法或建议在多次汉学会议上我都表达过,因为动议在后以及"孔鲁对立"的固化思维限制等原因,也许在现实层面很难实现,却也要在此从学理层面再提示一下,尤其要强调,当中国进入建构现代中国文化的新历史阶段时,由鲁迅所代表的"现代形态"的中国文化无疑更具有"古今中外磨合"的特征(其中也包括对中国传统文化的批判继承),是积极建构的内容更加丰富的"新国学"。整体看,这种"大现代"文化和文学境界显然是先秦的孔子所代表不了的。

一个伟大的民族必有其伟大的"民族魂",也必有能够代表其文化精魂的文化巨人。身处于由古代转型为现代的历史"大时代",鲁迅便是应运而生的为创构"大现代"不懈努力的文化巨人。笔者以为,"鲁迅与民族魂"这一重大命题,足可以和"孔子与儒学魂"之类的命题相媲美。中国有"古代"就必然会有"现代",有"孔子"也已然有了"鲁迅",他们都是极其具有文化创造能力的文化巨人,他们都是中华民族伟大的民族魂!笔者清楚记得,在"文化大革命"后进入高校不久(1978年)就听老师们大讲特讲鲁迅,由此在接触鲁迅传记方面的材料时便特别关注到"民族魂"这个概念,也忘不掉图片中展示的当年覆盖在鲁迅灵柩上的那面书有"民族魂"的硕大白旗,并由此了解到80年前鲁迅逝世时民众及知识界的心声及表达确实其来有自。笔者有感于此便特别留意搜集相关资料,并持续多年围绕"民族魂"这个重大命题,曾写出若干篇论文,并结集为《民族魂与中国人》①。很明显,"民族魂"与鲁迅的关联不是偶然的巧合或某种权力人士的策划与决策,而是民众和知识界不约而同的长期感知与认同。更不是有些人的阴谋或"忽悠"。有人独尊儒学或传统国学,对新文化和新国学非常反感,甚至拒不承认中国有"封建"时代及"封建文化",由此极尽贬低鲁迅之能事。还有人在网上竟然公开说"把鲁迅比作民族魂是对中国人的忽悠和欺骗",具体理由是"鲁迅只有批判,没有建树,只有愤怒,缺乏理性,只有投枪,没有哲智,只有今天,没有未来,只有拿来,没有祖先,只见西方眼前落日辉煌,不见东方未来阳光灿烂,只有热血澎湃,没有献身精神。够中华民族魂吗?"② 其"去鲁迅化"的意图和某些作家要搬掉"鲁迅这块老石

---

① 李继凯. 民族魂与中国人 [M]. 西安:陕西人民教育出版社, 1996.
② 文史之新. 鲁迅为什么是民族魂?反对鲁迅的人都在反对些什么?[EB/OL]. https://baijiahao.baidu.com/s?id=1652983046180077089&wfr=spider&for=pc, 2019.

头"的想法非常一致。事实上，在当今各种媒体尤其是新媒体上攻击鲁迅的言论颇多，因其大多是道听途说，类乎游戏文字，故不值一驳。但这种蓄意贬低鲁迅、消解作为"民族魂"的鲁迅的价值意义的相关言论，是居心险恶、刻意制造的"病毒"，借助高效的新媒体迅速蔓延。其流毒颇广，对不谙历史的青年尤其具有明显的误导作用，因此不能置之不理，而应严肃对待。事实上，国内外学术界也有一些知名学者经常散布类似的"病毒"，表现出对鲁迅的"攻击"或"不屑"，抓住鲁迅言论中的片段（关于中医、京剧、汉字、吃人、国民劣根性以及日本文化等）大加发挥，"过度阐释"，无视历史语境和文化策略，对鲁迅加以总体批判和否定，其核心意旨便是颠覆鲁迅作为现代中国"民族魂"的意义和价值。这其实也印证了鲁迅以及"鲁迅文化"的实存和重要，是那些别有所求的学者或名流所绕不过去的重大"障碍"。在这个意义上，笔者也很赞成阎晶明新著《鲁迅还在》所表达的主题和一些具体观点，还为之认真撰写了评论。[①] 肯定其长期关注鲁迅"还在"的"此在"事象及"将在"意义。

在"文化磨合思潮"日渐深入的当今时代，重新思考相关问题，窃以为主张双向"拿来主义"的鲁迅就是"现代中华民族魂"，这是契合时代需求的一个值得深究的重大命题。国家各部委及国家社科基金办公室经常批准一些重大招标或委托项目，比较而言，"现代中华民族魂鲁迅研究"便是当之无愧的国家重大课题！

笔者近期研究"文化磨合论"，提出了"文化磨合思潮"和"大现代"文学等概念，试图对现代中国文化、文学的诸多难点问题进行综合研判。[②] 特别强调了自五四以来的各种思潮各种主义的磨合加快了中国现代文化的建构步伐，鲁迅本人就是诸多文化思潮和文化元素积极磨合的一个杰出代表。由此也认为："文化磨合思潮"与鲁迅的双向"拿来主义"是相通的，与五四以来的文化磨合思潮也是相通的。鲁迅的"双向"而非单向的"拿来主义"实际就是文化磨合思想的经典表述。而在"文化磨合思潮"日渐深入的当今时代（在这个意义上说也可以称之为"新时代"），重新思考相关问题包括对鲁迅文化的价值重估认定大力主张双向"拿来主义"的鲁迅就是"现代中华民族魂"，这是契合时代需求的一个值得深究的重大命题。从实际情况看，我国自晚清民初以来，中

---

① 李继凯. 观照经典 持续思考［J］. 读书，2018（2）：77-80.
② 李继凯. "文化磨合思潮"与"大现代"中国文学［J］. 中国高校社会科学，2017（5）：147-154，159.

外文化便开始了不断"磨合"的或痛苦或欢欣或悲欣交集的曲折历程，并在文化思想与实践层面形成了一种具有普遍性、持久性和复杂性的"文化磨合思潮"，对中国的五四新文化运动、民主主义文化运动、社会主义文化运动及相应的文学现象都产生了极为重要的影响。进入21世纪以来，伴随着"文化磨合思潮"的深入发展和渐入佳境，更具兼容性和多样性的"大现代"多元文化，使我国"新世纪文学"呈现出多元多样的文学形态，在体现出有容乃大的文化气度方面呈现出新的气象，但同时也出现了相当严重的背反倾向或二元对立的文化思潮，这种意在抵御"文化磨合"的思潮不仅妨害"大现代"文化创造，也对"大现代"文学创作产生了消极影响。文化磨合思潮，其实早在鲁迅的《文化偏至论》中就体现出来了。他说："……此所为明哲之士，必洞达世界之大势，权衡较量，去其偏颇，得其神明，施之国中，翕合无间。外之既不后于世界之思潮，内之仍弗失固有之血脉，取今复古，别立新宗，人生意义，致之深邃，则国人之自觉至，个性张，沙聚之邦，由是转为人国。人国即建，乃始雄厉无前，屹然独见于天下，更何有于肤浅凡庸之事物哉！"① 这样的文化哲学思想通达而又经典，作为人文学说的魅力仍在，至今也有重要的引领和启迪作用！

　　文化发展肯定要有"破与立"以及二者的辩证和互补。但遗憾的是，过去我们常常单方面强调鲁迅的"破"或"战斗"，总是强调鲁迅是不屈不挠的战士或猛士，手中总是以笔为投枪匕首，文中总在揭示"吃人"真相。长期以来，我们心目中的民族魂鲁迅就只是战斗不止的民族魂。其实，鲁迅并非只知道战斗，即使那样的"投枪"书写、那样的"呐喊"战斗也内含着文化策略以及叙事策略上的考虑，且对同时代读者接受心理也有"预馈"性的判断和把握，归根结底也是为了"立人""立国"而揭露和批判。这也就是说，我们一定要从大格局大视野来看待鲁迅对破与立的把握，一定要高度重视鲁迅对文化之"立"的追求，对其"立人""立国"之说要有动态的也更为系统的把握。在鲁迅所身处的所谓"民国时代"，也是风雨飘摇战争不断、内乱不止的时代，他所主张的立人、立国都是当务之急，迫在眉睫，刻不容缓。所以鲁迅的战斗和峻急都是时代使然，在这方面他确实算是特定意义的"主流文人"。何况，他的清醒和洞察也是时代的赐予，使他能够拥有古今中外文化磨合的理想和视野，并在古今中外文化磨合基础上形成了对建构现代文化的自觉追求。而仅仅从现代文人鲁迅的人生追求来看，实际也确立了明显有异于古代文人"旧三立"（封建文化

---

① 鲁迅. 文化偏至论［M］//鲁迅全集：第一卷. 北京：人民文学出版社，2005：57.

价值观制约下的立德立功立言）的"新三立"（现代文化价值观重构中的立人立家立象）境界。① 不少人都以为鲁迅仅仅是"破坏型人物"，缺少"立得住的东西"，连乐于消解消费的王朔也持有这种观点并讥讽鲁迅没有戳得住的长篇小说。其实，鲁迅在"立人"（倡导现代人的充分自觉）、"立家"（眷顾个人、集体、国家乃至人类之家）和"立象"（创造以文学、学术及书法等为代表的形象化、符号化世界）等方面，贡献了许多具有原创性和标志性的重要思想成果和艺术成果，留下了丰富的烙有"鲁迅"深深印记的文化遗产，即使他帮扶众多青年学子的文学教育业绩也是可歌可泣的。鲁迅的"立人"包括了立德立品但不限于立德立品；"立家"包括了立国立功但不限于立国立功；"立象"包括了立言立说但不限于立言立说。显然，他的"新三立"思想体现了他作为"现代中华民族魂"的文化思想特色和价值意义，尤其值得我们关注和深究。

从精神文化传承来看，鲁迅精神固然是"战斗型"的民族魂，却也是本质上的"建设型"民族魂。上述的"新三立"追求就是一种证明，而他建构成功的自我文化身份也能够证明这点——他不仅是著名的"三大家"即文学家、思想家和革命家，而且是"六大家"。笔者曾由衷认为："以现代人的清醒，以思想家的理智，以革命家的敏锐，以文学家的激情，来系统地、缜密地、持续地'研究'中国人，进行空前的彻底的民族反省，终生为民族及其子民们的自我更新而奋斗，并获得了卓越的成就，产生了广泛而深刻影响的，在中国文化史上，迄今为止，仍应首推有着'民族魂'之誉的鲁迅！"② 这也可以说是对鲁迅"三家说"（文学家、思想家和革命家）的积极继承和阐释。因为在"三家说"的整体评价中，包含了很多耐人寻味的意蕴。即使最容易引人质疑的"革命家"之说，至今也会进一步激发"鲁迅与革命""鲁迅与时代""鲁迅与启蒙"等问题的深入思考。尤其是结合鲁迅的一生追求和深切认知，对"有度"的革命和"无度"的革命的区别理解与准确把握确实很有必要。其中尤其要把握住革命与启蒙的兼容、互动关系，避免顽固的"二元对立"思维模式导致的误解和误用，这方面的历史教训可谓非常沉重，我们理应从鲁迅的丰富思想中获得有益的启示。作为伟大的现代中华民族魂，具有"复合身份"的鲁迅至少是"六家"而非通常人们所说的"三家"。即鲁迅是文学家、美术家、思想家、教育家、革命

---

① 李继凯. 略论鲁迅的"新三立"和"不朽"[J]. 鲁迅研究月刊，2013（9）：4-11，20.
② 李继凯. 民族魂与中国人[M]. 西安：陕西人民教育出版社，1996：1.

家和国学家（准确说是新国学家①）。这些家虽有交叉，却也各有侧重和成就，业已得到相当广泛的认同。年轻的鲁迅曾求学医学，但他没有成为医学家，他也曾专研自然科学和技术，但他也没有成为科学家或工程师。事实上，作为文化巨人的鲁迅也不是无所不能的，他的一生有成功也有失败。但在上述"六家"所涉及的领域，他都有相当杰出的成就，是能够立得住的。

斯人虽逝，英魂犹在。鲁迅作为"现代中华民族魂"还能给我们更多的有益启示。如果说鲁迅是"现代中华民族魂"可以成为"重大课题"的话，那么必然会有很多相关的子课题值得深究。比如，鲁迅在批判传统封建文化、积极提倡"拿来主义"的同时，也以《中国人失掉自信力了吗》《理水》等彰显着与时俱进的民族自信和文化自信，礼赞了"中国的脊梁"；再比如，鲁迅不仅关切启蒙和革命，也切实关注实实在在的国计民生问题。作为真正"接地气"的现实主义者，他始终认为，重视"国计"要有实干的精神和足够的智慧，顾及"民生"则更要有实实在在的福利。这在今天无疑仍有相当大的启发意义。其他还有鲁迅的"精神西游""异地求学""民魂宝贵"等命题也都值得关注和思考，且事实上也是言说不尽的。提及的这些方面都可以具体分说之。

这里要特别强调一点，就是鲁迅是清醒的"文化自信"者，他既反对"文化自大"，也反对"文化自卑"。这种文化立场和价值取向极有启示意义。如今，时人多讲文化自信，而且多从古代传统文化的角度大讲文化自信，这无疑十分必要。但是，中国人作为文化创造主体为今人提供的文化资源确实并不限于古代。除了丰富的古代文化资源，还有"古今中外化成"的现代文化资源。这个"现代"虽然远不如"古代"那样悠久，但与我们今天强调的"文化创新""文化发展"和"文化自信"等有着最为直接的关联，且其本身也以"新文化"形态为其主要特征。这就意味着，我们不仅拥有辉煌的古代优秀文化传统，而且也拥有灿烂的现代新文化传统。事实上，自晚清民初以来，中国几代人尤其是与"民魂"相通的仁人志士上下求索、接续奋斗，创造了以现代汉语为符号体系、以现代文化为价值目标、以改革创新为发展机制的"现代新文化传统"。而这样的"现代新文化传统"在促成古老的中国走向现代化、走向新世界的进程中，发挥了巨大的作用。其中，也包括五四文人建构的启蒙文化、左联文人建

---

① 参见王富仁．"新国学"论纲（上）[J]．社会科学战线，2005（1）：87-113；王富仁．"新国学"论纲（中）[J]．社会科学战线，2005（2）：89-111；王富仁．"新国学"论纲（下）[J]．社会科学战线，2005（3）：85-110．

构的左翼文化和延安文人建构的革命文化，都在这一历史文化发展进程中发挥了不可替代的重要作用。而事实上，如果没有起码的文化自信，就不可能拥有建构和创造现代中国文化的心理基础和文化能力；没有必要的现代新文化视域和对古代封建的旧文化传统的反思与批判，也不可能形成"现代文化意识"并初步建构世界格局中的"中国特色的现代文化"。事实一再证明，立足于当下现实之中的人们要在文化创造上有所作为，就需要不断开阔文化视野，在"古今中外化成现代"的文化发展规律制约下，积极而又明智地采取多向度的"拿来主义"，"化合多元文化"，磨合生成，美美与共，由此建构宽容的、和谐的、丰富的"大现代文化"，在跨文化、跨民族的层面逐步实现文明互鉴、共生双赢。

为此，笔者觉得有必要重温一下鲁迅先生的名文《中国人失掉自信力了吗》[①]。自然，重温与回顾是为了再次出发和前行。鲁迅遭逢的那个民国时代，其实是一个值得回顾却毕竟是千疮百孔的时代，他的《呐喊》《彷徨》《野草》《坟》《热风》《且介亭杂文》等一系列作品，对这样的时代都多有真实的描摹和批判性的书写。正是那种直面惨淡人生的勇气和启蒙的冲动，使他像手持匕首、投枪的战士那样，针对严酷的现实及"乱世"中的纷纭世相进行了不留情面的剖露和讽刺。难能可贵的是，就在中华民族处于"内忧外患"和"白色恐怖"的时代，鲁迅仍然能够"肉搏黑暗"和"反抗绝望"，"敢遣春温上笔端"，写出了千古不朽的名文《中国人失掉自信力了吗》。一些人蓄意将鲁迅视为消解民族文化自信的代表人物，读了此文我们就会认识到，鲁迅原本就是求索不止的寻找文化信心、重建文化自信的代表性人物。那些举证出鲁迅批判国民劣根性以及一些文化现象（愚昧、吃人、中医、汉字等）作为否定鲁迅的根据，如前所说，其实都是未能顾及历史语境、语言修辞、文化策略和整体把握的"误读"。而细读鲁迅彰显自信之文后我们就会深切认识到，作为现代中国"在场"的鲁迅，他绝对不是要毁灭中国人的自信，而是千方百计要设法"立人立国立自信"。

总而言之，我们强调鲁迅和现代新文化传统与文化自信的密切关系，与强调古代传统文化价值一样，都是为了重拾文化信心，更进一步，振兴中华，实现民族文化的伟大复兴。在我们身处的新时代新环境，我们仍有必要重温一下郁达夫的一段感言："没有伟大的人物出现的民族，是世界上最可怜的生物之

---

① 鲁迅. 中国人失掉自信力了吗 [M] //鲁迅全集：第六卷. 北京：人民文学出版社，2005：121-123.

群;有了伟大的人物,而不知拥护,爱戴,崇仰的国家,是没有希望的奴隶之邦。"① 一生多情、多才且爱国的郁达夫在真诚地怀念鲁迅,意在彰显鲁迅的精神,今天的我们也要有这样的文化自觉。不仅对优秀的传统文化要有自信,对优秀的现代文化要有自信,对"现代中华民族魂"鲁迅也要有自信。当然这绝不是简单的神化和膜拜,其本身也是敬仰民族魂、续存民族魂、弘扬民族魂的文化行为,值得大力提倡和践行。

自然,重温与回顾是为了再次出发和前行。在这篇文章中,鲁迅首先结合现实与历史辨析了"他信力",批评了"自欺力",强调了"自信力"。他特别指出:"我们有并不失掉自信力的中国人在","我们从古以来,就有埋头苦干的人,有拼命硬干的人,有为民请命的人,有舍身求法的人……这就是中国的脊梁"。就是这些古代的脊梁创造了古代优秀文化。而这样的传统也被现代有志之士继承下来了:"这一类的人们,就是现在也何尝少呢?他们有确信,不自欺;他们在前仆后继的战斗……说中国人失掉了自信力,用以指一部分人则可,倘若加于全体,那简直是诬蔑。"鲁迅还特别强调了辨析是否拥有自信力的方法:"自信力的有无,状元宰相的文章是不足为据的,要自己去看地底下。"诚然,正像鲁迅指出的那样,从古到今的中国脊梁们拥有着足够的民族文化自信力,埋头苦干,拼命硬干,为民请命,舍身求法,从而创造了属于中国的古代文化和现代文化。

在努力寻找各种文化资源以期重树"文化自信"旗帜的时候,我们想起了对新文化贡献巨大、业已逝世80年的鲁迅先生,也想起了毛泽东主席在经典论著《新民主主义论》里对鲁迅的崇高评价:"鲁迅是中国文化革命的主将,他不但是伟大的文学家,而且是伟大的思想家和伟大的革命家。……鲁迅的方向,就是中华民族新文化的方向。"在毛泽东心目中的"现代圣人"鲁迅,尽管也有常人所有的彷徨和痛苦、失意与绝望,但他对新文化创造的渴望和追求,对民族自信力的发现和信守,对今天意在振兴中华文化且依然行进在"立人""立国"征途中的国人来说,无疑仍是具有重要启示意义的。

总之,我们强调新文化传统与文化自信的密切关系,与强调中国古代优秀传统文化价值一样,是为了重拾文化信心,欲穷千里目,更上一层楼,尽早实现中华民族文化的伟大复兴。同时在建构人类命运共同体、人类文化共同体方

---

① 郁达夫. 怀鲁迅[J]. 文学,1936(5),收入刘运峰. 鲁迅先生纪念集[M]. 天津:天津人民出版社,2007:399.

面贡献中国智慧和力量,在这个意义上,鲁迅是中国的,也是世界的;鲁迅学是中国的,也是世界的。近期,光明日报出版社推出了《俄罗斯鲁迅研究精选集》,我在书封上的推荐语就强调了这点:"鲁迅是中国的,也是世界的。本书即为一个有力证明,同时也彰显了俄罗斯学者对鲁迅精神及文学文本精深而又独到的研究。鲁迅既为现代中国留下了丰富文学遗产和深邃文化思想,又在世界文化版图包括俄罗斯学术文化领域留下了深刻印记。鲁迅在积极践行'拿来主义'时进行了高效的'文化磨合',他对现代文化与文学的执着追求和无私奉献,他对俄罗斯文学的译介、借鉴和阐发,对身处当今'风雨欲来'世界中的人们尤其是热心读书的年轻人,仍会带来有益的启示。希望这本关于鲁迅与俄罗斯的著作能够受到大家的欢迎。"在此还不妨援引一下具有世界眼光的鲁迅先生在《〈呐喊〉捷克译本序言》中的话:"自然,人类最好是彼此不隔膜,相关心。然而最平正的道路,却只有用文艺来沟通,可惜走这条道路的人又少得很……"鲁迅固然了解"文武之道"的历史和作用,但他毅然而然选择了"从文",致力于"用文艺来沟通"。然而,迄今人类沟通依然艰难,吾侪仍需十分努力!

第二节 鲁迅的"新三立"和"不朽"

鲁迅在《彷徨》一书的扉页上曾引用屈原《离骚》的诗句:"路漫漫其修远兮,吾将上下而求索。"他还曾手书这著名诗句表明心迹,赠送友人。那么,终其一生,鲁迅在追求什么?是批判,是启蒙,是立人立国,这些都是言之有据的概括。但从个人化的人生论视域来看,鲁迅也有属于自己的人生规划和人生目标。

如众所知,中国古代仁人志士都矢志于追求"立德立功立言"[①],并称"此之谓三不朽"。面对这种古老的人生"老三立"范式,现代文人也不免会心仪继承,置换重构,即或抽象继承,也大抵难以尽脱窠臼。但伴随着现代人文及个

[①] 三不朽之论首见于春秋时鲁国大夫叔孙豹之说。《左传·襄公二十四年》谓:"豹闻之:'太上有立德,其次有立功,其次有立言。虽久不废,此之谓不朽。'"唐人孔颖达在《春秋左传正义》中对德、功、言三者分别做了界定:"立德谓创制垂法,博施济众";"立功谓拯厄除难,功济于时";"立言谓言得其要,理足可传"。在封建文化体系中的三立三不朽之说有巨大的励志作用,却也有局限性。

性思潮的崛起，现代文人的追求也多少被赋予了现代色彩，以现代中国文化巨匠鲁迅先生为例，或可谓建构了现代"新三立"即"立人立家立象"的人生论。

1. 鲁迅是"后古代"的新文人

鲁迅是那种坚韧的人间斗士，反抗绝望的文人过客，尽管前路渺茫，也要吟诵着"路漫漫其修远兮，吾将上下而求索"，继续着他的思考和书写。谈论鲁迅"三立"和"不朽"这样的宏大话题，笔者并不想也难以从很多方面去言说，而只想从几个小的角度切入。如谈鲁迅的"立人"将借助于两位山东人（孔子和莫言）以及大江健三郎来言说，谈鲁迅的"立家"将借助于高行健的参照作用及鲁迅与延安的"神交"来言说，谈鲁迅的"立象"将主要借助于鲁迅的书法、鲁迅的书写行为来言说，尽管相关言说的局限相当明显，但从中也许会谈出点个人真切而又别致的感受及感悟。

显然，作为现代中国文化巨人的鲁迅，没有走上传统文人的人生老路，对传统的"老三立"奋斗目标即"立德立功立言"，也进行了重构或置换，通过毕生的文化实践，上下求索，创构了"新三立"，即"立人立家立象"，体现了现代人文精神及个性思潮的影响，彰显了现代文人人生追求的现代色彩，且把握住了三者之间的同构互动关系，在积极从事文化创造的过程中，创建了独特而又精彩的人生。换言之，伴随着时代文化语境的转换，鲁迅的人生实践及追求亦可谓存有"三不朽"。有人总在说鲁迅是破坏者，没有可以立得住的东西，其实鲁迅确有立得住且可以借此而不朽的东西。

2. 鲁迅的"立人"

谈论鲁迅的"立人"思想，人们已经说了很多。"百年树人"原本就是鲁迅本名"周树人"的寓意所在。但传统的"树人"思想和现代的"立人"学说还是有明显的区别。笔者于20世纪80年代中期也曾和师弟阎晶明合写过论文《建构"立人"的系统机制——鲁迅论中国人》[①]，此文后来在《陕西师范大学学报》发表并为人大报刊资料复印。文章认为，鲁迅一生最关注和着力"研究"的即是"立人"问题，意在唤醒中国人的主体意识和个性意识，反思旧道德、树立新道德，加强自身的现代化建设；他对中国人的"研究"，从对中国文化的反思入手，着力寻求"立人"的系统机制与内在机制，为重建民族自我做出了

---

① 李继凯，阎晶明. 建构"立人"的系统机制——鲁迅论中国人 [J]. 陕西师大学报（哲学社会科学版），1988（2）：85-92.

不懈的努力，并在关于中国人的诸多思考中，积淀了自己的"人学"思想，上升到了文化哲学的高度。文中特别强调：鲁迅构想的这一"立人"的系统机制是一环流的系统而不是一次性的简单过程。由此体现出"开放"的重要性、更新民族文化心理的根底性和"立人"的关键性等，而且尤其是这样的系统质：必须始终保持在世界性的联系中，循环往复地进行民族自我的更新；在不断地解放或重建个体自我的过程中去获取美好的未来。鲁迅所构建的"立人"系统机制，不仅对中国人的自新有着重要意义，同时也具有文化人类学、社会心理学等人文科学的普遍意义。

　　尽管切入点、侧重点和价值观会有诸多差异，但关心人的命运似乎是思想家及思想家型作家的共同特点，从孔子、莫言这样两位山东人来说，也可以看出古今贯通的"中国化"的人论思想及顶级的人文表达。鲁迅与孔子、鲁迅与莫言，都因为格外关切中国人的命运而生成"有意味"的话题，由此人们展开了不少相关的思考。王得后先生曾在《鲁迅与孔子》中对孔和鲁这两位中国伟大思想家的思想根本特质进行了探究。他指出，孔子是一个有理想的人，"孔子的伟大，在掌握着人际关系中君臣、父子、夫妇的三个根本关系，在人际关系中定位人的社会地位，规范人的社会生活。孔子的这三种关系，是封闭性的、家长制的、服从性的、抹杀个性、扭曲人性的，甚至于达到'君要臣死不得不死，父要子亡不得不亡'，男的随意三妻四妾、休妻，而女性只能'从一而终'，守寡，乃至殉夫的地步"。这里的概括分析简洁明了，也恰能与鲁迅形成比较："鲁迅的伟大在'立人'，为'立人'掌握着人一要生存并不是苟活，二要温饱并不是奢侈，三要发展并不是放纵；在以人的每个个体的生存为单位，然后在人际关系中定位人的社会地位、社会生活，发展个性。而且，生存、温饱和发展，是开放性的，有最广阔的自主性的选择空间……"① 正是在人的生存、温饱、发展这样三个根本问题也是文化根基的具体比较分析中，才能见出孔、鲁的异同。孔子思想为中国建立三纲五常等伦理文化秩序，曾有极其伟大的贡献，但趋于极端、僵化后的制度文化、习俗文化有着"吃人"的嗜好及功能，造成了中国的专制制度及活力缺失和无数悲剧。毛泽东曾说，孔子是中国古代的圣人，鲁迅是现代中国的圣人，其实不是要神化这两位同胞，而是在强调他们对于古今中国人所具有的特殊价值和意义。各有其伟大的教化和示范功能，都是

---

① 王得后编. 鲁迅与孔子 [M]. 北京：人民文学出版社，2010：6-7.

"标志性"的划时代文化巨人。① 其关键区别就在于对"立人"的前提及基础有着迥然不同的理解。孔子将人置于预设的封建道德体系中，以此设定"成人"目标。鲁迅则以个性解放为基点建构"立人"的系统机制，动态的进化的世界的眼光使他能够辩证地面对人和社会，找到建构现代之"人"的内在机制。这是时代的恩赐，更是他上下求索的结果。

关于鲁迅与另一位山东人莫言，可以说此二人都是具有世界性的中国作家，对中国现当代文学学科也都具有很大的支撑作用。莫言作为现代中国新文学的杰出继承人，与鲁迅的因缘绝对值得细研深究。令人惊奇的是，莫言谈起鲁迅有时会滔滔不绝，颇多创见。他和鲁迅一样，都非常关切现实中"国民"的命运，也期盼着国人活得有尊严。鲁迅在年轻时候"也曾做过许多梦"，这些梦关乎个人的，关乎文学的，关乎民族及国家的，可谓林林总总，很难细说，但与"幸福梦"和"中国梦"相关的东西颇多则是无疑的，且体现着年轻鲁迅的激情和想象。他早年的《文化偏至论》《摩罗诗力说》《破恶声论》等宏文，显示了青年鲁迅思想的活跃及飞扬，"陪物质而张灵明，任个人而排众数"，"盖人文之留遗后世者，最有力莫如心声"。而莫言，实际也在续写着新文学张扬的"人的文学"，对荒诞现实及人生给予了批判性书写，包括对女性的深切同情，以及对女性异化的书写，也显示着对"立人"的期盼和追求。对"非人"生活状态的"痛切"书写，成为其最为鲜明的特色。即使在艺术上，直面惨淡的现实和人生，且能巧用艺术变形（包括魔幻、黑色幽默、意识流等各种表现手法）方法进行高效表达，也是鲁迅和莫言共同的追求。莫言说自己"心理上当然是感到鲁迅更亲近"，绝非虚言。他能与鲁迅研究的学者孙郁先生进行关于鲁迅的长篇对话，谈及接触鲁迅的过程和接受的各种影响，这是一种精神之河的联通，令人感慨不已。②

在外国著名作家中，也许大江健三郎是一位"最铁"的鲁迅迷，他推崇鲁迅为20世纪亚洲最伟大的作家，"完全属于世界文学"。他曾先后6次来到中国，且次次都会说到鲁迅。如他所说，他的母亲尊称鲁迅为"鲁迅老师"，引导他从少年时就开始接近鲁迅；他在鲁迅文学世界中获益甚多，一生都在思考鲁迅。当他参观鲁迅故居时，曾激动得热泪盈眶，他看到了一个作家的成长和奋

---

① 近些年来，我国在世界范围内设立了一些"孔子学院"，具有重大意义，倘能改名为"孔鲁学院"，也许更有文化意味，并且比较容易为世界各国所接受。

② 莫言. 莫言对话新录［M］. 北京：文化艺术出版社，2010.

斗；他在自己的文章中，多次表达了对鲁迅的景仰，赞肯鲁迅的求索寻路的精神、反抗绝望的意志和文化创新的能力，且自觉在"新人"（新日本人）塑造方面，表达了如鲁迅"救救孩子"一样的渴望。而这样的创作取向，无疑与鲁迅志在"立人"的创作也有着深切的呼应。他还说："我现在写作随笔的最根本动机，也是为了拯救日本人、亚洲乃至世界的明天。而用最优美的文体和深刻思考写出这样的随笔、世界文学中永远不可能被忘却的巨匠是鲁迅先生。在我有生之年，我希望向鲁迅先生靠近，哪怕只能挨近一点点。这是我文学和人生的最大愿望。"① 大江先生的谦虚和推崇也许都是更为有效的表白，但其间的真诚和拯救意识，表达了高远的不限母国的"立人"目标。

3. 鲁迅的"立家"

人在世上当有家，"立家"具有多义性。无论是狭义还是广义的"家"，都具有性命攸关和福祉所在的意味。对中国人一旦提起"家"来，似乎就总会激活其强烈的家国情结及齐家治国的宏愿。家庭、家人、家族、家园、家乡、家书、家境、家世、家政、家训，成家立业、立家兴族，勤俭是立家之本，家和万事兴，立家为人责任大，词语连绵，情味深长。无论就其古义②还是今义而言，总之"家"之于"人"极为重要。个人的小家，众人的大家，包括民族形成的国家，以及人类赖以存在的精神家园，等等，都为"立家"之说的题中应有之义。因此，"立家"的人生追求是非常宝贵的也是非常艰难的，内涵极其丰富。对鲁迅而言，由于早年"家道中衰"，对"故家"的维护带有诸多悲辛和无奈，对"新家"的建构带有诸多犹豫和果敢，其中的成败得失、喜怒哀乐都多为世人所关注。用古人的修身齐家治国平天下的说法，也许很难解释鲁迅与家庭的关系。而笔者曾饶有兴味地谈及鲁迅与许广平的相知和遇合，并在性际关系的现代意义层面，称其为"中国的'萨-波之恋'"（类似于萨特与波伏瓦之恋），亦即突破传统婚恋形态的现代灵肉一体化的异性之恋、同居共生。俗话说"清官难断家务事"，对鲁迅本家、家庭之事的分析判断确实很难，这方面的谣言和诋毁似乎也不绝于耳。然而，鲁迅显然更具有"国家"意义。他的《自题小像》脍炙人口，堪称爱国经典。但2000年度诺贝尔文学奖获得者、华文作

---

① 大江健三郎. 我怎样写随笔［N］. 中华读书报, 2000-09-27.
② "立家"一词在古代主要有两个含义：（1）建立封邑。如《左传·桓公二年》："故天子建国，诸侯立家，卿置侧室。"杜预注："卿大夫称家。"（2）成一家之言。如南朝·梁·刘勰《文心雕龙·序志》："敷赞圣旨，莫若注经，而马郑诸儒，宏之已精，就有深解，未足立家。"笔者在本书中对其含义进行了拓展。

家高行健在其代表作《灵山》中对"我以我血荐轩辕"的爱国之心给予了"嘲笑"或"新解",他写道:

> 一代文豪鲁迅,一生藏来躲去,后来多亏进了外国人的租界,否则等不到病故也早给杀掉了,足见这国土,哪里也不安全。鲁迅诗文中有句"我以我血溅轩辕",是我做学生时就背诵的,如今不免有些怀疑。轩辕是这片土地上传说的最早的帝王,也可作祖国,民族,祖先解,发扬祖先为什么偏要用血?将一腔热血溅出来又是否光大得了?头本来是自己的,为这轩辕就必须砍掉?

高氏对"自己"的珍视,对爱国的反思,对地球村的认同以及对"世界公民"的宣扬等,人们多已有所了解,这些观念在如今并不算奇思妙想,但在鲁迅活着的时代不免有些高蹈空灵。高氏的议论风生和恣意挥洒,把鲁迅的华盖运、外国租界的作用、国土不安全以及为国牺牲是否必要等都涉及了,有意无意还把"荐轩辕"写成了"溅轩辕",强化了他的怀疑和追问。我想,当年躲入租界和如今改换国籍确实不可同日而语,不能以今日的世界公民意识诋毁当年的爱国精神。但高行健也把"立家"当成"一个人的圣经":"他需要一个窝,一个栖身之处,一个可以躲避他人,可以有个人隐私而不受监视的家。"①也许正是这样的立家心愿,促成了他的"去国"。而作为清醒的现实主义者,鲁迅从其早年就将"立人"和"立国"紧密联系在一起,即使屡有"去国"的机会也是一再放弃。因为在鲁迅时代,"立国"真的可谓是知识者和国民的"当务之急"。显然,鲁迅的"立人"思想在他的有生之年,都贯穿着一种明确的功利的现实意向,即志在爱国济世,建立现代意义上的"人国"。他认为,明哲之士,"必洞达世界之大势,权衡较量,去其偏颇,得其神明,施之国中,翕合无间。外之既不后于世界之思潮,内之仍弗失固有之血脉,取今复古,别立新宗。人生意义,致之深邃,则国人之自觉至,个性张,沙聚之邦,由是转为人国。人国既建,乃始雄厉无前,屹然独见于天下……"②唯其如此,中国才能走出一条符合自己民族特色的文化复兴之路,才能使中华文化与世界其他民族的文化相融共生、各领风骚,从而达到和谐圆融的文化境界,共享丰富多样的精神文化家园。

---

① 高行健. 一个人的圣经(简体字版)[M]. 香港:天地图书有限公司,2000:17.
② 鲁迅. 文化偏至论[M]//鲁迅全集:第一卷. 北京:人民文学出版社,2005:57.

鲁迅与"延安"是学术界一个重要的话题和难题。从爱国、"立国"的思路来看待，人们确实能够看到"求安"情结对于中国人的重要性。无论是延安、西安、泰安、吉安、平安、大安，还是安民、安全、安心、安康、安邦定国，君子安而不忘危，仅仅一个绵延千万年的"求安"情结就能把延安人和鲁迅牢牢地联系在一起。尽管鲁迅生前并未进入延安，与延安只是"神交"而已。但符号化的鲁迅开放于延安的媒体，也载入延安人的口碑并远播遐迩，发挥了很大的影响作用。于是也有人质疑其间的改造和利用，解构其神化的策略和用意，用心良苦也难能可贵。然而正如一个个体的人需要独立一样，一个国家特别是像中国这样注重"家国"的传统大国，更需要独立自强，安然富强，屹然独立于天下。为此，即使鲁迅的自然生命被病魔吞噬，但他的精神生命仍能在延安以及其他解放区存活着，成为激励人们前行的力量。历史的吊诡和后现代的诡异常常令人难以给予明晰的判断，但延安与"立国"的关联，以及延安与鲁迅的关联有其历史的必然性与合理性，则是存在的难以虚构的重要史实。为民众解放而努力的奋斗者和胜利者艰难备尝，来自民间的反抗者也肯定会存在各种历史局限，被传播被符号化的"延安鲁迅"也存在变异现象，但因为基本契合解放人民和"立国"大道，故能由此成为一种令人难以忘却的历史记忆。

自然，"立家"也应包含文人追求"成名成家"的意思吧，这对鲁迅来说是不言而喻的。鲁迅既然被视为新文化运动的先驱，代表着"新文化的方向"，他的文学创作、文化创造能力是有目共睹的。毛泽东所说的"三大家"，还有人称他为教育家、国学大师、书法家等，虽然并非没有争议，但相对而言大多是可以成立的。

4. 鲁迅的"立象"

中国古代即有"立象"之说，意指"取法万物形象"。如《易·系辞上》："圣人立象以尽意，设卦以尽情伪。"又如，《后汉书·曹褒传》："《帝命验》曰：'顺尧考德，题期立象。'"有学者从符号学角度认定"立象以尽意"是一个"古老的核心命题"，认为古代的圣人能够通过符号来表达语言无法表达的东西，可见"符号和语言，或者语言和符号，在表达人的思想感情的时候是相辅相成的协作关系，各有各的优势和妙处……我意识到，孔子使用符号（立象），以及说话、写文章，都是为了能够真正、全部、彻底和清楚地表达自己的意思（所感所悟所思）"[①]。笔者以为，人立于世的言谈举止，都与自己的"形象塑

---

① 赵鑫珊. 人和符号——符号世界高于现实世界[M]. 上海：文汇出版社，2011：39.

造"息息相关；他人的印象和评说，也带有为人"立象"的意味。也就是说，关于鲁迅的"立象"大抵有"自立"和"他立"两种：作为现代文化巨匠的鲁迅，写过很多东西，做过很多事情，从而塑造了自己硬汉及思想者的形象；同时代及后来者也为学习鲁迅和研究鲁迅做过许多事情，写过很多东西，也在塑造着不同的鲁迅形象。譬如，以鲁迅命名的博物馆、纪念馆、学校等场所，都用各种有效方式为鲁迅"立象"，以鲁迅命名的研究会、学术会议、书籍和论文等，大多也在直接或间接地为鲁迅"立象"。仅就国人为鲁迅而创作的画像、雕塑这种直观的"立象"而言，迄今已经难以胜数了。

笔者在这里谈及的"立象"，将主要借助于鲁迅的书法、鲁迅的书写行为来言说。

鲁迅一生是书写的一生，是致力于文艺、文化创造的一生。人们对他的"立人""立家"的业绩及过程关注极多，比较而言，却对其"立象"追求重视不够。这在当今"读图"时代，理应努力加以改进。值得强调的是，笔者这里所说的"象"，主要不是言语之象或文学意象，而是特指墨象，即具有审美直观特征的"书法意象"，是鲁迅挥洒"金不换"将其情思、哲思、感悟、想象融于墨象的结晶。可以说，鲁迅用廉价的"金不换"书写的大量墨迹，包括作为国家级文物珍藏的真迹和借助各种媒体传播的书法影迹，显示出了永久传世的强大生命力，可能较之于许多所谓"专业"书法家的作品，还要具有不朽的文化价值和隽永的艺术魅力。身为文学巨匠的鲁迅，其实他的知识谱系本身就体现出了"交叉共生"的特征。其艺术兴趣相当广泛。除读书写作外，他于金石书画、汉画像石、古钱币、古砖砚、木刻版画等方面的收藏和研究也都有浓厚的兴趣。这说明以作家名世者当需要丰富的文化素养，更说明在"实物"层面，也具有丰富的为人"立象"的意义。① 近些年来，已经有一些学者对鲁迅书法、绘画以及收藏和鉴赏等进行了专题研究，发表了一些有价值的论文，出版了一

---

① 北京鲁迅博物馆、上海鲁迅纪念馆、绍兴鲁迅纪念馆等，收藏有鲁迅的大量手稿、生平史料、藏书、藏画、藏碑拓片、藏古代文物、藏友人信札等文物藏品十多万件。在各种相关展览中，我们可以看到鲁迅先生手迹及生前所藏的各类艺术文物等，其中，作为"美术家"的鲁迅创作了一些作品足以传世，他所倡导的新兴版画运动迄今仍魅力不减，而他的大量手稿、书法以及收藏的金石拓片，更印证了文化巨匠鲁迅的实存，显示了其不朽的文化业绩。参见葛涛《薪火相传：国内六家鲁迅纪念馆的历史和现状研究》，光明日报出版社2024年版。

批相关的书籍，如博大厚重的《鲁迅美术年谱》①，精彩纷呈的《鲁迅的艺术世界》②，探析精微的《鲁迅藏画录》③ 等，为我们展示了一个更懂艺术人生和情感的"文学语言之外"的鲁迅形象。近期享有盛名的陈丹青曾在《鲁迅与艺术》一文中说"鲁迅培植的左翼木刻，不但依旧生猛、强烈、好看、耐看，而且毫不过时"；"鲁迅比留学归来的徐悲鸿刘海粟一辈，更了解西方艺术正在发生什么以及为什么发生"。④ 这样的评价也许有点过誉，但至少可以说明，鲁迅的艺术品位确实非比寻常。而著名画家、书法家吴冠中所言"中国可以没有齐白石，但不能没有鲁迅"，也在貌似反事实的话语表达中，以奇巧的"立象"修辞凸显了"民族魂"的关键性存在及其难以替代的巨大精神价值。从吴冠中榜书"民族魂"中，也印证着他的美术生涯"始终以鲁迅作为他追求艺术、面对人生的精神导师"⑤。

诚然，鲁迅一生实际书写的笔迹已经难以查考，但如今能够见到的各种书写的近千万字的墨迹（倘若将他使用硬笔书写的字数也算在内则更多），造就或见证了一位文化巨人的诞生。鲁迅无意作书家，更不以书法牟利谋生，但他孜孜矻矻、笔耕墨种，留给后世的丰饶美观的墨迹实在可以证明他的"书法家"身份，并彰显了他那不同凡响的书写行为。他数十年的书写姿态和习惯，他使用的笔墨和纸砚，他的废寝忘食的挥笔疾书，他的遍览碑帖后的书法书写，都确证着他的书写行为具有重大的文化价值和创造规律。由此，他给后人留下了丰厚的文化遗产，也给后人留下了一份非常宝贵的艺术资源。从学理层面看，中国文人和书法文化的结缘根深蒂固，文人书法的文化功能无疑是多方面的。从鲁迅与中国书法文化的关联和融合来看，其书法文化活动作为文化创造行为特别是书写行为也具有"行为学"的示范意义，同时也具有诸多文化功能，如文化载体功能、文化传承功能、文化交际功能、文化共生功能、文化纪念功能等。作为中国现代文化象征性人物，他对传统文化的传承创新也在他与书法文化的动态关联中，证明了他不仅代表着"新文化的方向"，而且他对书法文化的创化也代表着"弘扬优秀传统文化的方向"。这对现当代文人作家来说，当具有重要的文化启示作用。这种启示之一，就是对传统文化不仅需要反思和批判，

---

① 萧振鸣. 鲁迅美术年谱［M］. 北京：国家图书馆出版社，2010.
② 周令飞主编. 鲁迅的艺术世界［M］. 南京：江苏文艺出版社，2009.
③ 孙郁. 鲁迅藏画录［M］. 广州：花城出版社，2008.
④ 陈丹青. 鲁迅与艺术［N］. 南方周末，2011-01-27.
⑤ 李浩. 一个情字了得：散议吴冠中眼中的鲁迅［J］. 上海鲁迅研究，2010（3）：164-170.

更需要切实地继承和创化。他的书写行为以及业绩本身最具有说服力：对传统文化中的审美文化充满了敬畏和喜爱，由此使他不仅成了一位相当卓越的文人书法家，也使他成了一位勤勉的书法文献主要是碑文的整理者。从一定意义上也可以说，他是中国现代文化史上的一位杰出的学者型的艺术家和艺术家型的学者及文献收藏者。而他的学术文化包括书学文献整理成果，无疑也是对"新国学"的重要贡献。从书写行为及其过程看，恰是书法与书写趋于一体的快慰，使他的精神得以升华，将古意盎然的墨迹和现代气息的内涵浑然一体，由此遣怀安神，至少可以化解一些环境的压力和生活的沉重，在黑暗中通过审美化的书写而造出维系生命的氧气。从书法艺术品位来看，鲁迅书法也确实有自家的独特风貌，内行人几乎一望而知。其书法风格在文人书法中完全可以概括为：柔韧、古朴、典雅、圆融，内蕴着自然和谐、刚柔并济的意象。

5. 鲁迅的"不朽"

如果说鲁迅的"新三立"之说可以立得住，那么，关于他的"三不朽"之说也便可以成立了。鲁迅的伟大和不朽从他去世时的悼词、联语和纪念文章中就被频繁言及了，在迄今难以胜数的"鲁学"论文和著作中也以价值意义或传播学方面的阐释话语表达了，在张梦阳先生的巨著《中国鲁迅学通史》中，还从学术文化史的特定角度，肯定了鲁迅本体、鲁迅映象的契合及鲁迅研究的存在价值。他在《静斋梦录》中曾指出，文化伟人鲁迅之所以具有恒久不衰的魅力，原因很多，但"最主要的因素是鲁迅的思想和著作具有超乎他人之上的深刻性"[①]。尽管网络文化迄今仍给人芜杂纷繁的印象，但"网络鲁迅"并非过眼烟云，借助于网络，鲁迅及鲁迅文化（包括学术文化）可以拥有未来。

诚然，能够拥有未来方为不朽，而人的不朽既存在于精神层面，也存在于物质层面，只是形态不同而已。人的存在是生命的具体存在，与时空关联，与精神关联，与物质关联，与人伦和社区关联，总之与人文地理、内外环境密切相关。鲁迅作为我国最具标志性的文化名人之一，其生前身后到过一些省区，沿着他的人生足迹，我们可以探访他的"文化苦旅"或"心路历程"，领略他

---

① 张梦阳. 静斋梦录 [M]. 北京：学苑出版社，1999：66.

的喜怒哀乐，更可以看到他的影因①之踪及其不朽的力量。譬如，鲁迅的形象（人像、雕塑等）和书籍在全国各地的一些场所（特别是与鲁迅相关的博物馆、纪念馆及图书馆）都可以见到。笔者曾于近日查询 CADAL（大学数字图书馆国际合作计划），输入"鲁迅"查"民国图书"，与鲁迅直接关联的有近 500 种；查"现代图书"则有 700 多种。目录所示，洋洋洒洒。尽管这只是不完全的统计，但也足以说明鲁迅和围绕鲁迅的书写已经达到"海量"水准，不是何人想抹杀就能抹杀掉的。我们从大量的相关著述及《鲁迅研究月刊》《上海鲁迅研究》《民族魂》等学术期刊中，也可以看到一种别样的韧性和坚守。近年来，一些学人叹息基础教育领域对鲁迅的疏离，其实，鲁迅与教科书的关联仍然难以隔断，特别是与高等教育包括研究生教育，仍有相当密切的关系。我曾经特别强调和提倡对鲁迅研究（鲁迅学）的个案化研究，并以鲁迅与高校为例，认定可以搞一个大的系列。并于 2006 年撰写了《鲁迅与高校的结缘》一文②，这种想法很快得到朋友和学生的认同，写出了一些相关文章。其实还远远没有达到预期目标，还有很多高校包括国外某些高校都值得仔细考察。现在，我还想初步探讨鲁迅与各省区的影因关联，主要不是探讨区域文化等对鲁迅的影响，而是探讨鲁迅给省区（地方）的多方面影响，从而努力揭示鲁迅的"影因"要素及其力量。以我所在的陕西为例，也许有人会说，陕西与鲁迅的直接关联并不怎样引人注目，但由此仍然可以看到他的影因存在，看到他留下的文化传播足迹，领略到鲁迅"西游"的风采以及生命的不朽。当然，尽管种种遗憾在所难免，却有很多史实耐人寻味。鲁迅对陕西历史文化包括周秦汉唐文史以及司马迁的了解和阐释，达到了堪称"经典"的水平；鲁迅在西安讲学，为易俗社题写"古调独弹"匾额，5 次看秦腔，一次进烟馆，热衷购物和捐款，真的故事超越了假的传奇；鲁迅与延安，难以说清的贺电或贺信事件，言说不尽的讨论

---

① 何谓影因？这一概念来自英国学者理查德·道金斯的名著《自私的基因》（卢允中等译，吉林人民出版社 1998 年版）。道金斯用 meme（谐音译为迷米、米姆等）这个自创的词描述人类头脑中的观念及其传播，并认为可以用达尔文的进化论加以探讨。他的名言："When we die, there are two things can leave behind us: gene and meme."（当我们死去，只有两样东西存留下来：基因和影因。）被广泛传诵。meme 这个词已被牛津英语字典收录并产生了广泛的影响，英国心理学家苏珊·布莱克尔所著的《迷米机器》，则深化了相关研究。中国近年来有学者将其译为"文化基因"（陶在朴）或"影因"（冯英明）。

② 刊于郑欣淼，孙郁，刘增人主编. 鲁迅研究年鉴 2006 [M]. 郑州：河南文艺出版社，2007：36-41.

及探究，实实在在的编辑和转载，都将符号化的鲁迅与陕北高地紧紧联系起来；陕西学校、学人与鲁迅的接触或精神遇合，也留下了诸多佳话，如西北大学教授单演义先生把鲁迅在西安写成了一本名著，还和同事一起培养了一批为鲁迅研究做出重要贡献的研究生。而陕西师范大学，如今已有10多位教师在鲁迅研究方面写出了论文，推出的相关著作也有多部，从卫俊秀、黎风到阎庆生、田刚，都为鲁迅研究奉献了心力。

鲁迅曾在自编第一册杂文集《热风》时说："我以为凡对于时弊的攻击，文字须与时弊同时灭亡……"①；1936年9月5日，鲁迅仿佛已有预感，提笔写下了《死》这篇被后人看为"遗嘱"的短文，急促地对家人说："……赶快收敛，埋掉，拉倒……忘记我，管自己生活"；在创作杰作《阿Q正传》的第一章即序言里，也笑称该小说为"速朽的文章"。可叹的是，鲁迅在这方面表达的"速朽"愿望无论是多么迫切，也还是事与愿违。人们仍在进行着"为了忘却的纪念"，仍将鲁迅及其鲁迅文化作为有效的借鉴。笔者曾感言：鲁迅曾经希望自己的杂文速朽，但从未说过希望自己的书法速朽。这点颇为耐人寻味。由此也能说明，用其生命创化且灌注人文气息的"立象"亦可不朽。倘将鲁迅书法及相关书法精选并镌刻于石，设立西安碑林式的"鲁迅碑林"（或以鲁迅领衔的现代作家碑林），那蔚为大观的墨迹气象，也定然会成为人间罕见的名胜。这很需要"有势有钱者"的大力支持，也可以作为绍兴或北京等地的景观设计（但应保持世界"唯一"）。对后人而言，鲁迅的文学书写、非文学书写所留下的手稿手札所具有的恒久价值，那些斑斑墨迹正是鲁迅生命外化的直接符号，是涵容多方面生命信息、文化信息的文史标本，鲁迅由此也获得了一种独特的生命存在方式，甚至意味着，在其不朽的书法墨迹中，他也将由此获得永生。

总之，作为现代中国文化巨人的鲁迅，没有走上传统文人的人生老路，对传统的"老三立"奋斗目标即"立德立功立言"，也进行了重构或置换，通过毕生的文化实践，上下求索，创构了"新三立"（立人立家立象），体现了现代人文精神及个性思潮的影响，彰显了现代文人人生追求的现代色彩，且把握住了三者之间的同构互动关系，在积极从事文化创造的过程中，创建了独特而又精彩的人生，并达到了可谓"不朽"的境界。有人总在说鲁迅是破坏者，没有可以立得住的东西，其实，鲁迅确有立得住且可以借此而不朽的东西。当然，比较而言，鲁迅对国民、国家、国运的关切超过了对自我个体生命的关切，为

---

① 鲁迅．热风·题记［M］//鲁迅全集：第一卷．北京：人民文学出版社，2005：308.

此铸就了不朽的精神生命和文化丰碑，创造了令人景仰的"新三立"人生境界，但在较大程度上淡忘了自我，忽视了养生，这也为人间留下了极为痛切的一个人生教训。

第三节 《野草》中的"国民性"叩询

作为"现代中华民族魂"的鲁迅最关心"国民性"的真实状况，关心"民魂"的复杂样态。他的小说和杂文，大多都扣住了这个"求索求解"的文化启蒙取向。其实，在涵容着鲁迅更多幽微心绪、复杂情感及生命哲学的散文诗集《野草》中，固然有鲁迅自我"心性"的诗化表达，但也有对"国民性"的深切叩询。

一

《野草》在现代文学的艺苑中，以"根本不深，花叶不美"的别样景观吸引着人们，以"吸取露，吸取水，吸取陈死人的血和肉"的顽强生命力，开放出朵朵"惨白色的小花"。正是这种特异的"素装凄色"，使人弥足珍摄。我们说，《野草》跳动着鲁迅"国民性思想"的脉搏；《野草》，闪耀着"化丑为美"的艺术光彩。对此很有探讨、研究的必要。

鲁迅"国民性思想"，无疑是鲁迅思想的重要组成部分，对这一思想的探讨工作，具有十分重要的理论意义和现实意义。过去的"冷落"既经打破，那么就要坚持下去，以期从这个"窥探鲁迅思想的窗口"[①]中，知鲁迅一生前后相同相承的思想，了解作为大哲鲁迅的思想的独创性，就目前的资料看来，在探讨鲁迅"国民性思想"的文章之中，几乎都把注意点放在鲁迅小说、杂文，甚至书信上面，至于《野草》，殆未涉及，而笔者认为，这未始不是一个缺憾。因为《野草》里面包括了鲁迅先生全部的人生哲学。[②]"国民性思想"在其中占有极为突出的地位。

所谓"国民性"，直言之即是民族性，这在马列主义的经典著述中是承认其有的。斯大林也明确说过："民族是历史上形成的一个具有共同语言、共同地

---

① 鲍晶编．鲁迅"国民性思想"讨论集[M]．天津：天津人民出版社，1982：302.
② 衣萍．古庙杂谈（五）[J]．京报副刊，1925（105）：5-6.

域、共同经济生活以及表现于共同文化上的共同心理质素的稳定的共同体。"①这里我们可以看出，国民性或曰民族性的本身含义是非常广泛的，既经作为一个专有名词，便可以有自己特定的含义。有人仅仅顾名思义，遂致纷纭杂说。这恐怕是不妥的。"国民性"可以指人民大众的精神状态和思想觉悟；可以指封建统治阶级的思想意识及精神状况（因占统治地位，往往影响其他阶级）；也可以指社会各阶级的人共同的心理素质、精神状态和思想意识。由此，我们考察一下《野草》，便发觉在贯穿于鲁迅一生的"国民性思想"中，有一个十分重要的环节，便是在写作《野草》的时期，恰是鲁迅探索"国民性"问题的最重要的一个时期，在这个时期里，他正面提及并论述"国民性"的文字最多，较这之前也最为深刻。鲁迅在《野草》里连续写下了15篇的1925年，可以说是鲁迅正面论述国民性问题最多的年头。仅"国民性"这个词，就使用过十来次，几乎超过以前二十年间所使用这个概念的总和。这就表明了，《野草》时期，是鲁迅探索"国民性"问题的非常时期。由于鲁迅多次亲身参加斗争实践和整个革命形势激荡变化的客观情况，鲁迅的思想正在酝酿一次关键性的大飞跃。鲁迅后来在《上海文艺之一瞥》中说："我们知道，所谓突变者，是说 A 要变 B，几个条件已经完备，而独缺其一的时候，这个条件一出现，于是就变成了 B，譬如水的结冰，温度须到零点，同时又须有空气的振动，倘没有这，则即便到了零点，也还是不结冰，这时空气一振动，这才突变而为冰了。"② 据此我们可以说，鲁迅世界观的飞跃有着大量辛勤的积累，"四一二"的"空气"一振动，便趋于瓜熟蒂落了。这说明，《野草》时期是鲁迅世界观转换的关键时期，是联系前后期鲁迅的纽带时期。因而倘要探讨鲁迅的"国民性思想"便不可忽视《野草》这部凝聚了鲁迅很多心血的散文诗集。

诚然，鲁迅的"国民性思想"的探讨，意在改造"国民的劣根性"，所以多是注意揭示出"上流社会的堕落和下流社会的不幸"，为的是"引起疗救的注意"。当然，鲁迅并没有忽视掉"国民性"中优秀的因素，时而还要为之呐喊、呼叫或是唱出深情的赞歌。这样丰饶的思想，就决定了鲁迅创作具有革命现实主义的特色。同样，在思想内容和艺术特色上，在《野草》中更是得到了完美的体现，那么，在《野草》中，"国民性思想"有哪些体现呢？要之，可从如

---

① 斯大林. 民族 [M] //斯大林全集：第二卷. 北京：人民出版社，1953：294.
② 鲁迅. 上海文艺之一瞥 [M] //鲁迅全集：第四卷. 北京：人民文学出版社，2005：306.

下几方面加以说明：

一、冰谷地狱的写真

二、市侩哲学的揭露

三、麻木旁观的"复仇"

四、自我解剖的"血书"

五、战士情操的讴歌

其一，作为清醒、严峻的现实主义者的鲁迅，从痛切的经验之中，认清了当时黑暗势力统治下的中国，正是活生生的"地狱"和"冰谷"。而制造这种"地狱"和"冰谷"的就是那些骑在人民头上的"造物主""夜空"，即反动的统治者。在鲁迅创作《野草》的1924年到1926年，北京正处在五四运动之后最黑暗、最反动的时期，当时的段祺瑞政府极其残酷、独裁，鲁迅后来曾感慨万端地说，那时候的北京也实在黑暗得可以！（参见冯雪峰《回忆鲁迅》）正是这充满了罪愆和黑暗的时代，才孕育了抗世的深沉战斗的诗篇。鲁迅把这样的社会现实以艺术的形象出之，便称之为"废弛"了的人间"地狱"（《失掉的好地狱》）和"冰冷、青白"的"冰谷"（《死火》）等等，《秋夜》中高远的"夜空"，鬼睒眼似的星星和苍白的"月亮"，《求乞者》中的"灰土"世界，《这样的战士》中的那个"无物之阵"等，无不是当时社会的艺术缩影。鲁迅着意暴露这种黑暗，实质是在揭露那些制造黑暗的人，批判了统治阶级反动的民族性，当时由于段祺瑞等大搞所谓"内谋更新、外崇国信"的压内媚外的把戏，正因为他们"见狼是羊相，见羊是狼样"，所以国家民族更加屠弱，这样的笔触在《野草》中是颇多的。

在《野草》中，几乎每一篇都是当时实际社会的折光。《这样的战士》《淡淡的血痕中》就明显系"女师大风潮"和"三一八"惨案的战斗记录。当时鲁迅曾面对面地同杨荫榆、章士钊以及"现代评论派"做斗争。这些"正人君子"往往"用了公理正义的美名，正人君子的徽号，温良敦厚的假脸，流言公论的武器，吞吐曲折的文字，行私利己，使无力无笔的弱者不得喘息"[①]。这些统治者及御用文人的丑恶行径，虚伪、狡诈、残忍等，都是鲁迅所必挞伐的对象。这样的例子在《野草》中真是俯拾即是。

其二，市侩哲学的揭露。鲁迅从早年便对那些庸俗不堪的市侩哲学、哈哈

[①] 鲁迅. 我还不能"带住"[M]//鲁迅全集：第三卷. 北京：人民文学出版社，2005：260.

主义、奴才主义、世态炎凉等产生了极深的憎恨之情，少年时节家道的中衰使他看清了世人的真面目，这样深切的印象促使他在走入社会，广泛接触社会的时候，能够留心周围人们身上存在着的劣根性，鲁迅曾自称是破落户子弟，还说，由于从旧垒中来，情形看得较为分明，反戈一击便易制敌于死命。

《立论》中，鲁迅以散文行的形式写下了一篇精妙无比的寓言。那位求救的"我"从"老师"处得到了市侩气味十足的宝贵经验："说要死的必然，说富贵的许谎。但说谎的得好报，说必然的遭打。"如想不谎人以求清白，想不挨打以求免祸（这本身也是"苟活"这一劣根性的一种表现），"华山自古一条路"——便只好不置可否地实行"哈哈主义"、骑墙、持中等处世经验了。这些在中国的国人身上，已成了千古陋习，沿革发衍，愈趋盛行，所以鲁迅挞伐、讽刺这种现象，实是要把这些"国民的劣根性"加以铲除，这也是鲁迅一贯反对"瞒和骗"的鲜明表述，有的论者誉鲁迅为"针砭民族性的国手"，这是不无道理的。

大家所熟悉的《聪明人和傻子和奴才》则是在塑造了三个形象迥异的人物的基础上，在这种规定的强烈对比中，更为深刻地批判了中庸主义和奴才主义。《死后》所暴露的范围则更加广泛。例如，其中写蚂蚁、青蝇等虫豸一味地向尸体进攻，还要发出"惜战"之类的议论，占了便宜，还要假慈悲，这极不道德而且可恨的市侩之风，鲁迅予以痛加挞伐，那位勃古斋的小伙计，也没有躲过鲁迅脱手一掷的投枪。对那围观之众的"哈哈主义"式的议论，实际上也散发着市侩的腐臭气息。

其三，鲁迅一贯坚持文明批评和社会批评，在许多著述之中，都对中国国民中的那些"戏剧的看客"表达了"热到发冷"的批判之情。正是早年那偶然中寓以必然的"幻灯片"的机缘，促使鲁迅拿起文艺这个医治精神痛苦的武器。他始终那么敏感地认识到，"戏剧的看客"是他所探讨的"国民性"之中带有极普遍意义的劣根性，必须加以铲除。鲁迅艰辛地进行了这一改造工作，《药》《阿Q正传》《〈呐喊〉自序》《娜拉走后怎样》《示众》等便清晰地留下了鲁迅在这一条改造国民劣根性的途中的足迹。在《野草》中鲁迅更以诗的构思和惊警的语言，在同一个夜晚，写了《复仇》二篇，尽情地抒发了他对这种"看客"怀有的一种特殊的悲怆愤激的心情。这在《〈野草〉英文译本序》中便有说明："因为憎恶社会上旁观者之多，作《复仇》第一篇。"而《复仇》（二）作为第一篇的续篇，从另一历史的角度，写了群众的麻木和作为"人之子"的耶稣对于这些麻木者的"悲悯"和"咒诅"。这里的耶稣遭害，是为了自己的同胞，而这些得到恩惠的同胞用辱骂和戏弄来鉴赏他的痛苦。这里的悲剧性就来得更为强烈了。可以说这种命意比《药》所展示的还要深刻一些，是《药》的全部主题的进一步的引申和发展。

关于"复仇"的界说，鲁迅自有陈述，他在1934年的一封信中说："我在《野草》中，曾记一男一女，持刀对立旷野中，无聊人竟随而往，以为必有事件，慰其无聊，至于老死，题曰《复仇》，亦是此意，但此亦不过愤激之谈，该二人或相爱，或相杀，还是照所欲而行的为是。"① 这里就明白地道出了"复仇"的特定含义，并非必定要血肉相搏地"复仇"，而是意在用"无戏可看"的办法来惊醒民众，"揭出病苦，引起疗救的注意"。冷峻的憎恶之中同样包含了他要唤醒群众的热烈渴望。

鲁迅的战笔对国民的劣根性做了更广泛、更深入的揭露和批判。在《求乞者》《颓败线的颤动》以及《我的失恋》等篇中，对世态的变迁和人情的冷漠，卑怯、苟活以及负义、作假、无聊庸俗等"国民的劣根性"，鲁迅以高屋建瓴之势，以深入骨髓的笔触，对社会的黑暗面——封建老大古国的所谓文明施加攻击，展读《野草》，半数的篇章都带有明显的"匕首""投枪"的战斗特点。在《野草》写作过程中，鲁迅曾说："但我总还想对于根深蒂固的所谓旧文明，施行袭击，令其动摇，冀于将来有万一之希望。"②《野草》诸篇的尺幅之中，熔铸了巨大的社会内容，因而也充分展示了鲁迅探讨"国民性"的思想。

《求乞者》中鲜明体现了鲁迅对于奴隶式的求乞思想，表示了神圣的憎恶。还是在1922年2月，鲁迅在北京结识了俄国盲诗人爱罗先珂，曾常夜谈，每每涉及时弊。两人都对那种毒害人们灵魂的"麻痹术"深恶痛绝，对那种"为奴的胜利"进行了辛辣的嘲讽。③ 在《求乞者》中，作者展现了一幅灰暗颓败的社会景象。在"四面都是灰土"的社会里，不多的人在"各自走路"，死沉沉，冷冰冰，揭示了人与人之间充满的那种冷漠感情。但作者更主要的批判目标不在这里，而是那种使人产生"烦腻、疑心，憎恶"的"求乞"行为。

列宁曾经说过："漠不关心是默默地支持强者，支持统治者。……政治上的

---

① 鲁迅. 致郑振铎［M］//鲁迅全集：第十三卷. 北京：人民文学出版社，2005：105.
② 鲁迅. 两地书［M］. 北京：人民出版社，1973：27.
③ 参见鲁迅. 春末闲谈［M］//鲁迅全集：第一卷. 北京：人民文学出版社，2005：214-221；鲁迅. 新秋杂识［M］//鲁迅全集：第十三卷. 北京：人民文学出版社，2005：286-288.

冷淡态度就是政治上的满足。"① 鲁迅以他从实际生活中得到的经验，感知到了这样一种道理，故他在早期便毅然倡导"摩罗"精神，对那些"中庸""奴性"以及屈服于淫威之下并安于乞讨的行为，进行冷峻的揭露。在《颓败线的颤动》中，抨击了那种青年人背恩忘义的"劣根性"，甚至像《我的失恋》那样谐趣横生的篇章，仍有很强的现实针对性，就本质上来分析，据鲁迅说明，这是为了讽刺当时盛行的失恋诗而作下的，就暗示出在这种题材上的作品，往往"一哄而起"，众相效颦，格调低下而又千部一腔，那"阿唷阿唷"的作假习性也是国人的一大"劣根性"。

总之，鲁迅在《野草》中，亦重在暴露"国民性"中的落后方面，鲜明体现着鲁迅"为人生"的文学观。正如朱自清先生所论列的那样，鲁迅是把"攻击国民性与人间的普通的黑暗方面"，同"攻击传统的思想"相结合②，从而使得改造国民性的思想具有了广泛而深刻的社会意义和历史意义。

其四，自我解剖的"血书"。鲁迅说："我知道我自己，我解剖自己并不比解剖别人留情面。"③ 据我们的生活经验和历史证明，任何一个伟大的文学家和思想家，皆非天生圣人，他们的成长，他们的自我改造的思想虽然都有鲜明的个性特征，但正因为他们是其民族的优秀代表，所以他们自身曾经产生的旧物和他们不断涤除这些旧物而进行的自我改造都具有相当普遍的意义，同样是"国民性"的具有代表性的显示，我们知道，鲁迅的精神，鲁迅的性格，皆是中国民族的精神和性格的优秀代表，而鲁迅从自身中发现的"毒气"和"鬼气"，也同样带上了民族的、时代的特征。

周建人在一篇文章中说道："鲁迅爱研究国民性，他感到中国人有好多点……在杂文中，差不多每篇文章都在攻击时弊，主要是攻击敌人，揭露敌人的阴谋，但有时也揭露自己的缺点。"④ 是的，当时鲁迅思想上确有苦闷彷徨的东西存在着，"两间余一卒，荷戟独彷徨"，无疑是真情状的抒写。萧军曾认为《野草》像一本秋天的书，给人一种明净而悲哀的感觉，"启发一种深沉的郁闷"⑤。鲁迅自己也说："我的那本《野草》，技术并不算坏，但心情太颓唐了，

---

① 列宁. 列宁论文学与艺术 [M]. 北京：人民文学出版社，1983：77.
② 朱自清等. 文艺论丛：第十四辑 [M]. 上海：上海文艺出版社，1982：28.
③ 鲁迅. 答有恒先生 [M] //鲁迅全集：第三卷. 北京：人民文学出版社，2005：477.
④ 周建人."还是生在中国好"[J]. 文艺研究，1981（4）：4-8.
⑤ 鲁迅博物馆鲁迅研究室编. 鲁迅诞辰百年纪念集 [C]. 长沙：湖南人民出版社，1981：477.

因而那是我碰了许多钉子后写出来的,我希望你脱离这种'颓唐'心情的影响。"① 实际上,鲁迅的这种"颓唐"心情,在当时的知识界乃至青年当中,是具有普遍性的,而这种"知识阶级分子的坏脾气"与我们民族古代的儒道之教也不无关系。鲁迅关于这方面的"自白"是不少的,总是同严格的自我解剖相联系着,而且都是那样恳挚情切。

"解剖"的对象是什么?自然是危害其刚健肌体的痈疽、病毒一类的东西,这些东西便是一种"丑",通俗地说即是"家丑"。也就是上面所提到的"毒气"和"鬼气"之类。唯有把这样的"丑"不断地给予解剖、排除,新的意识和思想才可能完全占据灵魂,除旧布新,蜕为新人。卢梭曾有不加讳饰的《忏悔录》行世,为他赢得了"最诚实的人"的声誉,契诃夫一生都在做挤去自身"奴性"的努力,高尔基也是在革命中不断地清理自己的思想的,所以他们一生都在走着进步的路,欣然迎来更新的思想境界。而托尔斯泰、巴尔扎克等人皆因旧我之物的沉重负累,便给他们带来了很大的局限性。

《野草》涉及自我解剖的篇目是很多的。以第一人称"我"写就的散文诗之中,大多是自我表述;即使一些第三人称的篇章,也实是作者的自况。前者如《影的告别》《希望》《墓碣文》《风筝》等,后者如《过客》《这样的战士》等。

和上文提到的那封谈"毒气"和"鬼气"的信同一天所写的《影的告别》,是《野草》中最早出现的解剖内心阴影之作。上文分析了的《求乞者》也是在这一天写成的。从"我将用无所为和沉默求乞……我至少将得到虚无"的抒写中,似乎看得出两篇散文诗的共通之处,探其造意,又容易使人想到那篇《墓碣文》,无论是那虚无和失望的影像,还是"待我成尘时,你将见我的微笑"的墓尸的告白,还是那漫无际涯的"灰土"一般的心境,无可否认,其中都带有一定的感伤色彩。不满现实,甚至是强烈地憎恶以至于达到愤激难言的程度,而就当时鲁迅所掌握的思想武器来看,还不可能立刻摆脱这种极端矛盾的纠葛,于是便有所谓绝望中抗争、徘徊中探进、凄哀中战叫的诗意的表述。这样的精神之所以可贵,就在于诗人不为虚无、失望、凄楚、怅惘所俘虏,反而把这些情绪剖示出来,以清醒的明智的辨力来宣判这些情绪的濒临末路。这样的精神还在《过客》《这样的战士》中得到了更为明确的展示。《风筝》中那近于虚构的扼杀童趣的故事,也展示出一种最严格的自我解剖精神。

---

① 鲁迅. 鲁迅书信集:上卷[M]. 北京:人民文学出版社,1976:636.

《希望》在这方面所表现的思想主题,更能揭示鲁迅同自己内心的阴影做斗争的历程,牵涉着鲁迅早年的进化论观念的动摇,预示鲁迅将因执着于现实的斗争,获得真正的希望。这首散文诗写于1925年1月1日,是这个探讨"国民性"问题尤切之年的元日,他在《〈野草〉英文译本序》里说:"因为惊异青年之消沉,作《希望》。"就在这篇散文诗中,开篇即道"我的心分外地寂寞",从那接下去的咏叹之中,从那对以前峥嵘生涯的回顾之中,从那对"青春"及"寂寞"的设问之中,都给我们以深刻的印象。他一再引用裴多菲的《希望》之歌,不仅表露了由于对青年希望的幻灭而带来的更大的寂寞和痛苦的心声,也可以展示出内心深处的那种希望与绝望相矛盾冲突的情景。

所有这些在《野草》中流露出来的空虚与寂寞,愤懑与失望,责己与怨世的思想情绪,在当时的中国大地上,是一种时代的病症,也是我国国人由于历史和现实的原因易于消沉的一种证明。从这种角度看去,因此完全可以说《野草》的这种特质就具有了更为强烈的时代性质和强烈的现实意义。当然,正如我们民族的历史所证明的那样,民族的优秀儿女的苦斗使得积弱甚久的民族从这种消沉、颓败的境地中拔脱出来,而鲁迅完全凭着痛苦的经验和深邃的思考,觅出自拔于此的方法、朝着"茫茫的东方"迈开坚定的前进步伐了。

其五,战士情操的讴歌。大夜弥天之中,枣树的刚毅执着的韧性斗争精神,铁似的枝干,锐利的长矛,"这样的战士"浴血鏖战,"猛士"看到了天地的变色,召唤着黎明的君临。寄予殷切希望的斗士从消沉的泥淖中拔出,在"好的故事"里河中濯足涤发,"还要开一朵小花"。《野草》中这些对战士的礼赞和歌颂,闪烁着耀目的理想主义的光辉。这是鲁迅对于美好的国民精神的"上下求索"的表现。

有的评论者说:"歌颂韧性精神,严于解剖自己,批判社会现实,这三方面的内容就构成了这一束永不凋谢的小花的主要理想光彩。"① 鲁迅一生都在求诸"善美刚健"之战士,从而展示了他自己的那种宏放宽阔的胸怀。

在《秋夜》中的枣树形象,是为人所稔知的。它贡献出自己的全部果实,满身伤痕,一无所有,却坚韧地同"夜空"进行斗争,"一意要制他的死命"。《过客》这一篇常为论者评为《野草》压卷之作的散文诗,其中把坚韧不拔的探索精神发挥到了极致,过客愈是那样困顿,那每前进一步的努力就愈见得难能可贵。这位过客跋涉已久,出现在人们面前时已显得困顿不堪了,他执拗不

---

① 孙玉石.《野草》研究[M].北京:中国社会科学出版社,1982:18.

驯，有着足以使天地为之惊怯的韧劲。对于现实中种种丑恶报以神圣的憎恶，对于在前召唤的"声音"，报以热烈的响应。他义无反顾，勇往直前，不为"老翁"的劝诱和小女孩的"布施"而止步。在《淡淡的血痕中》和《这样的战士》里，密切配合现实斗争热情地歌颂了在现实斗争中坚忍不拔的战士。《好的故事》和《雪》，无论从山荫道上看到理想境界的一切，还是从《雪》中看到了"孤独的雪"，都是鲁迅对新人、新社会的渴求。鲁迅的这种情怀，根植于对黑暗社会的极端憎恶。在《野草》中，鲁迅通过美与丑、光明与黑暗这样对立的艺术形象，表现了他对美好理想的憧憬和对现实的失望。应该说，鲁迅这种对美好未来的执着追求，闪烁着他特有的韧性战斗精神的光辉。这也证明了"鲁迅先生'韧'性的战斗，较任何人都持久、都有恒"①。正由于有这种崇高的战士的情操，才会有《死火》复燃，为"爱我者"所鼓舞去更好地战斗的献身精神。

《野草》集中体现了鲁迅的战斗精神，鲜明地体现了鲁迅的战斗性格。正如毛泽东同志所说的那样："鲁迅的骨头是最硬的，他没有丝毫的奴颜和媚骨，这是殖民地半殖民地人民最可宝贵的性格。"这清楚地把鲁迅的性格同我们民族的性格相提并论，这就启发我们，鲁迅的战斗风貌，鲁迅的坚毅性格都堪为中华民族的优秀代表。因为研究中国国民性，便不可不研究鲁迅，不可不研究很能反映鲁迅"真情状"的《野草》。

二

以上大略地论述了《野草》"国民性思想"的问题。由这一特定内容决定了《野草》的一些主要的艺术特色。

"为人生"，这是鲁迅清醒的现实主义的全部目的。

"文艺是国民精神所发的火光，同时也是引导国民精神的前途的灯火。"②这是鲁迅"国民性思想"支配下的文艺观。

从鲁迅"我以我血荐轩辕"的宏愿始，炽烈的爱国激情把鲁迅从医学领域推进文艺的殿堂，而且把"文人"为"立国"的原则，具体化成了呼唤"摩罗"之声的强音，从而决定了他全部创作的中心主题，即是必须"为人生"，且要"改良这人生"。

---

① 周恩来. 我要说的话 [N]. 新华日报, 1941-11-16.
② 鲁迅. 论睁了眼看 [M] //鲁迅全集：第一卷. 北京：人民文学出版社, 2005：254.

罗丹说过："世间的活动，缺点虽多，但仍是美好的。"① 鲁迅探索的"理想的人性"，在《野草》中已不是闪烁着的火花，而是蔚然迸放出灿灿的火光来了。那唱给韧性战斗精神的颂歌（如《秋夜》《过客》《这样的战士》等篇）；那追求美好理想的温馨之心（如《好的故事》《雪》等篇）；那为青年新的觉醒的深情歌唱（如《一觉》等），所有这些给《野草》带来了明丽的色彩，反映出《野草》的革命现实主义的一个重要方面——"野蓟经了几乎致命的摧折，还要开一朵小花"（《一觉》），这是现实主义的，同时又闪烁着理想主义的光辉。

然而，由于《野草》更多的是从不同的角度去鞭笞国民的劣根性的，伴随而来的最突出的艺术特色，则是把生活中的"丑"转化为艺术中的"美"，从而起到娱悦人情和鼓舞人心的战斗作用。

雕塑大师罗丹曾精辟地道出了自然丑（包括了生活丑）可以转化为艺术美的这一特殊现象。他说："在自然中一般人所谓'丑'，在艺术中能变成非常美。"② 他的"欧米哀尔"塑像便有力地证明了这种观点。鲁迅也曾说过："喜剧将那无价值的撕破给人看。"③ 这里所谓"无价值的"也就是丑的东西。这种"丑"一经"撕破"，正是进步的作家本身要否定并且也要别人否定的东西，究其实，通过对丑的否定，对无价值东西的撕毁来达到对美的肯定和显示，从而作家实现了他的表现目的的美，同时，鲁迅还说："悲剧将人生有价值的东西毁灭给人看。"④ 则揭示了美的理想，即那有价值的东西暂时为丑所压倒甚至于"毁灭"，悲剧中的"丑"虽然凶焰嚣张，"美"虽然被压倒，但它已经显示出理想的光辉，终必有日，胜利是属于"美"的。因而悲剧给人带来了激昂慷慨的感受，时或令人感到沉重的压抑。

那么，鲁迅在《野草》中是怎样"化丑为美"的呢？

让我们概括地从以下几方面去说吧。

一、"我憎恶这以野草作装饰的地面"——丑恶现实的病态画面。

---

① ［法］罗丹口述，［法］葛塞尔记. 罗丹艺术论［M］. 沈琪，译. 北京：人民美术出版社，1978：121.

② ［法］罗丹口述，［法］葛塞尔记. 罗丹艺术论［M］. 沈琪，译. 北京：人民美术出版社，1978：23.

③ 鲁迅. 再论雷峰塔的倒掉［M］//鲁迅全集：第一卷. 北京：人民文学出版社，2005：203.

④ 鲁迅. 再论雷峰塔的倒掉［M］//鲁迅全集：第一卷. 北京：人民文学出版社，2005：203.

二、"不敢，愧不如人呢！"——讽刺艺术的成功运用。

三、"我的魂灵的手一定也颤抖着。"——自我解剖的从严和深刻的表露。

四、"吸取露，吸取水，吸取陈死人的血和肉。"——多种艺术方法的广泛吸取。

其一，我们知道，五四时代是黑暗与光明、新与旧、革命与反革命、有价值和无价值、真善美和假恶丑相冲突的激烈时代，鲁迅"憎恶这以野草作装饰的地面"，这地面真是"可以"，这在《野草》中得到了艺术的揭示。《秋夜》中的夜空、映眼的星星、苍白的月亮和夜游的恶鸟等，皆是这"丑"的东西，鲁迅借枣树的战斗力量来与这些"丑"的事物做斗争，从积极的意义上肯定了枣树的韧战精神，同时否定了"丑"，鞭挞了"丑"，从中我们不难感受到一种快意的美的享受。再如，《一觉》所写的军阀内战的祸殃，这是生活中的"丑"，而接下去写那些"粗暴了的"青年，是生活中的"美"，二者对照，泾渭分明，更加激发了读者对青年的新觉醒的热爱，从而达到了美的启示和感化。《野草》中，由于鲁迅正视"淋漓的鲜血"和"惨淡的人生"，无论是"地狱""冰谷"，还是"灰土"的世界以及"紧闭"的"小屋"（《颓败线的颤动》），所展示的一幕幕丑恶的景象，都因运用了象征的手法，赋予了特有的含义。从中我们窥见了那个时代的"可怕"，引起了我们强烈的憎恶。我们从那"美"的暂处摧残的境遇中感到了压抑，然而我们从这悲剧性的描写中，看到了奔突于地下的"岩浆"终于跃起的"死火"，掀起反抗大波涛的"垂老的女人"，等，在这种意义上，我们无疑受到了美的感染。越是逆境中的战士，越是伟大；愈是开在地狱边沿的小花，才愈加显得鲜艳。

鲁迅以他锐敏的眼光揭示了生活中潜藏的悲喜剧因素。[①] 因而把他的笔用于社会批评和文明批评的时候，往往是把"化丑为美"的悲喜剧因素结合在一起来表现的。这就是我们要谈的第二方面——讽刺艺术的成功运用。

是的，在《野草》的"化丑为美"的艺术实践中，讽刺起到了很大的作用。

《野草》中有许多篇全部或大部运用了讽刺。如《我的失恋》《复仇》《狗的驳诘》《立论》《死后》《聪明人和傻子和奴才》等，有许多篇是部分或少量运用了讽刺，如《求乞者》、《复仇》（二）、《风筝》、《失掉的好地狱》、《颓败

---

① 鲁迅. 几乎无事的悲剧［M］//鲁迅全集：第六卷. 北京：人民文学出版社，2005：380-384.

线的颤动》、《这样的战士》、《淡淡的血痕中》等。

鲁迅是讽刺大师。他说道："讽刺又不过是喜剧的变简的一支流。"① 这是因为讽刺美的本质，也是通过对丑的否定来达到对美的肯定。一切创作本源于爱，为了爱，也就难以忍受丑的事物对人世的污染。于是艺术家便对"丑"的事物加以讽刺，这讽刺，像利刃，褫夺"丑"的虚假的外在形式，然后戳穿这种"丑"的实在性，本来只能引起人们恶感的丑，这时便可以在对讽刺的欣赏之中，给人们带来快感、美感，同时带来思考和启示。

如《狗的驳诘》《立论》《聪明人和傻子和奴才》《复仇》等篇，内容为人们所稔知，在此不予复述了。在讽刺的利刃褫夺下，那种"不如狗"的人的华衮没有了，只剩下"势利的灵魂"："不敢，愧不如人呢！"——妙极！狗竟能驳诘人类，而且如此振振有词，令人作呕，又令人发噱！那些中庸主义、哈哈主义的绝妙画像，奴才主义的无赖，麻木围观的无聊行为，等等，皆露出可悲可笑的本来面目，激发人们抛弃这些落后的劣根性，去追求那崭新的国民精神。

讽刺的运用贵在真实，真实是讽刺的生命，于是在运用的时候，必须审慎。

其三，"我的魂灵的手一定也颤抖着"。在《野草》中反映出来的，鲁迅这种解剖的从严和深刻的表露集中体现了一种极为崇高的诚与爱的精神。完全可以说，这种坦率仍如赤子的"不虚美、不隐恶"的态度，拓宽了我们现代散文诗抒情的艺术道路。

《野草》中，结合着自剖的精神，运用了象征的方法来抒发胸中的块垒。这种抒情特色的形成使《野草》这部散文诗充满诗意而又富有哲理，既幽远奇峻而又凝练深警。

《希望》中的"我的心分外地寂寞"，直白之后，便用了象征的方法，把"惊异于青年之消沉"的抽象的思想感情形象化、艺术化。"我的魂灵的手一定也颤抖着"，清楚地意识到自身的消极因素，萎弱的"丑"得到了发露，便把真正"希望"的美凸现在人们面前了。

其他如《影的告别》《墓碣文》《过客》等篇，都从不同的构思中，挖掘自己灵魂深处的寂寞的"鬼气"，或出之以"影"，或出之以"墓碣"，或出之以"过客"等，皆是一种象征，皆是"夫子自道"。抒情的色彩更加瑰奇浓郁了。

其四，在《题辞》中鲁迅写道，野草"吸取露，吸取水，吸取陈死人的血

---

① 鲁迅. 再论雷峰塔的倒掉［M］//鲁迅全集：第一卷. 北京：人民文学出版社，2005：203.

和肉，各各夺得了它的生存"，这里说的与其说是内容，毋宁说是《野草》在文艺上的渊源。也就是说，《野草》在艺术上的许多特点，诸如象征的方法的大量运用，曾被人称为鲁迅的革命象征主义。这明显受到了外国散文诗的影响，其直接的源头当是法国的波德莱尔；而那许多"梦境艺术"的篇章，又明显有着屠格涅夫、弗洛伊德和厨川白村的影响；就讽刺手法的运用来说，除了民族文化传统的因素外，也有果戈理、契诃夫诸人影响的痕迹；就《野草》哲理性的语言和些许晦涩的文字来看，明显地受着尼采《查拉图斯特拉如是说》的影响，如此等等，到了鲁迅手里，又把它们综合在一起，融汇而成《野草》的结构。《野草》的这种多所借鉴和独创的特点，不就是所谓"吸取露，吸取水……"吗？！任何伟大的作品都不可能无继承，这继承是那种"有胆、有识、有才"的"拿来主义"。在继承的基础上还必须有创造，这创造，还必须是不平凡的，这才会产生艺术的瑰宝来。我们说《野草》在"化丑为美"的艺术上，所取得的成就恰是这样。《野草》遵循着"真善美"的规律，完美地综合运用各种有益的表现方法，从而给《野草》带来了连鲁迅本人都为之欣慰的艺术光彩。

第二章

鲁迅的"影因"及案例分析

第一节 鲁迅与陕西的结缘及"影因"①

在笔者看来，五四运动于整体上讲确是改变中国命运的一次伟大运动，既是一次以爱国救国为主旨的现代政治运动，也是一次力倡民主与科学、建构现代思想体系的新型文化运动。二者都与近代历史文化包括文艺文化的嬗变、升华息息相关，且二者之间也存在着互动互为、相得益彰的共生关系。而那些当年叱咤风云的五四人物如陈独秀、胡适、李大钊、鲁迅等，则主要通过创办新型期刊、倡导白话文学、宣传新的学说、创作新的文学等方式，创造了一系列能够影响世道人心的新时代的新话语，在积极建构和长期凝聚中形成了具有潜在影响力的"影因"。笔者在此前写过多篇论文论述五四与鲁迅，还曾组织和参加相关学术会议并牵头主编论文集。在 2019 年纪念五四运动 100 周年之际，笔者则特别想从具体的个案"实证"（尤其是人地关系或人文地理）和学术史（尤其是区域学术延续）的角度，来探讨属于"后鲁迅"或"后五四"的一个话题，以"局部"映现某些具有"全局性"的问题，并给出一些必要的分析和判断。

长期以来，鲁迅与区域（如鲁迅与浙江、南京、北京、厦门、广州、上海以及西安等）的隐性和显性的关联都是研究者格外关注的论题。在人地关系中，鲁迅与陕西"二安"（西安与延安）的关系颇为耐人寻味，他与西安的结缘似乎是短暂的，鲁迅与延安的结缘似乎是"人为"的，却又都是那么值得关注和

---

① 本节与孙旭（西安外国语大学）合作。

深究的"重要现象"。笔者以为,鲁迅文化个性及"影因"的延宕,即使在看上去相当"偏远"的大西北的陕西,也有着相当真切和持续的显现。基于此,笔者尝试从"影因"的角度,主要以鲁迅与陕西为例,论述鲁迅"影因"的区域性存在及其体现,以期揭示"鲁迅文化"(尤其在学术文化层面)的深远影响。

一

何为"影因"?1976年,英国生物学家、牛津大学教授理查德·道金斯(Richard Dawkins)出版了其震动全球的生物学论著——《自私的基因》(*The Selfish Gene*)。在该书中,道金斯将现代人类的进化归结为两大根据:gene(基因)和meme(影因)。目前国内对meme一词的翻译并没有达成共识,有学者详细列举了当下关于meme的多种译法(如拟子、秘米、文化基因、影因、模因等),但最终无法裁定究竟哪一个符合道金斯原意中的用法。[①] 综合现有的资料看,每一种译法都有其妙义乃至妙趣,更能显示出这一概念的丰富意蕴和无穷魅力,如译为"模因"在含义上更为强调"模仿"与"重复"之意,多用在语言研究和翻译研究方面;而笔者则采用将meme译为"影因"的用法,彰显其广义的"影响因子"和"影响力量"着重强调其在文化进化与精神影响方面的理论意义。

在道金斯的设定中,meme本就是与gene相对应的一个概念,都建立在达尔文的学说基础之上。gene强调人的生物基因的进化,相对应的meme强调文化基因的演进。道金斯认为,meme体现了文化的复制,"这种新的复制需要一个名称,这一名称要能体现文化作为一个整体传递(transmission)和模仿(imitation)这一思想"[②]。目前国内比较通行的"模因"这一译法强调了其与"模仿"与"重复"的内涵,用在语言研究以及翻译理论中也可能言之成理,但是在文化或文学研究中存在陷入窄化其内涵的危险,忽略了meme作为概念其内涵的另一重要方面:"传递"与"传承"。

文化或文学不可能是简单的模仿与重复,且从meme这一概念的内涵而言,我们认为,meme描述了文化的"进化"与"变迁"。文化既作为"因子"这一

---

① 谢朝群. meme的译法[J]. 外语学刊,2008(1):63-67.
② Richard Dawkins. The Selfish Gene [M]. Oxford: Oxford University Press, 1989:192. 英文原文为:We need a name for the new replicator, a noun that conveys the idea of unit of cultural transmission, or a unit of imitation.

影响源而存在，也不可避免在发展的过程中"被影响"。如果 meme 的概念内涵只是"模仿"，又如何"解释文化发展过程中的'变异'活动"①。文化上的 meme，应该是吸收（assimilation）、记忆（retention）、表达（express）、传递（transmission）之间周而复始的循环过程。要吸收，一种文化就必须"相应地被关注、被理解、被接受"②。而被理解则意味着必须与接受者本身的认知系统相结合，因而吸收一种文化必然也有主体的主观选择因素，不完全是被动的模仿和重复。

因此，我们认为文化上的 meme 这一概念，其理论内涵应该是"因"与"影"，主动与被动两方面的结合。在具体的实践中，强调某一种文化或文学现象对后世的影响及其在传播和接受过程中的"被改造"。只有将"因"与"影"两方面相结合，才能将文化或文学从机械的生物进化论中摆脱出来。这是笔者将 meme 译为"影因"以及以"影因"为理论基础分析鲁迅与陕西渊源的出发点。

目前，meme 这一概念越来越多地被中国学者广泛应用到学术研究之中，陶在朴、冯英明、赵传海、王东明、毕文波等都对 meme 的翻译与定义的界定给出了阐释与论述，都在一定程度上强调了上文指出的 meme（"影因"）的文化内涵。总结其为"构成文化的基本单位"，称其是"内在于各种文化现象中，并且具有在时间和空间上得以传承和展开能力的基本理念或基本精神"③。而从个体角度看，则侧重指个人作为"文化的基本单位"对于后世所产生的影响作用，具体呈现为理想信念、文化成就、生活习惯、价值观念等对后世的影响。生命需要生生不息（基因衍生），传递文化信息的精神更需要世代传承（影因后续），精神传承的状况理应是衡量个人成就的重要标准，体现着一个人的文化品行与精神境界。这与理工科领域流行的"影响因子"统计分析其实也有相通之处。如鲁迅长期作为研究热点（研究著作和论文多）和"高被引"作家（原著被引用仍名列前茅），就有力说明了他的"影因"力量的巨大。这在相关大数据库完善的情况下，会得到更为翔实的分析和证明。

---

① Kim Sterelny. Memes Revisited [J]. British Journal of Philosophy of Science，2006，57（1）：159.
② Hylighen, Francis. "What Makes a Meme Successful?" [C] //Proceedings of the 15th International Congress on Cybernetics. Namur：Association Internat. de Cybernetique，1998：419.
③ 毕文波. 当代中国新文化基因若干问题思考提纲 [J]. 南京政治学院学报，2001（2）：27-31.

道金斯强调，人的自然生命结束后，会有两样东西存留下来，这就是"基因和影因"（genes and memes）。① 他的诸多看法其实也可以借用于"后鲁迅"现象的深入讨论。很显然，学术界、文化界更多关切的是鲁迅的"影因"。如王富仁曾说鲁迅是中国文化的"守夜人"②，诚然如此，鲁迅以犀利、深刻、独特的文艺形式，生动地再现了风雨交加、黑夜漫漫的旧中国，不仅在五四这一文化冲突和文化磨合的高峰阶段能够呼风唤雨，激荡人心，而且也将对传统文化的反思与有所选择地继承紧密结合起来。对此，作为"现代中华民族魂"和文化名人，"鲁迅身上同时体现的文化自觉与自信，对我们今天具有重要的现实意义。对优秀的民族文化充满自信，并且能够与时俱进，吸纳古今中外一切对中国有用的东西，善于各美其美，善于美人之美，更善于把这两种美整合，才能创造出既符合时代特色，又富民族精神的先进文化，才能导引中华民族走向自强"③。

二

鲁迅与陕西的结缘体现在许多方面。笔者尤其看重的则是他与陕西文化教育的结缘。他在早期接受各种文史知识的过程中固然少不了对周秦汉唐与陕西长安的了解和想象，但笔者在此更关切鲁迅本人亲临陕西并由此结下的缘分。

可以说，自从鲁迅赴陕开始，他就与陕西高校结下了难解之缘。1924 年鲁迅应西北大学之邀赴西安讲学，由此开始，"鲁迅与西安"就作为鲁迅研究一个学术增长点吸引了不少学者的关注。据有关材料记载，鲁迅此次"西游"在西安仅有 9 天时间（自 1924 年 7 月 21 日至 30 日），总共讲课 12 节，累计 12 个半小时。鲁迅在授课中精辟、独到地阐述了中国小说的历史发展，条分缕析，妙语连珠，他所强调的文学观点，如艺术起源于劳动，以及文艺与生活的辩证关系，还有对避世文学、虚假文学的批判等，都给听众留下了深刻印象。他的授课不仅传授了文学史知识，而且也具有文化启蒙的价值。因为在古老传统极为深厚的古都西安，新的学说和观念的传播并非易事。正是在鲁迅的影响下，汤鹤逸、程宛苓、云青、兆畴、思秋等人积极撰文强调文学为人生的重要使命，

---

① 参见 Richard Dawkins. The Selfish Gene [M]. Oxford：Oxford University Press，1989：199. 英文原文为：When we die, there are two things we can leave behind us：genes and memes.
② 参见王富仁. 中国文化的守夜人——鲁迅 [M]. 北京：人民文学出版社，2002.
③ 曲志红，廖翊，王立彬. 永远的鲁迅不朽的精神——鲁迅诞辰 130 周年随想 [EB/OL]. http：//culture.people.com.cn/GB/22219/15747128.html.

试图把中国几千年的"糊涂账"清算一部分。与此同时，鲁迅对进步思想文化的传输还对1928年间气势宏大的渭华起义，以及陕西青年作家（如冯润璋、曹冷泉）也产生了比较重要的影响。

古代有"孔夫子"西行未到秦的遗憾，而现代"鲁夫子"不仅亲临古都西安，还在这里讲学、郊游、看戏、会友、购物、谈天说地、揣摩小说，甚至偶尝大烟……他不仅生前在陕西文化交流史上留下了诸多佳话与故事，而且在其身后因其人格与文学的巨大魅力，也依然影响着陕西一代又一代的学子、学人。

笔者曾在短文《鲁迅与高校的结缘》中指出："作为文化巨人的鲁迅，与作为文化创造、文化传播'基地'的高校自然有着深切的缘分。要全面深入地研究鲁迅及'鲁迅研究'，忽略他与高校的关联显然是一种不足。"① 鲁迅研究自进入新时期以来，许多高校的中文系都提供了研究鲁迅的学术平台，无论是教学还是研究，鲁迅文化与鲁迅传统都能得到相当程度的关注与重视，高校的鲁迅研究已然成为一种学术现象，鲁迅与陕西高校的精神关联或陕西高校实存的鲁迅文化胎记，也正是鲁迅"影因"魅力的重要体现。

自鲁迅亲临讲学，西北大学就与其有了深切的结缘。如学校为纪念鲁迅赴陕70周年于图书馆前建立了鲁迅雕像，还长期采用鲁迅书法集字作为校名；一些教师基于对鲁迅及鲁迅文化的热爱，他们在中国高校中率先成立鲁迅研究室、创办《鲁迅研究年刊》。笔者曾撰写书评认为，《鲁迅研究年刊》的创办是名副其实的"名山事业"，其存在"使'鲁迅研究'或'鲁迅学'在经济大潮的繁音丛响中，仍保有其特有的严谨求实、不尚浮华的学术特色"②。而西北大学老一辈的学者单演义、蒙万夫、张华、阎愈新、蒋树铭、周健等教授，在陕西鲁迅研究事业中都做出了切实的贡献。早在20世纪80年代，西北大学鲁迅研究团队还特别关注鲁迅对当代作家和青年学子尤其是研究生的影响，"组织编辑了《当代作家谈鲁迅》等书，在研究生培养上也设有'鲁迅研究'方向；开设了系列课程，先后招收数十名研究生"③。从当年的研究生中就涌现出了王富仁、阎庆生、何锡章等著名的鲁迅研究者。

在著作方面，1957年单演义先生撰写的《鲁迅讲学在西安》（1981年正式

---

① 李继凯.鲁迅与高校的结缘［M］//郑欣淼，孙郁，刘增人主编.鲁迅研究年鉴2006.郑州：河南文艺出版社，2007：36.
② 李继凯.体大思精、宏博深厚的名山事业——《鲁迅研究年刊》（1991、1992合刊）述评［J］.鲁迅研究月刊，1993（6）：52.
③ 张雪艳，李继凯.新时期西北地区鲁迅研究概览［J］.鲁迅研究月刊，2007（12）：64.

出版专著《鲁迅在西安》）翔实地记述了鲁迅赴陕的始末，是研究鲁迅的重要著作。作为薛绥之主持的《鲁迅生平史料汇编》的丛书之一，《鲁迅在西安》与《鲁迅在南京》《鲁迅在绍兴》《鲁迅在日本》《鲁迅在北京》等一起构成了研究鲁迅的地域性历史资料。有论者认为，《鲁迅在西安》"不仅填补了鲁迅生平史上的一段空白，而且对于研究鲁迅在西安和文艺思想在西北地区的传播有很大的贡献，同时也为后来编写较为详备的鲁迅年谱及传记做了准备"[1]。而且，基于特定的历史发展阶段和原因，单演义对《鲁迅在西安》不同版本内容上的删改，在不同阶段对鲁迅思想认识和评价的变迁，也体现了鲁迅作为影响源的文化"因子"被"改造""塑形"的过程及其隐含的政治与文化意义，为从更广阔的视野认识文化与文学的变迁与接受提供了可贵的历史资料。

在西北大学教师中，后来还有武德运、李鲁歌、任广田、周燕芬、姜彩燕、高俊林等继续从事鲁迅研究，亦多有论著发表，对鲁迅多有新颖的理解和阐述；他们也曾多次组织召开各种层次的鲁迅研究学术会议，如2008年9月由西北大学和日本东北大学合办的"鲁迅研究国际学术会议"在西北大学举行，就在学术界产生了国际性的重要影响。

与此同时，位于古都西安的陕西师范大学，自20世纪50年代以来，在鲁迅研究方面也是成绩显著，影响广远，先后有卫俊秀、黎风、傅正乾、阎庆生、李继凯、史志谨、卢洪涛、田刚、袁盛勇等十多位专家、学者倾力于鲁迅研究。卫俊秀的《鲁迅〈野草〉探索》、黎风的《鲁迅小说艺术讲话》、阎庆生的《鲁迅创作心理论》、李继凯的《全人视境中的观照——鲁迅与茅盾比较论》、田刚的《鲁迅与中国士人传统》、史志谨的《鲁迅伦理思想与实践研究》、袁盛勇的《当代鲁迅现象研究》等都是研究鲁迅的用力之作，昭示着"鲁学"在秦地的生生不息，也揭示着鲁迅"影因"的实存且有强大的影响力。他们中有多人先后担任全国鲁迅研究会理事及其以上职务，他们还多次组织全国乃至国际性的鲁迅研究学术会议，具体策划和主持了"鲁迅研究书系"等系列著作的组稿和出版工作，主编了《言说不尽的鲁迅与五四》等著作，都在学术界产生了重要影响。从人才培养角度看，作为"胡风分子"的黎风教授在20世纪80年代培养的三位研究生李继凯、阎晶明和史志谨，先后都有多部鲁迅研究著作和数以百计的论文行世，他们的著述和教学也深深影响着自己的读者与学生。正如李

---

[1] 姜彩燕，王小丽. 单演义"鲁迅在西安"的研究及其意义[J]. 鲁迅研究月刊，2016(4)：39.

继凯所言:"我觉得鲁迅及鲁迅文化滋养了我及我的学生,进而也与这个生生不息、春秋代序的世界发生了耐人寻味的关联。"① 还有尤西林发表于《学术月刊》(2000年第8期)上的《关怀公共精神的"积极自由"行动者——鲁迅与现代知识分子角色》,李震发表于《中国社会科学》(2009年第3期)上的《〈摩罗诗力说〉与中国诗学的现代转型》等重要论文,也都显示了鲜明的学术创新意识,并引起较大的学术反响。

从中国知网目前的检索数据来看,作为陕西文科类高校的代表,陕西师范大学和西北大学无疑是陕西鲁迅研究的重镇。仅以在《鲁迅研究月刊》这一家标志性刊物上发表的文章为例,在数量上陕西师范大学与西北大学分别以17篇和10篇居于前两位。目前这两所高校都仍有多位教师从事鲁迅研究,且积极从事与鲁迅有关的学术交流、人才培养等工作。

此外,在陕西的宝鸡文理学院、渭南师范学院、西安外国语大学、延安大学、陕西学前师范学院等地方性高校,以及以理工科为主的西安工业大学、西安电子科技大学、陕西理工大学等高校中,也有一些教师在鲁迅研究方面取得了可观的成绩,先后涌现出像段国超、冯肖华、臧文静、王兵等鲁迅研究专家。还有陕西人民出版社的林理明、陕西人民教育出版社的高信等,也致力于鲁迅研究并编辑了大量鲁迅研究书籍。他们同样是陕西鲁迅研究方阵中重要的力量,他们和西北大学、陕西师范大学等高校教师一起,在与时俱进的时代语境下对鲁迅进行了多角度的阐释,为中国的鲁迅研究做出了切实的贡献,同时也通过体验鲁迅、研究鲁迅和传播鲁迅,用心灵之笔将鲁迅一次次地推上"文化使者"的地位,显示了鲁迅、鲁迅文化及"鲁学"所具有的深远影响。

三

如果我们转移一下视角来考察,就可以看到鲁迅与陕西有着更多实际的和启示性的关联,由此也能进一步见证或彰显鲁迅的"影因"力量。限于篇幅,这里仅略举三端。

其一,从鲁迅与延安的关联中,会引发不少有意味的话题。鲁迅与陕西"二安"(西安和延安)的或实或虚的关联,都有不同寻常之处。鲁迅亲临西安,是实实在在的"在场",他离开西安后,西安人尤其是高校师生仍在记忆和思考中不断"复活"着鲁迅。与此有所不同,鲁迅未至延安,是实实在在的

---

① 李继凯.我与鲁迅有"三缘"[N].文艺报,2013-09-11(6).

"不在场",然而历史事实显示着鲁迅在延安的巨大身影,在精神文化"影因"层面,显示着鲁迅确确实实的"在场"。鲁迅因其强大的"影因"力量而能"魂游天下",即使在相对封闭、贫穷至极的延安,也有"鲁迅"的进入和传播。自然,这不是躯体肉身的进入,而是"影因"精神的进入,于是就有了"鲁迅在延安"这样绵延至今的话题。近些年来,陕西学者以及从陕西外出或进入陕西的一些学者如田刚、潘磊和袁盛勇等都很关注"鲁迅与延安"这个论题,写出了一系列很有分量的文章,有的还出版了专著,有的完成了重要课题。笔者关注的鲁迅"影因"在延安的具体体现方式,则主要是媒介化、符号化的"鲁迅"在延安。"鲁迅"在延安,主要是通过媒介符号的传播显示其巨大"影因"力量的。可以说,由于时运所系,经过"人为媒"的努力和各种人为"媒介"作用的发挥,"延安"、延安文艺和"鲁迅"、鲁迅文化建立了复杂性的历史关联,从"延安"本体出发和从"鲁迅"本体出发可能会给出不同的甚至是对立的价值判断,而从艰难时世中鲁迅与延安的"传媒化""符号化"遇合及变化,固然可以看出延安形态的"鲁迅"及鲁迅文化的"影因"力量及其重大意义,但也可谓有得有失,化用"鲁迅"与刻意利用的界限已经模糊,需要我们给予恰如其分的辩证分析。倘从实证的层面看,当我们从历史的烟尘中看见当年的延安有那么多"鲁迅"的符号时,定然会浮想联翩——自1937年起,陕北苏区"鲁迅青年学校"、"鲁迅剧社"、鲁迅图书馆、鲁迅师范学校、鲁迅小学、鲁迅艺术学院、鲁迅研究会等机关、学校的相继成立,形成了延安、鲁迅、红色三位一体的独特的历史文化景观。延安时期的所有主要报刊,如《解放日报》《中国文化》《红色文化》《新中华报》《解放》《文艺突击》《大众文艺》等,都刊发过不少有关鲁迅的社论或文章,有的报纸发表的文章多达60余篇。从鲁迅与延安的关联中,有些学者已经进行了深入的探讨。比如,在陕西师范大学有7年学习经历(本科和研究生学历)的潘磊,推出了她的第一部专著《"鲁迅"在延安》[1],比较全面地考察和分析了鲁迅与延安的多重关系。本书采用丰富的第一手资料,评述了符号化的"鲁迅"在延安的种种"存在"样态,并进行了颇有深度的分析。而陕西师范大学教授田刚,长期关注鲁迅与延安、鲁迅与毛泽东之类的话题,尤其从文艺思潮角度,探讨了当时的延安文人以及作为政治领袖的毛泽东对鲁迅的接受,不同文艺派别对鲁迅思想、杂文以及形象的认识、借用或再塑造,为认识当时延安文艺的发展以及文艺派别思想状况、

---

[1] 潘磊. "鲁迅"在延安[M]. 桂林:广西师范大学出版社,2008.

鲁迅"被经典化"的过程等提供了实证资料和理论分析。① 由此可以说，鲁迅之于延安以及延安文艺，是"影因"实存意义上的"在场"，更能彰显鲁迅的"影因"力量。

其二，从鲁迅与当代陕西作家的关联中，也可以看出鲁迅的"影因"实存。这方面的实证材料很多，几乎每一位成名的当代陕西作家都认真读过鲁迅的作品，都或多或少、自觉不自觉地接受过鲁迅的影响。这里无法一一列述，仅以几位秦地著名作家为例管窥一下。在陕西著名作家中，柳青在中学读书期间便阅读了鲁迅、茅盾等大量五四作家的作品，伴随着对中国现代曲折历程的感知，他对鲁迅的"立人立国"志向和追求以及现实主义的创作取向有着深切的认同和相应的文学实践。他的"创业文学"与鲁迅的"启蒙文学"也有其合乎逻辑发展的内在联系。即使在作品潜在的批判性上也有其明显的承续和变化。那位广受关注的短篇小说代表作家王汶石，自1942年进入延安投身文学创作后，就一直生活在陕西，他曾亲承："伟大鲁迅的思想文化遗产，便成为浇铸我的人生观的一个重要的思想源泉。"② 被认为是改革开放先锋作家的路遥，也曾坦承自己"喜欢中国的《红楼梦》、鲁迅的全部著作和柳青的《创业史》"③。其名作《人生》在描写黄亚萍时写道："在她看来，追求个人幸福是一个人的权利与自由，'我是我自己的'，谁也没有权力干涉她的自由，包括至亲至爱的父亲。"④ 这样的笔触让人不禁联想到1925年鲁迅《伤逝》里的子君及其爱情宣言。陈忠实也始终心仪鲁迅、茅盾等现代作家，有学者认为，在"民族魂"的探询和重铸里，"陈忠实与鲁迅，精神相通"。"鲁迅直面现实与历史的严峻真实，高扬民族不屈的生命活力，反对虚浮，反对谎言，承受苦难并且穿越苦难，向着人类和民族的未来，孤独前行。绝望里的希望，拒绝幻灭。鲁迅的精神，薪火相传。"⑤ 在《白鹿原》中，也的确有鲁迅式冷峻的现实主义精神的渗透。即使被很多人认为是最远离鲁迅的贾平凹，他不仅拜读和推崇《鲁迅全集》，而且有明确的认知和表态："鲁迅之所以是鲁迅，是有社会原因和性格原因的。以我的体会，作为一个写作者，愈是写作就愈能理解鲁迅而感到鲁迅的伟大。"⑥ 鲁迅文

---

① 田刚. 鲁迅与延安文艺思潮 [J]. 文史哲，2011 (2).
② 西北大学鲁迅研究室编. 当代作家谈鲁迅 [M]. 西安：西北大学出版社，1984：8.
③ 路遥. 路遥全集 [M]. 北京：北京十月文艺出版社，2013：177.
④ 路遥. 人生 [M]. 北京：北京十月文艺出版社，2009：149-150.
⑤ 王仲生，王向力. 陈忠实的文学人生 [M]. 西安：陕西师范大学出版社，2012：328.
⑥ 李遇春. 西部作家精神档案 [M]. 北京：商务印书馆，2012：270.

学在意象和手法等方面都对贾平凹有所影响。除《古堡》里对农民愚昧状态的书写师法鲁迅外,其作品中常见的"鬼"意象描写也有鲁迅"影因"的渗透和体现。在《高兴》中,阿Q形象在贾平凹笔下主人公身上也有相当真切的映现①。证明着"阿Q注定活得更长久,因为它所再现的语言、形式、身份认同和自我肯定的困难,将在中国文明历史复兴的漫长道路上一路同我们相伴。"②类似的影响我们在红柯小说的创作中也可以发现,《故事新编》是鲁迅"戏说"历史的小说,多以"反英雄"的笔调对现实进行深刻的批判,这一写作手法也清晰地呈现在红柯的新历史小说《阿斗》中。红柯借阿斗之口对于三国时期的风云人物进行了有别于历史的另类书写,其对于传统、历史的解构意向显然是对鲁迅《故事新编》的继承与发展。而阿斗以"傻子"似的口吻诉说,倒更像是鲁迅笔下狂人的呓语。此外,创作有《村子》等名作的冯积岐,在《谈读书》里面也曾称在现当代文学名家中,他常读不厌的便有鲁迅。他对鲁迅的人格和文心都有很高的评价,且借此自勉。他说:"上个世纪三四十年代,鲁迅不是国民党政府的主流,主流是张恨水等人,但鲁迅留下来了。"③借以表示自己欲将"灵魂铸成文字"作为人生和文学的目标。

其三,鲁迅的"影因"还体现于秦地的出版、会议及书法等更多的文化事象中。比如,从陕西出版社出版情况来看,陕西人民出版社陆续推出的"鲁迅研究丛书",自1973年到1991年共出书38种,构成了老中青结合的研究队伍,也集中推出了重要的鲁迅研究成果。尤其是改革开放以后,全国很多鲁迅研究名家的著作都在这里首次问世或修订再版,在学术界充分坐实了陕西是鲁迅研究的重镇之一。不少学者(如王瑶、李何林、许杰、钟敬文、任访秋、单演义等)都是以"归来者"的身份重新投入学术研究中,也很欣慰地从陕西出版界推出的自己著作中找回了学术自信,重新焕发了学术青春。一些虽然也因受到苦难折磨却相对年轻的学者(如吕俊华、张华、许怀中、王富仁、阎庆生、闵抗生等),很快进入了学术前沿,显示了学术创新的锐气,引领了新时期初期的学术新潮。与该丛书的陆续出版不同,由陕西人民教育出版社于1996年一次性

---

① 高瑾,李继凯.《高兴》与《阿Q正传》的比较分析 [J].西安建筑科技大学学报,2008(4):49-54,62.
② 张旭东.中国现代主义起源的"名""言"之辩:重读《阿Q正传》[J].鲁迅研究月刊,2009(1):19.
③ 邰科祥,冯积岐."好作家要能表达边缘的东西"——冯积岐访谈录 [J].宝鸡文理学院学报(社会科学版),2011,31(2):44.

推出 16 种的 "鲁迅研究书系"，承前启后，既是对 20 世纪 80 年代鲁迅研究的一个总结，也是对 90 年代开创鲁迅研究新局面的切实努力。该书系内容十分丰富，作者队伍强大，出版后反响很大，获得了国家图书奖的提名奖。该书系综合体现出了学术创新和超越的优势，切实推动了鲁迅研究的历史性发展。诸如《历史的沉思：鲁迅与中国现代文学论》（王富仁）、《现代散文劲旅：鲁迅杂文研究》（袁良骏）、《中国现代小说史上的鲁迅》（林非）、《鲁迅与宗教文化》（郑欣森）、《民族魂与中国人》（李继凯）、《鲁迅创作心理论》（阎庆生）、《从中间寻找无限：鲁迅的文化价值观》（王乾坤）、《阿Q新论：阿Q与世界文学中的精神典型问题》（张梦阳）等，都是著者的殚精竭虑之作，尤其是能够"扫除了极左思想的毒害和影响，树立了实事求是研究鲁迅的新学风。自从鲁迅研究随着鲁迅创作的诞生而兴起以来，由涓涓细流发展到滔滔大河，融进了许多鲁迅研究名家和鲁迅崇敬研究者的心血。这是应当看到和肯定的"[①]。当然，鲁迅的"影因"还比较直观地体现在其他方面，比如，鲁迅书法就受到陕西许多作家和书法家的喜爱。笔者熟悉的陕西省书法家协会前副主席兼秘书长史星文就是这方面的典型代表，他精心收集许多种版本的鲁迅作品以及手稿，在自己的文章中经常谈及鲁迅对其为人为艺的启示，显示了他对鲁迅的崇敬以及鲁迅"影因"所具有的独特魅力。还有西北大学、陕西师范大学等高校的校名、校徽都采用了鲁迅书法（集字），那种显性符号也具有潜移默化的作用。即使仅是鲁迅一时兴起为秦腔易俗社题写的"古调独弹"四个字，也被高悬于易俗社的厅堂和无数喜爱秦腔的听众心中，产生着别具意味的"在墨迹中永生"的符号效应以及审美效果。另外，历来在陕举行的鲁迅研讨会包括原省鲁迅研究会的会议，使得众多鲁迅研究者会聚一堂，他们的有效阐释，对传播、揭示和彰显鲁迅的"影因"及精神起到了积极的促进作用；而许多开设鲁迅课程或现代文学史课程的教师，在课堂上讲授，在交流中讨论，不少高校还迎来了严家炎、张恩和、王富仁、王德威、钱理群等学者开设关于鲁迅的讲座，启发了无数的青年学子。

　　总之，从鲁迅与陕西的关联性研究中可以获得远超地域性的许多有益启示。笔者在此仅提示几点：1. 这种将具体的文化地理意义上的区域与鲁迅研究紧密结合起来的探索，可以进一步开拓并构成一个宏大的研究系列，这无疑是深化

[①] 黎风. 鲁迅研究史上的里程碑——"鲁迅研究书系"简评［J］. 博览群书，1997（5）：43.

研究鲁迅与中国、鲁迅与世界的一种有效的具体途径，研究中也需要扎扎实实、精工细作的"工匠精神"①；2. 从鲁迅与陕西的结缘中，可以看出鲁迅的"影因"确是存在的且是难以泯灭的，也许与其他区域（如浙江、上海、北京等）之于鲁迅而言，还不够丰富和典型，但由此仍可以引起我们的一系列延伸思考；3. 沿着鲁迅的人生足迹，我们不仅可以领略其人生历程、人文地理的斑斓，探访其"文化苦旅"，更可以看到其"影因"之踪及其不朽的力量，在区域化的鲁迅"影因"言说中，加深认知"鲁迅的方向，就是中华民族新文化的方向"②，以及"鲁迅反虚伪、反虚假的求真精神"③，由此显示出鲁迅"影因"具有强大的利他性；4. 不管是陕西高校对"鲁学"的重视、陕西作家对"鲁文"的敬仰，还是各种层次的对鲁迅研究成果以及大众对鲁迅"影因"的认同与传播，这些区域化的鲁迅"影因"实存都体现了鲁迅的价值所在及重要意义，同时也昭示着"鲁学"的生生不息；5. 有人称呼鲁迅是"现代圣人"，窃以为称为"圣人"总难免有"神化"之嫌，但言及古代孔子和现代鲁迅（鲁子）的精神不朽、"影因"长存则是无疑的，笔者坚信：经由"拿来主义"和"文化磨合"，鲁迅和他参与创造的新文化都将载入史册，并在人们的记忆、思考和回味中激活其"影因"，持续感受到"文化"鲁迅及其"影因"的魅性与力量。

第二节 鲁迅与高校的结缘及"影因"

作为文化巨人的鲁迅，与作为文化创造、文化传播"基地"的高校自然有着深切的缘分。要全面深入地研究鲁迅及"鲁迅研究"，忽略他与高校的关联显然是一种不足。鲁迅与高校不仅有师生情谊及情人之缘等人际因缘，更有文化传承和学术研究的精神因缘。

存在因缘而生意趣，有缘千里可来相会，以文会友也是"缘"。近些年鄙人曾屡次接到青岛大学冯光廉、刘增人等先生的信函、电话或赠书，其中围绕《多维视野中的鲁迅》《文科研究生治学导论》《鲁迅研究20年》《鲁迅研究年鉴》的约稿就有多次。由于事务杂多，总是不能及时交稿，身在西部高校（陕

---

① 参见葛涛，谷红梅. 一部体现"工匠精神"的鲁迅研究著作——评《寻求别样的人们：鲁迅在南京》[J]. 上海鲁迅研究，2018（3）：227-230.
② 毛泽东. 新民主主义论 [M]. 新华书店，1949：35.
③ 钱理群. "鲁迅"的"现在价值" [J]. 社会科学辑刊，2006（1）：180.

西师范大学）的我常怀着愧疚和感动之情，然而就在直接或委婉的催稿声中，还是竭力挣扎着将稿件发了出去——发往东部海边的高校青岛大学。幸运的是居然还能得到冯、刘等先生的肯定和鼓励。也缘于此，我想到了"鲁迅与高校"这样的题目。我觉得这是他们用实际行动彰显的一个大课题。当鲁迅研究主要成为高校诸多专家的"专利"时，从某种意义说也即意味着鲁迅从民间社会、公共空间进入了象牙塔，尽管这并非全然昭示着鲁迅文化建设的良性发展，却毕竟能够显示坚守鲁迅精神的学术努力。高校成为研究鲁迅和传播鲁迅精神的主要阵地和渠道，这业已成为一个不争的事实。青岛大学则是近些年来鲁迅研究一个名副其实的中心——该校于2002年和北京鲁迅博物馆联合成立鲁迅研究中心，并推出了鲁迅研究书系和鲁迅研究年鉴书系，还在2004年8月组织召开了鲁迅研究20年国际学术研讨会，在全国产生了重要影响。众所周知，进入经济中心时代后的人文社会科学研究，整体处于被轻视的地位。在这样的时代背景下，该中心的每一项工作实际都是在克服了诸多困难后完成的。尤其是组织编纂集大成性的整合巨著《多维视野中的鲁迅》和每年一度的《鲁迅研究年鉴》，都要耗费大量的时间精力，面临的人力物力的困难也是不难想见的。所以，也尤其显得难能可贵，令人心生敬意。而姜振昌、周海波、徐鹏绪、李玉明、魏韶华等青岛大学的教师们，也都在鲁迅研究和教学方面做出了自己的努力，有些成果充满新意，令人刮目相看。

  与青岛大学遥相呼应，在中国西部的陕西师范大学，也有一些热衷于鲁迅研究的人。尽管他们缺乏那种"组织"意识，却也如青岛大学的同人一样，有对鲁迅研究的自觉意识和默默奉献的精神。[①] 自20世纪50年代以来，这里先后有10多位学者从事过（有的仍在从事）鲁迅研究。老一代有卫俊秀、黎风、傅正乾、阎庆生等教授，中青年一代有李继凯、史志谨、卢洪涛、田刚等学者。迄今已出版鲁迅研究方面的个人专著10部，发表相关论文60余篇，内容涉及思想研究、作品研究、比较研究等多个领域，对西北地区乃至全国的鲁迅研究都有所推动，也得到了业内同行的肯定和赞许。譬如，卫俊秀的《鲁迅〈野草〉探索》、阎庆生的《鲁迅杂文的艺术特质》及《鲁迅创作心理论》、李继凯的《全人视境中的观照——鲁迅与茅盾比较论》及《民族魂与中国人》、史志谨的《鲁迅伦理思想与实践研究》及《鲁迅小说解读》，以及几位年轻学者相关的论

[①] 详参阎庆生、田刚编撰《滋兰树蕙 薪尽火传——陕西师范大学文学院的鲁迅研究》，陕西师范大学出版社2024年版。

著等，都各显特色，各有价值，在学术界也产生了较大的影响。至于涉写鲁迅的单篇论文作者就更多了，来自不同学科的教师从语言、文学、美学、历史、美术、政治等角度都有相关论文，其中有的论文角度很新颖独到，如尤西林的《关怀公共精神的"积极自由"行动者——鲁迅与现代知识分子角色》[①]，对鲁迅思想中可贵的现代知识分子品格给予了充分的阐发和肯定，观点新锐，论述深刻，有着鲜明的思辨色彩和前沿意识。

国内名校的鲁迅研究自然更值得关注。名校如北京大学、复旦大学、武汉大学、南京大学、中山大学、浙江大学、山东大学、吉林大学、北京师范大学、华东师范大学及中国社会科学院研究生院等，都可以作为典型案例来考察。在这些高校中，都有或曾经有重量级学者为鲁迅研究做出重要的贡献。如王瑶、李何林、唐弢、严家炎、林非、王富仁、钱理群等，都堪称鲁迅学的奠基人或研究重镇。自然，名校中的教授们常有不同寻常的地方，如武汉大学的苏雪林，从尊鲁到"反鲁"，变化中有非常耐人寻味的东西；而后来该校的易竹贤则把苏雪林目为对立的"鲁迅与胡适"进行了并行不悖的研究，真正体现了学术理性的力量。1953年，在山东大学校长华岗的倡导和主持下，该校中文系开设了"鲁迅研究"专题课，被视为一项创举，开了"鲁迅研究"课的先河。该课题组的讲稿陆续在《文史哲》上发表，最后结集成《鲁迅研究》并由作家出版社出版，在全国高校产生了持久的影响。中山大学邓国伟还特别"中国特色"地指出："鲁迅不仅是现代文学的鲁迅，更是中国文学的鲁迅，鲁迅实际是中国文学史、中国思想文化的代表。今天我们对鲁迅研究眼界应该更宽，而且各高校应该建立一个鲁迅研究中心，要普及下去，只有在充分研究基础上才能将鲁迅的精神永远传承下去。"这样的建议也许只能在部分高校中实行，尤其是那些与鲁迅有历史联系的高校，应该努力建设鲁迅研究的基地。

即使在地方高校中，也有一些似乎确为"普通"的高校，如徐州师范大学、绍兴文理学院、渭南师范学院等，也都有相当突出的学者，为鲁迅研究贡献了可贵的学术成果。而他们的努力，在维系鲁迅学的学科生命方面则有着重要的意义。通过这些普通高校的教学、科研及社会服务，尤其是当本科教育进入大众化阶段，"普及鲁迅"的主要渠道才能由此形成。近些年来，很多理工科高校也纷纷举办文科教育，其中有些高校也吸引了研究鲁迅的学者，如清华大学的

[①] 尤西林. 关怀公共精神的"积极自由"行动者——鲁迅与现代知识分子角色 [J]. 学术月刊, 2000 (8): 78—82.

汪晖（《反抗绝望——鲁迅及其文学世界》的作者），华中科技大学的王乾坤（《鲁迅的生命哲学》的作者）等，都是鲁迅研究领域的知名学者，在他们身上还显示了这样的动态：社会科学院系统的一些人也进入高校了。高校的魅力在增强，高校鲁迅研究的力量也在加强。同时，外省的地方高校也有了新的气象。比如，提倡外省文化且期盼其崛起的王富仁，果然以实际行动从京都撤离，在海边的汕头大学继续从事学术文化创造。其中也仍将鲁迅研究和讲析鲁迅作为自己的一个重要使命。而撰写了《鲁迅与浙东文化》等著作的陈方竞，也在汕头大学为鲁迅学的建构继续奉献自己的力量。他们近些年来大力提倡"新国学"，鲁迅学或以鲁迅为主要代表的中国现代思想文化也被整合为"新国学"的一个有机组成部分。由此也足可以昭示鲁迅与国学建构等前沿性课题正在引起关注。

　　是的，从"鲁迅与高校"的视角可以发现许多问题值得进一步研究。诸如鲁迅与高等教育的互动关系，鲁迅与高校的名字及校园文化，鲁迅在高校的教学与演讲，鲁迅与高校师友及学生，高等教育与鲁迅的文凭观，鲁迅高等教育功能观的现代意义，鲁迅的治学与教材编写，高校人文环境与鲁迅的教书生涯，鲁迅的"双肩挑"及其沉重人生，鲁迅与国外高校的结缘，国内高校鲁迅研究综论，高校鲁迅研究与鲁迅学及学派，高校鲁迅研究争议面面观，中国高校的鲁迅学与西方高校的莎学之比较，高校鲁迅研究与学术玄学化倾向，高校鲁迅研究队伍及知识结构分析，鲁迅思想对人文学科建设的启示，文学史的重写与鲁迅形象的重构，鲁迅对高校的疏离及其原因，鲁迅文化遗产与高等教育，鲁迅精神对高级知识分子的影响，鲁迅文学及大学生的接受，研究生教育与鲁迅研究，现代传媒中的鲁迅与高校师生，高校网络论坛中的鲁迅，启蒙情结与精英教育——以鲁迅为例，鲁迅作为高校教师的成功及局限，高校对"普及鲁迅"的贡献，高校教师对鲁迅研究资料的整理和考证，仙台东北大学（当年鲁迅学习的仙台医学专门学校现已成了日本东北大学的医学部）与鲁迅等，无论题目大小，几乎都是饶有意趣的学术性话题。

　　鲁迅与高校的关联意义涉及很多方面，并且不同的声音常触及不同的意义层面——如北京大学中文系钱理群曾说："鲁迅作为中华民族精神的代表，又是具有我们这个民族原创性的作家，从过去到现在始终是中国现代文学的旗手。如果研究现代文学的人对鲁迅避而不谈，那么就是在数典忘祖。"清华大学人文学院汪晖指出："鲁迅是一个卓越的学者，也是一个很好的老师。但在一个现代大学和学术制度已经建立起来的时代，他最终选择了自由撰稿人的角色，我把他看作是媒体丛林战的战士。他跟胡适很不一样，胡适在学术界有很大的学术势力；鲁迅好像没有什么势力，他靠的是精神传承的力量。我并不是反对专业研究，而是说现代大学制度很接近于毛泽东说的那种培养驯服工具的机器——过去是政治的驯服工具，现在是市场的驯服工具。鲁迅在精神上是最反对驯服工具的。"原文化部副部长郑欣淼说："近些年来，鲁迅研究取得了丰硕成果，许多高校重新开设了鲁迅研究课程，这有力地说明鲁迅著作是中华民族高度智慧的结晶，鲁迅的心灵与广大读者的心灵是相通的。"2005年教育部办公厅在《关于推荐高校师生观看电影〈鲁迅〉的通知》中则要求："通过组织观看影片《鲁迅》，要进一步引导师生理解鲁迅作品的精髓，充分认识鲁迅生命不息、战斗不止的革命精神，深刻理解和认真学习鲁迅的伟大品质，激发自身的爱国热情，勤奋学习，努力工作，为全面建设小康社会，实现中华民族伟大复兴而努力奋斗。"意义生成于阐释，这些话语就有各自特定的意义。尽管在官方与民间、高校与社会或学者之间可以对鲁迅有不同的理解，但鲁迅作为可以不断进行再阐释的研究对象，鲁迅及鲁迅研究所形成的鲁迅文化作为一种文化资源，高校的有识之士对此显然是不应漠视的。即便仅仅是为了考察高校对鲁迅研究的贡献，也应当为此付出较多的心力。

第三节 在持久"接受"中彰显鲁迅的当代性

笔者曾在2017年拜读阎晶明《鲁迅还在》一书时写了一篇书评，题为《观照经典 持续思考》[1]，着意从学术视角来强调这本学术随笔集的价值和意义，其实，即使作者一再强调普及鲁迅的重要性，但这本书没有局限于普及，而是着力从鲁迅生活史的诸多细节里，发现鲁迅的日常习惯及生活意趣，也体现着能够贴近我们当下生活的一面。这其实也是在彰显生活化鲁迅的"当代性"。

在这里，我还想在比较现代文坛双星鲁迅与茅盾的话题中，从若干方面阐释鲁迅与茅盾的当代性。

一

鲁迅与茅盾都是具有当代性的文学大师，在接受中生成的"鲁迅文化"与

---

[1] 李继凯. 观照经典 持续思考[J]. 读书，2018（2）：77-80.

"茅盾文化",在文化积累、文化再生及针砭时弊诸方面,都具有不可忽视的当代价值与意义;在当代多元文化动态发展的视野里,应以理性态度来把握鲁迅与茅盾的当代性,从论争话语、人格特征、人生形态及文学影响等方面切实理解其当代性的"存在",而文学大师的当代性亦即意味着自我生命的延续和对当下文化创造的参与。无论在现代学术史上,还是在近些年的文化批评与文学评论中,关于鲁迅与茅盾的激烈争论或悬殊评价总是存在的。即使在国内曾经竭力将鲁迅与茅盾"神圣化"的时候,在国外也有截然相反、评价迥异的研究。尽管其中难免也会有别样的扭曲,却毕竟有一些堪称扎实的学术研究,并在相宜之时对国内学界产生了不可忽视的影响。这种影响主要体现于新时期以来的相关研究中,加之实事求是传统的恢复和实践,使鲁迅研究与茅盾研究取得了相当丰富的收获,并从这些新的研究和阐释中,体现出了鲁迅与茅盾的当代价值。

但不可忽视的是,受各种复杂思潮的影响,也掀起了贬鲁亦抑茅的冲击波。就新时期以来的情况看,这股冲击波大抵经历了"三部曲":一是贬其艺术,将现实主义视为过时之物,用纯艺术和现代派的放大镜来审视的结果,或说鲁迅既无大的杰作又很快趋于创作力的衰竭,或说茅盾理性过剩、主题先行而少成功的作品;二是贬其人格,往往借破除神化或圣化鲁迅与茅盾为口实,而蓄意将他们庸俗化乃至丑化,或谓鲁迅心理黑暗、刻薄多疑,或称茅盾损人利己、官瘾十足,并常常在材料并不充足的情况下,用潜意识理论来主观揣测鲁迅与茅盾的所谓隐秘心理,颇有以小人之心度君子之腹的嫌疑;三是整体否定、坚决抛弃,虽然骨子里几乎是仇视鲁迅与茅盾,但表面上要借着反思或创新的名义,于重评重估中行颠覆决裂之实。有时似乎也手下留情,只是不承认他们是什么大家、大师而已,有时则措辞尖刻尖锐,称鲁迅是"一块老石头",要让他滚一边去。至于对茅盾,更是不屑一顾,简直将他当作了极左政治在文艺界的代表。尤其是在"实行"的拜物主义、金钱主义和"虚妄"的文化保守主义猖獗的情形下,加之国外一些汉学家的负面影响,鲁迅与茅盾所遭到的责难和冷遇,也便成了自然而然、见多不怪的事情。如今,在有些人那里鲁迅与茅盾都成了"拜拜"的对象了,甚至在有的浑身"后现代"味的人那里,还要被莫名其妙地骂上几声。岂不知就在他们刻意地"耍酷""潇洒"的时候,他们没有意识到鲁迅才是"真的好酷"!茅盾才是"真的潇洒"!事实上,在更多人看来,鲁迅并没有远去,他就真实地活在人们的心中,但已经不再是涂满红色釉彩的神像,甚至也不单纯是作家或战士,而是一个充满魅力的故事很多的人,一个让人景仰也让人亲近的人，一个性格丰富而又复杂得让人说不清道不完的文化名人；茅盾的情形与此有些类似，真诚地怀念他、研究他的人也自会在心中衡量出他的轻重，他的风度、气质真的是风流倜傥、儒雅大方，他的自强精进、奋发有为，也着实令人生敬，远非一般追奇逐怪而自命不凡者所能企及。

自然，鲁迅与茅盾在自己的历史上，也曾经是相当普通的无名的少年儿童，甚至也都有摆脱不了的失去父亲与家道中衰等纯粹"私人化"的悲哀，但他们的不懈追求与历史机遇的慷慨馈赠，使他们有幸成了新文化运动中的弄潮儿，并相继成为真正"重量级"的大作家，这早已成为无法改变的历史。但如西哲所言，所有的历史都是当代史。处于当代多元文化格局中的人们，必然都要从自己的文化视境中看待鲁迅与茅盾。因此，看法不同甚至针锋相对都是不奇怪的。问题在于，有些观点有违基本的历史事实，或表现出明显的歪曲甚至别有用心的目的，则需要甄别与辨析。比如，较之于过早去世的鲁迅，茅盾及其代表作（如《子夜》）的理性特征，尤其是其为官的晚年经历似乎招致了较多的指责和批评，好像他的贴近时代的思考和高寿居然为他加多了耻辱，由此使他在有些人的印象中，已不再像鲁迅那样依然是英杰文豪，他的鼻梁上被意外地抹了不少白粉，俨然有些类乎丑角了。倘若真的如此，这两位生前结缘很深的现实主义作家，倒仿佛成了相对立的人物，一个重于泰山，一个却轻如鸿毛了。

事实果真如此吗？或者说，我们究竟应怎样看待鲁迅与茅盾呢？

如果让笔者简洁地回答，这就是：鲁迅与茅盾都是具有当代性的文学大师，这也意味着他们自我生命的延续和对当下文化创造的参与。鲁迅是中国20世纪最重要的文化巨人，就其总体特色而言，则是伟大的文学家与伟大的思想家的相当完美的结合；茅盾也当得起中国20世纪杰出的文化巨匠，就其总体特色而言，则是伟大的文学家与重要的政治家相当完美的结合。他们都是中国历史上难得的"文学大师"，而非"文学小师"，更非"文学劣师"，都有着相当大的世界性影响。即使他们自身存在这样那样的矛盾或不足，也实难遮蔽其应有的光辉，也足可引为今人与后人的镜鉴。而他们的思想文化遗产及其在文化史、文学史、学术史上产生的种种影响，客观上也已形成相当引人注目的文化现象，从主导方面看也已成为后人应予珍惜的思想文化资源。将鲁迅及鲁迅研究、茅盾及茅盾研究视为文化性存在，名之为"鲁迅文化"和"茅盾文化"，在一定意义上讲是成立的。

而作为思想化的重要资源，于文化积累、文化再生及针砭时弊诸方面，"鲁迅文化"和"茅盾文化"的价值与意义也是不宜低估的。"新时期"以来的历史发展实际业已证明了这点。正是这"新时期"接续上了自近代以来便萌发的立人立国的现代化之梦。五四时代的强音再度响彻云霄,透入人们的心底。鲁迅研究和茅盾研究也迎来了各自的"新时期",取得了令人欣慰的学术成果。而从这些与时俱进的研究中,也可以看出鲁迅与茅盾在话语中的"复活",在文化中的"生存",以及在复活与生存中体现出的活生生的当代性。比如,鲁迅面对文化冲突的"独立意识"与茅盾感应时代需求的"秘书意识"皆非常鲜明,同时作为他们主体意识的重要组成部分,对其人生和创作都产生了重大影响,其个性构成、创作特色及其缺欠不足均与此相关,应引起我们高度重视(相比较也可以说鲁迅的自由意识或个性意识强于茅盾,茅盾的秘书意识或服务意识强于鲁迅。但他们都追求穿透现实、超越文学,成为广义上的"文化工作者")。而这样两种意识的当代延宕,还在模塑着这样两类作家,他们都为社会所需,作用各有侧重。值得说明的是,鲁迅与茅盾都共同忠诚于他们的"时代",由此使其人与文就都具有堂堂正气,故他们不是如某些人说的那样,是精神上或人格上的奴隶。

二

我们应该持有理性态度,从学理层面来关注大师的当代性。古今中外的大师,大多是具有强烈的"当代关怀"情结的人,研究他们的意义除了历史意义也应有当代意义,而这意义即生成于与此相关的"当代关怀",研究者的认识、体验、情感等主体性因素在这方面当会得到必要的发挥。此外也有必要确认,有无"当代性"诚是检验能否成为大师的一条重要标准,大师的当代性影响也可以反过来成为大师之所以存在的确证。比如,从茅盾与新中国文学(特别是与17年文学及新时期文学),茅盾对中国资产阶级命运的思考和描写(特别是对民族资本家的悲剧和异化人生的描写),茅盾与人生派或社会剖析派,茅盾与现代长篇小说及"茅盾文学奖",茅盾与当代文学评论,茅盾与地域文学,茅盾与都市文学,茅盾与女性文学等方面,稍具文学史常识者皆可清晰地看到茅盾存在的当代性。所以在我们看来,具有如此成就和广泛影响者,自然可以也应该被目为大师。而鲁迅的当代辐射面无疑更广,特别是在广义的社会批判、文化反思与精神重建(国民性改造)等方面,以之为师的人也正有增无减。尽管围绕鲁迅及其杂文、茅盾及"茅盾文学奖"的争议很大,但人们确实感到鲁迅与茅盾凭借自身与历史的综合实力,早已进入了动态发展的文学"现场",而成为争议人物本身,就非常生动地证明了他们的"在场"。当然,本着理性精神,我们还应该看到大师的相对性。大师并非万能，特别是从多元文化格局来审视，大师只能是相对意义上的大师，不可能覆盖所有文学流派，并为所有后来人承认。而具体言说大师，也往往只能在特定层面上展开。如从文体创造角度看，可以说鲁迅与茅盾是小说艺术大师，茅盾更是现代长篇小说的大师，鲁迅更是现代短篇小说的大师，但不能说他们是现代诗歌大师或戏剧大师；从文学流派或风格来看，可以说鲁迅和茅盾主要是现实主义大师，但不能说他们是浪漫主义大师；等等。显然，我们只能在某种相应的语境中从某种意义上来谈论鲁迅与茅盾的"大师"身份。

我们注意到，尽管前些年有人在为20世纪中国文学"大师"重新排什么座次，但人们通常还是在文学史上将鲁迅、郭沫若和茅盾并提的，所谓"鲁、郭、茅"是也。"三大家"之说毕竟给人留下了太深的印象。虽然有人执意要改变这种"格局"，但从"历史"存在的真实情况看，这种现代文坛"三大家"的称谓确是"历史"（现代史特别是现代政治文化史）形成的，并不以人的意志为转移。只要从20世纪中国历史、文化史，尤其是政治文化史的角度来考察文学，就不能不较多地关注他们的巨大存在。但在文学"接受史"的意义上，尤其是在某些人的接受过程中，会发生调整或变形。然而无论如何，鲁迅与茅盾总是非常引人注目的两位作家，特别是以为人生的现实主义创作名世的广有影响的两位作家。鲁迅被很多人称为"伟大的文学家、伟大的思想家、伟大的革命家"，以一人之身而显示了"三大家"整合的分量；茅盾也被不少人视为伟大的作家、伟大的政治活动家与伟大的理论批评家，誉之者也是不遗余力的。但这些"定论"似乎受到了越来越多的怀疑与挑战。

也许是由于人们对"文化大革命"极其反感的缘故，当今社会是不太喜欢"伟大"这类词汇的，对原来被称为"伟大"的人和事，大多开始予以颠覆。其实，所谓"伟大"者，也是相对而言的。不是有很普通的良母表达了母爱就被称为"伟大的母亲"吗？不是有人因为偶然事故中的勇于牺牲就被称为"伟大的英雄'吗？不是有人唱了些流行歌曲就被尊为"伟大的天王"吗？所以称鲁迅与茅盾是"伟大的文学家"实在没有必要惹某些人产生那么多的不满，尽管后者似乎严肃得多。就在这种既消解"伟大"又滥用"伟大"的时代语境中，我们注意到，即使是那种采取"抽象肯定，具体否定"之类的游戏方式将茅盾逐出文学类（如小说、散文等）大师行列的人，也不得不承认，"茅盾在文学理论、批评、创作和领导等几乎各方面都影响巨大，如果总体上排'义学大师'，他是鲜有匹敌的，第二位置应当之无愧……"①

请看，这里不仅承认茅盾是"文学大师"，而且还被放在第二位！可见本欲将茅盾大加贬低甚至扫地出门的人，也不得不在"多项全能"的名义下，仍给茅盾留个重要的位置。不过，在小说、散文（包括杂文）等具体文体创作的"大师"行列中踪迹全无的人，居然也会被普遍视为文学大师吗？这实际是那些看似"游戏"而实有些"狡猾"的人留下的并不简单的问题。近期报载《文学界话说王朔金庸》② 一文，其中介绍了批评家吴亮的高见："国内好多人捧金庸，是打鬼借钟馗，比如，王一川是用金庸打茅盾，打击了一大片，这是武林中的宗派斗争。"

原来如此！可见问题确实非同小可，是值得特别注意的。这样的排座次居然也带有"派"的味道，其实也有"冷落当官的"之类的动机，与"精英意识"和"民间立场"都有深切的关系。自然也与外国（特别是西方）人的看法密切相关。有的人已经习惯以"老外"的态度为态度，要看着"洋大人"的眼色行事，其殖民主义文化心态也必然会影响到对中国作家的评论。在这样的人看来，20世纪是西方的世纪，西方即代表着"世界"，其流行的价值观仿佛也就成了唯一的尺度。衡量中国作家是否为文学大师也要看"老外"的态度。于是就将学舌的结果体现在重排"座次"上了。现在问题还不在于要不要反思文学史和那些"座次"，而在于以怎样的态度（如严肃的还是游戏的，学术的还是非学术的等）去反思和研究。

不为这种否定鲁迅与茅盾的思潮所动而坚持有关研究确是难能可贵的，敬重鲁迅与茅盾自然也是无可非议的，在研究鲁迅与茅盾时固然也要越深越细越好，但不应该依循那种神化圣化抑或无微不至的理路。这方面的教训已经很多，后来者不应重蹈覆辙。可以肯定地说，基于迷信而产生的"崇拜"与"利用"，无论来自官方还是民间，无论对领袖还是对作家，其实也都隐含着某种"危险"与"危机"。尤其是在这个异常复杂的时代，面对什么样的人和事都条件反射似的令人想到"复杂"二字。谈论鲁迅与茅盾，自然也就要顾及"全人"，不能只看到他们的"半张脸"。

---

① 王一川等主编. 20世纪中国文学大师文库小说卷上（引语）[M]. 海口：南海出版公司，1994：3.
② 赵晋华. 文学界话说王朔金庸[N]. 中华读书报，1999-12-01.

三

　　作为文学大师的鲁迅与茅盾,其存在的"当代性"自然也体现于人格及文格方面。倘从生命存在的真相看大师,则凡为大师者必为复杂化的存在,而复杂化的存在必然蕴含各种矛盾,但复杂意味着丰富,矛盾意味着活跃,由此透示着某种深受当代人所欣赏的魅力。鲁迅与茅盾的人本及文本没有从当代视野中隐去,原因之一即在于此。

　　于是就有了"回到鲁迅那里去"的求实求真的探索,就有了对鲁迅"反抗绝望"精神特征的深入细致的发掘,还有了对鲁迅个性心理包括性爱心理的分析报告,如王富仁的《中国反封建思想革命的一面镜子》、钱理群的《心灵的探寻》、汪晖的《反抗绝望》、吴俊的《鲁迅个性心理研究》、孙郁的《20世纪中国最忧患的灵魂》、王乾坤的《鲁迅的生命哲学》、郜元宝的《鲁迅六讲》等研究著作,就在确确实实更为贴近鲁迅本身的同时,也更深切地感受到了研究对象的莫可名状的沉重及其丰富而又复杂的文化意蕴。此外,在近些年来推出的大型的"鲁迅研究书系"(袁良骏主编)以及孙郁、黄乔生主编的《回望鲁迅》丛书中,都可以使人们看到一个非常复杂而又丰富的鲁迅。事实上,基于现实生活和外来影响所生成的多元化的思想文化空间,为人们提供了较多的自由言说的权利,这也就为从各种角度、各种层次来认知鲁迅、体察鲁迅提供了可能,从而能够于众声喧哗中时或听到相当新颖的声音。一些研究者的独立思考能力在增强,由反思、细读、透析导致了一系列新锐的发现,特别是在鲁迅本体、作品文本的研究方面,多有创获,深层的东西发掘得越来越多。譬如,对鲁迅"立人"思想的研究,对鲁迅创作文体的研究,对鲁迅文化心态的分析,对鲁迅"中间物"哲思的寻绎,对鲁迅情感世界的叩询,以及对鲁迅与现代主义关系的追索等,均有新的探索与收获,格外鲜明地显示了鲁迅的复杂性与丰富性。

　　值得注意的是,与鲁迅研究相仿佛,自新时期以来,人们在认识和发掘着茅盾的"丰富与复杂"的同时,也在努力去了解茅盾的"矛盾与困惑"。也许,当代人的人格最明显的特征是矛盾,而这样的"当代"人格在鲁迅与茅盾身上可以说就体现得非常鲜明。过去,由于某些言语的遮蔽,以及茅盾自己的回避,我们总觉得以"茅盾"为笔名的这位作家并不那么"矛盾"。在观念中多以为茅盾是理性很强大的人,很少表现出自己的矛盾,即使表现出来也是短暂的。然而事实上并非如此,茅盾的矛盾即使没有鲁迅那样"深广",却也是相当显著和深刻的。就茅盾一生所遭逢的矛盾而言,确实可以做这样的概括:初尝矛盾的茅盾;陷入矛盾的茅盾;逃离矛盾的茅盾;矛盾一生的茅盾。对于这样一个干干脆脆以"矛盾"为自己命名①的现代中国文化名人,在笔者看来,值得研究的东西还有很多。即使仅仅谈他的"矛盾"(从他原来的坦然承认矛盾到他后来有意无意地遮掩矛盾)也是个难以一时说尽的话题。他的矛盾,他的苦恼,他的失意,他的无奈,甚至他的失误,他的虚饰或包装等,也都可以本着实事求是的原则来进行深入的探讨。过去,人们对后来似乎总是在有意回避矛盾的茅盾,出于爱戴或其他原因,很少谈他的矛盾。好像茅盾也因此而"单纯"或"单调"多了。其实,这并不是茅盾的"真实"或真实的"茅盾"。从比较直观的层面看,也许茅盾的复杂会比鲁迅更明显一些。因为一般说来,鲁迅总是那样冷静冷峻、深刻深沉,而茅盾在不少的情况下,特别是在五四时期和旅日前后,既热烈而又沉静,既浮露而又深刻,既激进而又正统,既细致而又粗心,既博大而又浅薄,他谨慎、随和,但有时也大胆任性并固执己见,这些都生动地表明茅盾是个矛盾的人:他在中西文化之间矛盾,他在理性与感性之间矛盾,他在文学与政治之间矛盾,他在自我表现与社会再现之间矛盾,他在家庭义务与浪漫感情之间矛盾。他的矛盾也体现了社会与人生的普遍矛盾,但如今似乎被这个更加矛盾的世界遗忘了。然而世间总还有为其"矛盾"所吸引的人在,他们对茅盾的理解却并不因为茅盾或他人的"单纯单调"的说明而总是"单纯单调"下去;茅盾的矛盾复杂和丰富多彩的人生,其人生遭际中的喜怒哀乐、兴衰荣辱、悲欢离合等,对他本人来说虽然都成过去,但更多更深地了解茅盾,对当代人们更好地认识人生、把握人生毕竟还是有启发意义的。

四

自然,矛盾复杂而又多所探索和创造的人生,肯定是相当沉重的人生。由此我们可以形成一个基本判断,即鲁迅与茅盾都是"沉重型"的人,而非"轻浮型"的人!我们所说鲁迅与茅盾是"沉重型"的人,有着多层含意:1.人生体验的沉重感:他们的生活经历以及生活方式、工作方式等,都可以说明这点,尽管他们也偶有消闲和娱乐,但他们在忧患中辛勤工作画就了他们主体的形象。2.个人理想与人生规范的沉重选择:使命感的强烈,新道德的确立,为人生、为进步的信念等,是鲁迅与茅盾在文化、文学事业追求上自觉的担承。3.多方兼顾和寻求平衡的人生建构:鲁迅与茅盾在人生与艺术上,总是力求兼顾现实性和超越性、思想性和艺术性、感性与理性、自我与社会的统一,使得自己的

---

① 茅盾. 我走过的道路(中)[M]. 北京:人民文学出版社,1984:6.

人生不能不沉重。4. 历史贡献的沉重：他们在历史上做出的重大贡献是无法否认的，作为重量级文人与作家的历史性存在，特别是鲁迅，分量尤其"沉重"，注定是世界性的文化伟人。5. 鲁迅与茅盾之教训的沉重：他们既非"完人"，就会有不足和失误，又因为是文化界的"大人物"，影响很大，其身后被利用也有目共睹，所以教训确属沉重。从鲁迅与茅盾本身来说，他们对自身存在的不足是有自知之明的，严格的自我解剖和提醒他人严格鉴别，表现出他们的诚实。这种诚实，也令人肃然起敬。

但对他们不敬且要"清理"他们的人的存在与繁衍，正表明他们被"骂"的日子似乎很难终结。国内有些人流对鲁迅的误读，最明显的一个特征就是把鲁迅的"沉重"读解成了"虚伪"，化作了轻飘飘的玩笑，言语间还不无讽刺之意，于是转为中国版"后现代"的轻浮轻薄和平面化世俗化，这是对"沉重"型人生的崇高、责任和使命等实际人生内容的"卸载"与"消解"。比如，他在《我看鲁迅》[①] 中转述鲁迅《狗的驳诘》的意象内容和出自《我们现在怎样做父亲》中的名言，便用了"痞子文学"常用的语调，结果鲁迅式的"沉重"被轻而易举却又非常残酷地消解掉了。在港台与国外也有人刻意要消解鲁迅的"沉重"。如知名散文家董桥就娴于运用这种方法。他在《甲寅日记一叶》《叫鲁迅太沉重》等文中，就道出了一个"不沉重的鲁迅"，一个"古意盎然"和"向往游仙"的鲁迅。而作为文化战士、文化伟人的鲁迅却远去了淡化了。[②] 这样的鲁迅可以使他们放心，可以引为同志，没有"生命承受之重"的日子，大家都轻松自在，今天天气哈哈哈，这个世界也就变得更加惬意和美好了。这种回避沉重人生而一味追求轻松人生的选择，虽然对个体而言是拥有这种权利的，但对现实中的整体而言，近乎"瞒和骗"，对丑恶的现实、腐化的灵魂往往起到遮蔽与保护的作用。鲁迅当年对性灵文学、闲适文学的批评早已揭示了这些文学的消极作用，对今天的人们可以说仍有警示的意义。对茅盾的人生道路，特别是他的超文学的人生选择，一些人给予了指责。这里有只取一点不及其余的局限，更有对政治文化盲目拒斥的狭隘，仿佛只有他们心目中纯而又纯的文学女神才是人生的一切。也有人称茅盾的文学创作陷入了自我颠覆的境地，茅盾的政治选择和理性表现是悲剧性的存在，如此认定的人同样将茅盾的人生视

---

① 王朔. 我看鲁迅 [M]//杨扬主编；葛红兵，朱立冬编. 王朔研究资料. 天津：天津人民出版社，2005：94-104.

② 房向东. 鲁迅：最受诬蔑的人 [M]. 上海：上海书店出版社，2000：311-314.

为过于沉重的人生，其文学也有着太沉重的东西，于是也要通过自己特殊的解释方法，将茅盾文学与人生中的沉重按自己主观的愿望进行"卸载"。如果由这种批评思路能够总结出茅盾人生与文学中存在的严重教训，那是正当的、必要的，但由此导致对责任、使命、道德、理性等人生意义和"为人生的文学"价值的"卸载"，那是相当危险的。在如今做个有良心的作家确实很不容易，趋"钱"附"性"的所谓文学大有垄断市场之势。不少顶着作家头衔的人，根本不关心现实生活的真实和人民利益的需要，总写些不着边际的东西。他们或写些已故文人的浪漫故事，或写些帝王将相的陈年旧事，或炮制一些男女乱爱的风流情事，或堆砌一些三教九流的灰色琐事，如此等等，皆可信手写来，不假思索，戏说生活，闲话人生，玩弄文艺，其乐何如？然而由此对良心的放逐，必然会产生不可忽视的社会影响——将有更多的人受到污染，变得没心没肺，丧心病狂，灵魂被名缰利锁缚住，躯体也被物欲横流淹没。从这种"没良心"的作家身上，我们也可以发现一种实实在在的"公害"的存在，对此，我们很容易想到鲁迅与茅盾的存在，因为用他们的文学精神诚可以医治这样的"良心匮乏症"。"文学"如此，"人生"也一样。如今流行着的不是对鲁迅与茅盾的"沉重型"人生或带有牺牲意味的崇高精神的认同，而是这样的"游戏人生"亦即"追求好玩"的生活规则：今日有酒今日醉，今日有性今日乐；今日有钱今日花，今日有肉今日吃；今日有权今日用，今日有福今日享……在奉行这种人生原则的人看来，一切为了自己，赶紧消费、及时行乐的思想，才是唯一的"现代思想"和"人的学说"！尤其奇怪的是，有更多的人居然将这些视为"先锋"和"前卫"，视为当今社会最先进的东西，因为这些东西可以引人走向轻松和快乐，特别是物质性、本能性的感官享乐。这些所谓人生原则，在鲁迅与茅盾的"沉重型"人生选择面前，的确显示出了异乎寻常的"生命之轻"！如果说鲁迅与茅盾等一代新文化先驱确实为我们留下了"现代文化传统"，那么这种新型传统的"负重、庄重"特征，无疑是值得我们充分珍视的。而作为更新意义上的中国民族文化，中国现代民族文化也形成了自己不易被颠覆的"传统"，身处这一传统"主场"位置的鲁迅与茅盾，则必将在后人的"继承"中获得新的生命。

五

诚然，从鲁迅与茅盾在当代的实际影响来看，可以明确看出其作为文学大师的当代性。一般说来，大师的存在确实为后人提供了重要的精神资源，有形无形地影响着后人，同时也使他们有足够的材料和话题来阐释和发挥。从主导方面看，以鲁迅与茅盾为人生楷模与文化追求的向导，对提高民族文化素质和个人生存质量，确会有不小的助益。仅从他们成为"谈资"而言——当鲁迅与茅盾都成了历史人物之后，就更成了可以自由言说的对象，对激活人们的当代性思考（包括有关的文学思考）也实有裨益。

比如，李泽厚认为："鲁迅喜欢安特也夫，喜欢迦尔洵，也喜欢厨川白村。鲁迅对世界的荒谬、怪诞、阴冷感，对死和生的强烈感受是那样锐敏和深刻，不仅使鲁迅在创作和欣赏的文艺特色和审美兴味（例如对绘画）上，有着明显的现代特征，既不同于郭沫若那种浮泛叫喊自我扩张的浪漫主义，也不同于茅盾那种刻意描绘却同样肤浅的写实主义，而且也使鲁迅终其一生的孤独和悲凉具有形而上学的哲理意味。"① 这种非常明显的扬鲁抑茅倾向是很有代表性的。尽管我们并不同意这里对茅盾的贬低（因为李泽厚一方面提倡着个性与主体性，一方面却只能欣赏鲁迅的个性而对茅盾的个性则视而不见），但认为这类观点可以激发人们进一步的思考。比如，台湾学者王德威也立意"重估"，但能够看到鲁迅与茅盾的联系和区别："新崛起的作家中能以独特的视景回应鲁迅创作言谈模式的，不在少数。而笔者以为茅盾、老舍、沈从文三人的作品，最值得我们重新评估。在以往的批评规范下，这些作家或被划为鲁迅传统的实践者，或被轻视为缺乏鲁迅般的批判精神。实则他们对风格形式的试炼，对题材人物的构想，已丰富了鲁迅以降的中国小说面貌。总是依赖鲁迅作品的风格来贬抑他们的成绩，难免要招致故步自封之讥。比较起来，三位作家里以鲁迅与茅盾的传承关系最为亲密。这不只是因为茅盾将鲁迅式的新小说习作观念化，为现代中国写实（暨自然主义）的理论奠定基础，也是因为茅、鲁二人在'左联'时期互通声息，关系密切之故。如果我们视鲁迅为文学革命的号手，则茅盾堪膺革命文学的健将。二人对以后半世纪中国小说的发展，各有启蒙性意义。……茅盾早期长篇小说中叙事声音的展开、人物动机的转换、场景的调配等处理，均非鲁迅所能企及。尤其掌握群众场面及素描人物内心风景上，茅盾均有独特之处。"② 像这样的审慎之论显然更接近历史的真实，也远比实际出于某种成见而来的扬鲁贬茅或借人"打"茅的做法更明智。近些年来，有一种出于"同情"

---

① 李泽厚. 中国现代思想史论［M］. 北京：东方出版社，1987：115.
② 王德威. 鲁迅之后［M］//宋庆龄基金会，西北大学合编. 鲁迅研究年刊（1990年号）［M］. 北京：中国和平出版社，1990：331.

而对鲁迅与茅盾晚年深表惋惜的话语也很流行，以为如果没有他们晚年的转变，他们便会完成他们的"伟大"。这似乎较单纯地"骂"他们要有力得多，感人得多，这种"同情"只要不是别有用心，应该说是有些道理的，但笔者以为，这大约仍是将人生单一化了，多是采用了"纯文学"或"唯美"的眼光来打量鲁迅与茅盾，所以其自身的局限仍是不言而喻的。何况，既然提倡多元多样的文化观、文学观，既然可以容忍或接受那么些"多元"，为什么就偏要嫌弃鲁迅与茅盾这"一元"或"二元"呢？

无论有些人多么嫌弃鲁迅与茅盾，他们作为一代"文学大师"而不是"文学小师"，其身后的文学事业毕竟会有人继承。仅就具体行为而言，鲁迅与茅盾也都曾为了大力培养文学新人，付出过许多时间精力。不少作家直接得到过他们的帮助。鲁迅尽管文学生涯短些，但几乎从他登上文坛的同时，就有文学青年来不断请益，其中也有像许广平、吕云章这样的女大学生。而后来就又有像丁玲、萧红这样的女作家，深得其文学精神的沾溉。他所帮助的文学后来人（尤其是乡土小说、左翼文学的作家群）中，有许多在文学史上都很有成就，包括像茅盾这样具有开宗立派实力的作家也自认为，确得到过鲁迅文学的滋养。而受到过茅盾文学影响的人其实也有很多，就拿在创作上还不太著名的叶君健来说，他的被翻译成20来种外文的小说《山村》，就有茅盾影响的影子。① 我们知道，茅盾初以评论家、编辑家身份进入文坛，所做的工作，原本就是以"为他人作嫁衣"为主要职业的，后来更是注意培养文学新人，在这方面，可以说也贯彻了他的一生。据有的学者统计，茅盾一生所评论的作家多达300多人，大致可以分成三代或四代。这些评论大多对作家和读者都有所帮助。其中，除了五四以来的老作家以外，三四十年代出现的不少重要的文学新人，他大都品评过；新中国成立后涌现的文学新人，茅盾也满腔热忱地予以品评，其中不少文学新人都是因为茅盾的发现、赏识和推崇而跃入文坛、立住脚跟的。由此而来也便有了许多动人的故事。② 除非可以轻易抹杀那些有真情实意的回忆录，否则这类动人的故事还会流传下去，并通过作品的影响和作家之间的缘分，使茅盾的文学精神得以不死。

是的，文化事业、文学事业也是靠薪火传递才拥有未来的，而在未来光辉的反照中，我们也总会依稀看到鲁迅与茅盾的身影。记得丁玲在《悼念茅盾同

---

① 叶念先. 父亲与茅盾、老舍及巴金 [J]. 文学自由谈，1999（4）：106–112.
② 罗宗义. 回眸集 [M]. 北京：团结出版社，1990.

志》一文中说：他"是一位辛勤培植的园丁，把希望和关心倾注在文坛上的新秀。他写了很多奖励后进的文章，评价新作家，推崇新作品。许多被他赞誉过的后辈，都会为自己的创作而怀念他，为自己能有所进步而感谢他"。这显然也表达了那一代文学新人共同的心声。像这样的近乎感恩的声音，自然对茅盾文学评论的负作用有所遮蔽，但其真诚不必怀疑。而这类声音在回忆鲁迅悼念鲁迅的文章中自然可以找到更多。近期由鲁迅博物馆等单位编辑、北京出版社推出的 240 万字的多卷本《鲁迅回忆录》，就记载了大量的这方面的事例。像胡风在文艺思想、精神独立等方面对鲁迅的继承，萧红在乡土文学、剖析国民等方面对鲁迅的师承，萧军在以恶抗恶、精神刚强等方面受鲁迅的影响，都是人们所熟悉的例证。即使从近些年来人们对鲁迅的"接受"来看，"走进当代的鲁迅"的身影也高大清晰，不仅"鲁迅式"的知识分子和研究鲁迅的学者在探究与弘扬鲁迅的精神文化，一些作家也在自觉不自觉中承续着鲁迅的文学范式，发展着鲁迅的文学追求，在改造和重建国民灵魂方面竭尽全力，而大中学生对鲁迅的了解和喜爱，更是给人一种令人鼓舞和心动的希望。如《当代作家谈鲁迅》《当代作家谈鲁迅（续）》《鲁迅新画像》《我心中的鲁迅——北京市中学生征文选》等专书，以及网上关于鲁迅的许多资料与言说，也颇能确证鲁迅的当代影响。而这种当代影响还确实走向了世界。如诺贝尔文学奖得主日本作家大江健三郎说："我现在写作随笔的最根本动机，也是为了拯救日本人、亚洲乃至世界的明天。而用最优美的文体和深刻思考写出这样的随笔、世界文学中永远不可能被忘却的巨匠是鲁迅先生。在我有生之年，我希望向鲁迅先生靠近，哪怕只能挨近一点点。"他还特别强调："这是我文学和人生的最大愿望。"[1] 随着人们对自然生态重视程度的提高，人们对精神生态的重要意义也有了新的认识。在这样的人文思潮中，人们对有益于人类精神生态建设的文化名人、文学大师的兴趣也会得到提升。我们坚信，在 20 世纪大师的行列里，鲁迅与茅盾可以说是相当突出的两位；从当代精神生态的平衡来看，也非常需要鲁迅与茅盾的"存在"；其久远的影响和被怀念、探讨甚至争论的"命运"，也使他们的身后不至于过于寂寞。

在言说当代性时，我们也不能回避某种"沉重"的话题。

---

[1] 大江健三郎. 我怎样写随笔［N］. 中华读书报，2000-09-27.

第三章

鲁迅：研究中国人的自觉者

第一节　建构"立人"的系统机制①

鲁迅一生最关注和着力"研究"的是什么？我们认为是"立人"，即唤醒中国人的主体意识、加强自身的现代化建设这一至关重要的问题。他对中国人的"研究"，从对中国文化的反思入手，着力寻求"立人"的系统机制与内在机制，为重建民族自我做出了不懈的努力，并在关于中国人的诸多思考中积淀了自己的"人学"思想，上升到了文化哲学的高度。综观鲁迅一生，他对中国人的"研究"是全面、深刻的。

从客观存在的形态看，潜心学过医的鲁迅的心屏上，映现出了这样三种类型的中国人：病态型、常态型和超常型。相应地形成了中国人的三种人生图景，它们常常混融在一起，既模糊而又清晰地为鲁迅敏锐的知觉所收摄、知解，直觉的影像化作了生动的艺术，理智的思辨升华为深刻的文化批判。毋庸讳言，在鲁迅看来，传统的中国人大多是"病态型"的人，尽管程度或病状有着种种的不同。其病态人生的种种表现，或"病态社会"的百态图在鲁迅的笔下，可谓得到了迄今为止仍是最充分的再现。正由于病态人生极其普遍，常态人生这种在健康社会应为最普遍的人生形态却几乎被掩蔽了，甚至超常者（少数先觉者）也常常表现出非"狂"即"疯"的病态，人格明显受到扭曲。"病态社会的不幸的人们"的常态人生往往就等于病态人生，只有很少的情况如童真意趣盎然（《社戏》）的时光，才出现几缕常态人生的晨曦。而病态社会的"黑云

---

① 本节与阎晶明（中国作家协会）合作。

压城",也势必会造成先觉者那初建的心灵堡垒的破损甚至崩塌(《孤独者》《在酒楼上》),当然,随着中国人跨入现代门槛之后的发展和鲁迅自身的发展,鲁迅对中国人的看法也有所改变。但他对中国人的总体内在结构的把握,仍没有太大的变化,即他客观上仍然认为中国人是由病态型、常态型、超常型三者交叉、相关所构成的动态的社会系统。不过与他前期的认识不同,他后期已经看到,"病态型"的中国人呈现出了锐减的趋势,"常态型"与"超常型"相应则有明显的增加。

从鲁迅主观情感倾向看,在他心目中存在着"可憎的中国人""可悲的中国人""可敬的中国人"等不同的人物谱系。鲁迅曾经设想:"可以择历来极其特别,而其实是代表着中国人性质之一种的人物,作一部中国的'人史',如英国嘉勒尔的《英雄及英雄崇拜》,美国亚懋生的《伟人论》那样。惟须好坏俱有,有啮雪苦节的苏武,舍身求法的玄奘,有'鞠躬尽瘁,死而后已'的孔明,但也有呆信古法,'死而后已'的王莽,有半当真半取笑的变法的王安石;张献忠当然也在内。"[①] 应该说,在鲁迅现存的全集之中,就有这样的"人史",从中不仅可以看出中国人的千姿百态或民族的复合性自我,也能体察到鲁迅强烈的爱憎情感或真正的鲁迅自我。众所周知,鲁迅一生对那种"对于羊显凶兽相""对于凶兽显羊相"的中国人都是极为憎恶的。这种中国人大多是大小统治者及其帮凶。对这些人鲁迅憎恨无已,视为敌人,与之做毫不妥协的战斗。与此不同,鲁迅对"下层社会"的不幸则寄予了极大的同情,为他们"默默的生长、萎黄、枯死"感到由衷的悲哀。浸润着鲁迅这种情感的中国人,相对而言也就是鲁迅那个时代的"常态人"。尽管这些常态人往往病相多端,鲁迅有时也流露出明显的钦敬之情(如长妈妈、闰土)。但严格地说来,鲁迅心目中可敬的中国人主要的还是相当于前述的"超常型"的人们。当然,鲁迅崇敬之情的投射并非固定不变,如昔日敬仰不置的章太炎后来也在鲁迅心目中黯淡了下去;而前期尚存怀疑的共产党人赢得了他越来越大的崇敬。

从鲁迅的自我反省来看,身为中国人之一的鲁迅,以其严格的自我解剖精神,昭示着自我更新的途径与方法,同时由个人自省的更新模式,转换或生发出对中国人亦即民族自我更新的系统构想。鲁迅对自我的反观与省察,同"研究"中国人是密切相关的,只有自我意识清醒的人,才会"推己及人",获得人生哲理的启示。鲁迅对"立人"这一人类命题的颖悟与执着,就以他自我的生

[①] 鲁迅.晨凉漫记[M]//鲁迅全集:第五卷.北京:人民文学出版社,2005:248.

活感受和成长历程为基础。鲁迅的自我更新与变化之大是历来为人们所重视的，他的严格的自我解剖精神也为人们所熟悉。对此我们不再重复，而只想强调，当"立人"的命题引起近现代中国人高度重视的时候，已获得了与传统文化所讲求的修身养性全然不同的崭新意义。时代的先觉者已冲破了传统文人的依附性人格或封闭性自我的束缚，开始张扬独立不羁的个性与强烈的反叛传统的精神。而先觉者自己的由来，则出于我们民族文化在外来文化撞击下所发生的"老树的破裂"。显然，当那位来自古色古香的绍兴和家庭、其名叫作"周树人"的人朝着沉睡中的大众走来时，也并非天生就负着"耶稣"之类的圣命。只有当他自身随着"老树"的绽裂、沐浴着西方文化的光照而成为一株挺拔的"新树"时，"树人"亦即"立人"的现代性的历史使命才由他坚定地背负了起来。也就是说，只有冲出中国传统文化"怪圈"的缠绕，以西方文化为参照系重构自己的文化心理，鲁迅才能站到赵太爷、孔乙己和阿Q所代表的封闭型文化的巨大惰性的对立面，也才能发出"立人"的声声召唤：

致人性于全，不使之偏倚，因以见今日之文明也。①

根柢在人……是故将生存两间，角逐列国是务，其首在立人，人立而后凡事举；若其道术，乃必尊个性而张精神。②

今索诸中国，为精神界之战士者安在？有作至诚之声，致吾人于善美刚健者乎？有作温煦之声，援吾人出于荒寒者乎？③

这种视世间（尤其是中国）最基本、最重要的问题是"人"本身建设的"立人"之声，响彻于鲁迅一生的所有著述之中。

我们赞同这样的说法，即鲁迅之为鲁迅，是从他的《文化偏至论》一文开始的，因为鲁迅在本文中已自觉地把自我更新运演的个人模式（尚属初建性的）投射出来，体现在他对民族自我更新的系统机制的构想之中。他把握住了"小我"与"大我""个性觉"与"群之大觉"的内在同一性，亦即文化的心理上的同构对应关系，从而以中西文化的撞击为条件，以先觉者的"个性觉"为突破口，以改造国民性、重建民族文化心理结构为过程，以开发民族潜能、确立新型的民族主体为基础，以"立人""立国"为鹄的，构建了他的"立人"系统思想的基本骨架。兹后则不断地对这基本骨架给予增益和丰满。事实是，鲁

---

① 鲁迅. 科学史教篇 [M] //鲁迅全集：第一卷. 北京：人民文学出版社，2005：35.
② 鲁迅. 文化偏至论 [M] //鲁迅全集：第一卷. 北京：人民文学出版社，2005：58.
③ 鲁迅. 摩罗诗力说 [M] //鲁迅全集：第一卷. 北京：人民文学出版社，2005：102.

迅始终没有放弃他的这一基本构想：

> 中国在今，内密既发，四邻竞集而迫拶，情状自不能无所变迁。夫安弱守雌，笃于旧习，固无以争存天，第所以匡救之者，缪而失正，虽则日易故常，哭泣叫号之不已，于忧患又何补矣？此所为明哲之士，必洞达世界之大势，权衡校量，去其偏颇，得其神明，施之国中，翕合无间。外之既不后于世界之思潮，内之仍弗失固有之血脉，取今复古，别立新宗，人生意义，致之深邃，则国人之自觉至，个性张，沙聚之邦，由是转为人国。人国既建，乃雄厉无前，屹然独见于天下……①

为求明晰起见，据此并参照鲁迅前期其他的论述，以及我们的理解，特作如下图示：

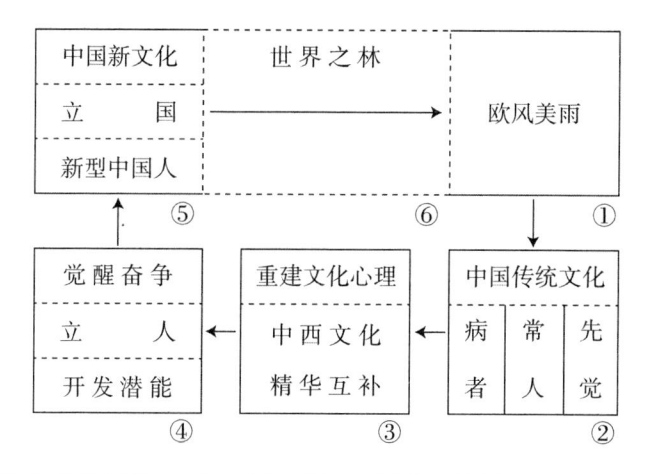

```
┌─────────┐   ┌─────────┐   ┌─────────┐
│ 中国新文化│   │ 世界之林 │   │         │
├─────────┤   ├─────────┤   │ 欧风美雨 │
│ 立    国 │──→│         │──→│         │
├─────────┤   │         │   │         │
│ 新型中国人│   │         │   │         │
└─────────┘   └─────────┘   └─────────┘
     ↑⑤          ⑥              ①↓
┌─────────┐   ┌─────────┐   ┌─────────┐
│ 觉醒奋争 │   │重建文化心理│  │中国传统文化│
├─────────┤   ├─────────┤   ├──┬──┬──┤
│ 立    人 │←──│         │←──│病│常│先│
├─────────┤   │中西文化  │   │者│人│觉│
│ 开发潜能 │   │精华互补  │   │  │  │  │
└─────────┘   └─────────┘   └──┴──┴──┘
     ④            ③              ②
```

这可视为鲁迅前期关于"立人"系统机制构想的模式。简略说明如次：

①—②近代的西方大炮敲开了中国封闭的大门，民族的灾难是显见的，但随之而来的大洋彼岸的欧风美雨并非全然是魔鬼的凶焰与垂涎，在相当的意义上，倒是天使的熏风和甘霖。无此，中国的"开放"态势就不可能形成。美国学者莫里斯在《开放的自我》一书中曾说："假如有一个'难以和解的敌手'，在摧毁着人，这个敌人就是人自己。我们在自己身上敏锐地感觉到这股黑暗势力。"② 在我们呻吟着自己的疾痛时，我们首先应该省察自己身体的病灶，而不是一味埋怨外部季节的变换。由于"安弱守雌，笃于旧习""自我相关"，中国

---

① 鲁迅. 文化偏至论 [M] //鲁迅全集：第一卷. 北京：人民文学出版社，2005：57.
② [美] 莫里斯. 开放的自我 [M]. 定扬，译. 上海：上海人民出版社，1965：3.

人遂失去了起码的反思能力，其延续也成了一种近乎机械式的"复制"，即鲁迅称之为"修补老例"的宗祖式的再塑造。正是由于有西方文化做参照，鲁迅才深刻感受到中国人自身文化心理的"超稳定性"；西方文化的猛烈撞击，既激活了鲁迅本人"创造"的冲动或意识，也由此使他领会到欧风美雨对"刷新"中国人旧貌的重要意义。

②—③在20世纪初叶，中国人发起了伟大的新文化运动，得风气之先的先觉者尽管自身还有这样那样的弱点，但毕竟较早地受过"炼狱"的洗礼，故而能在这场重铸中国人自我形象的运动中起到"普罗米修斯"的作用。国民性的改造，亦即新文化的传播与创建，最先也只能有赖于这些先觉者的努力。也就是说先觉的"明哲之士"，在自己梦醒之后，必须竭尽全力促使国人也从梦中醒来。只有"猛士"之力与国民之潜力的耦合，才能构成足使民族自我更新的全部内驱力量。因而先觉者的存在价值往往正体现在他以怎样行之有效的方式来对"常人""病者"进行"启蒙"。而鲁迅正是五四时期崛立起来的伟大的启蒙者，"现代精神首先在像他（指鲁迅——引者）那样的中国人的心灵中成熟，并通过他以及与他一类的人而成为中华民族的基本精神"①。

③—④中国人由旧我转换为新我，绝非限于外表的"换装"，更重要的则是对传统文化进行整体功能性的反思，否定、批判其封闭性的"偏颇"，获得由扬弃而来的精华，使之与催醒我们的西方文化精华"翕合无间"，造成一种非中非西、亦中亦西的最优化互补结构，即二者的互渗互补之结果是"别立新宗"，既不是完全同化他者，亦不为他者所同化，就仿佛平等相爱的父母共生的新生命。换言之，只有将中国文化置诸世界文化的大系统中进行观照、比较，才能取得一种较为"清醒的自我意识"，才能识别传统文化的优劣成分，才能由此做出优化选择（使中西文化精华互补融合起来），才能进行民族自我的所谓"创造性的转换"（使中国人的文化心理结构包括民族无意识的深层都得到根本性的重建与调节）。②

④—⑤只有随着文化心理结构的重建与置换，中国人才能激发出创造性的活力，"个性张"而又"指归在动作"；只有当"人各有己，而群之大觉近"③，

---

① ［美］王际真. 英译本《鲁迅小说选》导言［M］//中国社会科学院文学研究所，国外中国学文学研究组编. 国外中国文学研究论丛：中国现代文学专辑［M］. 北京：中国文联出版公司，1985：139.

② 李泽厚. 中国现代思想史论［M］. 北京：东方出版社，1987：43.

③ 鲁迅. 破恶声论［M］//鲁迅全集：第八卷. 北京：人民文学出版社，2005：26.

亦即"每个人的自由发展是一切人的自由发展的条件"① 成为或较大部分地成为现实之时，民族的潜能（压抑中的生命强力与良性文化）才有可能得到深入的发掘，"人立而后凡事举"，觉醒后的奋争也就格外具有力量。"人国"之"立"，由是垂成。

⑤—⑥事实上，当中国人以民族的大我真正"屹然独于天下"时，中国人创造力的外化也就会展现出一片新的文化景象，展现出一片新的"理想世界"，不仅能够满足民族自我的需要，而且能够为整个人类做出自己的贡献。

鲁迅构想的这一"立人"的系统机制，显然是一环流的系统，而不是一次性的简单过程（如图所示）。在这里，它所昭示的，不仅是"开放"的重要性，更新民族文化心理的根底性、"立人"的关键性等，而且尤其是这样的系统特质：必须始终保持在世界性的联系中，循环往复地进行民族自我的更新；在不断地解放或重建个体自我的过程中，去获取美好的未来。不过，我们必须充分注意，鲁迅后来还逐渐对这一系统机制做了不少重要的增益和改善，主要表现在：

⑥—④在世界之林有着重要地位的中国，一方面要自觉地发扬国际主义精神，一方面也为更好地"立人"提供了良好的社会条件。在这两方面，鲁迅前期强调较少，甚至不十分明确。较多强调的是"屹然独见于天下"，即直接的目的限于"立国"，尚未充分重视国际主义的必要，因为国际主义精神在鲁迅后期才得到充分阐扬；较多强调的是"立人"方能"立国"。而对"立国"在一定的历史条件下给予"立人"的巨大反向制约作用，未做充分的阐释，后期则大有增进，摆脱了"立人"与"立国"的单向理解，上升到了真正辩证的高度，即认为"立人"才能"立国"，而"国"的每一进步和变化又会反转对"立人"发生积极的作用。

④—②在这里，后期鲁迅更清晰地看到了真正切实有效的"立人"手段，即真正有效地重建民族文化心理的手段：开发潜能与奋起抗争。从鲁迅前期的实际来看，鲁迅虽然也重视抗争，倡导行动，但他注意的中心或最主要的方面无疑是"思想革命"，而后期则趋于把政治革命与思想革命统一起来，甚至有时表示更心悦于大炮和火与剑的威力，更感到对策性很强的阶级斗争学说的"明快有力"。故而对在艰难困苦中坚持武装斗争的共产党人增添了钦佩，对中国人

---

① 中共中央马克思恩格斯列宁斯大林著作编译局编译. 马克思恩格斯选集1 [M]. 北京：人民出版社，2012：422.

生命之"伟力"和良性文化也有了更深切的认识。易言之,由于中国人实际发生了诸多的变化和鲁迅在各方面认识的增进,鲁迅心目中的中国人,在"格局"上已经得到了重新建构。尽管他客观上仍然认为中国人有着层次上的不同,"病态人生"仍是较普遍的现象,但他由所掌握的阶级分析的方法,对"病者"做了更为细微的剖析,从带有病态的劳苦大众身上看到了许多"常态人生"的内容,由此更看清了"民族脊梁"及其生存的土壤。一旦扩大了的先觉者队伍与人民大众胜利"会师"时,"民族的自信力"必然得到更大的加强。

②—⑥在上述的心理基础上,民族自我也就彻底改变了原本是被动"开放"的情形,变成了主动"开放",成为主动的选择者:"运用脑髓,放出眼光,自己来拿!"① 由是经过独立的"权衡校量",或使用,或存放,或毁灭,"将彼俘来",任从驱使,自由地投入促使民族文化发生创造性转换的活动中去,从而也就能够构成与西方文化平行对话,甚至是竞争或挑战的态势,从而有力地推进整个人类进向美好的未来。

不难想见,这些增益的内容对原"立人"系统模式的重新建构,使鲁迅关于中国人的"立人"系统机制,由原来的单向环流系统增益为可以同时倒逆运演的双向运动的系统。或者说,增益后的"立人"系统模式清晰地呈现为双向互逆、辩证运动的良性系统。这是鲁迅对中国人生存与发展做出艰苦思考、上下求索的结晶,是他的文化哲学思想中最重要的一种成果。他所构建的"立人"系统机制,不仅对中国人的自新有着重要意义,同时也具有文化人类学、社会心理学等人文科学的普遍意义。

在近现代的世界范围内,人文科学已经受到了越来越高的重视。它从许多方面投射出色调各异的光束,集中照亮了"人"这一聚焦点。它在综合的意义上,试图着力研究人本身尤其是"人"的主体能动的方面,以求在科学的"自我意识"这种重要的前提下,更好地发挥"人"的创造性,更好地利导自身的潜能,俾使病弱的民族亦能从衰颓的命运中摆脱出来,并进而成为人类中的先进部分。而鲁迅之为鲁迅,我们认为就在于他始终不渝地在"人学"领域里开垦,并围绕着"立人"这一中心"上下求索",为寻求中国人自身及民族的现代化的系统机制做出了卓越的贡献。

如上论述,这种系统机制是整体性的,在理解鲁迅"立人"系统思想时绝不能孤立地强调或突出任何单一方面或因素。但出于针对学术界或思想文化领

---

① 鲁迅. 拿来主义 [M] //鲁迅全集:第六卷. 北京:人民文学出版社,2005:40.

域一些纷乱的现象,我们准备结合鲁迅"立人"的系统思想,简略地讨论如下一些问题。

(一)鲁迅关于"立人"内在机制的思考。所谓"内在机制",是鲁迅"立人"系统机制中的极为重要的组成部分,相当于哲学上的"内因"这一概念或范畴。内因是事物发展变化的内在原因、内在根据或内部矛盾。沿着这种对"立人"之内源因素的探索方向(但始终未脱离他关于"立人"的系统思想),鲁迅才在不断发露中国人自身弱点或丑点的同时,越来越关注中国人自身的内在力量或美点,越来越增强了民族自信心和战斗的乐观主义精神。

"立人"需要人,不仅需要先觉者,也需要我们所有中国人充分发掘自身的潜在力量。先觉者固然沐浴了西方文化,但他们之所以能够接受并内化西方文化,就显然是与接受者的主体所具有的素质密切相关的;并且,东西方文化因其相对的独立性,固然有矛盾冲突的一面,但又并非绝对不可通约。这互可通约的基础除了共同人性之外,具体地还表现在,从世界文化层次的意义上说,各个民族都客观上存在着两种文化或两种人(但不一定专以"阶级"来划分)。尤其像中华民族这一连黑格尔也不得不承认具有生命强力的民族,更是这样。他在《历史哲学》一书中曾说:世界上其他的文明古国皆已消亡,只有黄河、长江流过的那个中华帝国是世界上唯一持久的国家。鲁迅也说过,我们"历史上满是血痕,却竟支撑以至今日,其实是伟大的"[①]。中国之所以能"持久","支撑以至今日",就是因为除了腐败的或僵化的文化与腐败或顽固的人,还有着深具生命力的文化(精英文化或良性文化)和"脊梁骨"式的人(英雄、文化名人、民间领袖等)。尽管后者常常受到严酷的摧残,但终究没有槁亡,并客观地形成了中华民族的一种源远流长的优秀传统。这也就解释了为何像鲁迅那样于旧式家庭和旧学有着很深的联系的人,能够接受现代西方文化的"内的原因"。正如任继愈先生所指出的那样:"鲁迅所继承的,乃是一向为正统派所鄙视、所压制的'异端'思想。"[②]

这种民族生命的潜力不仅表现在进步的知识者身上,也突出地表现在一般的劳动人民身上。鲁迅不仅看到了劳动人民"天性"中的潜能,而且看到了他们更新自我的强烈愿望和能力。他说:"没有读过'圣贤书'的人,还能将这天

[①] 鲁迅. 致尤炳圻 [M] //鲁迅全集:第十四卷. 北京:人民文学出版社,2005:410.
[②] 任继愈. 鲁迅同中国古代伟大思想家们的关系 [J]. 科学通报,1956(10):56. 鲁迅对传统文化"继承"的成分很复杂,包括正统文化即儒家文化的一些东西。但鲁迅继承最多的,还是这里所说的相对于"正统"的异端思想。

性在名教的斧钺底下，时时流露，时时萌蘖；这便是中国人虽然凋落萎缩，却未灭绝的原因。"① 又说："即使'目不识丁'的文盲，由我看来，其实也并不如读书人所推想的那么愚蠢。他们是要智识，要新的智识，要学习，能摄取的。……那消化的力量，也许还赛过成见更多的读书人。"② 鲁迅还看到了中国社会最底层的妇女身上堪可崇敬的生命强力，曾深有感触地说："中国女子的勇毅，虽遭阴谋秘计，压抑了数千年，而终于没有灭亡。"③ 因而，不难看出，正是知识者、劳动群众以及妇女身上蕴含着的这些优良品质与生命强力，才是中国人之所以能够生存、发展的内在依剧。英国历史学家汤因比认为中国人"全有潜伏的创造才能，可是由于某些人遇到了一种挑战，而其余人等却没有遇到"，于是"有一部分人创造了文明，而其余人却在文化上毫无所有"。④ 这里说的或有笼统含糊之处，但说中国人普遍具有一种创造的潜能，而且能为某种"挑战"所激发，从而创造出文明的果实，这点是相当中肯的。"挑战"在不同的历史时期、不同的情况下有其不同的内容，对中国近现代的历史来说，则可视为外来文化的撞击，亦即"外因"的形成。而文化进步的模式，一般说来总是固有文化的"内因"与外来文化这一"外因"交互作用下的扬弃过程。鲁迅就是清醒地意识到这一文化进步模式并积极付诸实践的文化巨人。他坚持在"睁了眼看"世界的同时，也要重视民族自身深潜的生命力。在他看来，无论有怎样的涂饰和尘垢，都掩不住民族"脊梁骨"的光辉；无论有怎样的"铁蒺藜"，我们民族都会在"渴仰完全的潜力"支配下走出自己"生命的路"。⑤

（二）鲁迅看待中国人优点的联系性和一般态度。应该说，鲁迅后期在发掘民族潜力这方面意识的加强，是与前期的某种肯定性态度相联系的，也是由前期发展来的。如他在《〈越铎〉出世辞》中就称越地"其民复存大禹卓苦勤劳之风，同勾践坚确慷慨之志，力作治生，绰然足以自理"。这种并不限于对故乡人民的赞美，后来在《理水》中得到了更为酣畅淋漓的表现；鲁迅在1924年所写的《未有天才之前》中，就把天才与民众用泥土与花木的关系做比较，显示出他的辩证理解，在后期则更看重先进人物与大众不可须臾分离的至密关系，

---

① 鲁迅. 我们现在怎样做父亲［M］//鲁迅全集：第一卷. 北京：人民文学出版社，2005：140.
② 鲁迅. 门外文谈［M］//鲁迅全集：第六卷. 北京：人民文学出版社，2005：104.
③ 鲁迅. 记念刘和珍君［M］//鲁迅全集：第三卷. 北京：人民文学出版社，2005：293-294.
④ ［英］汤因比. 历史研究（上）［M］. 上海：上海人民出版社，1986：92-93.
⑤ 鲁迅. 生命的路［M］//鲁迅全集：第一卷. 北京：人民文学出版社，2005：386.

强调只有二者耦合的力量才能转动"改革"的齿轮。因而，如果说鲁迅前期眼里看到的"立人"力量主要是"先觉的青年"的话，那么后期则大为扩充并强调他们的"合力"了：新兴的无产者，脚踏实地的共产党人，连农民身上的美质也更充分地为鲁迅所意识到了……随着鲁迅"立人"系统思想中的这一内在机制的调整，他的"立人"系统思想得以建构和成立的这一支点，也就更加稳固了。

鉴于鲁迅"立人"系统思想中的这一支点及其作用，我们就可以肯定地说：鲁迅根本没有全盘否定中国人及其传统，没有陷入民族虚无主义，更没有陷入"国粹派"。他对中国人的生命潜力和良性文化是极重视的。但在很多的场合下，他一般采取的态度主要有如下几种：

1. 有意回避。鲁迅前期认定"第一要著"是改造国民劣根性，后期仍然说"第一著"是"扫荡废物"，其目的都是"造成一个使新生命得以诞生的机运"，遂着意采取鲜明的揭露、批判国民劣根性和"废物"的态度，并为强化批判的效果和针对自大与中庸的国民习性，故意"策略"地对民族优点采取了回避的态度，尽量少谈甚至是有时不谈民族优点。关于这点只要顾及特定的时代条件，并参照鲁迅为内山完造《活中国的姿态》所作的序言以及他对诺贝尔文学奖酝酿提名时的态度，就不难理解鲁迅的良苦用心了。

2. 情不自禁地流露爱心。与上一种主要是理性化、自觉的态度有所不同，这一种态度主要是情绪化的，不自觉的。鲁迅在道德情感的范围，与传统文化有着明显的联系，这已引起很多研究者的兴趣。如美国学者林毓生就认为，在鲁迅"隐示"意识层次就流露出了对"善良"品格的喜爱，对往事故人的"贪旧"等[1]，表明他仍然有深受民族传统文化濡染的一面。如他对车夫（《一件小事》）、农妇（《好的故事》《祝福》等）、农家子（《社戏》）、左翼青年（《为了忘却的记念》《一觉》等）和所谓"狂人家族"中的成员（《狂人日记》《孤独者》等），就抑制不住地流露出了深深的同情和热爱。

3. 冷静而全面的分析。对中国人及其文化的价值重估，是鲁迅毕生的主要工作之一。这方面有关的内容前面已有涉论，此不赘述。

4. 选择和再造。鲁迅的"拿来主义"和"改造国民性"便是这种理性态度的最突出的表现。这两方面在鲁迅看来，乃是"立人""立国"的必由之路。

---

[1] ［美］林毓生. 中国意识的危机——五四时期激烈的反传统主义［M］. 穆善培，译. 贵阳：贵州人民出版社，1986：219.

（三）鲁迅为何在很多情况下特别重视进步知识分子的作用？这从他关于中国人"立人"的系统机制构想中，便不难得出解答。这就是唯有他们（往往充当时代的先觉者）才始终贯穿于这一双向环流的系统中，并作为内在机制中最为活跃的因素，在整个"立人"系统机制中起着"先锋""桥梁"与"栋梁"的作用，亦即在新文化（新人）的建设中起到范导、传播与支撑等不可或缺的重要作用。如果说"有识之士往往通过无形的纽带同人民的机体联系在一起"，那么，"立人"的坚定意向就是这"无形的纽带"，共同振兴祖国、改变自身命运就是这"无形的纽带"。知识者作为新文化传播者和建设者，似乎天然地要与大众扭结在一起。这也是现代传播学所揭示的一种基本原理。

（四）鲁迅"研究"中国人的一些基本方法。我们认为，鲁迅主要运用了以下一些方法：注重实际、比较分析、心灵透视、动态把握、自我反观与系统辩证等。由于篇幅所限，这里仅拟对带有综合性的方法"系统辩证"略加说明。

可以说，系统辩证的思维方法，是鲁迅"研究"中国人最重要、最根本的方法，尽管鲁迅在"立人"思想形成的初期还不够辩证，但是从系统的整体性出发，来冲破中国文化原有僵化的平衡态的。鲁迅深切地感受到，正是这种平衡态导致中国人心态的封闭性"和谐"，这也是旧有文化系统的整体性功能。因而鲁迅着意否定这种封闭性的和谐，注重把固有文化系统的恶性循环改造为良性循环；他引导中国人认清固有文化系统整体创造功能的丧失，同时又展示出他所构想的新文化系统机制具有的创造功能。如前所述，在他后来思想的发展中，对这一系统机制有了许多增益与完善，辩证思想渗入了每一个环节。本来系统方法与辩证方法就是相通的。如鲁迅对中国人做了层次划分，从而进行具体分析，但又注意与整体联系考察，看到不同人之间的各种关系。这也就体现出了辩证意识。其他又如系统方法所遵循的动态性和目的性原则，都与辩证方法相通。动态的亦即发展变化的观念，决定了"立人"永远是一个运动过程；"立人"目的的实现，也只能是层次不等的、相对意义上的实现，在人类自我更新的长途上，永远没有可以静止驻足的"目的地"。鲁迅关于中国人"立人"系统机制的构想，显然充满了这种辩证的意识并由此具有了浓厚的文化哲学意味，给人们以巨大的启迪和鼓舞。

第二节 在顺应、超越中"立人"

在中华民族"以农立国"的巨大摇篮中诞生的农民文化[①]，是作为民族主体——农民的产物而存在、延续并影响着整个民族的精神风貌。只要农民作为民族主体不被消解，其文化形态就会对国运民生产生重大的影响作用。我们认为，作为中国现代文化巨人的鲁迅，他的一生正是对中国传统文化进行反思和对新文化竭力呼唤、创造的一生，其间无疑也包括他对农民文化的遇合、反思与超越。

一

考察鲁迅的一生，他与农民文化的关系大致可以概括为两次"顺应"与两种"超越"。

所谓"顺应"是主体向客体的认同。这里指鲁迅由于受到吸引或推动而对农民文化的接近和吸收。第一次明显的"顺应"是在鲁迅少年时代发生的。其"顺应"的过程从鲁迅本人这方面来说带有非自觉性。如众所知，家道中衰是这次"顺应"的重大契机。伴随着这次祸殃的降临，少年鲁迅的认知与情感的结构也发生了一次大置换。当年，由于古书和师傅的教训而抱有"花鸟观"的少年鲁迅，被命运之舟载到了偏僻的乡村。境遇的重大变化和刻骨铭心的痛苦记忆，使他对上流社会的腐败和下层社会的不幸获得了以前不曾有过的新的感受，他的"花鸟观"开始被消解，他的那颗尚还稚弱的心灵受到了一次真正的陶冶，出现了由士大夫子弟向"农家子"接近、移行的动人情景。在这里，心灵的"顺应"包括对农民文化的认同和喜爱，为塑造以后的中国近现代史上最杰出的一位封建贵族阶级的"逆子贰臣"奠下了坚实的基础。但我们也应当看到，这次"顺应"基于少年鲁迅自身条件的限制，主要还停留在感情或直觉的层次上，主要特征表现为非自觉。在这种情形下，鲁迅较多地沉浸在对农民的善良、朴实、勤劳、笃诚等品性的感佩之中，同时第一次面对这些具有"大禹遗风"的

---

① 农民文化即"农村居民中比较牢固地保留了具有一定民族独特性的传统日常生活文化"。详参［苏］勃罗姆列伊. 民族与民族学［M］. 李振锡，刘宇端，译. 呼和浩特：内蒙古人民出版社，1985：263-264.

人们敞开了自己的心扉——悄然无声地放入了许多"小百姓的空气"。只是在10余年后，这些感性的积累才经由发酵显示出巨大的张力和动人的色彩。

第二次明显的"顺应"则是鲁迅后期发生的。其"顺应"的主要特征体现为高度自觉的认同，并凝化为理论和艺术的结晶（如杂文、《故事新编》中的部分篇章）。由于有了第一次"顺应"的情感基础和初步的感性认识，鲁迅在前期就极为关注中国农民大众的悲苦命运，并由《未有天才之前》《灯下漫笔》《写在〈坟〉后面》《一个"罪犯"的自述》《马上支日记》等篇章以及卓越的小说创作，标示着他对农民文化认识和理解的逐步丰富与深化。发展到后来便形成了对农工大众的更高一个层次上的"顺应"，完成了封建阶级的逆子贰臣和共产主义战士的自我塑造。此时看到了"从前流着汗的地方，现在流着血了"的悲壮与希望，真切感受到了"农工大众日日显得着重"① 的客观现实；也看到了民族"脊梁"的存在及其作用，强调了农民文化的正面性及其价值，并发出了"倘要将自己从没落救出，当然应该向他们去了"② 的强烈呼声。因此，一般说来，用阶级立场的根本转换来形容这次"顺应"是并不过分的。问题是我们不仅要看到"顺应"，而且还要看到鲁迅对农民文化的"超越"，或许，这是更为重要的方面。

这里所说的"超越"是就鲁迅的文化心理结构较一般农民的文化心理结构的比较而言。我们认为，在鲁迅向中国农民发生"顺应"的过程中始终有"超越"性存在着，显示着鲁迅在对农民文化"认同"的同时也对世界现代文化以及民族优秀的经典文化有着深切的认同。作为文化巨人的鲁迅的诞生就得益于中西文化的碰撞与重构。

简括地说，在鲁迅的一生中对农民文化主要有这样两种"超越"：一种是借助于西方资产阶级现代文明而来的"超越"，一种则是借助于马克思主义的武装而来的"超越"。

当鲁迅"走异路、逃异地"，勇敢地投入新的社会环境时，他不期然撞上了近代中西文化大融合的第一个浪潮。当年严复的《天演论》对青年鲁迅来说，不啻一位极好的向导，把他引入了西方文化这一新的世界。在相当长的时间里，鲁迅对西方自然科学、社会科学以及文学艺术都报以学习和研讨的巨大热情，

---

① 鲁迅."醉眼"中的朦胧［M］//鲁迅全集：第四卷．北京：人民文学出版社，2005：63.
② 鲁迅."醉眼"中的朦胧［M］//鲁迅全集：第四卷．北京：人民文学出版社，2005：63.

并时时反省本民族的文化与历史,在比较中鉴别、沉思和抉择,写出了《人之历史》《科学史教篇》《摩罗诗力说》《文化偏至论》《破恶声论》等一系列理论文章,从众多的角度评介了西方文化并涉及了中西文化的比较研究,试图从中寻绎出救国救民的良方佳策来。我们看到即使在为中国农民辩护或深表同情时,鲁迅也仍然表现出了崭新而阔大的思想境界,鲜明地表征着对农民文化乃至整个封建文化体系的"超越"。正是通过西方文化的参照,鲁迅在反观本民族现状时,才能获得这样深沉的忧患意识和尖锐的批判目光:"况吾中国,亦为孤儿,人得而挞楚鱼肉之;而此孤儿,复昏昧乏识,不知其家之田宅货藏,凡得几许。盗居其室,持以赠盗,为主人者,漠不加察,得残羹冷炙,辄大感叹曰:'若衣食我,若衣食我。'而独于兄弟行,则争锱铢,较毫末,刀杖寻仇,以自相杀。呜呼,现象如是,虽弱水四环,锁户孤立,犹将汰于天行,以日退化……"① 也正是通过中西文化的比较,他才看清"平和之民"与"兽性者"严重对立的现实,激励"宴安长久"的国人自强以成"壮者",从而彻底使"膴膴华土,凄如荒原,黄神啸吟,种性放失,心声内曜,两不可期"② 的状况彻底改观。他在《摩罗诗力说》中借拜伦以言己怀的"哀其不幸,怒其不争"也清晰地表明他在"顺应"的心向上,又标立起了"超越"的横杆。

然而这种"超越"毕竟是以鲁迅前期文化观为基础的,有其一定的局限。幸运的是,鲁迅没有像一些人那样停步或倒转回去,而是继续着艰难的"求索",攀上了更高的"超越"层次。这就是他用马克思主义滤化了的现代意识取代了用资产阶级思想滤化了的现代意识,既在更高的层次上与农民大众及文化"认同"在一起,又在更高的层次上实现了对农民文化的整体性"超越"。这种"超越"不单在于发现农民文化的缺陷,而且也表现在对农民文化的正面引导上。鲁迅后期从文学史、艺术史乃至整个民族史的各个方面,都对中国人民(主要是农民)参与创造的命题做出了自己独特的贡献。我们看到,他较许多人都更其关注中国农民精神文明的建设,尤其擅长就"国民性"问题展开广泛的社会批评和文化批判,同时又以中国脊梁的典型(如《故事新编》中带有理想化或传奇色彩的大禹、墨翟、黑色人、杨大等)来引导中国农民文化的新途径。

考察鲁迅对中国农民文化的两次"顺应"与两种"超越",至少可以揭示这样一个规律性的现象,即要想对中国固有的农民文化进行"超越",必须有一

---

① 鲁迅. 中国地质略论 [M] // 鲁迅全集:第八卷. 北京:人民文学出版社,2005:5.
② 鲁迅. 破恶声论 [M] // 鲁迅全集:第八卷. 北京:人民文学出版社,2005:28.

个"顺应"乃至是痛苦的"认同"过程；同时必须借助于整个人类的现代文明包括资产阶级尤其是无产阶级的文化成果，站到高于农民文化的峰巅上才能够实现这种"超越"。一味盲目地热衷于"顺应"或凌驾其上的贵族式的"超越"，都不能促成民族文化的更新和提高。

二

鲁迅与中国农民文化除了上述纵向上的关系之外，从横向联系上来考察，则可以看到鲁迅对中国农民文化深刻而全面的揭示。可以说正是通过对农民文化具体的多方面的分析解剖，鲁迅才有可能达到对农民魂灵的深层透视。

政治经济方面。著名的美国未来学家托夫勒在回顾历史时说："几千年以前，发生了一场农民革命。游牧的，打猎的，打鱼的，采果子的，都成了农民，于是有了农村，我们所谓的'文明'也就诞生了。"① 在中国，农民既化合了牧、渔、采猎的人们，也就长期地包含着他们，使自身显得格外庞大，命运也格外耐久，其所造就的农业文明也更其突出和庞杂。鲁迅在审视这一"文明"时，一向较少从经济生产方面直接去考察问题，更罕于为经济而谈经济；而是多从政治这一"经济的集中表现"上或小农经济基础之上的建筑中去发现农民文化的特征尤其是其破败之处。即使像《"蜜蜂"与"蜜"》这样的文章，在谈经济生产、致富方略时，仍然暗示了"生存竞争"的社会问题；像《"靠天吃饭"》《不知肉味和不知水味》等篇章，在论及农民生产和困苦时，也尖锐地把笔锋指向了社会的弊病和农民身上的弱点。鲁迅特别注重农民在历史进程中、在与小生产方式密切联系着的政治性活动中所扮演的角色。据他的考察与思考，他认为中国农民给人的总体印象是"庸众""堕民"颇多，病苦、疾患甚重。主要表现是在政治性运动和一般社会活动中扮演的大都是并不怎样光彩的行当；有时是看客，"中国现在的民众，其实还不管什么党，只要看'头'和'女尸'。只要有，无论谁的都有人看……"② 有时是甘为被利用或强被利用者，鲁迅对这点看得很清楚，指出无论在斗争中成为地主阶级改朝换代的工具还是成了那些本是农民起义领袖的工具都摆脱不了悲剧的命运，因为仅仅在"奴隶"的环套中转圈子就只能转出"一乱一治"的"侍奉主子的文化"；就只能对

---

① [美] 阿尔温·托夫勒. 预测与前提——托夫勒未来对话录 [M]. 北京：国际文化出版公司，1984：10.
② 鲁迅. 铲共大观 [M] //鲁迅全集：第四卷. 北京：人民文学出版社，2005：107.

《武松独手擒方腊》《斩木诚》这种宣扬奴隶主义的戏曲易于动心，同时对统治者的残暴或张献忠①式的杀戮却又近于无动于衷；不是对"政治漠不关心"（列宁语）、麻木愚昧，就是仅仅把"威福、子女、玉吊"作为"最高理想"，不肯"废去'老爷'的称呼"等，所有这些都不会给农民带来真正的出路。鲁迅把这些上升到"国民性"亦即民族文化的价值观的高度来认识，不仅不显得片面或浅薄，相反至今看来仍然非常精辟和深刻。

伦理道德方面。大致看来，鲁迅从这方面对农民文化着眼较多，论述也较集中。他很早就由切身的体验深深感到，在人与人之间的关系上，由农民群众体现出来的行为准则与"上流社会"有很大的不同，这就是能够待人以诚、施人以爱，没有那种没心没肺的虚伪和残忍。正因如此，他早年很容易受到章太炎关于"农人道德第一"观点的影响，并在《破恶声论》等文中流露出了被某些学者称为"农民意识"的思想和情绪，为农人的活动和品性做出了强烈的辩护。他甚至曾做过这样有趣的对比："小家女也逛庙会，看祭赛，谁能说'有伤风化'情事，比高门大族为多呢？"② 中国毕竟是重道德人伦的民族，这种心理积淀深深地影响了鲁迅的一生。但鲁迅看重道德与恪守封建观念的"国粹派"不同，更与矫情的"伪士"迥异，他总是把真正的同情和爱护献给"下层社会"，从而铸造出他那"俯首甘为孺子牛"的伟大人格。在不少作品中，鲁迅几乎出于本能地表现了农民身上的美好品质：诚朴、勤谨、善良、大体明辨是非曲直等。如在《论雷峰塔的倒掉》中便以"田夫野老、蚕妇村氓"的爱憎、"民意"来判是非，并自然流露出他本人与"普天之下的人民"相通的欣喜、同情之情；在《我们现在怎样做父亲》中也特别列举了农人来说明"心思纯白"的天性；"一个村妇哺乳婴儿的时候，决不想到自己正在施恩；一个农夫娶妻的时候，也决不以为将要放债"。在《故乡》《社戏》《阿长与〈山海经〉》《无常》《女吊》等作品中更是一再表现出他对农民所具有的一些价值观念的意会和赞赏。

但是，由于农民政治上的不觉悟和严重缺乏文明教育，以及封建统治阶级历代的"利导"和愚弄，同时与落后的自然经济相联系，农民在价值观念及相应的生活方式上，又的确存在着大量的陈规陋习，恶俗劣风，浸透着封建主义

---

① 鲁迅在《忽然想到（三）》《晨凉漫记》《坚壁清野主义》《记谈话》《病后杂谈》《南腔北调集·偶成》等文中都对张献忠有讥评。
② 鲁迅. 坚壁清野主义 [M] //鲁迅全集：第一卷. 北京：人民文学出版社，2005：274.

的毒素，即使如上述的"纯白"的天性方面，也带有明显的古老而原始的色彩。事实上，作为对旧文化怀疑并欲加以动摇的鲁迅，还是更多地注意到了农民文化包括伦理道德上的不良方面。譬如，他指出，封建等级观念也早就衍化成了农民文化——心理结构中的一根主要立柱，"农夫们不是太苦了吗？但还有更弱的妻儿可供驱使①"；妻在备受"三从四德"等封建礼教束缚的同时，内心中也有希望：总有当婆婆的那一天。因之，农民们一面受着封建等级观念、礼教观念的制约和戕害，一面又企盼着、享受着这些代代相承的祖宗之法给自己带来的心理平衡和现成利益。鲁迅也曾结合自身对封建旧式婚姻的体验，揭露封建婚姻制度的惨无人道：没有爱情也必须恪守父母之命、媒妁之言，"即使苦闷，一叫便错；少的老的，一齐摇头，一齐痛骂"②。结果这叫唤之人就会被那些由少的老的组合起来的"无主名无意识的杀人团"所杀害，无声无臭，由是从整体上造成一种沉默、衰败、缺乏真诚和爱的社会环境或人际关系，任凭蛮野与虚伪、麻木与荒昧在人间肆虐。鲁迅还曾设身处地地谈起"我们现在怎样做父亲"，尖锐地指出农民在生育观或家庭观上的愚昧和荒唐：死抱住多子多福、三纲五常的观念不放，对子女"一味说'恩'，又因此责望报偿"，没有以幼者为本位的思想，更没有也不可能有"肩住黑暗的闸门"的能力与勇气，却"只要生，不管他好不好，只要多，不管他才不才"；放纵生育和重男轻女既造成了"只在尘土中辗转"的许多"人"又造成了"中国一些地方还在溺女"③的严酷事实。此外，鲁迅还对贤妻良母、裹脚蓄辫、族权夫威、卑怯自私、重农抑商等农民文化的一般内容都曾有所涉论，其所含有的批评的机锋，至今仍具有警策的作用。

  文化艺术方面。狭义的农民文化（或民俗文化）主要就是指民间艺术。这与通常所说的大众文艺亦相近似。鲁迅生前曾多次从农民大众没有文化修养和政治上没有解放的角度来立论，认为当时还没有真正的大众文艺。这是针对30年代及以前的"新文学""革命文艺"的实践情况而言的。其实，他并不认为农民大众没有自己的艺术及创造的能力。他曾充满激情地说：像"无常"戏这样的作品，"是真的农民和手业工人的作品"；像"无常"这样的形象，"是何

---

① 鲁迅．灯下漫笔［M］//鲁迅全集：第一卷．北京：人民文学出版社，2005：225.
② 鲁迅．热风·随感录四十［M］//鲁迅全集：第一卷．北京：人民文学出版社，2005：338.
③ 鲁迅．并非闲话（二）［M］//鲁迅全集：第三卷．北京：人民文学出版社，2005：131.

等有人情，又何等知过，何等守法，又何等果决，我们的文学家做得出来么？"① 像"二丑"即"二花脸"这一角色，"小百姓是明白的，早已使他的类型在戏台上出现了"②。他还说过"我相信，从唱本说书里是可以产生托尔斯泰、弗罗培尔的"③。

鲁迅还认定农民文艺有重要的历史价值和审美价值，应予整理和利用。如鲁迅所详细介绍过的社戏"女吊"，同"无常"戏相仿佛，都有较为深刻的内涵和一定的谐趣。鲁迅把能够向全国读者介绍这样的民间戏剧引为自己的"光荣"。还是在教育部任职期间，他就曾在《拟播布美术意见书》中指出，应"当立国民文术研究会，以理各地歌谣、俚谚、传说、童话等"，显示出他对民间艺术的高度重视。怎样整理呢？这在《拿来主义》中就有论述，不仅对外国文化、封建正统文化要采取"拿来主义"，而且对农民文化包括民间艺术也要采取"拿来主义"的态度。这主要是因为农民的意识中已经与整个封建的正统文化发生了密切的联系，即使如"平民所唱的山歌野曲"，也由于"他们间接受古书的影响很大，他们对于乡下的绅士有田三千亩，佩服得不了，每每拿绅士的思想，做自己的思想"④，从而渗入了大量的封建正统文化的意识和情绪，况且落后的经济生活也给农民带来不少落后的习惯和不健康的情趣，所以必须加以鉴别和剔除。尽管如此，鲁迅从语言这一基本工具到文艺创作的过程和效应，都不嫌弃反而看重农民文化。他说："倘要中国的文化一同向上，就必须提倡大众语"，"大众并不如读书人所想象的愚蠢"。⑤ 并认为在文艺创作上，对民间传统的"旧形式"也可以借鉴和重造，以求获得民族的形式和特色，并说这是走向世界文学的一个基本条件。

鲁迅还尊重农民群众的审美趣味和欣赏习惯。他曾谈及自己家乡的民间艺术，生动地表明农民们有自己独特的审美爱好和趣味：无论是鬼影幢幢、声声悲切，还是诙谐幽默、插科打浑，抑或简洁素朴、意味隽永（如《无常》《女吊》这样的戏剧，《老鼠娶亲》《山海经》这样的绘画，"猫是老虎的师傅"、

---

① 鲁迅. 门外文谈［M］//鲁迅全集：第六卷. 北京：人民文学出版社，2005：102.
② 鲁迅. 二丑艺术［M］//鲁迅全集：第五卷. 北京：人民文学出版社，2005：208.
③ 鲁迅. 论"第三种人"［M］//鲁迅全集：第四卷. 北京：人民文学出版社，2005：453.
④ 鲁迅. 革命时代的文学［M］//鲁迅全集：第三卷. 北京：人民文学出版社，2005：441.
⑤ 鲁迅. 门外文谈［M］//鲁迅全集：第六卷. 北京：人民文学出版社，2005：103.

《义妖传》这样的故事等)。固然在这些艺术中包含有陈旧的历史积淀和现实感受及其表达上的局限,但毕竟蕴蓄着农民朴素而自然的意念和情感以及尚开朗、崇诙谐的审美趣味。有一次一个叫"群玉班"的戏班来到鲁迅家乡演出,由于不合农民的欣赏趣味和习惯,也由于其演技的拙劣可哂,"不亚于大文豪"的乡民们便毫不客气地编出"台上群玉班,台下都走散……"这样的歌谣来嘲笑它。对此鲁迅是欣然首肯的①。他还在《连环图画琐谈》一文中客观地介绍说:"我所遇见的农民,十之九不赞成西洋画及照相。"原因就在于中国农民习惯于不站在"定点"上来观察事物。这种欣赏或观察的习惯也能反映"艺术上的真",所以也是"可以的"。

鲁迅还认为,农民文艺及其创作有明显的局限,必须加以逐步的克服。上面曾提到的农民文艺中多渗有封建正统文化的因素便是其重大的缺陷之一。再如,农民的拙于细致地感受生活和完美的文字表达也是明显的缺陷。鲁迅曾写过《一个"罪犯"的自述》一文,通篇直录了该"罪犯"(一位农民)"自述"的文字,这些文字佶屈聱牙,错别、误漏之处甚多。本来,这位农民如果有较好的文化修养,是可以把自己不幸而曲折的遭遇"自述"成自传体小说之类的作品的,然而由于文化上的限制,只能成就这不堪卒读的"自述"。在此,鲁迅是有深意在的:正由于缺乏教育和历练,"有苦说不出"的茫漠和笨拙不仅影响到农民对生活的认识,影响到他们政治觉悟的提高,而且影响到对生活的形象把握和艺术创造的丰富、完美,所以亟待帮助农民提高文化素养。为此新文学史上的不少作家都曾做出过辛勤的努力。

思维特征方面。中国农民作为庞大的群体,既有着基本相同的政治经济命运、价值观念和文艺趣味,也有着某些相同的思维方式。依其外观的特征,大致可以划分为这样几种类型:经验式、迷信式、尚愚式和无意识。

经验式。这是农民认识和改造客观世界及自身最基本的一种思维方式,与中国传统的直觉思维方式相通,也极典型地体现着中国文化特具的实践理性精神。鲁迅曾在《经验》一文中论及"经验"的"宝贵"之处,也论述了它的"坏处"。"宝贵"在于是以许多牺牲换来的,能给人带来"很大的益处";"坏处"在于陈陈相因,沿袭既有的行为原则或规范。如遵守"各人自扫门前雪,莫管他家瓦上霜""衙门八字开,有理无钱莫进来"一类的经验训诫,便很难主动去改造现实,促使社会进步。他还曾介绍过这样的情形:"乡下人常常误认一

---

① 鲁迅.偶成[M]//鲁迅全集:第五卷.北京:人民文学出版社,2005:209.

种硫化铜为金矿……如果遇到一点真的金矿,只要用手掂一掂轻重,他就死心塌地:明白了。"①又如,农民们据亲身的经验,把"流官"比作"空肚鸭",还说"贼来如梳,兵来如筐,官来如剃"②等。可以说,农民们祖祖辈辈正是凭靠这种直感式的认知方法,纠正了自己无数的错误,从而正确地认识和有效地改造客观世界和丰富自身的。但是过分执信于经验就会导致经验主义,从而使这种思维定式给农民们带来狭隘、保守、固执等思维上的负效应。因为只相信自己个人或小范围人群所实践、亲历过的事物、道理,这就不能不陷入狭隘的感受圈中,对超出自己既有的文化心理结构的事物或深藏的真理抱以"不识不知"的态度。鲁迅针对这样的"感性人"(黑格尔语)曾说:"我以为假如从广东乡下找一个没有历练的人,叫他从上海到北京或者什么地方,然后问他观察所得,我恐怕是很有限的,因为他没有练习过观察力。所以要观察,还是先要经过思索和读书。"③"思索和读书"可说就是鲁迅切脉诊断后的一种药方。因为"思索和读书"恰是农民群众的薄弱环节。正由于缺乏文化和科学的知识与态度,势必影响到农民的各种活动,而这些活动的经验反过来又加固着农民的思维定式,这样便构成了恶性的循环系统。要冲破这种系统使其成为良性的,"思索和读书"不失为一种特效药。

迷信式。正由于太过于相信"经验",对超出经验"阈限"的事物就缺乏了解,就容易唤起一种神秘感和敬畏感,在思维上就表现为迷信。这种从本质上说与科学精神相悖的思维习惯对农民生活以及我们整个民族的进步都有很大的危害。鲁迅与封建迷信是不相容的。只有在农民把某种迷信活动化为娱乐活动(进入审美境界)时,他才以充分体谅的心情为农民的迷信活动做过辩护。但这种情形也只在鲁迅早年(写作《破恶声论》时)产生过。如果从总的方面看,鲁迅的一生是彻底反对封建迷信的一生则是确定无疑的。他从接触到西方科学文明之日起,就主张本着科学的精神来与迷信相抗衡。如他一再揭露鬼神的迷信,"使国人格外惑乱,社会上罩满了妖气"④;即使对义和团农民的"神灵附体,刀枪不入"的迷信思想,鲁迅也严正地讥刺过。直至晚年,他仍看到这种迷信思维习惯的顽固性和危害性:"自从由帝国成为民国以来……农民,却

---

① 鲁迅.随便翻翻[M]//鲁迅全集:第六卷.北京:人民文学出版社,2005:142.
② 鲁迅.谈金圣叹[M]//鲁迅全集:第四卷.北京:人民文学出版社,2005:543.
③ 鲁迅.读书杂谈[M]//鲁迅全集:第三卷.北京:人民文学出版社,2005:462.
④ 鲁迅.热风·随感录三十三[M]//鲁迅全集:第一卷.北京:人民文学出版社,2005:317.

还未得到一点什么新的有益的东西，依然是旧日的迷信，旧日的讹传，在拼命的救死和逃死中自速其死。"① 其实封建迷信并不限于信奉鬼神（包括菩萨、灶神、火神、阎王、小鬼等），对祖先的盲目崇拜，对古训的一概沿袭，乃至对大小统治者的一味敬服等，也都属于迷信思维的范畴。正是迷信的严重，致使"这中国民族的有些心，真也被征服得彻底，到现在，还在用兵燹，病疫，水旱，风蝗，换取着孔庙重修，雷峰塔重建，男女同行犯忌，四库珍本发行等这些大门面"②。也就是整个封建文化的猖獗。值得注意的是，迷信的思潮有时会潜伏下来，有时又会变换不同的方式表现出来，具有常常出人意料的强盛的"生命力"。迷信与"弱者"最亲近，因为"幻想是弱者的命运"（列宁语）。中国的历史本身已表明了反封建迷信的艰巨性和重要性。

　　尚愚式。这是由中国封建社会特有的社会心理所造成的思维倾向，是正确思维匮乏症的表现。由于统治者一向实行"愚民"政策，慢慢地就发生了这样的上行下效："奴隶们受惯了'酷刑'的教育，他只知道对人应该用酷刑"；"奴隶们受惯了猪狗的待遇，他只知道人们无异于猪狗"。③ 简言之，"愚民"们也会实行"愚君"的策略了。这种双向愚弄的结果是"都归失败"——双方都既愚且弱了④。在这里，无论是农民被愚（被动），还是农民"愚君"（主动），都无疑要直接影响到国家、民族的命运。换言之，即个体经济的"沙"——小农与称尊肥私的"沙"——大小统治者是有相互为用的关系的。其结果是导致一盘散沙，愚弱可欺，备受侵略者的蹂躏。譬如，"精神胜利法"或阿Q主义就可说是上述的这种"互愚"的结果。这种思维特性在许多统治者那里是有所体现的，但在农民群众中似更有其广大的市场，其恶劣效应与倒错思维的现象也更为明显。有时竟是这样："不以实力为根本的民气，结果也只能以固有而不假外求的天灵盖自豪，也就是以自暴自弃当作得胜。"⑤ 从一定意义上说，鲁迅通过塑造阿Q这样的农民形象，就极其深刻地批判了这种愚人、愚己的思维方式。

　　一旦尚愚的思维方式发生作用，那就还会产生这样的后果："孤独的精神的战士，虽然为民众战斗，却往往反为这'所为'而灭亡。"⑥ 这样，"中国人不

---

① 鲁迅．迎神和咬人［M］//鲁迅全集：第五卷．北京：人民文学出版社，2005：577.
② 鲁迅．算账［M］//鲁迅全集：第五卷．北京：人民文学出版社，2005：543.
③ 鲁迅．偶成［M］//鲁迅全集：第四卷．北京：人民文学出版社，2005：600.
④ 鲁迅．谈皇帝［M］//鲁迅全集：第三卷．北京：人民文学出版社，2005：268-270.
⑤ 鲁迅．补白［M］//鲁迅全集：第三卷．北京：人民文学出版社，2005：108.
⑥ 鲁迅．这个与那个［M］//鲁迅全集：第三卷．北京：人民文学出版社，2005：150.

但'不为戎首','不为祸始',甚至于'不为福先'。所以凡事都不容易有改革；前驱和闯将，大抵是谁也怕得做"①。如此久而久之，也就养成了不认真的毛病。鲁迅在临终前的病中还说，对"马马虎虎症""若不治疗就无法救中国"②。

无意识。农民在思维过程中常常带有"非自觉"性。当他们对事对人在不自觉中便完成了"思索"并表露出一定的态度时，便说明他们更多地受到了潜在意识（无意识）的支配。鲁迅通常极为关注农民灵魂的深层世界，由此也发现了中国民族的某些"集体无意识"，如来自黄土，返诸黄土（"女娲造人"）；精神胜利，自我抚慰（《阿Q正传》）等。总的说，鲁迅更多地看到了农民深层意识的某些危害性。在政治方面，思维上的无意识会使我们民族"不再觉得'先烈'的'死'的沉重"③，在无意识、无痛感的麻木中，使精神界战士的召唤如春风过马耳、一箭入大海，于是也就把革命先烈的"大事"化作了"几乎无事"的平静。在经济方面，思维上的无意识会导致农民因袭前人的操作方式，对科学畏若洪水猛兽，即使接受下来，也往往使之仿佛"落在黑色染缸里，立刻乌黑一团"④。在伦理道德方面，思维上的无意识常常形成"莫名其妙的冷笑"的"空气"，能起到杀人不见血的奇异功能："社会上多数古人模模糊糊传下来的道理，实在无理可讲；能用历史和数目的力量，挤死不合意的人。这一类无主名无意识的杀人团里，古来不晓得死了多少人物。"⑤ 在文艺创作方面，思维上的无意识也会导致不自觉地因袭前人，缺乏创新，更缺乏个性，从"杭育杭育"式的抒发到好人坏人一刀切的叙事，模式化太强，趣味过于单调；即使在农民的思维习惯本身，无论是经验式、迷信式，还是尚愚式，都由于其具有很大的惯性或盲目性，而带上了无意识的成分，在较大程度上减损了人之为人的理性力量。

三

一位叫作莎吉的外国学者曾说，农民的民俗文化具有顽强的生命力，譬如，"民歌的旋律出现在贝多芬、威尔第和格林卡的音乐中，也出现在海涅、裴多

---

① 鲁迅. 这个与那个 [M] //鲁迅全集：第三卷. 北京：人民文学出版社，2005：152.
② [日] 小泽正元. 内山完造传 [M]. 赵宝智，译. 天津：百花文艺出版社，1983：124.
③ 鲁迅. "死地" [M] //鲁迅全集：第三卷. 北京：人民文学出版社，2005：283.
④ 鲁迅. 偶感 [M] //鲁迅全集：第五卷. 北京：人民文学出版社，2005：506.
⑤ 鲁迅. 我之节烈观 [M] //鲁迅全集：第一卷. 北京：人民文学出版社，2005：129.

菲、密茨凯维支和普希金的作品里"①。无论就中国还是就世界范围来看，农民文化确曾对许多艺术家发生过重大的影响。而鲁迅，可说就是其中突出的一个。他似乎并未像普希金那样手拿小本子或扮作农民专意到民间去搜求语言、故事，但他带着从幼年起就积累起来的"宝囊"，一旦需要，便可以左右逢源地取用那些民谣、传说、笑话、俚语、故事等，使之化入自己的小说、诗文（包括杂感）中，为自己的创作增添了许多活力与魅力。

农民文化对鲁迅的影响是多方面的，对他的文艺创作发生的影响则是最为突出和明显的。人们对此论述一向较多，笔者在这里仅想强调以下两点。

其一，农民文化的滋养在相当大的意义上决定着鲁迅系列性农村题材创作的诞生。尽管他的创作本身超越了农民文化，从质上说已与农民文化相区别，但其从生活素材到表达方式都接受了农民文化影响这一事实，还是显而易见的。可以说，鲁迅之所以能成为新文学中乡土文学的开拓者和大师，也就与农民文化的熏陶有密切的关系。除为人们十分熟悉的小说外，在诗文创作上也有很多这方面的例子。如在他的诗歌创作中就有《好东西歌》《公民科歌》《南京民谣》《"言词争执"歌》等；在散文诗中也有《自言自语·序》《好的故事》《立论》《聪明人和傻子和奴才》等。在"思乡的蛊惑"中写下的《朝花夕拾》，更是濡染了较多农民文化的光泽，像《狗·猫·鼠》《阿长与〈山海经〉》《二十四孝图》《五猖会》《无常》等；在杂文中，也有许多篇章吸收了"来于自然""叙事洗练"（歌德语）的民间艺术的营养，如《扁》《太平歌诀》《论俗人应避雅人》《准风月谈·偶成》《谈金圣叹》等。

其二，农民文化对鲁迅的影响并不仅仅局限于文艺创作上，在他的世界观、人生观、价值观乃至思维方式上，都可以找到农民文化影响的痕迹。

这就要着重讨论一下鲁迅与农民意识问题。有人说鲁迅有较多的农民意识，甚至说他是民粹主义者的代表；有人说鲁迅没有农民意识，他从前期起就是马克思主义者了；等等。我们认为这要从整体或系统的观念上来认识这一问题，只有把鲁迅从农民文化这里接受的影响放在一定的系统中和一定的层次上来看待才比较符合实际。一方面不能不承认从幼年起鲁迅就接触了农民文化并接受了它的影响，时常有着与农民感同身受的体验。如农民朴素的爱憎观和经验式的思维方式，在一定程度上也为鲁迅所具有。尤其在鲁迅早期自己的思想体系

---

① 伊万·维塔尼，玛丽亚·莎吉. 现代工业社会中民间艺术的再发现与新生 [J]. 复印报刊资料（文艺理论），1984（11）：135-143.

尚未构建起来的时候，曾一度显露出较明显的农民意识。但另一方面，我们必须充分注意到，一旦他自己的思想体系建构成了，无论从本质上说是属于民主主义者的还是共产主义者的（这种定性并不仅仅具有政治性），那么这时的农民意识都只能是鲁迅思想意识系统中的一个子系统，并且不占主要地位。因而，鲁迅的农民意识由此获取的系统质使其与农民文化的特质相区别，并因其不占主要地位而只作为辅助性的积极因素存在着。我们前面所谈的鲁迅对农民文化的"顺应"和"超越"，也就是在这种意义上说的。

四

综上所述，我们认为：现代中国的文化巨人鲁迅对农民文化的"超越"较之"顺应"更主要；整体性"超越"较之局部性"超越"更根本；为促其新生所采取的全面而彻底的批判与淘洗较之于特定意义上的赞美和部分性的吸收更主要，也更具有启人心智的历史意义和现实意义。因此，鲁迅的"立人"思想在怎样对待农民及其文化方面，具有更为强烈的实践意义与理论意义。最后笔者愿引我们这位"民族魂"写在《长城》中的两句话来结束本节，并愿读者充分理解其深层的意蕴：

何时才不给长城添新砖呢？
这伟大而可诅咒的长城！

第三节　文化的巨人和方法的典范

鲁迅，是伫立在中国近现代文化变革转捩点上的文化巨人。他所代表并凝视的"中华民族新文化的方向"[①] 吸引了无数后来者的视线。人们从他创造的文化结晶中，发现了非常宏富的思想与精神，情不自禁地誉之为"百科全书"，并将相应的研究树为一门重要的学科，即"鲁学"。"鲁学"的兴盛与中国人民对"新文化"的追求息息相关。然而，由于此前人们观念上的某种限制，对鲁迅身为文化巨人所具有的方法论思想，没有给予充分的重视，有人甚至完全持怀疑或否定态度。这里即拟对鲁迅的文化研究方法论思想做一专论，并兼论其

[①] 毛泽东. 新民主主义论[M]. 新华书店，1949：35.

方法论思想的当代意义。

对"方法"的高度重视，这是现代哲学具有清醒的"反思"精神的体现。对鲁迅很有影响的尼采所奉的信条之一，就是"最值得珍重的理解是方法"①。方法的正确与否，成了"有所为"的人们能否取得正确的认识，获得成功的实践，达到胜利的目的的关键性中介因素。方法既是科学活动的"导演"，又是科学探究的"对象"。对方法的高度自觉与正确选择，或对方法的不断改进和完善，这对文化工作者来说，是不可回避的必然要求。鲁迅先生之所以能够给我们留下那么丰硕的思想文化成果，其中的一个非常重要的原因，就是他对上述的"必然要求"有着极为出色的应答。

对文化与人的整体观照

把对文化问题的思考，与对人或国民性的思考紧密结合起来，这是鲁迅这位伟大的思想家所选择的一个重要方法。这种方法进而促成了"文化重建"与"立人立国"价值观念的深度融合，体现了文化研究的现实价值与学术价值的统一。

在接受中外优秀文化过程中成长起来的鲁迅，其文化观的热点即在于从文化与人的关系中，密切关注着人的命运。早在他"走异路，逃异地，去寻求别样的人们"的求学阶段，就把学习新的文化知识与寻求新的人们这两者联系到了一起，当他毅然"弃医从文"（这个"文"亦可理解为"文化"，"弃医从文"之后，鲁迅很快写出了一系列文化学方面的文章，当然也包括了文艺在内）的时候，也正是他对中外文化有了很多了解并对国民性问题有了很多思考的时候。他的这一重大选择，使他义无反顾地走上了创造新文化的艰难道路，并有可能成长为中国的文化巨人，为中华民族昭示着"新文化的方向"。鲁迅做出这一重大选择，既是对一种人生方式的选择，更是对一种救世方法的选择。"幻灯片事件"中显示出国人的无比愚昧，毕竟对鲁迅刺激太强烈了，这唤起了他对同胞的"哀其不幸，怒其不争"的情感冲动。荒芜的心灵急需文化启蒙。从"人"的文化心理重建入手，较之于从"人"的体格生理卫护，对鲁迅来说，显然有着轻重缓急之分。当时，鲁迅对"中国人总不肯研究自己"②的情形深为不满，

---

① 上海文艺出版社编辑. 超越 挑战与应战——现代西方文化十二讲 [M]. 上海：上海文艺出版社，1988：3.
② 鲁迅. 马上支日记 [M] //鲁迅全集：第三卷. 北京：人民文学出版社，2005：351.

对中国人恪守旧文化亦即固守传统型奴隶文化人格,誓欲给予再造。由此,他竭力寻求"立人"的文化系统机制与内在机制,为重建民族自我做出了不懈的努力,并在关于中国人的实际思考中,积淀了自己的"人学"思想,上升到了文化哲学的高度。①

"人既是文化的创造者,又是文化的主要成果。"② 在鲁迅看来,中国人承载的传统文化,其文化价值随着封建社会末期的到来,愈来愈陷入"悖谬"的境地。这种已僵化的传统文化,严重地约束了中国人的文化视野,与20世纪的世界先进文化(自然科学与社会科学方面的先进成果)已经有了惊人的落差。有鉴于此,鲁迅便采取了侧重于"揭出病苦"的文化解构方法,"主要是从反面研究文化价值、功能的悖谬怎样使人的价值认识、思维发生错误的,以及怎样使人走向价值悖谬的。其目的在于归复人在文化世界中的价值及其主体性,在于寻求自我解放和社会完善之道"③。这从鲁迅最初重要的文化专论《文化偏至论》《破恶声论》中就显示出了这种思维指向。不过,鲁迅总是力图给出辩证性的分析:"盖今所成就,无一不绳前时之遗迹,则文明必日有其迁流,又或抗往代之大潮,则文明亦不能无偏至。诚若为今立计,所当稽求既往,相度方来,掊物质而张灵明,任个人而排众数。人既发扬踔厉矣,则邦国亦以兴起。"④ 许多人据此指责鲁迅在分析文化发展和方策上,陷入了唯心主义的错误。实际上这是对鲁迅"诚若为今立计"的合乎辩证思维的"文化偏至"思想及分析方法的误解。鲁迅是看到了文化的继承与变革这两方面的,但从文化发展规律上看,鲁迅既反对"文化偏至",又认为在一定历史时期,势必又会发生带有进步性的"文化偏至"。这正是文化发展过程中带有矫枉过正特征的"否定之否定"规律的体现。鲁迅当时的"掊物质而张灵明,任个人而排众数"思想,以及后来实际进至的"扬物质亦张灵明,任个人也赖众数"的思想境界,都是受客观条件、地点、时间所决定的,是由生活发展与文化进程的辩证规律所决定的。试想,在急需"灵明"的时候,鲁迅不强调它行吗?鲁迅曾说:"有真切的见解,才有

---

① 李继凯,阎晶明. 建构"立人"的系统机制——鲁迅论中国人[J]. 陕西师大学报(哲学社会科学版),1988(2):85-92.
② 冯利,覃光广编. 当代国外文化学研究(译文集)[M]. 北京:中央民族学院出版社,1986:19.
③ 司马云杰. 文化悖论:关于文化价值悖论的认识论研究(总序)[M]. 山东人民出版社,1990:11.
④ 鲁迅. 文化偏至论[M]//鲁迅全集:第一卷. 北京:人民文学出版社,2005:47.

精明的行为。"① 列宁也说过，没有革命的思想，就不会有革命的行动。没有西方文化（包括马克思主义）的"舶来"所引发的"灵明"，也就不会有中国新文化运动（文化变革，包括政治变革）的初步胜利。鲁迅一生致力的主要就是促使国人"灵明"化的工作。他最善于从"灵明"的视角，应对"灵明"的需要，展开"灵明"的剖视，进行"灵明"的创造。他的整个视域与论域就在文化与人的关系域（或文化域）中展开。其中尤其突出的是鲁迅对传统文化惰性与国民劣根性的综合考察、分析批判。②

现实体验与历史反思的结合

鲁迅对一味钻故纸堆的所谓学术研究是不屑为之的，甚至是反感的。他对古代典籍文化涉猎甚广，并能看透，但不在那里弄"经院派"的把戏。较之于那种埋头书斋、皓首穷经的"学者"，鲁迅更为注重活生生的文化存在，同时又把对现实文化的关注与历史的反思、未来的展望紧密联系起来。

重视自我真切的生活体验，从亲验中提取思想，是鲁迅对待自己长期生活其中而又意欲加以改造的民族文化的基本方式。鲁迅强调，在接触生活与书籍这两种形态的文化存在时，应首先"用自己的眼睛去读世间这一部活书"，以此取得实际的感性经验，才能"使所读的书活起来"③。这种注重"睁了眼看"的方法，与传统和现实中的"瞒和骗"一类的障眼法、自欺法迥然有别。在鲁迅的文化思维中，最注重的不是书本理论的搬用，而是亲验的客观现实。他曾说："人们是的确由事实而从新省悟"④ 的。因为"事实的教训总比理论的宣传有力"⑤。又说："事实是毫无情面的东西，它能将空言打得粉碎。"⑥ 譬如，世间存在的"杀人"事实，像"幻灯事件"、秋瑾被杀、军阀杀伐、"三一八""四一二""左联五烈士"被杀、日寇侵华等，作为畸态文化现象，都曾对鲁迅产生极深的刺激，往往引起他文化思想上的重大变化，促使他对人生、职业、创作

---

① 鲁迅. 又论"第三种人"[M]//鲁迅全集：第四卷. 北京：人民文学出版社，2005：549.
② 李继凯. 尚需增益的"互补"——评鲁迅研究界近期的论争[J]. 鲁迅研究动态，1987（12）：55-61，42.
③ 鲁迅. 读书杂谈[M]//鲁迅全集：第三卷. 北京：人民文学出版社，2005：463.
④ 鲁迅. 关于中国的两三件事[M]//鲁迅全集：第六卷. 北京：人民文学出版社，2005：11.
⑤ 薛绥之主编. 鲁迅生平史料汇编：第5辑 上[M]. 天津：天津人民出版社，1986：313.
⑥ 鲁迅. 安贫乐道法[M]//鲁迅全集：第五卷. 北京：人民文学出版社，2005：569.

等进行新的调整。"四一二"大屠杀"轰毁"了鲁迅的原带有一些机械性的"进化论",就是一个突出的例证。

对现实体验的重视,是鲁迅执着于"现在"的文化策略思想的体现:只有抓住"现在",才有未来。同时鲁迅又深知,"现在"是"过去的继续或变异"。在鲁迅看来,中国历史上的两种时代——暂时做稳奴隶的时代与想做奴隶而不得的时代,正是中国人现实奴隶根性的由来。这样,就把思路自然引向了对奴隶性文化的历史批判,展开了"刨祖坟"式的文化反思,进而促使国人从"铁屋子"里醒来,重塑敢想敢说敢干的现代文化人格。对现实黑暗政治的"韧战",是鲁迅作为文化斗士的最具光彩的人格体现。在这种韧战中,鲁迅最娴于运用的一种方法,即是引古证今,古为今用。面对现代"株连"的法西斯文化,鲁迅说:"古时候有牵牵连连的'瓜蔓抄'(按:指明代),我是知道的。但总以为这是古时候的事,直到事实给了我教训,我才明白省悟了做今人也和做古人一样难。"① 鲁迅还发现,黑暗政治总是以动听的宣传,举起复古的旗帜。蒋介石提倡所谓"新生活运动",却满嘴的"儒术"语词,其法西斯专制与传统儒术居然有着这样密切的联系。② 当时,统治者颇喜听"韶乐",造就出歌舞升平的文化现象。鲁迅却联系孔夫子当年闻"韶乐"而"三月不知肉味"的史实,揭穿了阶级对立的严酷现实。③

鲁迅是极善于运用历史的反思,来进行广泛的现实文化现象的评论的。这几乎可以说是鲁迅的一种思维定式。读他的《论睁了眼看》《我之节烈观》《魏晋风度及文章与药及酒之关系》《由中国女人的脚,推定中国人之非中庸,又由此推定孔夫子有胃病》《在现代中国的孔夫子》《帮闲法发隐》《由聋而哑》《捣鬼心传》《二丑艺术》《隐士》等名文,仅从文题中,就已经约略显现出其长于将现实体验与历史反思紧密结合的思维特点。对历史的广泛征引与新释,这不是什么"历史癖",更不是自炫学识,而是为了使"匕首与投枪"更加犀利,穿插更加深透。历史反思,在鲁迅这里取得了极为重要的现实价值:"我们看历史,能够据过去以推知未来"④;"读史,就愈可以觉悟中国改革之不可缓

---

① 鲁迅. 两地书・序言 [M] //鲁迅全集:第十一卷. 北京:人民文学出版社,2005:463.
② 鲁迅. 儒术 [M] //鲁迅全集:第六卷. 北京:人民文学出版社,2005:31-35.
③ 鲁迅. 不知肉味和不知水味 [M] //鲁迅全集:第六卷. 北京:人民文学出版社,2005:115-117.
④ 鲁迅. 答KS君 [M] //鲁迅全集:第三卷. 北京:人民文学出版社,2005:119.

了"①。同时，历史反思带来的明智，使鲁迅既可以避免"左"倾幼稚病，盲目乐观，又可以面对文化革新的种种艰难有一定的精神准备，不至于临难而绝望。另外，这种重体验与反思的方法，势必促进鲁迅对自我的反思。这也就是说，鲁迅惯于从"身边"取材，进行具有历史纵深感的思考，必不能把他自己排除在外。所以鲁迅向来重视自我解剖，竭力发现并摒弃自己灵魂中渊源于古旧文化的"鬼气"与"毒气"。"亲验"愈真，"反思"愈深，由此使鲁迅的著述既带有逼人的"真气"，又具有深厚的历史感，同时从中显示出"新文化主将"的求实、求深、律己的主体精神。

文艺方法与逻辑方法的沟通

文艺方法是鲁迅观照、研究中国文化与人的独特方法，是鲁迅用来摆事实、见真相、明道理的行之有效的方法。故而可称之为"文艺化的文化研究方法"。在这种方法中，或显或隐、或多或少地结合了逻辑思维的方法，渗透了鲁迅从早年就自觉接受的来自西方的科学精神。

如果说鲁迅早年撰述的《科学史教篇》《人之历史》《说鈤》《中国地质略论》以及他的学医等，均是他收摄并投射科学精神的具体体现，那么，《摩罗诗力说》《怀旧》《狂人日记》以及"随感录"等，便是他运用文艺方法来执行"科学"与"民主"启蒙任务的具体努力。从一开始，鲁迅就没有把文艺仅仅看成是文艺，而是在骨子里与逻辑思考或使命沟通了起来。表面上是科学理性向文学靠拢（"从文"，文学家），实质却是科学理性支配鲁迅选择了文艺方法："……我们的第一要著，是在改变他们的精神，而善于改变精神的是，我那时以为当然要推文艺，于是想提倡文艺运动了"②；"……并没有要将小说抬进'文苑'里的意思，不过想利用他的力量，来改良社会"③；"……我的方法是在使读者摸不着在写自己以外的谁，一下子就推诿掉，变成旁观者，而疑心到像是写自己，又像是写一切人，由此开出反省的道路"④。鲁迅的诸多自述表明，"文艺"在鲁迅这里，并不是目标本身，而是达于目标的途径、方法或工具，而

---

① 鲁迅. 这个与那个 [M] //鲁迅全集：第三卷. 北京：人民文学出版社，2005：149.
② 鲁迅. 呐喊·自序 [M] //鲁迅全集：第一卷. 北京：人民文学出版社，2005：439.
③ 鲁迅. 我怎么做起小说来 [M] //鲁迅全集：第四卷. 北京：人民文学出版社，2005：525.
④ 鲁迅. 答《戏》周刊编者信 [M] //鲁迅全集：第六卷. 北京：人民文学出版社，2005：150.

>>> 第三章 鲁迅：研究中国人的自觉者

且是很重要的途径、方法或工具。作为"中国文化革命的主将"，鲁迅的文化角色是三元合一的，即是伟大的文学家、思想家与革命家，这"三大家"一体化的形象是鲁迅。但比较而言，由"思想"导向"革命"，是鲁迅最多顾及、最为内在的文化追求，而"文学"则主要是他的技能、方法、手段。由此，也就不难理解，鲁迅为何那么执着于小说创作上的"现实主义"与"启蒙主义"，那么喜欢用"白描手法"；不难理解鲁迅为何更热衷于杂文的写作。所谓"感应的神经、攻守的手足"者，就是要杂文更直截爽快地成为"思想"与"革命"的载体。也正是在这根本的意义上，鲁迅才痛快地宣称"文学是战斗的"，才豁达地承认并巴望自己的杂文"速朽"，"与时弊同时灭亡"[①]。由此也可以说，鲁迅杂文在当代仍旧是显豁的文学现象，恰恰证明，"时弊"依然存在，"方法"仍须袭用。

从方法论的角度看，文艺方法与科学方法并非水火不容，而是可以沟通的。米·贝京在《艺术与科学》一书中说："人创造了两种真正强有力的认识自然和自己的手段——科学和艺术。"他又说："在艺术中就像在科学中一样，最具有生命力的传统，是不断的探索、试验和对分析综合的热衷。诗人自己正是在内容和形式中去寻找综合。"[②] 科学与艺术都担承着"认识"的任务，尽管一个主要目标是自然界，一个主要目标是人自身，然而，现代科学与艺术都更趋向于细密化与综合化。一方面，艺术对经验观察、逻辑分析等科学方法积极地吸收，科学也自觉地选择了追求真善美统一的艺术方法。这种相互作用着的方法与领域，不断给人类带来新的希望。鲁迅作为中国20世纪的文化伟人，对科学方法与文艺方法的沟通进行了独到的实践。他是带着习得的自然科学方法的优秀文化素质步入文苑的。他对科学方法的习得，主要体现在注重实际观察、科学实证，相信社会进化、人性解放，学习医学方法与辩证方法等方面。这促使他走上了严峻的现实主义创作之路，承担起了庄严的启蒙主义的使命。在严格求实的探索中，把思考引向文化历史、社会人生的各个角落，也引向了各色人等的心魂深处，以成功的艺术典型或类型，来达到艺术思维与科学理性的高度融合，获取以少胜多、以个别显示一般的强烈的文化效果。无论是他的小说（如《呐喊》《彷徨》《故事新编》）、诗歌（如《野草》、新旧体诗）、散文（如《朝花

---

① 鲁迅. 热风·题记 [M] //鲁迅全集：第一卷. 北京：人民文学出版社，2005：308.
② [苏] 米·贝京. 艺术与科学——问题·悖论·探索 [M]. 任光宣，译. 北京：文化艺术出版社，1987：4，30.

夕拾》），还是以"政论"为骨子的杂文（如《华盖集》《而已集》《南腔北调集》等）、以"学术"为特征的论著（如《文化偏至论》《破恶声论》《中国小说史略》等），都力图渗透科学与民主的理性，以内在的事实胜于雄辩的逻辑力量来征服读者。在鲁迅看来，"科学者，神圣之光，照世界者也，可以遏末流而生感动"①，而"平等自由，为凡事首……久浴文化，则渐悟人类之尊严"②。针对中国社会充斥的"吃人，劫掠残杀，人身买卖，生殖器崇拜，灵学，一夫多妻"等落后的文化现象，就必须用"科学"与"民主"这种"良药"。③ 能够有效地传播科学与民主这种新文化的工具，是最能"撄人心"的诗，最为"真诚"的而非"瞒和骗"的文艺。历史证明，鲁迅选择融科学理性于其中的文艺方法，尤其是杂文方法来实现其文化改革、立人立国的崇高目的，是一种无可非议的正确选择。单纯地从"文艺"或"学术"的角度来要求鲁迅，都是背离鲁迅的实际、当年社会文化的实际的。鲁迅没有长篇巨著型的文学艺术作品或文化理论著作，这并不是他写不出，而是因为他从"文化方法"或"改革现实"的具体考虑中，选择了自认是更其有时效的文化方法。鲁迅曾奉劝文化改革者，必须深察国情民心，设法利导改进，否则，"无论怎样的高文宏论，浪漫古典，都和他们无干，仅止于几个人在书房中互相叹赏，得些自己满足"④。这对于过去及现在的那种严重脱离实际的学风、文风，都有重要的针砭意义。

拿来主义与辩证比较

建设中华民族的新文化，仅靠民族文化传统是绝对不行的，必须采取打破封闭、解放思想、广泛借鉴的方式，执行"拿来主义"。文化人类学家发现："当代世界的许多文化变迁即使不是外部强加的，也是由外部引进的。这不是说现有文化变迁全都来自外部压力，而是说外部导致的变迁是人类学家和其他社会科学家研究最多的变迁。"⑤ 中国的新文化运动与外来文化关系极为密切，对这种关系的正确理解，恰恰构成了鲁迅"拿来主义"的最突出特征。而"拿来

---

① 鲁迅. 科学史教篇 [M] //鲁迅全集：第一卷. 北京：人民文学出版社，2005：35.
② 鲁迅. 文化偏至论 [M] //鲁迅全集：第一卷. 北京：人民文学出版社，2005：51.
③ 鲁迅. 热风·随感录四十二 [M] //鲁迅全集：第一卷. 北京：人民文学出版社，2005：343.
④ 鲁迅. 习惯与改革 [M] //鲁迅全集：第四卷. 北京：人民文学出版社，2005：228.
⑤ [美] 恩伯. 文化的变异——现代文化人类学通论 [M]. 杜杉杉，译. 沈阳：辽宁人民出版社，1988：548.

主义"实际是个"比较文化"方面的重要命题。在"拿来"之前需要有比较文化的眼光,亦即"运用脑髓,放出眼光,自己来拿!"能动的拿来主义是以一定的比较文化眼光为前提的。但更困难的是,"拿来"之后如何更加深入地比较鉴别,去伪存真,去芜存精,"占有,挑选","或使用,或存放,或毁灭"①。然而,根据什么来判别"拿来"的东西的文化价值,并做出相应的处理的呢?这就必须要求"拿来"者对异元文化进行比较,发现其中的优劣、异同,进行优化的选择、整合。这样的比较是带有辩证的,既不是对自我民族文化传统的整体否定、弃置,也不是全盘"洋"化,走向西方。没有"拿来"不行,"人不能自成为新人","文艺不能自成为新文艺",文化自然也不能成为新文化。"自体生殖"本系远古的神话。有了"拿来"而不能做出妥当的处理也不行。鲁迅在五四时期有一首新诗写道:"小娃子,卷螺发,/银黄面庞上还有微红——看他意思是正要活。/走出破大门,望见邻家:他们大花园里,有许多好花。/用尽小心机,得了一朵百合:/又白又光明,像才下的雪。/好生拿了回家,映着面庞,分外添出血色!……"② 在这首名为《他们的花园》的诗中,鲁迅显然流露出了对异域先进文化的向往之情,将这种感受诗化为要"活"的人儿到邻家花园中采撷好花。费尽心机"拿"得了"百合",来为"要活"的生命"添出血色"。然而采自异域的"百合"的又白又光明,引起了苍蝇们的憎恶,在"百合"上拉下蝇屎,同时又对采花的人儿进行非议。这种玷污、诬蔑"拿来"之物的"苍蝇"式的文化心理及行为,显然是不能认同"百合",并培植出"百合"的新种的。

一方面要求"拿来"者具有比较文化的眼光,优良的主体素质;另一方面,没有"拿来"及创造性的转化,又不能形成宽广的文化视野,优秀的文化主体。这是一种文化悖论。解决这一文化悖论靠的是不断的勇敢的"拿来"、辩证的比较、文化的实践。在鲁迅看来,"拿来"者的主体素质既可以从本民族文化潜能中获得——发扬"将彼俘来"③ 的汉唐文化精神,又可以从外国先进文化的启悟中获得——学习普罗米修斯式的献身精神以及"摩罗"的创造精神。鲁迅本人作为一个出色的"拿来"者,就主要是通过这样深刻的继承与借鉴的途径,获得了"拿来"能力及丰硕的文化成果的。鲁迅早在《摩罗诗力说》中,就曾

---

① 鲁迅.拿来主义[M]//鲁迅全集:第六卷.北京:人民文学出版社,2005:39-42.
② 鲁迅.他们的花园[M]//鲁迅全集:第七卷.北京:人民文学出版社,2005:34.
③ 鲁迅.看镜有感[M]//鲁迅全集:第一卷.北京:人民文学出版社,2005:209.

表达了他关于文化比较方法的思想:"首在审己,亦必知人,比较既周,爰生自觉。"既需反对"近不知中国之情",又需反对"远复不察欧美之实",这样,才能确立新文化的范型"外之既不后于世界之思潮,内之仍弗失固有之血脉"。这种思想,具有重要的文化方法论意义,并不仅仅是适用于一国一时的。

鲁迅涉及的文化比较的范围是极广泛的,并不专一注重于跨国界的文化比较。当我们读着他的《"京派"和"海派"》《北人与南人》《推背图》《黄祸》《随便翻翻》《关于翻译》《论俗人应避雅人》《两种"黄帝子孙"》《战士和苍蝇》《灯下漫笔》《拿来主义》《门外文谈》等妙文的时候,我们不仅叹服于他的观点,也叹服于他的诸多比较方法的运用。这些比较中,有的是地域文化的辩证比较,有的是阶级分析的辩证比较,有的是新旧文化的优劣比照,有的是人物评价的原则区分,等等,"比较既周,爰生自觉",就能防被欺,因此,"比较是医治受骗的好方子"①。

有实事求是之心的文化人,总不会忽视生活辩证法对其认识的启悟。鲁迅对文化现象的准确有力的把握,既来自种种文化理论(如进化论、马克思主义等)的良性导引,更来自实际人生的文化体认。鲁迅认为,在中外文化比较中,并不只是为了发现别国文化的长处,同时也能发现本国文化中的优点:"由我看来,所谓'洋气'之中,有不少是优点,也是中国人性质中所本有的。"② 善于观察思考的鲁迅,能够从孩子照相、自己看镜、友人谈话等日常生活中发现带有普遍性的文化现象,做出独到的分析。为了增强人的实际观察鉴别能力,鲁迅并不赞成那种简单化的文化禁锢或逃避的做法。譬如读书,鲁迅明确反对禁书,对那种自己并不同意其观点、分析的书,也主张移译给国人,以供鉴别,对史密斯《中国人的气质》一书的态度就是这样;鲁迅提倡"随便翻翻"读书法,即好书、坏书都要看,"讲扶乩的书,讲婊子的书,倘有机会遇见,不要皱起眉头,显示憎厌之状,也可以翻一翻","翻来翻去,一多翻,就有比较"③,由此也才可能"知道裸体画和春画的区别,接吻和性交的区别,尸体解剖和戮尸的区别,出洋留学和'放诸四夷'的区别……"④。显然,鲁迅这种文化观的

---

① 鲁迅. 随便翻翻 [M] //鲁迅全集:第六卷. 北京:人民文学出版社,2005:142.
② 鲁迅. 从孩子的照相说起 [M] //鲁迅全集:第六卷. 北京:人民文学出版社,2005:84.
③ 鲁迅. 随便翻翻 [M] //鲁迅全集:第六卷. 北京:人民文学出版社,2005:142.
④ 鲁迅. 对于批评家的希望 [M] //鲁迅全集:第一卷. 北京:人民文学出版社,2005:423-424.

通达辩证，远较当年那些文化官僚明智得多。"倘要完全的书，天下可读的书怕要绝无，倘要完全的人，天下配活的人也就有限。"① 禁锢，意味着制造新的蒙昧。

　　以上从几个主要方面论述了鲁迅文化研究方法论思想。尽管这只是简略的论述，但我们仍然深深感到了鲁迅提供并提倡的文化分析方法的重要性。这不仅仅在于他进行的文化分析在当年具有示范性、战斗性、启示性，而且在于其文化分析方法当代中国，仍然没有失去其重要的范导价值。也许可以说，鲁迅当年所得出的一些具体的文化结论，在今天已经失去时效，但其分析文化问题的方法，仍具有强烈的当代意义。他从文化价值哲学的现代性出发，将文化与人进行整体观照分析的方法；他从求实求是的精神出发，注重将现实体验和历史反思相结合的方法；他从文化传播的速效性角度考虑，竭力将文艺方法与逻辑方法相沟通的努力；他从文化改革的具体途径着眼，致力于广泛的借鉴比较，积极地提倡"拿来主义"，如此等等，都印证着鲁迅文化研究方法论思想具有辩证性、丰富性和实用性。我们由衷地钦佩他的文化分析体现出来的高度实事求是的精神，心仪其注重理论联系实际、从抽象上升到具体的分析方法。事实证明，"单是说不行，要紧的是做"②。让别有用心或脱离实际的"御用"式、"玄谈"式的所谓文化研究"休息"吧。"鲁迅的方向"，是中华民族新文化的方向，"鲁迅的方法"，也是中国文化工作者理应学习的方法！

---

① 鲁迅.《思想·山水·人物》题记［M］//鲁迅全集：第十卷.北京：人民文学出版社，2005：300.
② 鲁迅.门外文谈［M］//鲁迅全集：第六卷.北京：人民文学出版社，2005：105.

中篇 02
鲁迅作为现代文人的书写行为

第四章

鲁迅与中国书法文化

第一节 鲁迅书法文化活动的功能

依恋书法，可谓仍是五四人的一个挥之不去的文化情结，鲁迅也不例外，且是其中颇具代表性的人物。在文化冲突与磨合的历史转型期，五四人的反传统主要体现在政治文化和伦理文化层面，对传统文化中的艺术文化特别是书画艺术，却有着至为深切的依恋，即使为了适应传媒需要或工作要求而穿插硬笔书法，但他们对传统的毛笔书法的钟爱依然使他们对传统的书法形式依依不舍。这真切地表明了他们对传统文化的选择性继承与发展的愿望，对那种简单认定鲁迅与五四人是全面反传统的急先锋等观点，也是一个有力的反驳，对中国文化重建也有着重要的启示和意义。在世界现代"和谐文化"建构中，中国书画就像融入2008年奥运氛围那样焕发出了神奇的魅力。而就在这样的东方文化复兴或新国学升华的语境和气氛中，来考察与中国、日本乃至世界有着文化关联的鲁迅及其与书法文化的融合，可以说有着某种深长的意味。

诚然，鲁迅的"中间物"意识是非常强烈的。其间韵味深厚、隽永，思致繁复、多义，有哲理，也有悲情；有达观，也有忍耐；有历史感，也有现实性；是生命哲学，也是文化哲学。这在他的人生追求和文化创造活动中都有相当充分的体现。中国人围绕书法而展开的有关活动创造出了丰富多彩而又源远流长的中国书法文化。作为中国现代文化巨人的鲁迅与中国书法文化也有着至为密切的关系。所谓"书法文化"，是超越了"书法"或"书法艺术"的文化范畴，绝不局限于书法艺术本体。而所谓"鲁迅书法"，也仅仅体现了文化名人鲁迅的一个不可忽视的侧面，是其生命融合、创化的一种方式。从书法文化角度看，鲁迅是文化研究的一个尝试,却在一定意义上也具有文学研究科际整合的意味。可以说,中国书法乃至东方书法(主要以中国书法和日本书道为代表),恰是融入鲁迅文化生命中的一种重要的文化元素。而鲁迅与书法文化的深度融合,不仅彰显着他与传统文化的深切联系,也非常恰切地体现了"中间物"的存在特征及深远意义。鲁迅曾说:"一切事物,在转变中,是总有多少中间物的。……或者简直可以说,在进化的链子上,一切都是中间物。"[1] 其实,无论进化还是归化、优化还是转化,甚至退化或者腐化,都有中间物。"中间物"的存在形态是客观的、必然的,但其"中介"功能则因性质和向度而有差异。作家主体和书法文化作为"中间物",其文化功能无疑也是多方面的。本章则主要从"中间物"的视角,来观照鲁迅与书法文化的融合,解析书法文化活动作为鲁迅文化创造行为所具有的文化功能,亦即着力考察其从相关融合趋向功能呈现的若干主要方面。

其一,文化载体功能。中国文化具有精神文化、物质文化和制度文化等不同层面,书法文化关涉这些不同层面,但更主要的是关涉精神文化。在精神文化层面,书法作为载体也许不是最重要的,但在艺术以及技术层面,书法也具有像语言文字那样的超越功能。如果说鲁迅是中国文化的守夜人[2],自然他也是中国书法文化的传承者。显然,在文字书写和书法创作之间,在书法创作和文学创作之间,最终形成的手稿书法文本实际是许多文化信息包括社会信息、情感信息、审美信息的"载体",也具有历史文化的文献价值。鲁迅著译及大量的辑校典籍、石刻的文字,乃至赠书题签和日用便条,皆用毛笔书写完成,从书体上看,有篆书、楷书、行书等。广而言之,也皆可视为书法作品。鲁迅一生实际书写的所有笔迹已经难以收齐,但如今能够见到的各种书写的近千万字的墨迹(倘若将他使用硬笔书写的字数也算在内则更多),造就或见证了一位文化巨人的诞生。这些笔迹或手稿具有的文化载体功能无疑也是巨大的。在这种意义上称《鲁迅全集》为20世纪百科全书式的文本,也就说明了鲁迅的书写留给后人的是一份怎样宝贵的文化财富。即使仅仅从文学性书写的角度看,鲁迅手握毛笔"金不换",在并不太长的创作岁月里,辛勤笔耕,创造了辉煌的业绩。正是由于鲁迅在民国史或现代史上的重要性,鲁迅的书法也格外受到关注,于

---

[1] 鲁迅. 写在《坟》后面 [M] //鲁迅全集:第一卷. 北京:人民文学出版社,2005:298.
[2] 王富仁. 中国文化的守夜人——鲁迅 [M]. 北京:人民文学出版社,2002.

102

是人们实际普遍以为这是"因人而宝之",其实是先有这些书法笔迹才成就了一代文化巨人,而不是相反。由此也可以看出,鲁迅书法承载着多么丰饶的文化信息,这才是人们喜爱鲁迅书法的主要原因,也是我们不能低估鲁迅书法价值的主要原因。即使是他的那些被视为纯粹的书法作品,即条幅、横幅、对联等,也在体现书法艺术形式美的同时,承载了相当丰富的文化信息。如其行草《万家墨面》、行书《答客诮》、对联《横眉冷对》《人生得一知己》等[1],都是令人普遍称赏、品味不尽的佳作。客观地说,鲁迅的这类"纯粹"的书法作品从量上看是不多的,但传播很广,超过了许多同时代的书法家。有人以为这是政治文化现象,其实,从书法文化信息多元化或复合性来看,鲁迅书法的文化载体功能无疑也是相当强大的。当然,鲁迅向来很注重实用,他的"现实主义"并不仅仅体现在文学实践中。他曾在《准风月谈·禁用和自造》[2]中指出当局禁用铅笔、墨水笔而改用毛笔的指令是不合时宜的,从社会发展的实际需要来看,在学习和工作中,毛笔的效率确实难以和硬笔相比。鲁迅在这里强调的显然是实用而非艺术。事实上,在中国有强大的读书传统,也有一个强大的写字传统。在国人看来,写得一手好字,不仅有"门面",而且是"符号"——读书人的符号,知识分子的标志,有品质有素养有公共意识的志士的标志性符号。鲁迅曾谈及:沈尹默给《北大歌谣周刊》题写的刊名,"他的字写得方方正正,刻出来好看"。又肯定沈尹默的诗词"是好的",其书法也"不坏"。[3] 在这里,鲁迅其实在肯定书法实用价值的同时,也已经注意到了艺术层面的东西。这在鲁迅自己的书法创作中也有较为充分的体现,如对书写内容与形式的统一、布局印章的讲究等,也透露出了浓厚的中国文人气息——作为"文人书法"所承载的"文人气息"。正如有的学者所指出的那样:"只要说起'文人书法',稍懂一点的都知道,鲁迅是最具代表性的了。鲁迅的字笔力沉稳,自然古雅,结体内敛而不张扬,线条含蓄而有风致,即便是略长篇的书稿尺牍,也照样是首尾一致,形神不散。深厚的学养于不经意间,已洋溢在字里行间了。所以,赏读鲁迅书法,在你不知不觉的时候,书卷气已经扑面而来。就好比盐溶于水,虽有味而无形。"[4] 这种内行看门道的评说可谓相当到位,而非盲目赞美。

---

[1] 详见上海鲁迅纪念馆编.鲁迅诗稿[M].上海:上海人民美术出版社,1991.
[2] 鲁迅.禁用和自造[M]//鲁迅全集:第一卷.北京:人民文学出版社,2005:333.
[3] 吴作桥等编.再读鲁迅——鲁迅私下谈话录[M].长春:时代文艺出版社,2005:360.
[4] 管继平.鲁迅:无情未必真豪杰[M]//民国文人书法性情.上海:汉语大词典出版社,2006:73.

其二，文化传承功能。中国书法文化在传承中华传统文化方面，有着巨大的作用。从鲁迅幼学或家学角度看，鲁迅在人杰地灵的绍兴故家所承受的文化熏陶颇丰，仅从书法文化传承角度看，也可以缕述书香之家、三味书屋、二王书法或兰亭书乡等所构成的书法生态环境对鲁迅的种种影响，包括鲁迅的那种与传统文化割不断的博雅的文化情怀，也与文化家园重建息息相关。如果说鲁迅的诗歌继承和发扬了中国诗学文化传统，那么这些诗作的手稿和有意为之的诗书同辉的书法作品，更是将中国传统文化中的"诗书"传统继承下来，并纳入了"大现代文化"的格局中。鲁迅批判和反思传统文化全面而且深入，却在书法文化方面置评甚少、继承甚多，个中意味，耐人寻思。古人云"书如其人""以心主笔""书法传心"，都在强调书法与写者之间的同一性，其实，鉴于人的丰富复杂和具体情境的变化，鲁迅的书法性情与鲁迅杂文性情的主要取向显然是有差异的。正是在这样的诗书同辉的文化景观中，我们领略着"无情未必真豪杰"（《答客诮》）、"岂有豪情似旧时"（《悼杨铨》）、"如磐夜气压重楼"（《悼丁君》）、"有弟偏教各别离"（《别诸弟》）、"我以我血荐轩辕"（《自题小像》）、"梦里依稀慈母泪"（《无题·惯于长夜过春时》）、"十年携手共艰危"（《题〈芥子园画谱三集〉赠许广平》）、"运交华盖欲何求"（《自嘲》）等，鲁迅的这些诗书作品恰恰表征着他的"中国文人"身份，传统色彩相当浓厚。此外，鲁迅与书法文化的更多方面的关联，还可以给我们更多的启示。比如，鲁迅不仅是一位相当卓越的文人书法家，也是一位勤勉的书法文献（主要是碑文）的整理者。从一定意义上也可以说他是中国现代文化史上一位杰出的学者型的艺术家和艺术家型的学者及文献收藏者。而他的学术文化包括书学文献整理成果，无疑也是对"新国学"的重要贡献。从"鲁迅文化"[①] 自身的传承来看，除了人们集中关注的作家研究之外，我们还要注意的是，现代书法与鲁迅话语的遇合。话不在多而在精，字不在大而在妙。从后世许多书法作品以鲁迅诗文隽语为内容这一事实来看，书法与格言警句或精妙绝伦的诗文相结合，在传播真理、道理、事理等方面，在激励人生、鼓舞人心、升华灵魂等方面，都往往可以起到令人意想不到的重要作用。在现代转型历史时期，人们注意到了文学的多方面功能，却在很多情况下，忽视了书法的巨大功能。仅仅将书法理解为一种技艺，或仅仅理解为一种点缀，似乎可有可无。这样的偏见确实存

[①] 李继凯. 全人视境中的观照——鲁迅与茅盾比较论 [M]. 北京：中国社会科学出版社，2003：2-3.

在。一方面是将其视为传统的精华部分或主要部分加以推崇，另一方面又将其视为现实的次要部分甚至是技末杂术而加以贬低，这就构成了一种明显的矛盾。其实，书法文化在手书时代对古今中外文化的传承作用是巨大的，鲁迅文化的传承也不例外。

其三，文化交际功能。鲁迅的作品包括书法也是要通过文化传播渠道来实现的，日常的书法交流也是一种文化传播。从艺术与人文的视野来看鲁迅书法，也应注重他与友人间的翰墨情缘，其作品的"人文"意味常为后人所激赏不已。鲁迅与书法的深切结缘其实也是对其人生的充实，而通过书法为中介的人际交往，又在更大程度上丰富了他人和自己的人生。鲁迅定居上海的十年里应友人之求或朋友之间诗联的唱和之作较多。鲁迅交往的朋友中，也多有通书画的朋友。鲁迅书写一生，书写尤其是艺术创造性质的书写成为其生命焕发的生动体现。我们看到，他给许多人尤其是亲朋好友题字相赠，也成为精神交流和增进友谊的重要手段。他有意识地将书法作为媒介，在书法交往中不断开拓人生。《赠瞿秋白录何瓦琴句》《赠章茅尘孙斐君录司马相如〈大人赋〉》《赠许寿裳录唐李贺诗〈开愁歌〉》等，都是给好友甚至是终生知音的"赠礼"。鲁迅曾在日本购买了日文《书道大成》全部27卷，几乎囊括了中国历代所有时期的重要碑帖。他曾请书法家乔大壮题写对联，还为好友题写诗歌、墓志等，为日本友人写诗词条幅、横幅等。据不完全统计，如今可以查考出根据的为日本友人或来宾书写的诗词作品（未含书信手稿等）就有近40幅。[1] 他平生最后的遗墨

---

[1] 如1923年，书《诗经小雅采薇·赠永持德一》；1931年，书《赠邬其山》《送O.E君携兰归国·赠小原荣次郎》《赠日本歌人·赠升屋治三郎》《无题（大野多钩棘）·赠内山松藻》《无题（大野多钩棘）·赠熊君碹》《湘灵歌·赠松元三郎》《无题（大江日夜向东流）·赠宫崎龙介》《无题（雨花台边埋断戟）·赠柳原烨子》《送赠田涉君归国》《钱起归雁·赠长尾景和》《老子虚用成象韬光篇·赠长尾景和》《李白越中览古·赠松元三郎》《欧阳炯南乡子·赠内山松藻》《书旧作〈自题小像〉赠冈本繁》；1932年，书《无题（血沃中原肥劲草）·赠高良夫人》《自嘲（运交华盖欲何求）·赠山本勇乘》《所闻·赠内山美喜》《答客消·赠坪井方治》《无题（惯于长夜过春时）·赠山本初枝》《一二八战后作（战云暂敛残春在）·赠山本初枝》《李白越中览古·赠山本勇乘》；1933年，《赠画师·赠望月玉城》《题呐喊·赠山县初男》《题三义塔·赠西村真琴》《悼杨铨·赠樋口良平》《赠人（秦女端容理玉筝）·赠山本实彦》《无题（一枝清采妥湘灵）·赠土屋文明》《楚辞九歌礼魂·赠土屋文明》；1934年，《无题（万家墨面没蒿莱）·赠新居格》《金刚经句·赠高岛皀眉》《钱起归雁·赠中村亨》；1935年，《郑思肖锦钱余笑（二十四首之十九）·赠增田涉》《郑思肖锦钱余笑（二十四首之二十二）·赠今村铁研》《刘长卿听弹琴·赠增井经夫》；1936年，《杜牧江南春·赠浅野要》；1933—1936年，曾书《潇湘八景》赠儿岛亨；等等。

也是给内山完造先生的。书法可以愉悦性情,可以契合艺境,更可以交友交流。如果说鲁迅从日本文学经验中多采取了"拿来主义"的话,在书法艺术方面,情形几乎相反,多采取的是"送去主义"。这是友好的赠予,深切的纪念,情谊的象征。鲁迅与日本友人的书法情缘,突出了跨国的书法交际功能,在此或可名之为"书法外交"——文化传播的一个古老却又年轻的交流方式。如1931年2月12日,小原荣次郎在中国购买兰花将要回日本,鲁迅赋诗并写成条幅相赠;1931年2月25日,为日本长尾景和写唐代钱起《归雁》一幅留念;1931年初春,作旧体诗《赠邬其山》并书写成条幅赠内山;1935年3月22日,为今村铁研(日本医生,增田涉的表舅)、增田涉等书写书法作品相赠。从这些行为看,鲁迅书赠友人书作较多的原因,也主要是从"实用"层面进行考量的。当然,鲁迅书赠的日本友人交谊深浅不同,但即使短期接触,也是印象好才会赠送书法作品。"秀才人情纸一张",自古以来,除了书信,书画往来就成了文人交往中出现最多的一种形式(且常和赠诗赠言相结合)。到了现代,这种文化习惯依然存在,只是增加了赠书籍、赠笔砚等更务实的行为。这些情形在鲁迅那里大抵都出现了。包括他与日本友人的交往,也生动体现了这样的特征。鲁迅定居上海的十年里应友人之求或朋友之间诗联的唱和之作较多。鲁迅并不看重自己的字,他对弘一法师、陈师曾和乔大壮等人的书法却颇为欣赏。他曾托日本好友内山君"乞得弘一上人书一纸";他的第一本译著《域外小说集》,即请陈师曾为之封面题签;而北京"老虎尾巴"书房内的一副"望崦嵫而勿迫,恐鹈鴂之先鸣"的对联,则是请乔大壮书写的。他自己为朋友写字虽然认真,却相当低调,甚至自视"拙字",且不善于写大字,"字愈大,就愈坏"①。因此当友人求其对联书法,他就颇为犹豫。如1935年当他的晚辈朋友杨霁云求字时,他时隔半年多方回信写道:"前嘱作书,顷始写就,拙劣如故,视之汗颜。但亦只能姑且寄奉,所谓塞责焉耳。"② 在鲁迅交往的朋友中,陈师曾精于书法绘画,乔大壮精于书法篆刻,沈尹默、张宗祥精于书法及评鉴。而他的诸多"战友"中也多有能书者,如茅盾、瞿秋白等,都有很深的书法功力。

其四,文化共生功能。"鲁迅与书法"在某种意义上也可以解读为"文学与书法",这是因为在文化创造领域或艺术文化领域存在着交叉共生、相互启迪的密切关系。从鲁迅的文化实践中便透露出这方面的丰富信息。他虽无意以书法

---

① 鲁迅. 致杨霁云[M]//鲁迅全集:第十三卷. 北京:人民文学出版社,2005:466.
② 鲁迅. 致杨霁云[M]//鲁迅全集:第十三卷. 北京:人民文学出版社,2005:602.

家名世，但在书法文化创造方面有着重要的奉献。这说明，作家可以把艺术灵感、意象带入文学文本，也可以带入书法艺术世界；而书法审美经验和创作体验也可以化为文学写作的营养。如书法讲究的灵动、布局、意象、虚实、疏密、浓淡、直曲、节奏以及优美、豪放、龙飞凤舞等，其实也为作家所追求。所以林语堂曾说："如果不懂得中国书法及其艺术灵感，就无法谈论中国的艺术。""通过书法，中国的学者训练了自己对各种美质的欣赏力，如线条上的刚劲、流畅、蕴蓄、精傲、迅捷、优雅、雄壮、谨严与洒脱，在形式上的和谐、匀称、对比、平衡、长短、紧密，有时甚至是懒懒散散或参差不齐的美。这样，书法艺术给美学欣赏提供了一整套术语，我们可以把这些术语所代表的观念看作中华民族美学观念的基础。"[①]他还说："我觉得中国人不会放弃他们传统的书写方式，因为这与中国文化和书法韵味深厚的美感联系在一起，书法作为一门艺术可以与绘画相媲美并与绘画唇齿相依。"[②]人们称练习书法可以健身、养气，可以恢扩才情、酝酿学问，这本身就在追求文与体、技与艺的交叉融合。而这种艺术与心灵上的相互启迪和融合恰恰是作家容易形成的人生优势，所以，会出现作家比一些单纯的习者更能深刻地把握书法的美学意蕴的现象。这也给习书者以有益的启示，更加明白学养气质的重要。所谓"汝果欲学诗，工夫在诗外"揭示的就正是这样的学习规律、创作原理，对作家与书法家的成长、对文学和书法的共同发展也都具有适用性。身为文学巨匠的鲁迅，其实他的知识谱系本身就体现出了"交叉共生"的特征。其艺术兴趣相当广泛。除读书写作外，他于金石书画、汉画像石、古钱币、古砖砚、木刻版画等方面的收藏和研究也都有兴趣。尤其是在金石碑拓的研究和收藏上，鲁迅更是舍得投入时间、金钱和精力。他早年曾从章太炎学习文字学，在北京教育部做佥事期间，时间宽裕，遂大量抄写古碑，搜寻碑帖拓片，不断地描摹整理。从1913年一直到1936年8月临终前两个月，仅据《鲁迅日记》中所列历年"书账"做粗略统计，他搜集的金石拓本（包括汉画像石拓片等）总数已近6000张。所以，鲁迅对书法、美术有着极高的鉴赏力，对篆、隶、章草等各种书体，均可熟练掌握。难怪他曾对友人表示"字不好"，但"写出来的字没什么毛病"，显示出他在文字学上的自信。所以他的笔迹时有篆隶笔意的映现，在书体上体现出某种程度的交叉融合。从很大程度上讲，鲁迅的书法活动本身也是其严肃工作的补充。

---

① 林语堂. 吾国与吾民［M］. 西安：陕西师范大学出版社，2006：274-275.
② 林语堂. 中国人的生活智慧［M］. 西安：陕西师范大学出版社，2005：61-62.

这也就是说，鲁迅书法既具有生活性或审美性等文化功能，也具有实用性或战斗性等作用。

文学与书法都是艺术，都是作家思想境界、人格品性以及时代精神的真实写照，因此两者在很大程度上有互通性。鲁迅的手稿，绝大部分都可以视为书法作品，尽管其艺术价值有高下之分。鲁迅的书法与旧体诗词、联语等有深切的结合，当人们在"新国学"视野中重新估价旧体文学艺术在文艺史、文化史上的地位的时候，确实应该避免简单的线性判断，给出更为全面和恰当的评价与分析。鲁迅的旧体诗词虽然未能正式入史，但也经常作为材料进入文学史书写。这倒是个突出现象。书法与书写趋于一体的快慰，使他的精神得以升华，将古意盎然的墨迹和现代气息的内涵浑融一体，由此遣怀，至少可以化解一些环境的压力和生活的沉重，在黑暗中通过审美化的书写而造出维系生命的氧气。现代作家徐訏在《鲁迅先生的墨宝与良言》[①] 中，便将鲁迅书法和良言结合起来谈论，看到了鲁迅通过书法和良言的结合"有用于世"。而鲁迅自己日常其实很少谈及书法，在他不多的涉及书法的文章中，也主要是在为硬笔书写进行辩护，体现着明显的西化思维特征：工具性的快而好的效果，成为选择硬笔还是毛笔的主要根据。比较论说的基点也在于此。他在谈话中说到沈尹默，赞其字好在实用美观，也就表明了他对书法的基本理解和认识。鲁迅手中的"金不换"有时可以化为匕首、投枪，笔锋犀利，傲骨铮铮，但有时也会化为丝帕和绒刷，为人拭汗和去污，体现出他的温和与宽厚。也许不少人会认为鲁迅手迹何以如此绵软、随和，与概念中的"硬骨头精神"颇不吻合，其实，恰恰是这样的笔墨所蕴含的意趣，才给人以丰富多彩、隽永美妙的印象。实用和审美的交叉也为鲁迅所重视。在他看来，钢笔之所以会取代毛笔，其主要原因应该是它提高了效率，节约了时间。对此，深谙个中滋味的他最有发言权，他指出："洋笔墨的用不用，要看我们的闲不闲。我自己是先在私塾里用毛笔，后在学校里用钢笔，后来回到乡下又用毛笔的人，却以为假如我们能够悠悠然，洋洋焉，拂砚伸纸，磨墨挥毫的话，那么，羊毫和松烟当然也很不坏。不过事情要做得快字要写得多，可就不成功了，这就是说，它敌不过钢笔和墨水。譬如在学校里抄讲义罢，即使改用墨盒省去临时磨墨之烦，但不久，墨汁也会把毛笔胶住写不开了，你还得带洗笔的水池，终于弄到在小小的桌子上，摆开'文房四宝'况且毛笔尖触纸的多少就是字的粗细，是全靠手腕做主的，因此也容易疲劳，越

[①] 徐訏. 鲁迅先生的墨宝与良言［M］//场边文学. 香港：香港上海印书馆，1971：225.

写越慢。闲人不要紧，一忙，就觉得无论如何总是墨水和钢笔便当了。"① 鲁迅关于毛笔、钢笔之争的议论显然隐含着一个书写工具现代化的问题。扩大一点看，西方文化对中国传统文化的影响与改造，总是通过器物层面入手，然后才触及人们的观念领域。余秋雨在其《笔墨祭》中已有相关思考。在他看来："一切精神文化都是需要物态载体的。五四新文化运动就遇到过一场载体的转换，即以白话文代替文言文；这场转换还有一种更本源性的物质基础，即以'钢笔文化'代替'毛笔文化'。五四斗士们自己也使用毛笔，但他们是用毛笔在呼唤着钢笔文化。毛笔与钢笔之所以可以称之为文化，是因为它们各自都牵连着一个完整的世界。"② 鲁迅从实用层面为钢笔文化辩护，却也习惯于毛笔文化。这是过渡形态的"中间物"行为和言论。而在当时，鲁迅显然还没有所谓"硬笔书法"这样的概念，也没有倡导旨在颠覆传统书法样态的所谓"现代书法"。

其五，文化纪念功能。在纪念鲁迅、创化艺术的过程中，中国人也进行了多方面的尝试。早在鲁迅五十大寿和逝世后的周年之内，书法与联语的结合便成为祝福和纪念的主要方式之一。在新中国成立之后，最早表现的名家书法即是1951年发行的纪念邮票《鲁迅逝世十五周年》，主图上选有鲁迅手书诗句"横眉冷对千夫指，俯首甘为孺子牛"（这是新中国首枚以书法艺术为主图的邮票），同样的手书后来还用在题为《文化革命先驱鲁迅》的邮票图稿上。1961年，为纪念鲁迅先生诞辰80周年而出版了《鲁迅诗稿》（影印本），等等。直至今日，纪念鲁迅的各类行为颇多，其中也包括印刷鲁迅手迹包括给日本友人的书信手迹等。鲁迅手迹的文物价值包括旅游文化价值等也都可以由此而来。鲁迅文化的再生功能也在书法文化创造中体现了出来。如不少人喜欢以鲁迅及其作品为书法材料或对象，即为旨在追求文化创造的文化选择行为，其间也蕴含着"活的中国"与"活的鲁迅"这样的文化纪念意味。著名女书法家周慧珺在"文革"中书《鲁迅诗抄》，印刷多达300万册，影响很大③；毛泽东生前练习书法或进行书法创作，就"很爱写鲁迅的诗"，并说："书写鲁迅的诗句，既可以进一步理解诗的内容，又可以进一步了解鲁迅。"④ 他还曾书鲁迅《无题》诗

---

① 鲁迅.论毛笔之类［M］//鲁迅全集：第六卷.北京：人民文学出版社，2005：406-407.
② 余秋雨.笔墨祭［M］//文化苦旅.上海：东方出版中心，1992：266.
③ 王岳川主编.中外书法名家讲演录（上）［M］.北京：北京大学出版社，2008：44.
④ 易严.毛泽东与鲁迅［M］.石家庄：河北人民出版社，1998：233.江泽民也曾题写鲁迅诗句纪念鲁迅，在访仙台时还书写了自作诗歌纪念鲁迅，并馈赠日本友人。

一首赠日本外宾以表达对鲁迅共同的怀念。后世人们书写鲁迅诗句或言语赠日本友人的事情也迤逦不绝。而在日本，以书法为媒介的纪念也有一些，如增田涉曾就鲁迅书法风格发表了比较中肯的看法①；内山先生曾发起组织了鲁迅先生书简手迹搜集委员会，动员藏有鲁迅书简手迹的日本友人予以透露或公布②；内山完造的弟弟内山嘉吉也曾以日文书法纪念鲁迅诞辰 100 周年，在东京内山书店二楼也挂有鲁迅的诗联；在仙台，人们则可以看到更多的纪念鲁迅的景观和墨迹③。臧克家有诗云："有的人活着，他已经死了；有的人死了，他还活着。"鲁迅的书法文化作为再生性的鲁迅文化中的一个有机组成部分，也无疑是极具魅力的"活的文化"。2008 年春，在第二十四届中国兰亭书法节举办之际，北京鲁迅博物馆、上海鲁迅纪念馆和绍兴鲁迅纪念馆联手在鲁迅故里——绍兴举办"鲁迅手迹珍品展"，就是这"活的文化"的生动体现。在此之前，北京鲁迅博物馆、中国鲁迅研究会于 2007 年秋还曾在"华夏笔都"江西省进贤县举行了"鲁迅与书法"学术研讨会。来自各方的研究专家、书法家、学者就鲁迅书法艺术的特色、鲁迅书法艺术与传统文化的关系、鲁迅书法艺术的评价等问题进行了研讨。鲁迅博物馆举行的《鲁迅友人墨宝展》等也寄托了怀念的意味。如果说在现代作家这里，仍然有古韵悠然、古调重弹的书法文化重建的自觉追求，那么鲁迅显然堪称一个当之无愧的典范。有人总以为鲁迅是传统文化的彻底反叛者，是割裂中华文化传统的罪人，仅仅从书法文化的继承和创化来看，事实也并非如此。鲁迅手迹的传世，不仅昭示了他的书法世界及其对传统文化的继承，同时也表达了后人的拈香思念之意。而鲁迅及其书法文化精神影响后人的现象自然也引人注目，如深受鲁迅影响的作家台静农，在书法绘画上也有较深的造诣，晚年在台湾影响较大；以"景迅"为号的著名书法家和学者卫俊秀，更是以鲁迅精神为人生支柱，亦爱其书法，也成就了自己坚强而充实的一生。

第二节　客观评价鲁迅的书法艺术

如果仅仅从书法艺术性角度看鲁迅书法，实事求是地说，不适宜给予过高

---

① 鲁迅博物馆等编. 鲁迅回忆录：专著（下册）[M]. 北京：北京出版社，1999：1367.
② 陈梦熊.《鲁迅全集》中的人和事 [M]. 上海：上海社会科学院出版社，2004：380.
③ 黄中海. 鲁迅与日本 [M]. 呼和浩特：远方出版社，2002：101，129-139，147.

评价。如公开发表的著述中认为鲁迅书法"远逾宋唐"或是"民国第一行书"等广为人知的观点，还有人说鲁迅是"20世纪自成一格的卓越的大书法家之一"或"鲁迅书法在20世纪书坛自成一体、品位很高，完全应当跻身十大书家之列"，以及称鲁迅是"我国硬笔书法较早的倡导人之一"，等等，笔者以为确有过誉之嫌。对广为人知且经常引用的郭沫若的著名评论"鲁迅先生亦无心作书家，所遗手迹，自成风格。融冶篆隶于一炉，听任心腕之交应，朴质而不拘挛，洒脱而有法度。远逾宋唐，直攀魏晋。世人宝之，非因人而贵也"，也当给予仔细辨析，将合理的明断与模糊的夸张做一区分。还有那些将鲁迅书风描述为"宽博、遒厚、豪放、古雅的书风"①，也有不够贴切的地方。但也不能无视鲁迅书法的成就，随意贬低鲁迅书法。虽然鲁迅书法未必在书坛能够以"宽博、遒厚、豪放"之风为人称道，但鲁迅的书风完全可以在作家书法中概括为：柔韧、古朴、典雅、圆融，内蕴着和谐的意象。确实有自家的独特风貌。在《近现代百家书法赏析》（1996年版）及"20世纪已故著名书法家遗作展"（1998年）中居然无鲁迅书法作品，就堪称咄咄怪事。即使仅仅从书法艺术角度着眼也不应出现如此疏漏。尽管从书法艺术性角度看，大多情况下，鲁迅书法或现代作家书法的表里相济或意象经营不够，笔酣墨饱或笔墨意趣不足，结构布局或艺术构思也欠佳，这使他们很难以专业化的"书法家"名世。但作为文人书法的代表人物，人们可以从这里寻求许多珍贵的东西，如文物价值、历史感、文学文本的原生态或文献价值、媒介或符号作用等。如果从书法文化功能和价值的角度而非纯粹的书法艺术上看，则可以说鲁迅确实达到了一流水平。最重要的事实是，鲁迅书法业已成为标志性的文化符号，有着相当广泛的共识。各行各业几乎都有曾经或正在使用鲁迅书法符号（往往通过集字方式）的现象。可以说，鲁迅的字颇得后人喜爱。许多大学校名题字、报头题字、书名集字都以鲁迅字为之，其影响力是巨大的，流行也是很广的。这自然是与鲁迅作为文化名人的综合文化价值密切相关的。从社会心理讲，民众的"爱屋及乌"和从众心理都会在接受层面发挥作用。笔者曾指出：如果说民族文化定有其文化基因或文化原型的话，那么中国人创造的汉字或象形文字，就自然蕴含着中华儿女的心灵和艺术的奥秘，并结晶为名冠全球的"中国书法"。因此，在我们今日的国民性里，也依然深深地渗透着因汉字书写而生成的文化心理基因。不管时代如何变迁，"中国书法热"似乎总能成为汉语言或华文文化圈独特的人文景

---

① 李建森. 远遂宋唐 直攀魏晋——鲁迅的书法 [J]. 小说评论，2006（4）：封3.

观,并携其鲜明特色走向世界,吸引更多眼球来欣赏这神奇的毛颖之技。尽管随着电脑时代的轻捷步伐,书法的实用功能日见萎缩,但书法艺术创造的无限空间仍存留于人们心中……笔者坚信,无论消费性大众艺术怎样大行其道,艺术工具怎样更新,"换笔"运动怎样快捷,但中国书法文化不会被消灭。著名学者刘绍铭快人快语,在随笔《有关文化的联想》中直接表达了这样的观点:"没有强势经济和政治,就没有强势文化。"[1] 要中国书法在世界上有更大的影响,民族的不断强盛,当是不二的选择。随着社会文化的发展和信息数字化程度的提高,鲁迅文化遗产包括鲁迅字的数字化或建立完备的数据库,当有利于鲁迅文化包括书法文化的传播和应用。有人认为"将鲁迅字也输入电脑,那可真成悲剧一桩了",则明显言之过分了。反对滥用名人手迹是对的,但在电脑上其实也可以领略"文人书法"的书卷气或文人个性的。此外,书卷气也可间接传递下去。如在某些现代作家的书房或客厅以及作家和文学爱好者经常光顾的书店、图书馆等公共场所,仍然可以看到复制的鲁迅书法作品或以鲁迅作品、言语为内容的书法作品,这种家居文化、公共空间中的鲁迅元素,还包含了励志和公益的成分。书家应品高、多见、学富,即除了临池也格外重视"字外功夫"。不少喜欢文人书法的人由此便找到了最基本的理由。

鲁迅笔耕墨种、孜孜矻矻,像老黄牛一样奋斗了一生。然而他仅仅将自己视为一个必将逝去的"中间物"。也许他的某些文章意义可以因时过境迁而失效,但他的墨迹可以继续成为文物宝物而为后人所珍惜和使用。即使仅从其书法与日本的关联中,也可以看出文化交流的重要,并昭示着"和则多谐,离则两伤"的真理。中日关系如此,书法因缘也如此。而作为文化象征性人物,鲁迅不仅代表着"新文化的方向",而且也代表着"弘扬优秀传统文化的方向"。

第三节 鲁迅致赵家璧信札手稿探析[2]

鲁迅书信研究与手稿研究都有待加强。两者结合的研究则更有意义和趣味。这里对鲁迅先生致赵家璧信札手稿的管窥或凝视,就体现了笔者对其内蕴意义和趣味的追寻。

---

[1] 刘绍铭. 情到浓时 [M]. 上海:上海三联书店,2000:6.
[2] 本节与马杰(中国现代文学馆)合作。

<<< 第四章　鲁迅与中国书法文化

一

　　鲁迅与朋友间的书信往来保存了相当丰富的史料信息与带有历史"体温"的感性素材，研究者往往能从信件、手稿、史料与创作的相互指涉、相互印证中寻得更多的历史细节，描摹鲁迅的个体生命在大时代中的文化追求与"破""立"之道，还原更为立体、真实的鲁迅形象。而整理、出版鲁迅手稿更是一件极为重要的史料保存工作，此方面，国家博物馆、北京鲁迅博物馆、上海鲁迅纪念馆及文物出版社、上海古籍出版社已经通过各种努力取得了显著的成果，陆续出版了《鲁迅手稿全集》《鲁迅辑校石刻手稿》《鲁迅辑校古籍手稿》《两地书真迹》《鲁迅著作手稿全集》《鲁迅手稿丛编》《国家图书馆藏鲁迅未刊翻译手稿》《鲁迅手稿选集》《鲁迅手稿选集补编》《上海鲁迅纪念馆藏中国现代作家手稿》《上海鲁迅纪念馆藏鲁迅手稿选》等一系列皇皇巨制。近期，上海鲁迅纪念馆依托馆藏的文物史料，更是出版了《上海鲁迅纪念馆藏品选》，以鲁迅文物为中心，收录了鲁迅遗存、图书文献、美术作品三大类馆藏珍品，并且将"鲁迅遗存"中赵家璧先生于1970年3月6日捐赠馆藏的45通信札（含许广平手抄一封）影印手工复制，并配缎面外盒，以郑重纪念赵家璧先生诞辰110周年。

　　飞鸿传书，向来是往来互达。据考，鲁迅先生一生书信至少有7100封[①]，但除去《两地书》较为完整地保存了鲁迅与许广平的来往书信外，仅存"雁去"，不见"鱼来"。1935年11月，孔另境于上海编辑《当代文人尺牍钞》（后改名为《现代作家书简》），因编书之需，曾写信向鲁迅求借与相关作家的通信，鲁迅于1935年11月1日回信道："没法相帮"，"别人给我的信，我也一封都不存留的，这是鉴于六七年前的前车"[②]。而此处之"前车"便是鲁迅在《两地书·序言》中所说的于1930年、1931年因国民党的白色恐怖活动，柔石等左联青年作家被杀害，鲁迅也因信件遭牵连被迫两次"弃家出走"，故"心血来潮"，不愿"因通信而累及别人"，便将他人的来信"大烧毁了两次"[③]，故只部分留存下鲁迅单方面的书信。因而翻阅上海鲁迅纪念馆影印的《鲁迅致赵家璧信札》却未有赵家璧的去信得以对照考察二人在30年代的文艺出版活动，着实

---

① 刘月仙，雪融. 鲁迅书信究竟有多少？[J]. 上海鲁迅研究，1989（00）：171-173.
② 鲁迅. 致孔另境［M］//鲁迅全集：第十三卷. 北京：人民文学出版社，2005：574.
③ 鲁迅. 两地书·序言［M］//鲁迅全集：第十一卷. 北京：人民文学出版社，2005：3.

是令人遗憾的。但幸有赵家璧先生晚年发表的一系列"编辑忆旧"文章对当年的通信交往做以交代说明，这些文章后结集成书，陆续出版了《编辑忆旧》（三联书店1984年版）、《文坛故旧录：编辑忆旧续集》（三联书店1991年版）、《书比人长寿：编辑忆旧集外集》（中华书局2008年版）以及《编辑生涯忆鲁迅》（河北教育出版社2000年版）等怀旧编著。

通过对这些回忆性文献资料与鲁迅先生手书信札、日记的对照考察，似是"回到历史原场"，翻阅信札，指尖也确有"触摸历史"之感。1932年9月，在时为良友公司文学编辑郑伯奇的引荐下，赵家璧作为一个入职不久的青年编辑得以与鲁迅书信往来，随后四年多的时日，在其支持、鼓励之下，赵家璧策划出版了诸多优秀的文学艺术作品，在中国现代文学史与出版史上都留下浓墨重彩的一笔。细察二人的交往与通信，皆是以出版图书与编校工作为主，兼及一些事件议论与针砭时弊，而显现于其中的鲁迅形象则具有双重角色，作家与编辑的身份不断转换。作为作家的鲁迅，在同编辑赵家璧的交往中表现出一个大作家的气度与眼界，对于朋友与后进多加提携；而作为编辑的鲁迅，则在具体的编校工作中事无巨细、事必躬亲，对于书籍的方方面面都表现出编辑的责任感与自觉性，将他独到的编辑手法与编辑风格倾注于图书出版事业，并以高超的编辑水平与超脱的出版视野熏陶、培养了青年编辑赵家璧。赵家璧回忆第一次在内山书店谒见鲁迅时，大先生便对他谆谆教诲："这是一种非常需要而且很有意义的工作，我自己也搞过这一行的，其中也大有学问啊。"① 事实上，诚如周作人所言："鲁迅不曾任过某一出版机关的编辑，不曾坐在编辑室里办公，施行编辑的职务。他的编辑之职，乃是自己封的。"② 但鲁迅有着丰富的编辑经验，曾编过《语丝》《莽原》《奔流》《文艺研究》《译文》《域外小说集》《会稽郡故书杂集》《海上述林》等诸多刊物与文集译作以及美术画册，编辑出版事业在他一生中占了很大的分量，不过因其文名尤盛遮掩了他在这方面的业绩，但近些年学界对鲁迅编辑实践与出版思想的重视与系统研究，也取得了一些较为成熟的研究成果。

---

① 赵家璧. 回忆鲁迅给"良友"出版的第一部书——关于《苏联作家二十人集》[J]. 新文学史料, 1981（2）: 173.
② 周作人. 鲁迅的编辑工作[N]. 羊城晚报, 1975-10-20.

管窥这45通信札，鲁迅在作家与编辑双重身份的转换、互动中展现出一位现代中国文化巨匠的文化创构与不朽心魂。而回到历史语境，从五四的"思想革命"到30年代的"政治革命"，中国现代文学的形态结构与价值追求在社会历史大潮的裹挟下不断转换与更新。上海十年，鲁迅在政治革命浪潮中载沉载浮，对于政治、文艺、革命、权力等时代命题亦有新的认知与思考，20年代末的"革命文学论争"无疑是鲁迅思想与文学观转变的重要节点与契机，其被动抑或主动的"参战"使这些时代命题在一种极端话语交锋下在其个体生命的现实体验与文化思考中得以重构。在同赵家璧的通信交往中，无论是对左翼作家的扶持提携与出版推介，还是对苏联革命时期文学艺术作品的重视与喜爱（尤其是版画艺术），包括对国民政府当局的文艺政策与查禁制度的不满与抗争，其内在都有一条清晰的、一以贯之的线索，即鲁迅对于文艺在时代旋涡中所处地位与扮演角色的重新定位，以及深入思考在紧张压抑的现实政治局势下所应该培育推广的文学艺术，正如鲁迅在《小品文的危机》中所言，"萌芽于'文学革命'以至'思想革命'""自然含着挣扎和战斗"的小品文却在"雍容，漂亮，缜密"的"幻梦"中沦为"小摆设"，而在"风沙扑面，虎狼成群"，"幻梦"破碎的30年代，"生存的小品文"须是"耸立于风沙中的大建筑，要坚固而伟大"，"锋利而切实"，"必须是匕首，是投枪，能和读者一同杀出一条生存的血路的东西"[①]，而这也正是晚年鲁迅为何选择杂文作为主要创作文体的自我注脚。鲁迅敏感于时代氛围的紧张与躁动，将文艺重新推至时代潮头，以争夺现实生存之空间、谋求文艺发展之前景。

二

在鲁迅与赵家璧的通信中向来是不谈论"政治""革命"诸等事宜，但以文艺出版之事业进行着文学与艺术之革命。在20世纪30年代的上海文艺界，鲁迅是以"横站"的姿态居之，他既不能正面迎战自由主义的右翼文人，又得时时提防"同一营垒中""口是心非的所谓'战友'"[②] 突施冷箭，以免腹背受敌，只得"横站"。鲁迅虽为左联盟主与精神领袖，但实质上与左联"貌合神离"，其内在的"理性精神、独立意识与艺术本体观"使得其"横站"姿态具

---

① 鲁迅. 小品文的危机 [M] //鲁迅全集：第四卷. 北京：人民文学出版社，2005：590-593.
② 鲁迅. 致杨霁云 [M] //鲁迅全集：第十三卷. 北京：人民文学出版社，2005：301.

有了某种"超越性"①。基于对现实革命的理性认知与冷静思考,鲁迅告诫左联诸人:"革命是痛苦的,其中也必然混有污秽和血,决不是如诗人所想象的那般有趣,那般完美",指责左联中极左文人脱离现实,高谈主义,作一些浮泛玄虚的"漂亮"文章,警示"'左翼'作家是很容易成为'右翼'作家的"②,给予"左翼作家联盟"以真诚的指导与"意见"。30年代鲁迅的"向左转"是有目共睹的,在当时政治文化语境与文学氛围下,鲁迅的"转向"似是一种政治立场与文化立场的"抉择",但在本质意义上是左翼文学或无产阶级文学的文学追求与价值取向与鲁迅一以贯之的"为人生"或"立人"的启蒙理想与文学理念的内在契合,或者说在当时的现实条件下左翼文学是鲁迅直抵现实的反抗精神与"立人为本"文化追求的价值皈依。

"革命当然有破坏,然而更需要建设",而这"建设"最为紧要的便是"造成大群的新的战士,但同时,在文学战线上的人还要'韧'"③。故鲁迅极为看重、提携左翼青年作家与新晋作者,也乐于向书店、报刊推介出版、发表他们的文学作品。在同赵家璧的通信中,鲁迅曾多次论及文学作品与译著的出版事宜,向赵家璧数次推荐、商讨出版徐梵澄译《尼采自传》、丁玲《母亲》(1933年6月)、周文《父子之间》(1935年9月)、葛琴《总退却》(1937年3月)、萧军《军中》(因故未出版)等左翼青年的文学作品④,或慷慨为之作序,或亲自为其编校文稿,亦在所不辞。鲁迅为左翼文学青年们做"嫁衣"为的是在一摊浑水般的文坛为他们争取"出头"之机会,并借以扩大左翼文学的社会影响与革命声势,为革命事业培育源源不断的"新战士"。尤其是在丁玲被国民党特

---

① 刘川鄂. 鲁迅的超越性: 在左联与自由主义文学派别之间 [J]. 中国现代文学研究丛刊, 2006 (4): 113-123.
② 鲁迅. 对于左翼作家联盟的意见 [M] //鲁迅全集: 第四卷. 北京: 人民文学出版社, 2005: 238.
③ 鲁迅. 对于左翼作家联盟的意见 [M] //鲁迅全集: 第四卷. 北京: 人民文学出版社, 2005: 242.
④ 1934年12月12日、12月25日(早),1935年1月15日、1月21日、3月9日、3月15日、5月9日(部分)、5月10日(部分),馆藏的这8封信向赵家璧推荐出版徐梵澄翻译的《尼采自传》及相关事宜。馆藏1934年1月22日致赵家璧信论及为丁玲的《母亲》稿费而联络赵家璧。1935年4月19日、5月9日,这两封信论及推荐出版周文的《父子之间》。1935年9月1日信,鲁迅听说《新小说》将要停刊,郑伯奇也要离开良友公司,鲁迅要求收回原来寄给良友公司、打算编入"革新"的萧军所作《军中》。参看乐融. 上海鲁迅纪念馆藏鲁迅信札的梳理解读 [J]. 上海鲁迅研究, 2017 (1): 11-36.

务组织绑架、社会各界援救无门的情况下，鲁迅建议"良友"将丁玲未完成的《母亲》以最快的时间出版，并大加宣传，以此向国民党当局施压，这着实显现出鲁迅的"硬功"，同时又顾全湖南常德的丁母与孩子，让赵家璧将版税汇寄至他查得的通信地址，并嘱不可一次全汇，待回信查实后再分批汇至，以免散失，由此足见鲁迅对左翼青年作家关怀备至，思虑周全，亦是对革命事业尽心竭力。

然而这背后深潜着鲁迅基于自身的政治文化追求与社会革命观念进而对"青年问题"的重新审视。自 20 年代中期开始，由于残酷的现实斗争与倒戈"反噬"，鲁迅反思五四时代纯粹"进化"式的"青年观"对于"青年"过于理想、完美的符号想象，并以"轰毁"之语明示对于"将来必胜于过去，青年必胜于老人"① 进化论思想的消解。今之青年，"有醒着的，有睡着的，有昏着的，有躺着的，有玩着的，此外还多。但是，自然也有要前进的"②，"后来便时常用了怀疑的眼光去看青年，不再无条件的敬畏了"③，亦不再"一概而论"。这种青年观的"嬗变"导致"鲁迅在 20 世纪 30 年代初的青年观是一个矛盾体，既有爱护和培植青年的夙念，又有忌惮和疏远青年的真心，二者对立又合一"④。然鲁迅对青年现实态度的转变并未影响其"青年观"的内在逻辑，"他将自身的政治文化追求投射、寄托于'青年'"，借助"'青年'在成长序列中'未完成'状态所具有的政治潜能和力量"⑤，以期从文艺领域争取更多的新生革命力量并借此扩大革命的势力与影响。鲁迅也曾于 1927 年 1 月 11 日致许广平信以自述："这是你知道的，我这三四年来，怎样地为学生，为青年拼命，并无一点坏心思，只要可给与的便给与。"⑥ 这自然是其肺腑之言了，但也透露出鲁迅对现实中部分青年的怀疑与失望，并一度转而对自我的审思与困惑，并对其"青年观"进行了结构性的内在调整。

总的来看，鲁迅与左翼青年（尤其是左翼文学青年）之间绵密的交往联络，是鲁迅在现实条件下对"文学问题"与"青年问题"及二者间复杂关系的深度思索所展现出的行为趋向与价值归属。左翼文学青年对鲁迅而言，在某种程度

---

① 鲁迅. 三闲集·序言 [M] //鲁迅全集：第四卷. 北京：人民文学出版社，2005：5.
② 鲁迅. 导师 [M] //鲁迅全集：第三卷. 北京：人民文学出版社，2005：58.
③ 鲁迅. 三闲集·序言 [M] //鲁迅全集：第四卷. 北京：人民文学出版社，2005：5.
④ 韩雪松. 鲁迅青年观的嬗变及其对《两地书》创作的影响 [J]. 西南交通大学学报（社会科学版），2018，19（3）：98-105.
⑤ 李玮. 鲁迅的"青年观"与 20 世纪 20 年代中国政治文化 [J]. 江苏社会科学，2013（4）：167-173.
⑥ 鲁迅. 致许广平 [M] //鲁迅全集：第十二卷. 北京：人民文学出版社，2005：11.

上肩负着"文学"与"未来"的双重任务与希冀,而"文学问题"与"青年问题"内在交汇于鲁迅对于革命进程的现实判断以及对左翼革命力量的同情与倾斜,"革命问题"始终是鲁迅思想与行动的核心宗旨。鲁迅再同青年编辑赵家璧的通信交往中对丁玲、周文、葛琴等左翼青年作家的扶持、争取与引导,在更深层面上是对"权利"的争夺,是面对执政当局不断挤压与遏制新生左翼力量的生存空间的局势下对体制规制与文化权利的抗争与争夺,以期为"革命"攫取更多的文化空间与潜在力量,造出更多的"新的战士"。

三

郭沫若曾致信宗白华论"天才":"我常想天才的发展有两种 Typus:一种是直线形的发展,一种是球形的发展。直线形的发展是以他一种特殊的天才为原点,深益求深,精益求精,向着一个方向渐渐展延,展到他可以展及的地方为止:如像纯粹的哲学家,纯粹的科学家,纯粹的教育家,艺术家,文学家……都归此类。球形的发展是将他所具有的一切的天才,同时向四方八面,立体地发展了去。这类的人我只找到两个:一个便是我国底孔子,一个便是德国底歌德。"① 若以此"全人视境"② 来观照鲁迅,其文化身份无疑是多重的,亦是某种程度上"球形的天才"。在文艺事业的诸多形式中,文学自然是鲁迅所倾力耕耘的沃土,其文学之"眼界""气魄""思想深度""情感力度"所达到的艺术境界非其他作家所能比拟③,而对于其他艺术形式(尤其是美术)鲁迅也有着独具一格的审美追求与现实思索。

在鲁迅同赵家璧的通信中,除了有关文学书籍的推介出版外,还积极鼓励"良友"利用自己长期出版画册的制版经验,出版了《一个人的受难》《苏联版画集》等连环图画与版画图册。鲁迅虽不是专业的美术家,也未曾接受过系统的美术教育与训练,但他凭借敏锐的艺术直觉与审美感知为当时中国万马齐喑的文艺界介绍了欧洲先进木刻版画,"扶植一点刚健质朴的文艺"④,并多次举办外国艺术家画展、组建"朝华社"、办木刻讲习班、艺术演讲以及写文作序,

---

① 郭沫若. 致宗白华[M]//郭沫若全集:第十五卷. 北京:人民文学出版社,2005:19.
② 李继凯. 全人视境中的观照——鲁迅与茅盾比较论[M]. 北京:中国社会科学出版社,2003.
③ 李泽厚,刘再复. 彷徨无地后又站立于大地:鲁迅为什么无与伦比[J]. 鲁迅研究月刊,2011(2):90-96.
④ 鲁迅. 为了忘却的记念[M]//鲁迅全集:第四卷. 北京:人民文学出版社,2005:496.

为中国现代美术事业的发展注入了新鲜的血液。《苏联作家二十人集》与《苏联作家七人集》分别是鲁迅介绍给"良友"出版的第一部书和最后一部书，都是编译苏联"十月革命""国内革命战争"题材及社会主义建设题材的现实主义小说，鲁迅编译苏联革命时期文学作品的用意是不言自明的，"把这些反抗黑暗统治、争取光明未来的'为人生'的俄罗斯文学的力量，来启发中国人民反帝反封建的民主革命运动"①，鲁迅的家国之心，正如他早年所作《自题小像》所云："灵台无计逃神矢，风雨如磐暗故园。寄意寒星荃不察，我以我血荐轩辕。"② 切切深情，不朽于世。在这一时期鲁迅著译文学作品、编选艺术画册工作中，苏联的文学作品与美术画作（尤其是木刻版画）最为鲁迅所欣赏。鲁迅在 1930 年 2 月编印《新俄画选》的"小引"中指出版画因对俄国革命"有宣传、教化、装饰和普及"之用，故尤其发达。但"新俄的美术，虽然现在已给世界上以甚大的影响，但在中国，记述都还很聊聊"，又因"当革命时，版画之用最广，虽极匆忙，顷刻能办"③，故这本画册选集中多选取版画，是以鲁迅为首的朝华社同人立足现实功利之目的，以资中国革命之需要，但更为长远的价值在于更新国人的艺术眼光与审美品位。继自印初版《新俄画选》后，鲁迅又编选印制了《引玉集》《苏联版画集》，其中《苏联版画集》是赵家璧在鲁迅指导下制版印刷的，当时鲁迅已在病中，勉强工作，口述新序，仍是对中国革命与文艺事业的拳拳之心，"我希望这集子的出世，对于中国的读者有好影响，不但可见苏联艺术的成绩而已"④。并且在这些书籍画册具体的制版、装订、销售方面，鲁迅既希望装帧尽可能美观，展现图像的原貌，又为艺术学徒、学生读者考虑，力求定价不至于让读者却步，以免失掉自己出版这些图书的原意。

这一时期鲁迅的文艺活动，无论是木刻版画的扶植与苏联文艺的引介，还是作为文学翻译家或是美术鉴赏家，都是鲁迅服膺于"为社会而艺术"的文艺观的外在呈现。鲁迅曾于 1927 年 12 月 21 日在上海暨南大学做了题为《文艺与政治的歧途》的讲演，指出"以前的文艺，好像写别一个社会，我们只要鉴赏；现在的文艺，就在写我们自己的社会，连我们自己也写进去；在小说里可以发

---

① 赵家璧. 回忆鲁迅给"良友"出版的第一部书——关于《苏联作家二十人集》[J]. 新文学史料，1981（2）：172-179.
② 鲁迅. 自题小像 [M] //鲁迅全集：第七卷. 北京：人民文学出版社，2005：447.
③ 鲁迅. 《新俄画选》小引 [M] //鲁迅全集：第七卷. 北京：人民文学出版社，2005：361-366.
④ 鲁迅选辑. 苏联版画集（序言）[M]. 上海：上海良友图书公司，1936：8.

见社会，也可以发见我们自己；以前的文艺，如隔岸观火，没什么切身关系；现在的文艺，连自己也烧在这里面，自己一定深深感觉到；一到自己感觉到，一定要参加到社会去！"①鲁迅"为社会而艺术"的文学观极为强调文艺的社会现实价值，其倡导、扶持的"新兴版画一开始就肩负庄严的历史使命，秉承为人生、为大众的崇高理想"②，而苏俄文艺以现实主义的手法将革命时期人民大众的抗争与生活、血泪与苦难真实地呈现出来，从而获得足以感染、鼓舞读者大众的艺术魅力。鲁迅之所以号召、联合文艺界同人致力于外国文艺（尤其是苏联）在中国的译介与传播，皆是立足于中国革命现实的需要，对中国革命的方向与进程有着深远的影响。正如鲁迅在《祝中俄文字之交》中所言："苏联文学在我们却已有了里培进斯基的《一周间》，革拉特珂夫《士敏土》，法捷耶夫的《毁灭》，绥拉菲摩微支的《铁流》；此外中篇短篇，还多得很。凡这些，都在御用文人的明枪暗箭之中，大踏步到读者大众的怀里去，给一一知道了变革，战斗，建设的辛苦和成功。"③

四

翻阅鲁迅致赵家璧信札手稿，略能窥见当时的政治局势与文艺界之窘境，而造成此种局面之原因便要追究这一时期国民政府的文艺政策与出版审查制度，即所谓"民国机制"④所建构的文艺形态。1935年年底，鲁迅曾在《且介亭杂文二集·后记》中极为愤慨地讽刺了执政当局为控制、打压左翼文艺并提倡民族主义文艺所颁布的种种法令与成立的诸多审查机构，在文章最后鲁迅言道："评论者倘不了解以上的大略，就不能批评近三年来的文坛。即使批评了，也很难中肯。"⑤故回到"历史原场"，国民党南京政府于1929年1月出台的《宣传品审查条例》与1930年11月19日颁布的《出版法》这两项法律法规标志着国

---

① 鲁迅.文艺与政治的歧途[M]//鲁迅全集：第七卷.北京：人民文学出版社，2005：120.
② 黄乔生.抗战版画与民族精神——从鲁迅倡导新兴木刻说起[J].解放军艺术学院学报，2017（1）：95-103.
③ 鲁迅.祝中俄文字之交[M]//鲁迅全集：第四卷.北京：人民文学出版社，2005：474-475.
④ 李怡.民国历史文化与中国现代文学研究丛书：作为方法的"民国"[M].济南：山东文艺出版社，2015.
⑤ 鲁迅.且介亭杂文二集·后记[M]//鲁迅全集：第六卷.北京：人民文学出版社，2005：479.

民党文艺审查制度的形成①，并且保持对进步文艺界的高压态势。直到1934年，国民党的"文化围剿"愈演愈烈，2月国民党上海市党部奉命查禁了149种左翼文艺书籍，牵涉26家出版单位②，这无疑震慑、警示了当时的文艺出版界。紧接着在上海就召开了一次"联席会议"，鲁迅曾在文中有所提及："不知道何月何日，党官，店主和他的编辑，开了一个会议，讨论善后的方法。着重的是在新的书籍杂志出版，要怎样才可以免于禁止。听说这时就有一位杂志编辑先生某甲，献议先将原稿送给官厅，待到经过检查，得了许可，这才付印。文字固然决不会'反动'了，而店主的血本也得保全，真所谓公私兼利。别的编辑们好像也无人反对，这提议完全通过了。"③ 这次会议的直接成果便是1934年5月成立的图书杂志审查委员会，6月1日国民党中宣会发布《图书杂志审查办法》，审查会正式开始工作。这个机构运行了一年多（1934.6—1935.8），"以闹剧开始而以悲喜剧结束。它的累累'成绩'，使它在中国现代史、中国现代文化史和中国文网史中，将'永载史册'"④。

回顾这一时期（1933—1935）的政治局势与文艺出版环境，便能从鲁迅先生信札的字里行间体味到在当时举步维艰、四处掣肘的局面下，以鲁迅为首的文化人仍以决不妥协的姿态突破重重审查的藩篱，破灭了执政当局"一元化"的文艺政策，为左翼文艺的发展攫取了弥足珍贵的生存空间。在鲁迅与赵家璧的交往中，最为重要的便是《中国新文学大系（1917—1927）》的编成，40余通信札中有12封信都是关于编选《中国新文学大系·小说二集》，其编选过程也是跌宕起伏，《大系》险些"流产"。一因鲁迅"久病新愈"，身体难以支撑，而编选工作又是劳心劳力之事，交稿未免逾期；其二便是审查会的"大刀阔斧"。"在这笼罩着上海进步文化界的白色恐怖中，鲁迅是首当其冲的。审查机关对他残酷迫害，用鲁迅署名的书大批被禁，用其他笔名发表在日报刊物上的

---

① 牟泽雄. 民族主义与国家文艺体制的形成：国民党南京政府时期（1927—1937）的文艺政策研究［M］. 昆明：云南人民出版社，2013：261.
② 倪墨炎. 图书杂志审查委员会从产生到消亡［M］//现代文坛灾祸录. 上海：上海书店出版社，1996：214.
③ 鲁迅. 且介亭杂文二集·后记［M］//鲁迅全集：第六卷. 北京：人民文学出版社，2005：475.
④ 倪墨炎. 图书杂志审查委员会从产生到消亡［M］//现代文坛灾祸录. 上海：上海书店出版社，1996：214.

文章，也被乱砍乱删"①。然在审查会的步步紧逼下，鲁迅的战斗精神亦不减分毫，宁肯不说，也不愿说假话、废话，尽管鲁迅先前已答应赵家璧编选《中国新文学大系·小说二集》，但为了避免"审查官们"的"明诛暗杀"之手段以致书店、编辑及编者白费功夫，故于1934年12月26日夜（信札手稿误落款为"十二月廿五夜"）② 去信赵家璧，谢绝编选《小说二集》。鲁迅先生是本着保护"良友"这个"经营作风老老实实"的进步书店才推托的，但在郑伯奇与赵家璧恳切坦诚的态度下终于"收回成命"，但仍不改其初衷，仍然要用"硬功"与审查会斗争，《小说二集》的序言"无论怎么小心，总不免发一点'不妥'的议论"③。鲁迅在同友人的通信中也不免发一点牢骚，抨击这个"书报检查处"所作之"恶"："黑暗之极，无理可说，我自有生以来，第一次遇见。但我是还要反抗的。从明年起，我想用点功，索性来做整本的书，压迫禁止，当然仍不能免，但总可以不给他们删削了。"④ 这确然是鲁迅的"斗士本色"⑤，"盖人文之留遗后世者，最有力莫如心声"，鲁迅一生写字作文浩如烟海，但皆为发"心声"而作，故自有这千钧之力。

抗战前国民党当局所颁布一系列文艺政策及组建的审查机构其内在逻辑或根本目的仍是权力斗争，尤其是试图通过体制化的文艺统制将文化权力控制在中央手中，以配合执政当局在政治、军事、经济等各层面对左翼势力的重重"围剿"。鲁迅致赵家璧信札实则提供了一个感性的窗口或视角，得以从当事者同审查机构"明争暗斗"的过程中窥见当时变幻莫测的文学图景，展现出新文艺在具体组织生产、审查等出版程序的一个缩影。在此背景下《大系》与其他进步书籍最终得以在"良友"出版，是鲁迅、郑伯奇、茅盾、阿英、赵家璧等新文化人战斗经验与智慧的结晶，《大系》不仅为新文学第一个十年做了一次系统性的总结与整理，同时其诞生的过程也是新文学史上重要一页，并且以"良友"为代表的进步书店在鲁迅等新文化人的关照与扶持并在关键时刻的保护下，为左翼文学的发展提供了坚实的阵地。同时也应看到《大系》及其他书稿画册

---

① 赵家璧.编选《中国新文学大系·小说二集》——对审查会的斗争［M］//编辑生涯忆鲁迅.石家庄：河北教育出版社，2000：105.
② 据《鲁迅日记》1934年12月26日日记及《文学》编辑黄源的回忆，信札落款时间或有误，应为"十二月廿六夜"。参看赵家璧.编辑生涯忆鲁迅［M］.石家庄：河北教育出版社，2000：107.
③ 鲁迅.致赵家璧［M］//鲁迅全集：第十三卷.北京：人民文学出版社，2005：401.
④ 鲁迅.致刘炜明［M］//鲁迅全集：第十三卷.北京：人民文学出版社，2005：325.
⑤ 陈漱渝.鲁迅本色是斗士［J］.杂文选刊（下旬版），2011（11）：53.

的成功出版仍是一定程度上妥协的产物，尤其是《大系》的"导言"部分，不仅要"合理"搭配各集编选者的人选，还要全力展现新文学十年来之概况，同时审查官们犹如紧箍咒般仍时时约束着撰者的笔，警示其切勿写出"行"外，故一些吞吐之语与遗漏之处是无可避免的。因此考察这一时期的文艺之概况，必然要观照其政治局势与国民政府的文化统制政策所营构出的文化语境，在此文化语境中文学或文艺的整体面貌或历史形态也被深层次地塑造、刻画着，而鲁迅后期之所以将杂文这样一种在当时并不为人所看好的文学体式作为自己的一种"功业"而固执地坚守，这与其背后的文化语境实有着密切复杂的关系，而鲁迅致赵家璧信札无疑是"黑暗的闸门"后所泄出的微光，足以照见历史角落的晦暗、磨折与尘埃。

直至临终前，鲁迅依然牵念着老友曹靖华翻译、他亲自编定校样的《苏联作家七人集》，匆匆致信赵家璧询问出版进程，然未等到印出，鲁迅便溘然长逝，而这部《七人集》便成了先生长久的遗憾。许广平曾回忆鲁迅先生讲起基洛夫说年轻人要希望看看将来，但鲁迅说："我不是这样的，我是要战斗，到死才完了。但未死之前，且不管将来，先非扑死你不可。"[①] 文艺之于鲁迅不是书斋里的玩物或排遣消闲的手段，而是战斗的工具或是拼杀的阵地，是抛洒着血泪的文学。翻阅信札手稿如观黑白胶卷片般，墨象渐晕，化成一幅幅或是孜孜无怠工作，或是凝眉沉思之剪影，这一套信札手稿穿越暮霭沉沉的历史障壁，让我们依旧能较为完整地看到鲁迅创作与工作的历史细节，留存着写作原迹与笔尖体温，尽管鲁迅曾希望自己攻击时弊之文字能够与时弊一同"速朽"，但其手稿则作为中国现代思想史、现代文化史、现代文学史以及中国现代书法艺术之瑰宝而得以不朽。阎晶明曾著有《鲁迅还在》，还原出一个仍"活在人间"的鲁迅，而鲁迅、"鲁迅精神"或"鲁迅文化"也确然是"活在当下"的，鲁迅以其众多的文化创造与历史面相获得了当下的"在场感"与"立体感"，参与着现代中国文化的构建与发展。无论是在现实空间还是葛涛先生所长期关注的"网络鲁迅"[②]，其依然保持着较高的"出场率"，尽管难逃被"符号化"

[①] 许广平．元旦忆感[M]//许广平忆鲁迅．广州：广东人民出版社，1979：4.
[②] 参看葛涛《"网络鲁迅的崛起"——2004年的"网络鲁迅"》（《上海鲁迅研究》2005年第3期）、《当代中文网络中纪念鲁迅专辑分析》（《东岳论丛》2010年第10期）、《网络中的鲁迅传统》（《中国现代文学研究丛刊》2010年第6期）、《当代中文网络中关于鲁迅的网站、论坛个案研究》（《上海鲁迅研究》2012年第2期）、《鲁迅研究丛书："网络鲁迅"研究》（安徽大学出版社2012年版）等"网络鲁迅"系列研究论著。

"扭曲化"或是"片面化"的解读与认知。但在更为深层次意义上，鲁迅作为中国现代文化巨匠，其生命所蕴蓄的能量与内涵都极为宏阔，作为"现代中华民族魂"[1]，他以其文学创作与文化实践存续、弘扬、再创着中华民族的精魂。适逢五四100周年，"鲁迅文化"所代表的"五四文化"对中国现代文化有着无可撼动的奠基地位，其"立人、立家、立象"[2] 的多元文化磨合的价值追求亦是鲁迅留于后世的文化精要与现实启示。

---

[1] 李继凯. 鲁迅：现代中华民族魂［J］. 鲁迅研究月刊，2018（3）：4-8.
[2] 李继凯. 略论鲁迅的"新三立"和"不朽"［J］. 鲁迅研究月刊，2013（9）：4-11，20.

第五章

书法视域中的鲁迅与越文化①

鲁迅习书早，书写时间长久，书写量巨大，且形成独特风格并影响深远，所以应被视为书法大家。鲁迅的书学之路是从越地绍兴起步的，从外部社会文化到家庭教育以及书法之乡的浸润、教育和习染，越地绍兴都可谓是从多方面影响鲁迅修习书法的生成性场域。越文化的精神内涵从多方面给予鲁迅书法以滋养。越文化作为海洋文化的开放性特质对于鲁迅书法多元多向吸收产生有益影响；越文化的务实精神，坚韧顽强精神和勤奋之风对于鲁迅书法也产生积极影响；复杂深厚的越文化促成了鲁迅书法的书写内容"硬""韧"特质与书艺"和静""古雅"韵味组合共生这一奇特现象；以鲁迅墨迹为元素构成的牌匾、联语、中堂、条幅及碑石等，也已经成为当今越地文化特别是绍兴城市文化的有机组成部分。

细致研究鲁迅与区域文化的关联，体现了鲁迅研究的细化和深入。而文化传统在区域文化中的实存及影响，对一位诞生和成长于某一区域中的文化名人而言，无疑具有感性积淀和认知升华的价值意义。从书法文化视域观照鲁迅与越文化，也会从一种"特色"文化的绵延中，真切体察到鲁迅"在墨迹中永生"的隽永意味。②

第一节 书写一生的鲁迅与书法文化有着深广的联系

鲁迅以思想贡献和文学创作名世，并确立其世界性文化巨人的身份，因此，

---

① 本章与胡冬汶（昌吉学院）合作。
② 李继凯. 鲁迅：在墨迹中永生 [N]. 文艺报，2011-09-16；李继凯. 论鲁迅与中国书法文化 [J]. 华中师范大学学报（人文社会科学版），2010，49（3）：120-126.

在一般读者意识中，对于鲁迅的认知即为思想家与文学家，更关注其批判国民性、反封建的思想和他的小说、杂文等创作，而对于鲁迅的书法生涯则了解不多，更不用说视鲁迅为书法大家了。即使就鲁迅研究的专业领域讲，大多数学者和研究者对于鲁迅书法层面的写字生涯也是关注甚少，了解有限且缺乏高度认同的。

至于鲁迅究竟算不算一位书法家，这个问题一直存有争议，亦无终结性结论。在汤大民、江平、李继凯、张瑞田、李建森、凌士欣等人的相关文章中，可见到这些研究者是在视鲁迅为书法家，甚至了不起的书法家这一前提下展开对鲁迅书法的阐释，并分析鲁迅书法的审美价值和文化价值。在这些研究中，有的论者直言今日研究界对于鲁迅书法研究的漠视是不正常的，忽视鲁迅的书法价值和地位也是不妥当的。① 笔者以为，鲁迅虽未明确获得书法家的称号并以之名世，但就鲁迅的书写实践活动和业绩而言，他确实是20世纪中国一位独具面貌、不可忽视的书法家，此一点是本章阐述与立论的基础与前提。诚如汤大民所言，在研究思想鲁迅、文学鲁迅的同时，亦应"聚焦于书法鲁迅"②。

鲁迅"没有现代职业书家以书鸣世，以书求利，以书成家的动机和追求"③，他未曾想要做一个书法家，却有其大成。而在书法实践层面，鲁迅堪称书法大家。鲁迅从实用便捷角度曾论及钢笔的优点与长处，在新式学堂和留日学习期间都曾用过钢笔，但其主要书写工具则是绍兴百年老牌子笔庄卜鹤汀所售的"金不换"毛笔。鲁迅使用毛笔手书的时间漫长，从其幼年开蒙起直至去世，前后约有50年之久，而且他用毛笔书写的文字存世的就有700多万字，数量之巨蔚为可观。鲁迅的墨迹主要存于他的日记、书信、文稿、诗和题赠等手稿中，以及300余万字的辑校古籍、石刻手稿、金石资料和金文手稿中。鲁迅虽不标榜自己的书法，但对书写一事是深有自信的。1927年1月15日离开厦门的时候，鲁迅抄写了司马相如《大人赋》中的一段，还在送给川岛的时候说："不要因为我写的字不怎么好看就说字不好，因为我看过许多碑帖，写出来的字没有什么毛病。"鲁迅自幼即习书，中年时期在抄古碑方面又用力甚巨，使得他

---

① 汤大民. 鲁迅书法的特质和渊源 [J]. 南京艺术学院学报（美术与设计版），2001（3）：28-31；江平. 作为书法大家的鲁迅 [J]. 鲁迅研究月刊，2003（6）：66-70.

② 汤大民. 鲁迅书法的特质和渊源 [J]. 南京艺术学院学报（美术与设计版），2001（3）：28.

③ 胡冬汶，李继凯. 书法文化视域中的鲁迅与越文化 [J]. 绍兴文理学院学报（哲学社会科学），2013（4）：22-27.

在书法艺术方面的鉴赏眼光和品评标准自然是高的。当他说自己的字"没有什么毛病"时,显示了他对自身书法的明确自信。从书法艺术本身讲,鲁迅的书法水平也是很高的。与鲁迅同时代的郭沫若,是文学家,也是20世纪中国有定评的知名书法家,他在为《鲁迅诗稿》写的序中对鲁迅书法就曾有过这样的论述:"鲁迅先生亦无心作书家,所遗手迹,自成风格,融冶篆隶于一炉,听任心腕之交应,朴质而不拘挛,洒脱而有法度。远逾宋唐,直攀魏晋。世人宝之,非因人而贵也。"[①] 这可谓书法家郭沫若对于书法家鲁迅的中肯评价。

鲁迅未能享高寿,但其书写生涯是比较长久的,从接触毛笔书法,经年累月写字,历书风变化至书艺成熟这一道路中,是有越文化的影响在其中的。这也就是说,书写一生的鲁迅与书法文化确有深广的关联。包括从地域文化角度来看也是如此。因为地域文化与生于斯长于斯的人及其社会文化实践原本是有着深层联系的。鲁迅出生在绍兴城,此地乃越文化的中心区,一度曾是江南一个典型的政治、经济中心,文化发达,教育兴盛,多出才俊。毛泽东也曾说绍兴是"名士乡"。越文化作为江南文化中的代表性文化之一,有很多优秀面,诸如,好勇轻死的尚武精神,民性刚烈坚毅,多"硬""韧"气质,理性务实,开拓进取等,同时也有奔放飘逸、明慧文巧、沉静空灵的一面。鲁迅在《〈越铎〉出世辞》中曾写道:"于越故称无敌于天下,海岳津液,善生俊异,后先络绎,展其殊才;其民复存大禹卓苦勤劳之风,同勾践坚确慷慨之志,力作治生,绰然足以自理。"[②] 这里明显见出鲁迅身为越人的荣耀之心和对越地文化精神及先贤的由衷认同。鲁迅有身为越人的自觉,其精神气质、文化个性有明显的越文化印迹。在他晚年,在给黄苹荪信中还说:"'会稽乃报仇雪耻之乡',身为越人,未忘斯义。"越地、越文化给予鲁迅的是成长的母文化滋养,其烙印是深刻的。鲁迅在东京弘文学院学习时,同学们都笑称鲁迅"斯诚越人也,有卧薪尝胆之遗风"[③]。考察鲁迅的思想、文学创作和书法都不能忽略其孕生且成长于越地,浸润于越文化这一现实,这也就是说,越地及越文化与鲁迅书法的发生发展是有具体渊源关系的。

---

① 转引自江平. 作为书法大家的鲁迅 [J]. 鲁迅研究月刊, 2003 (6): 70.
② 鲁迅.《越铎》出世辞 [M] //鲁迅全集:第八卷. 北京:人民文学出版社, 2005: 41.
③ 沈瓞民. 回忆鲁迅早年在弘文学院的片段 [M] //鲁迅回忆录:散篇(上册). 北京:北京出版社, 1999: 46.

第二节　绍兴是鲁迅书法生涯起步发展的生成性文化场域

由个体家庭到外部大社会文化所共同建构的绍兴是文教发达、书学兴盛的越地主要文化场域，对于鲁迅的修习书法、奠定书功确是起到了积极正面作用的。

首先，从外部社会整体环境角度看，19世纪末20世纪初的绍兴文化资源较为丰富，文化气息浓厚，魏晋家族文化遗风仍有余存，一般书香、官宦之家是很注重子弟教育的。当然这教育以国学传统教育为主，但又处在向新教育转换的历史途中。对于一般子弟的教育，于诵读修习四书五经等儒家典籍之外，书法教育是很重要的一方面内容，书法的好坏也是考核读书成绩的重要项目，所以除家学示范之外，大多数家塾、私塾授课教师的书法基本都是颇有水准的，即便算不得书法家，但也当得起儿童开蒙时期书法教习的任务。这一整体的地方文化教育观念和气氛对入塾读书孩子的习书练字来讲是很有利的。鲁迅早年的书法学习也是在这样的社会空气中开始的。1887年至1891年，鲁迅在远方堂叔周玉田先生处就学。周玉田精通楷法，从"描红"入手教鲁迅习字。鲁迅则一丝不苟地描摹大楷书帖，受到了极为严格、正规的书法训练。1892年鲁迅入三味书屋，跟随寿镜吾先生读书，寿镜吾能作诗、工于书法。寿先生的书学兼学颜真卿、柳公权、苏轼、米芾等笔法，"用笔顿挫有力，方而见骨，结体方正丰满，章法茂密"。他对学生的习字作业判阅严格，看到写得好的字，就画一个红圈，而鲁迅"总是一笔一画、一个字一个字认认真真写下去"，从不敷衍了事，在同班同学中以鲁迅写得最好。有学者认为这一时期的鲁迅应该是以颜真卿、柳公权楷书为日课，兼习唐宋行书以作笔记抄录之用。对于这段经历，鲁迅在《朝花夕拾》中有记述，"我就只读书，正午习字，晚上对课"。

其次，从内部家庭环境看，鲁迅（周树人）早年习书条件良好，起点也高。绍兴重文化、重教育的观念与氛围自然影响及于周家，周家某种程度上可视其为绍兴文教发育丰赡的一个样本。鲁迅家乃书香、官宦之家，家中文化气息浓郁，文化资源较丰富，注重子弟教育，书法方面家学渊源亦深厚。鲁家有家藏的名碑法帖，厅堂悬挂有许多字画，便于子弟观摩学习，鲁迅的父亲周伯宜是个秀才，善于翰墨，他的祖父周福清更是一位精于行草的高手，其书宗法王羲之，兼掺米芾笔法，善于用笔，书体潇洒，气韵畅达，深得帖学神理。在这样一个家庭中，天然地日日接受浓郁的书法文化气息的熏陶，鲁迅的习书并热爱习书就是很自然的了。此外，这个家庭在败落之前，经济是宽裕的，也有一定的开明度，对于小孩子的零用钱花销的控制并不特别严格，对于子弟修习正统经学书籍之外的课外阅读和爱好也并不粗暴干涉，这为鲁迅的文化精神发育奠定了比较好的基础。在多种课业外的活动中，看画、临画和作画对于鲁迅的练字习书是很有益的。鲁迅自幼爱画，无论是家中所藏还是购得的绘画类书籍，他都临摹过，具体如《花镜》《点石斋丛画》《诗画舫》《海仙画谱》《山海经》等。此外，还临摹过绣像小说《荡寇志》《西游记》等。中国古代艺术观念中是强调书学与绘画两门艺术间的深层联系的，有所谓"书画同源"之说。鲁迅的赏画、描摹、画图是出于真正的兴趣和爱好，强大且持久。在绍兴与画的结缘促成鲁迅深厚的美术修养，这一修养使他对于书法的线条质地、结构造型、章法布局等都有超越于一般人的领悟性，他在绘画方面的模仿力与理解力对于他的书法学习和创作是大有益处的，有功于鲁迅的无心为书却有其大成的书法之路。

最后，从书法文化方面看，绍兴作为有名的"书法之乡"对于鲁迅书法具有不可忽略的浸润性作用和示范性影响。绍兴是吴越文化的发祥地，在中国书法艺术史上占有重要地位。绍兴书法有漫长的发展历史。古越先贤于春秋时期即有意识地将文字视为艺术品，推动文字书法向艺术层面发展，并创写"鸟虫书"。魏晋时期，王羲之、谢安、孙绰等大批文人南下定居绍兴，逐渐促使书法艺术的重心由中原洛阳转移到江南。而文人云集绍兴，便促成了绍兴一时书法之大盛，其影响绵延至今不绝。晋时，绍兴出现过诸多书法大家，如王旷、谢安、王羲之、王献之等。其中成就最高者是"二王"，尤其是王羲之的书法，在当时就被赞誉为"飘若浮云，矫若游龙"，他在山阴参与兰亭修禊集会时，写下《兰亭集序》，被誉为"天下第一行书"。由于光辉灿烂的书法文化，从东晋时起，书乡成了绍兴的代名词，绍兴从此成了书法圣地。绍兴多出杰出名士，亦多有书法名家，东晋之后，有孔琳之、贺道力、智永、虞世南、辨才、贺知章、钱公辅、陆游、陈宗亮、徐渭、倪之璐、陈洪绶、王守仁、徐生翁、马一浮等。[①]而且近现代许多出自绍兴的杰出人士，虽不以书法家身份名世，但书法水平较高，如蔡元培、章太炎、秋瑾等。作为书法之乡，绍兴的书法艺术故迹是

---

① 胡源. 越中书法史［M］. 北京：中国社会科学出版社，2011.

相当多的，如兰亭、戒珠寺、题扇桥、躲婆弄、金庭观、曹娥庙、会稽山、山阴道、沈园、青藤书屋等，有很多名碑传世，如"兰亭三绝"的"父子碑""君民碑""祖孙碑"，蔡邕书写的"曹娥碑"，贺知章的《龙瑞宫记》摩崖题记，等等。在绍兴的街头巷尾，城市乡村，处处可见楹联、碑刻等各类书品。总而言之，绍兴的书法文化可谓是浓郁深厚至极。鲁迅生长在这样一个书法厚土之地，浸润于书法文化的空气中，一者自然受到潜移默化的滋养和影响，这是难以量化却深刻的影响。二者当他主动习书时，学书资源无疑很是丰富，且观瞻便利，他曾多次随身携带拓碑工具到绍兴周边如会稽山等古迹地搜集古代碑版，也购买很多铭文砖和画像砖，这些活动对于鲁迅书法的修习是很有助益的，为鲁迅书法富于"金石气"奠定了最初的根基。三者鲁迅很是敬重"乡先贤"，这些越地的优秀分子从书学角度对鲁迅是有示范性激励作用的，而在具体习书时可资借鉴的书家多且鲜活，如王羲之，绍兴是王羲之定居生活之地，存世遗迹很多，其居住地与周家台门并不远；再如章太炎，曾是鲁迅授业老师。可以说真切感知书家的学书比单纯的碑帖学习要生动鲜活得多，给予学习者的影响也是比较直接强烈的，就此点而言，鲁迅习书的条件显然是得天独厚的。

第三节　越文化精神是鲁迅书法的重要精神文化资源之一

其一，越文化作为海洋文化的开放性特质对于鲁迅书法多元多向吸收产生有益影响。越文化是不同于内陆型游牧——农耕文明的海洋性文化，王晓初认为，"长江文明，特别是它的下游最有代表性的越文化却是一种海洋型文明"[①]。面海多水作为越地的天然地理条件，使得越人在对自身文化充分自信的同时，发展起善于开拓、勇于开放、不断创新进取的海洋型文化精神。这一文化精神对于鲁迅是深有影响的，鲁迅在人生进取发展的各个层面和领域都取开放的姿态与精神，标举"拿来主义"思想，在书法方面也是这样。鲁迅学书，采取兼收并蓄的态度。他虽无意做书家，但在书法资源吸收方面，是广采百家，可谓"操百曲""观千剑"，观摩、体味、吸纳是至广至博的。他的书法取法过唐宋、

---

① 王晓初. "面海的中国"与中国的现代化（下）——关于中国现代化历史内在结构与运行轨迹的思考［J］. 绍兴文理学院学报（哲学社会科学版），2011，31（2）：1.

魏晋楷行，学过二王行书，掺有章草、篆隶之法，也时或掺入了时人笔意。鲁迅曾有丰富的拓碑经历，早年即爱金石类书籍，中年阶段，更是广购各种拓片，藏有从先秦至民国各种拓片470余种，1100余张。他还大量购买金石类书籍，如《金石萃编》《金石萃编校字记》《艺风堂考藏金石目》《山右石刻丛编》等近百种，这些购买收藏，是鲁迅读碑、录碑、校碑的基础。我们基本可以认为，鲁迅观览揣摩过中国书学自古至民国各家各派的书法作品。此外，鲁迅还与同时代一些书家有交往，如陈师曾、乔大壮等，也很欣赏弘一大师后期的书作。而且，鲁迅与同时代的很多知识分子有书信往来，这些书信也多用毛笔写成，书写风格多样，品位不低，这对鲁迅而言，其实也多了品鉴时人书法的直接机会。可以说，这样广博的艺术视野对鲁迅修习书法自然大有裨益，从中更见出其源于越文化的可贵的开放文化心态和吸收借鉴意识。

其二，越文化的务实精神对于鲁迅书法的影响。越地先民在非常困难的自然环境中求生存，求发展，铸就越文化务实、理性、不虚浮的精神品格，这对于鲁迅的精神气质也有直接影响，形成了鲁迅的务实品格和理性精神。这务实品格与理性精神进而直接影响及于鲁迅的书法实践。具体而言，大致体现在三方面：其一，是书写工具和书桌布置尚简重实用。鲁迅于书写工具及书房用品方面向来不讲排场，全无浮华之风，以简素便利为上。他多年主要用卜鹤汀笔庄所售的"金不换"毛笔，价格便宜，离开绍兴后还曾多次托人购买此笔。萧红《回忆鲁迅先生》一文中曾描述过鲁迅的书桌："鲁迅先生的写字桌，铺了一张蓝格子的油漆布，四角都用图钉按着。桌子上有小砚台一方，墨一块，毛笔站在笔架上，笔架是烧瓷的，在我看来不很细致，是一个龟，龟背上带着好几个洞，笔就插在那洞里。鲁迅先生多半是用毛笔的，钢笔也不是没有，是放在抽屉里。桌上有一个方大的白瓷的烟灰盒，还有一个茶杯，杯子上戴着盖。"[1]其二，是书写观念重实用，强调字要写清楚，让人不费力就认得。鲁迅很反感别人写字不清楚，令人难以辨认。这一点萧红也有记述："青年人写信，写得太草率，鲁迅先生是深恶痛绝的。'字不一定要写得好，但必须得使人一看了就认识，青年人现在都太忙了……他自己赶快胡乱写完了事，别人看了三遍五遍看不明白，这费了多少工夫，他不管。反正这费的工夫不是他的。这存心是不

---

[1] 萧红. 回忆鲁迅先生 [M] //鲁迅回忆录：散篇（中册）. 北京：北京出版社，1999：723.

太好的.'"① 鲁迅自己是字不拘各体，一向写得清楚易认。其三，是鲁迅书学实践绝大多数为实用性书写，具日常性，无表演性，也不为艺术表现。他的写字是针对著述和抄录工作，所以书写既要求速度，也求便利，同时要求清楚，也求美观，从具体书写讲，鲁迅多写小楷，字偏规整，结体清晰，大小差异不多，他多采用圆转、简练、雅洁、朴拙、洒脱等表现手法，长期实用性书写实践促使鲁迅的书体朝着这一方向演变、完善，日益纯熟精进并愈加显出其书法朴素、清雅的个性，这显示了务实精神和实用追求对于鲁迅书法风貌的铸造。

其三，越文化的坚韧顽强精神和勤奋之风对于鲁迅书法的影响。越族多有坚韧顽强精神、卓苦勤劳之风，这一越文化传统历史悠久，从大禹治水到勾践复国，绵延不息。越人多出才俊名士，是因为他们处事富于认真、执着、勤苦的精神，在学业、事业上有"韧"劲和毅力。鲁迅对此有论，"其民复存大禹卓苦勤劳之风"。审视鲁迅自身，堪称突出体现越人坚韧勤苦文化精神的优秀典范，在世50多载，鲁迅在文学创作、思想拓展及其他各种事务中的认真执着、坚毅刻苦少有人能比，而论及书写一事，鲁迅写字的勤奋与数量之巨也是少有人企及的。鲁迅自幼习字时便极为认真，一丝不苟，先后受到老师周玉田、寿镜吾的嘉许，赞其在同学中总是写得最好的一个，这"最好的"即能说明他的用心认真、用功踏实。他年少时即喜爱金石，勤于收集相关书籍，并经常到绍兴多处古迹采集拓片。鲁迅为了记住《尔雅》中的繁难字，就从《康熙字典》中将与这些字有关的部分抄录下来并装订成册。年少的鲁迅还抄录过《唐诗叩弹集》《花镜》《茶经》《二酉堂丛书》等。鲁迅做这些事是出于自身喜欢，但没有毅力，不下功夫也是完成不了的。除文学创作中的书写外，鲁迅的抄碑几乎是世无匹敌的。在读碑、校碑的过程中不断抄写，为了保证抄碑的质量，他还抄了大量有关碑刻的古籍和资料，如《汉石存目》《汉碑释文》《罗氏群书目录》等。中年阶段是鲁迅读碑、录碑最勤苦，接触历代各种书体最多的一个时期，他所抄录现今存世的有近千种，近万页，300余万字的辑校古籍手稿、辑校石刻手稿、金石资料、手摹《秦汉瓦当文字》和金文手稿，这些数字是惊人的，背后的劳动更是难以想象，非有艰苦卓绝之精神不能完成。诚如周作人《题豫才手书〈游仙窟〉》所言："豫才勤于抄书，其刻苦非寻常人所及，观此册可

---

① 萧红. 回忆鲁迅先生［M］//鲁迅回忆录：散篇（中册）. 北京：北京出版社，1999：712.

见一斑。"① 康有为说:"临碑旬月,遍临百碑,自能酿成一体,不期然而自然者。"② 何况鲁迅几乎是经年累月地写字抄碑,字量巨,抄碑勤,这于其书艺的进益和纯熟自然大有帮助,亦使其书法透出明显的"功夫气"和"金石气"。

其四,就美学特征讲,越文化成就鲁迅书法一个奇特现象——书写内容的"硬""韧"特质与书艺的"和静""古雅"韵味的组合共生。中国书学一般讲"字如其人",可乍一看,鲁迅书法呈现的风貌是质朴宽厚、舒展但不狂放,韵味古雅,与一般印象中鲁迅为人为文的深刻犀利很不相似。这个现象很有意味,值得思考。越文化历史悠久,文化积淀深厚,文化内涵也很复杂多元。越文化有理性务实、硬气和韧性突出,刚烈尚武、坚毅勤奋的一面,但作为面海文明,它又有水性十足的一面,体现为沉静含蓄、灵动柔美的人文情愫和风骨。越文化有其矛盾性特质,即刚、硬、野与柔、细、雅的统一共生,有胆剑之气,又有琴曲之韵。越文化的矛盾性特质对于越人精神的铸造自然是多元多向的,所以越地杰出人士的心灵面貌往往深邃复杂、丰富立体,难见单一和单薄。周作人就曾说自己的灵魂里面住着一个"流氓鬼",还住着一个"绅士鬼"。鲁迅写过"怒向刀丛觅小诗",但也写过"怜子如何不丈夫"。鲁迅心灵的丰厚、深邃与复杂远过一般人,甚至有一些矛盾性的人格要素和精神特质共存在他的心灵中,并显现在他文学创作的艺术个性中,比如,狂放与沉静,犀利尖刻与柔和温情,峻烈阴郁和柔美诗化,等等。考察鲁迅的写作,清晰可见其书写内容与思想精神的"硬""韧"特质与书艺的"和静""古雅"的共生共在,可以说,前者与越文化刚性一面契合,张力大,战斗性突出,后者与越文化水性一面契合,张力小,书卷气浓,和静气息凸显,而这二者间的组合共生又是高度统一的,铸就独异的文学鲁迅和书法鲁迅。或者可以说,在书写的内容、思想面貌上鲁迅是近于越文化中大禹、勾践所代表的刚性精神,在书写形式美学精神上更接近他所爱好的越文化中二王所代表的沉静、中和气质。因为直面中国的现实和浓重黑暗,鲁迅的思想表达和文学写作是痛苦的,也多阴郁、锐利和沉重,而且鲁迅的写作时间久,量多,几乎每日皆有,那么激愤、强烈的写作情绪需要舒缓和平衡,思想、情感的艺术表现放出去亦要收得回来,使文学的表达、表现在一个最合适的度上,于是,富有和静气息、古雅韵味的宽厚舒展的文字

---

① 周作人. 题豫才手书《游仙窟》[M] //关于鲁迅. 乌鲁木齐:新疆人民出版社,1997:553.

② 转引自夏晓静. 鲁迅的书法艺术与碑拓收藏[J]. 鲁迅研究月刊,2008(1):11.

书写就平衡了激愤、强烈的情绪,适时收住了热烈奔放的艺术表达。这样,写作的心灵不至于过于脱控而至于消耗到虚脱,艺术的表现也不失却必要的冷静和节制,实现动与静的有机结合。此外,从实用性书写角度讲,凸显太过强烈的个性、很张扬的书法不易持久书写,难以以这样的书写做长久大量的写字工作,而和静圆融舒展之笔方能日复一日地笔耕不辍。

此外,我们还应该强调越文化的"现代重构"以及鲁迅的贡献。因为地域文化并不是一成不变的,在不断发展变化中需要标志性文化名人持续的实际贡献。笔者曾以参会者和旅游者的身份多次到过绍兴,便明显感受到绍兴文化景观及"旅游文化"的变化。打开越文化的"文化地图"或走进现实中的绍兴,总能看到墨迹斑斑和鲁迅的"文化身影"。其中,以鲁迅墨迹为元素构成的牌匾、联语、中堂、条幅及碑石等,也已经成为当今越地文化特别是绍兴城市文化的有机组成部分。显而易见,鲁迅墨迹成了绍兴不少单位和景点的重要的文化符号,与王羲之墨迹形成的诸多景观形成了耐人寻味的文化呼应与联通,为建构中的"现代越文化"的发展都做出了切实的贡献。同时,事实也一再证明,"文化鲁迅"在书法文化方面,也可以成为具有"再生性"的文化资源之一。如果能在绍兴诞生一处集大成且蔚为大观的"鲁迅碑林",那便是当下笔者的一个小小的愿望和建议。当然,鲁迅的思想、文学和他的墨迹是一体的,书法鲁迅是文化鲁迅一个不可割裂的组成部分,也是我们深入认识鲁迅的路径之一。当我们审视现代文人书法家鲁迅时,凝神看到的是:越文化的血液和精气是鲜活流动于鲁迅的书法人生中的,因此在较大程度上可以说,鲁迅及其书法都是越文化这棵常青"历史之树"上结出的硕大果实。

第六章

鲁迅的"送去主义"与"书法外交"

第一节 相关的送字史实

鲁迅先生是"拿来主义"的倡导者，也是"送去主义"的实践者，在跨国文化交流方面做了很多工作。其中，他与日本结缘过程中留下了许多手稿，包括他为日本友人书写的数十幅书法作品，整体看即体现出了这两种"主义"的双向互动，从一个侧面印证着作为文化使者的鲁迅所承担的重要使命。鉴于鲁迅与日本友人书法交流的代表性，这里主要从文化传播（包括书法文化传播、文学文化传播等）层面，集中考察一下他与日本的"书法外交"情况，并从中获取有益的启示。

日本书道与中国书法的关系非常密切。日本书道是日本文化中的有机组成部分，尽管这一部分的"中国元素"（包括唐风书法、汉字笔画等）很为显著，但仍然具有日本文化的属性。每个国家或民族的文化都是不断建构的，兼容发展的，如果静止和僵化了，即意味着趋于死亡。书法文化亦然。书法在中国、日本等地域的传扬，长期的交流互动，使其衍化为东方文化一个重要的符号世界。以鲁迅为代表的现代中国文人，也通过对书法文化的关注、创造和交流，为东方文化的赓续和发展，做出了自己应有的贡献。对此理应给予深入的探讨。其中，鲁迅书法与日本的结缘，就是一个值得仔细梳理和探究的命题。

中国与日本有着非常密切而又复杂的关系，从文化上看也是如此，即使仅就鲁迅与日本的关系来看，也显示着某种"剪不断、理还乱"的情状。但比较而言，日本的书道和中国的书法有着非常显豁而又相当明确的关系。"汉字俑"（包括其特有的象形、方块、笔画或线条等构成的生命造型）影响下的书写活动,伴随着无数学子和文人的亲炙与化用,形成了东方世界相当浓厚的书法文化氛围。我们迄今从鲁迅毕业于日本弘文学院的证书(行书)、进入仙台医专学习的申请书(用小楷写成且按有指印)①,在日本留学时所作的笔记②、书札及《自题小像》诗稿手迹(存世的为晚年重写,并曾书赠许寿裳、冈本繁等友人),仙台东北大学校园里鲁迅塑像上的"鲁迅"(鲁迅自书),以及塑像附近树旁所立之碑上的楷书,相关博物馆、纪念馆里的书迹,藤野先生在送给鲁迅的照片背后题写的"惜别"③,日本友人频繁参观鲁迅纪念场所留下的书法留言,等等,都能够感受到书法文化的实存,这些手迹或书法,也能给书法爱好者留下深切的印象。换言之,即使仅仅从直观层面,我们也可以在书法文化视域中看到鲁迅与日本的某些关联,其翰墨情缘的种种遗墨留痕或吉光片羽,也颇值得后人鉴赏、回味和整理。

日本也是书法文化的温床和传播之地。鲁迅留日时,曾从旅日的章太炎学习段玉裁《说文解字注》,1929 年后又曾计划编著《中国字体变迁史》;他与日本结下的书缘也包括他和同学的交流,如鲁迅与留日同学陈师曾的关系最密切,而陈的书画修养极其深厚,对鲁迅的影响也相当深切,甚至可以说在书法文化方面,不亚于其老师章太炎的影响。显然,日本文化利于书法文化的滋生和发展,促使鲁迅不间断地从事具有审美意味的书写。总体看,鲁迅一生留下的墨迹大致可以分为两类。一类是鲁迅以"正规"或比较规范的书法形式留下来的墨迹。通常要符合书法条幅、横幅、扇面及印章等方面的形式要求。传世的这类墨迹在鲁迅留存手迹中较少,但传播甚广。比较而言,鲁迅晚年留下的此类墨迹则相对多一些,且大多是应友人之邀或赠答朋友之作,这类墨迹应该算是鲁迅有意识以书法形式书写的作品。后一类系鲁迅的各种文稿,包括小说、散文、书信、日记、论著等方面的手稿,相关墨迹的数量极多,文物出版社、中

---

① 黄中海. 鲁迅与日本[M]. 呼和浩特:远方出版社,2002:15-16.
② 参见《鲁迅与藤野先生》出版委员会编. 鲁迅与藤野先生[M]. 解泽春,译. 北京:中国华侨出版社,2008. 该书收有鲁迅在日本学习期间写下的"解剖学笔记"影印件的若干照片,以及福田诚等人的相关介绍文章。其中,福田诚在《"文"人鲁迅》开篇即说:"鲁迅的字写得很漂亮。我刚开始参加'解剖学笔记'的解读和翻印,就有这样的印象。尤其是誊写的笔记,无论是汉字还是假名,都是一个造型很美的世界。写字本身像是一种享受,透过字里行间,鲁迅的形象深深地吸引着我。"(该书第104页)
③ 为纪念藤野先生,日本在福井足羽山上建立了"惜别"碑。这使人总会想起藤野先生赠鲁迅的那张照片,其背后是藤野先生亲自用毛笔写的"惜别-藤野-谨呈周君",端庄自然,耐人寻味。

<<< 第六章 鲁迅的"送去主义"与"书法外交"

国电影出版社、福建教育出版社等多家出版社都出版过鲁迅的这类墨迹影印本。这类墨迹的书写非以表现文字的书法美为意旨，但由于鲁迅整体的文化素养，其墨迹总能映现出作者的气质禀赋及人格精神。这两类墨迹大抵都属于书法文化，即使艺术性有差异，但其文化价值毋庸置疑。其中，就有一些书法作品包括手稿等与日本（人）有关。尤其是其与日本友人交往而留下的诗词书法、书信手迹、日记及日文手稿等，显示了鲁迅与日本文化关联的密切和庄重，也散发出浓厚的书法文化信息。

诚然，书法文化具有重要的交际功能。鲁迅的书法作品包括书法也是要通过文化传播管道来实现的，日常的书法交流也是一种文化传播。从艺术与人文的视野来看鲁迅书法，也应注重他与友人间的翰墨情缘，其作品的"人文"意味常为后人所激赏不已。鲁迅与外国人特别是好友的翰墨情缘格外值得关注，其中，鲁迅书法生涯与日本的关联，则不仅体现在他赠送给日本朋友的书法作品，而且要看到他与日本（人）相关联的书法活动或行为，包括在他身后，中日友人仍然经常借助书法文化交流的方式，延续着互通的文化血脉。

鲁迅书写一生，书写尤其是艺术创造性质的书写成为其生命焕发的生动体现，最后的绝笔也是用毛笔写给内山先生的便条。我们看到，他给许多人尤其是亲朋好友题字相赠，也成为精神交流和增进友谊的重要手段。他有意识地将书法作为媒介，在书法交往中不断开拓人生。这也体现在他和日本友人的书法交往。鲁迅曾托内山先生在日本陆续购买了《书道大成》全27卷，几乎囊括了中国历代所有时期的重要碑帖；他在1931年春也曾为增田涉购得《板桥道情墨迹》一书，他还曾托内山"乞得弘一上人书一纸"，或用毛笔书写文稿（包括日文）在日本发表，或与日本友人共赏碑帖拓片，但笔者在此更为关注的则是为日本友人书写的诗词条幅、横幅等。因为从现代书法艺术角度看，书写诗词名句等更能体现出书法艺术的自觉，更能体现书法作为艺术文化的鲜明特征。据不完全统计，如今可以查考出根据的为日本友人或来宾书写的诗词类作品（包括自作和他人的，未含书信手稿等）就有近40幅。现据《鲁迅诗稿》、陈新年《鲁迅书法编年考略》[①]、《鲁迅：域外的接近与接受》[②] 以及多种有关鲁迅的年谱、传记和回忆录等资料记载，相互参照印证，鲁迅书赠日本友人的以诗词为内容的书法赠品主要有以下一些：

---

① 见《鲁迅世界》2008年第1-2期。
② 张杰. 鲁迅：域外的接近与接受 [M]. 福州：福建教育出版社，2001.

1923年，书《诗经小雅采薇·赠永持德一》；

1928年，书钱起《归雁》一诗赠本间久雄；

1931年，书《赠邬其山》①《送O.E君携兰归国·赠小原荣次郎》《赠日本歌人·赠升屋治三郎》《无题（大野多钩棘）·赠内山松藻》《无题（大野多钩棘）·赠熊君碹》《湘灵歌·赠松元三郎》《无题（大江日夜向东流）·赠宫崎龙介》《无题（雨花台边埋断戟）·赠柳原烨子（白莲女士）》《送赠田涉君归国》《钱起归雁·赠长尾景和》《老子虚用成象韬光篇·赠长尾景和》《李白越中览古·赠松元三郎》《欧阳炯南乡子·赠内山松藻》《书旧作〈自题小像〉赠冈本繁》；

1932年，书《无题（血沃中原肥劲草）·赠高良夫人》《自嘲（运交华盖欲何求）·赠山本勇乘》《所闻·赠内山美喜》《答客诮·赠坪井芳治》②《无题（惯于长夜过春时）·赠山本初枝》③《一二八战后作（战云暂敛残春在）·赠山本初枝》《李白越中览古·赠山本勇乘》《故乡黯黯·赠滨之上信隆》《皓齿吴娃·赠坪井芳治》④；

1933年，《赠画师·赠望月玉城》《题呐喊·赠山县初男》《题三义塔·赠西村真琴》《悼杨铨·赠樋口良平》《赠人（明眸越女罢晨装）·赠森本清八》《赠人（秦女端容理玉筝）·赠森本清八》《赠人（秦女端容理玉筝）·赠山本实彦》《无题（一枝清采妥湘灵）·赠土屋文明》《楚辞九歌礼魂·赠土屋文明》；

1934年，《无题（万家墨面没蒿莱）·赠新居格》《金刚经句·赠高岛畠眉》《钱起归雁·赠中村亨》；

1935年，《郑思肖锦钱余笑（二十四首之十九）·赠增田涉》《郑思肖锦钱余笑（二十四首之二十二）·赠今村铁研》《刘长卿听弹琴·赠增井经夫》；

1936年，《杜牧江南春·赠浅野要》；

1933—1936年间，曾书《潇湘八景》赠儿岛亨，为杉本勇乘题诗扇面，

---

① 有学者认为，这幅书作"书文合一，大气磅礴，是一件难得的佳构"。参见黎向群. 不朽文章不朽书［J］. 鲁迅世界，2005（3）.

② 一说书于1931年冬。坪井是日本医生，曾为海婴治过病。

③ 山本初枝擅长写作短歌，曾在1931年赠鲁迅一首短歌，鲁迅为她书写诗幅两次，她则长期创作关于鲁迅的诗歌，多达数十首，与鲁迅有着知音般的友谊。参见季樟桂."山本夫人留诗一枚"［J］. 鲁迅研究月刊，2009（5）：62-63.

④ 据《鲁迅日记》1932年12月31日记载："为知人写字五幅，皆自作诗。"现仅知赠滨之上信隆、赠坪井芳治的两幅，其他三幅赠何人则不详。参见鲁迅. 鲁迅诗编年笺证［M］. 北京：人民出版社，2011：243.

<<< 第六章 鲁迅的"送去主义"与"书法外交"

等等。

上述诗歌书法，都是诗书一体的"第三文本"，非常耐人寻味。这说明，鲁迅给日本友人的作为赠品的书法，与文学特别是诗歌的关系确实极为密切。有人以为鲁迅这么喜欢书赠日本人且文辞雅致，有"报答"日本人的情结，甚至妄测鲁迅的"亲日"倾向。其实，书赠他人书法作品且内容高雅并有某种美好的寄托，乃是传统书法文化的艺术范式，并非鲁迅刻意为之。其实，在日本也有这样类似的传统："以汉诗为中心的文人趣味，是一直包围着书法艺术的。书家必须作为汉学者或汉诗人也得到人们承认，才能得其大成，取得支配潮流发展的权威地位。"① 正是拥有这样的文化心理积淀，日本友人才会基于这种"文心"理解鲁迅并喜爱其诗书结合的艺术样式，取得"文交"的效果。在鲁迅赠送日本友人的书法中，某些可以被视为鲁迅名句名诗的书法文本，则可以成为诗书并辉的复合美的经典样态，如《题三义塔·赠西村真琴》中的最后两句"度尽劫波兄弟在，相逢一笑泯恩仇"，《无题（惯于长夜过春时）·赠山本初枝》最初两句"惯于长夜过春时，挈妇将雏鬓有丝"，《自嘲（运交华盖欲何求）·赠山本勇乘》中的名句"横眉冷对千夫指，俯首甘为孺子牛"，等等，就都具有强烈的时代性和古雅的审美性，并有其丰富而悠长的启示意义，甚至可以视之为中国现代书法史上的"书法经典"，具有恒久的观赏和学习价值。

如果说鲁迅从日本文学经验中多采取了"拿来主义"的话，那么在书法艺术方面，情形几乎相反，多采取的是"送去主义"。这是友好的赠予，深切的纪念，情谊的象征。鲁迅与日本友人的书法情缘，突出了跨国的书法交际功能，在此或可名之为"书法外交"——文化传播的一个古老却又年轻的交流方式。如1931年2月12日，小原荣次郎在中国购买兰花将要回日本，鲁迅赋诗并写成条幅相赠；1931年2月25日，为日本长尾景和写唐代钱起《归雁》一幅留念；1931年初春，作旧体诗《赠邬其山》并书写成条幅赠内山先生；1935年3月22日，为今村铁研（日本医生，增田涉的表舅）、增田涉等书写书法作品相赠。从这些行为看，鲁迅书赠友人书作较多的原因，也主要是从"实用"层面进行考虑的。当然，鲁迅书赠的日本友人交谊深浅不同，但即使短期接触，也是印象好才会赠送书法作品。"秀才人情纸一张"，自古以来，除了书信，书画往来就成了文人交往中出现最多的一种形式（且常和赠诗赠言相结合）。到了现代，这种文化习惯依然存在。

---

① ［日］木神莫山．日本书法史［M］．陈振濂，译．上海：上海书画出版社，1985：97．

值得一提的是,鲁迅于1931年初春书写的条幅《赠邬其山》("邬其"乃日语"内"的读音,即书赠日本内山书店东主内山完造),多有意趣。鲁迅在这幅书法作品上的题款是"辛未初春,书请邬其山仁兄教正"①,俨然肃然,但诗歌文本幽默、调侃,甚至还有讽刺政客及黑暗现实的意味。当时的鲁迅有感于内山完造向他谈及生活在中国20年的见闻感想,遂诱发了鲁迅的诸多感慨。于是,鲁迅把胸中积郁的情愫化为诗意和书法,相得益彰,妙不可言,兴之所至,挥洒自如,结语的"南无阿弥陀"五字,字形渐大,布局骤变,却自在放达,情趣盎然。听说当时鲁迅忘了钤印,后以手指蘸上印泥代章于落款处,由是成就了一则逸闻趣事。而鲁迅最为人知的诗句"横眉冷对千夫指,俯首甘为孺子牛",他本人多次书写,传播极广,他人也常以此为书法素材,创作出了难以胜数的书法佳作。如果将鲁迅的书法作品及其"衍生"的相关书法作品进行收集并搞一个大型展览,那情形必然是蔚为大观、美不胜收的。不仅毛泽东、陈毅、郭沫若、茅盾、周慧珺等人要书写鲁迅的名句名诗,即使日本友人也常常如此。据报道,近年来日本著名书家高桥静豪就曾创作了许多与鲁迅有关的书法作品,并将其捐赠给绍兴鲁迅纪念馆,产生了较大的影响。他还说:鲁迅是伟大的文学家,也是伟大的书法家,因此能将自己的作品捐到鲁迅纪念馆是其一大心愿。这正是:有了"送去",方有"送来",来往不绝,情谊永续,恰是中日友好人士共同的心愿。

作为交往见证的书信墨迹,也构成了鲁迅生命中一道绵长而亮丽的风景线。鲁迅书信有1500余封保存了下来,其中有手札真迹存世者已弥足珍贵。包括与日本友人的信札手迹,如《鲁迅致增田涉书信》以及给内山完造、山上正义、青木正儿等友人的信札,不仅有文史文献价值,也有手札书法的诸多妙处和叹赏不已的趣味。② 当鲁迅非常娴熟地书写日本假名书法(包括他书写的日文作品、翻译日本文学的手稿等)时,我们也会感到他对日本文化的谙熟甚至是某种深切的认同。仅从鲁迅与日本友人的可以看到的书信手迹而言,也可以看出鲁迅的书法造诣确实不俗:含蓄内敛、简淡古雅、温润浑厚而又意趣丰沛!

---

① 鲁迅. 赠邬其山 [M] //鲁迅全集:第七卷. 北京:人民文学出版社,2005:451.
② 陈新年. 鲁迅日文书法探略 [J]. 民族魂,2011 (1).

第二节 珍贵的历史记忆

鲁迅作为一位书写者，留下了大量的著述，也留下了大量的手迹，特别是他专为日本友人写下的书法作品，给向来认真心细的日本朋友们，留下了难以忘怀的历史记忆。这里撷取若干片段，并稍加说明或点评，从曲径通幽处，接近一下这位20世纪30年代即告辞世的历史名人。

内山完造先生是鲁迅最要好的日本朋友。内山先生在《忆鲁迅先生》① 中介绍说：1936年10月18日早上6点钟左右，许夫人带来了"一封如今已经可悲地成了绝笔的先生的信"。这封绝笔信依然用毛笔写成，痛苦和急切渗透到字里行间，内山先生见状，颇觉诧异："时常总是写得齐齐整整的信，今天，笔却凌乱起来了。"他立即意识到问题严重，随即打电话找医生。幸运的是，鲁迅的这封绝笔信，他一生"最后的手札"被保存了下来，自然可以作为一件独特的书法文本，见证了深挚的友谊，也见证着笔墨线条与生命挣扎的结合及其悲苦无奈的情状。内山先生的回忆还涉及：鲁迅先生本人的诗并不多，但到了晚年却喜爱将诗词与书法进行传统化整合、创新，作为文人作家无上的礼品赠送他人。内山先生多年后还记得：鲁迅曾给他及妻子都题写过诗歌，对其诗歌内容等也记忆犹新……②内山先生于1953年年初还曾将珍藏的鲁迅诗稿《我的失恋》（四首之四）捐赠给上海鲁迅纪念馆，显示了他对鲁迅的深切怀念。据供职于内山书店的镰田寿在《鲁迅和我》③ 中介绍说，内山书店编印的介绍新书的刊物《文交》，鲁迅为之题写了刊名；他还曾请求蔡元培为镰田寿写了一幅字，让其感动终生，且裱好挂在家中，"朝夕仰望，就像再一次看见鲁迅先生，并亲切地回忆起蔡元培先生"；镰田寿还曾请鲁迅为其去世的弟弟镰田诚一题写了碑名，还赠以悼文（《镰田诚一墓记》），日本新闻界对此事曾积极予以报道。鲁迅之所以这样做，主要是基于他和内山书店的因缘和镰田诚一的优良品性。从其碑名书法的笔意可以看出，楷书和隶书的结合，藏锋和露锋的照应，端肃与自然的浑融，使这一碑名书法成为鲁迅书法世界的精品之一。

---

① ［日］内山完造. 忆鲁迅先生［J］. 作家，1936（2）.
② 鲁迅博物馆等选编. 鲁迅回忆录：散篇（中册）［M］. 北京：北京出版社，1999：1500.
③ 鲁迅博物馆等选编. 鲁迅回忆录：散篇（中册）［M］. 北京：北京出版社，1999：1559-1567.

日本友人对鲁迅书法的珍藏和捐献，既含蕴着令人难忘的历史记忆，也每每传为文苑佳话。如高良留美子在2010年向日本东北大学捐赠了鲁迅写给其母高良富子的亲笔诗。高良富子《会见鲁迅的前前后后》记载：内山曾经给她送来鲁迅先生的照片和诗歌条幅，这对她来说是很大的安慰："我不止一次地想到，不管会见了什么人，都不如见到了鲁迅先生有意义。"鲁迅送她的诗幅内容是"血沃中原肥劲草……"而她则回赠了鲁迅一套《唐宋元名画大观》，鲁迅收到后还专门写了回信表示感谢。① 近期有报道说，高良富子的后人将这幅字捐献给了地处日本的东北大学，这引起了广泛关注，但有的记者将内容进行了曲解。内山完造的弟弟内山嘉吉及其夫人和鲁迅一家也有密切的往来。鲁迅还给内山嘉吉夫人写过两帧条幅。后来裱好的原件赠给了中国，只保留了复制品。撰写过《鲁迅世界》的日本学者山田敬三认为：鲁迅在晚年喜欢将旧体诗和书法紧密结合，为日本友人一再书写他本人创作的旧体诗，借此也表达了对现实的感受。②

其他日本朋友，也对鲁迅赠字看成一件值得记忆和感念的事情。如长尾景和《在上海"花园庄"我认识了鲁迅》③："记得仿佛是二月中旬，先生为我写了一首义山的诗，说：'在花园庄什么也没带来，这幅写得不好，将来有机会再用鲁迅的名字写幅好一些的。'……我想，这一定是先生偷偷回到家里为我写的，使我深为感动。"当时尚在避难中的鲁迅，用周豫山的名义为一位刚刚邂逅的日本年轻人书写古诗作为纪念，还承诺将来会以"鲁迅"的名义为其再写一幅好一些的书法作品，这样的为人和话语怎能不感动人呢！至于鲁迅当时是否冒险潜回自己原来家中写的这幅字，也许只是长尾君的揣测。长尾出于这份感动和珍惜，很快请人装裱了，还送呈鲁迅自赏。当鲁迅继续自谦时，长尾则说："您的字写得丝毫没有矫揉造作之气，所以我很喜欢，我将永远带着它。"山上正义《谈鲁迅》，提及他对鲁迅用毛笔写楷书从事小说翻译的深切印象。翻译是一种独特的文化创造行为，其复合形态的文本加上书法形态，也是非常值得关注的文本世界。④ 儿岛亨《未被了解的鲁迅》⑤，对鲁迅"写便条也用毛笔"的

---

① 武德运. 外国友人忆鲁迅[M]. 北京：北京图书馆出版社，1998：200-201.
② 武德运. 外国友人忆鲁迅[M]. 北京：北京图书馆出版社，1998：216-217.
③ [日]长尾景和. 在上海"花园庄"我认识了鲁迅[J]. 梅韬，张葆莘，译. 文艺报，1956（19）：19-22.
④ 鲁迅博物馆等选编. 鲁迅回忆录：散篇（中册）[M]. 北京：北京出版社，1999：1551.
⑤ 鲁迅博物馆等选编. 鲁迅回忆录：散篇（中册）[M]. 北京：北京出版社，1999：1573.

情况进行了较为详细的介绍,并说鲁迅"还用毛笔特意给我写了他爱吟的《潇湘八景》这首汉诗。如今我把他写的这首汉诗裱在轴纸上,珍贵地保存起来了"。这幅字"笔迹清秀,一共写成三行……时常挂起来看,足能追怀出先生生前的面影来"。儿岛亨先生还由此大发感慨:"除书法家之外,我们同用毛笔写字的生活渐渐地疏远了。那时候,先生不仅在原稿纸上,就连写给书店的便条之类几乎全用毛笔写,而且写得很工整……世上有写字好的和写不好的人。有书法家,有外行及知名人士,但在日本,重其名而不重其字的现象则屡见不鲜。中国却相反,人虽无名,但字写得好也能得到很高的评价。几年前听说北京鲁迅博物馆在征集先生的遗墨。我想像我们这些曾和先生最接近的人,哪怕把那些笔记和便条献出来也好,可是手头上却一份也没有了。我们那时要先生的字,随时都能给我们写的,认为何必那样着急?想来真是后悔,就连当时的一张便条都没有保存下来。现在只好把这首《潇湘八景》视为至宝珍藏起来了。"

日本友人也曾泼墨濡翰,书写了关于鲁迅的书法作品,如佐藤春夫在鲁迅逝世后曾撰写了一副对联:"有名著,有群众,有青年,先生未死;不做官,不爱钱,不变节,是我良师。"坦诚直白而又情真意切,既是对历史记忆中鲁迅形象的生动概括,也是对日中两国作家心灵相通、书艺呼应的一个历史见证。无论在日本还是在中国的鲁迅纪念场所,都有许多日本人参观,其间多能观赏到鲁迅的书法,有的纪念馆还对日本参观者进行了较为齐全的记录,并珍藏有部分日本朋友参观后的题词。[①]

第三节 书法外交的有益启示

鲁迅与日本友人的关系,特别是文化关联,当是中日两国人民友好往来和文化交流的一个象征,这是一种基于文化亲缘和心灵需求而生成的文化现象及"文交"精神,鲁迅与日本的翰墨情缘,则可以视为这一文化现象、"文交"精神的缩影及体现。从书法文化视域观照鲁迅和日本,可以看到和想到许多文化问题及建设思路,也就是说,从书法文化视域接触和考察鲁迅与日本友人的跨

[①] 上海鲁迅纪念馆编,王锡荣主编,邱作健副主编. 六十纪程:1951—2011 [M]. 上海:上海社会科学院出版社,2011.

国结缘,以及鲁迅和日本友人在书法方面的"外交"实践,可以获得一些有益的启示:

其一,在当今东方文化复兴的语境中,在世界和谐文化的建构中,以"和谐、自然"为宗旨的中国书法文化必将焕发出更加神奇的魅力。有学者在谈中国文化包括书法文化的世界影响时指出:"应该把国家战略的建构和文化外交方略的制定联系起来,在可持续的文化发展和精神生态平衡中,将东方文化的和谐精神不断播撒向整个世界,在中国文化的世界化进程中,使中国文化整体创新成果世界化,成为人类不可或缺的精神元素。"还说:"……中国书法文化的输出,是对民族自信和文化身份的重视,是对民族虚无主义的拒绝,是对未来中国书法文化发展可能性的展望。"[1] 当然,文化输出也有交流、化解、重建等功能。著名学者伊藤虎丸在其名著《鲁迅与日本人——亚洲的近代与"个"的思想》中曾指出:"鲁迅直到死都对日本及日本人始终抱有某种信赖和爱心,但同时,他又对眼前的日中关系几乎感到绝望。"而不屈的鲁迅作为"民族魂","成了中国人对日本侵略进行民族抵抗的精神支柱"[2]。这来自日本学者的学术判断,对那些企图构陷鲁迅为"汉奸"的国人,是极大的讽刺!当今,我们更要千方百计超越种种障碍(包括政治、经济的对抗以及仇恨、猜疑等)并有效化解这种"绝望",并努力弘扬鲁迅的反抗精神及"文交"精神;我们更要充分开发和利用文化的化解功能,不断加深两国人民的友谊和文化认同。书法文化作为一种语言文化和艺术文化,在文化传播及影响世道人心方面,具有不可忽视的作用。在这方面,朝野各方应有积极的策划,努力开展一些相关交流与合作的活动,扩大东方文化的影响力。鲁迅的跨国书法情缘包括跨语言的书写手札等,既可以给我们带来历史文化的熏陶,也会带来现实性的有益启示。当年鲁迅通过书法与日本建立起一条文化纽带,他的那些与日本有关联的书法作品,如今如果汇集起来进行展出,将是一道非常耀目的风景线;而他的"书法外交"作为独特的文化传播形式,也将启发我们如何将书法文化与国际汉语教育结合起来。无疑,在全世界范围内,努力将汉语教育与书法文化紧密结合起来,必然会提升汉语教育的文化含量和魅力。因此笔者建议:中日两国可以紧密合作,充分收集相关书法作品,搞一个"鲁迅与中日(或日中)书法文化"

---

[1] 王岳川. 书法文化精神 [M]. 北京:北京大学出版社,2008:212,308.
[2] [日] 伊藤虎丸. 鲁迅与日本人——亚洲的近代与"个"的思想 [M]. 李冬木,译. 石家庄:河北教育出版社,2000:2-3.

专题展览，包括鲁迅书法、他人书写鲁迅诗文的优秀作品等，都可择优参展；国际汉语教育教师（尤其是孔子学院、汉学院或国际文化交流学院专任教师）可以在教学中采用鲁迅或文化名人手迹作为示范，因其知名度高，容易吸引眼球和加深记忆，必然会取得较好的提升效果。

其二，鲁迅一生中的日本缘及其相关的翰墨缘，也可以引发我们更多地思考中日文化艺术交流及其存在的诸多具体问题。比如，前述的文化交流如何超越种种障碍乃至心理的障碍，就是一个重要的问题。还比如，身为文学巨匠的鲁迅，其实他的知识谱系本身就体现出了"交叉共生"的特征。其艺术兴趣相当广泛。除读书写作外，他于金石书画、汉画像石、古钱币、古砖砚、木刻版画等方面的收藏和研究也都有浓厚的兴趣。这说明，以作家名世者当需要丰富的文化素养。又如，日本科学家木村重的《在上海的鲁迅》一文介绍说：他在上海担任自然科学研究所生物学部长期间，编辑出版了《自然》同人杂志，请鲁迅题字，鲁迅很爽快地答应了，并立即在内山书店为其题了字。他当时只赠过鲁迅一册创刊号新杂志作为纪念，并没有提供礼物或润格。[①] 鲁迅为他人书写书法作品，从来不是为了"创收"，与当今某些文化名人或知名作家的行为大相径庭。此外，还要继续探讨一些疑难问题，如鲁迅收藏日本书法作品方面的具体情况究竟如何？鲁迅对日本书道有过哪些具体接触和评论？是否有必要尽快开展对鲁迅与日本友人翰墨情缘的始末及其书法的文献整理和分析？鲁迅的"假名书法"水平到底如何？他的中文书法与假名书法的关系如何？等等，随着相关问题探讨的逐步深入，相信也会带来更多新的认识。

其三，鲁迅拥有"心随东棹忆华年"的深切情结，从日本留学到长期不断借鉴，他的收获可谓非常丰富。诚然，没有哪个国家能像日本这样对他的人生和精神产生如此巨大的影响，但他在传统文化修养方面有意无意地表现出了某种自信，特别是在书法文化方面。一个值得注意的现象是，他非常热爱收藏，却很少收藏日本现代书法方面的东西，包括日本书法家的作品，相反，他倒经常写书法作品送给日本友人。他是力主"拿来主义"的先驱，在书法方面，居然也可以说是"送去主义"的现代先锋。这无疑出于一种文化自信，包括在书法造诣方面的自信。关于鲁迅书法艺术特点及成就，郭沫若、陈新年、孙晓涛等皆有论述，于此不赘。但笔者意欲强调，从"拿来主义"走向"送去主义"，这是一种必要的过程，也是一种国人企盼的境界。20世纪的鲁迅与21世纪的我

---

① 武德运. 外国友人忆鲁迅 [M]. 北京：北京图书馆出版社，1998：196-197.

们，其实都有一个共同的梦。这也启示我们应尽快从"中国制造"走向"中国创造"的道路，在文化创造的追求方面，永不满足，既谦虚"拿来"，又自信"送去"，为母国和东方的文化复兴或崛起，奉献一份才智和心力，就像当年鲁迅所曾做过的那样。

下篇 03
鲁迅的文化磨合与文化创造

第七章

鲁迅笔下的"农民形象"及"国民性"

第一节 鲁迅与茅盾农村题材创作的定向性

鲁迅、茅盾这两位现实主义大师,尽管他们的整个艺术生命并不仅仅属于或并不主要属于农民,但他们的确都曾把自己的全副心灵主动地投向农民,充满激情地写下一篇又一篇农村题材的作品(主要是短篇小说和叙事散文),并分别成为20世纪20年代上半叶与20世纪30年代上半叶该类创作中的具有独创性、代表性的作家。笔者拟就他们作为创作主体与创作客体(农民)于心理上、文学上所发生的关系做一简略的考察,着重探讨作家这类创作的定向性问题。

一

首先来看鲁迅、茅盾农村题材创作行为发生的定向性。苏联美学家卡冈认为:作家主体的能动性有这样几种体现,其一,为了改造客体而定向于它("它"指客体,下同);其二,为了认识客体而定向于它;其三,为了评价客体的价值而定向于它;其四,为了联系其他主体而定向于它;其五,融合以上诸方面的心理倾向或活动即导向艺术活动。① 这里尽管有局限于理性层次之嫌,但毕竟明确指出了作家的心向对创作行为发生的关键性作用。应当说,鲁迅、茅盾农村题材创作行为的发生也就主要是以诸多的心理"定向"因素为基础或动因的。

---

① [苏]卡冈. 美学和系统方法[M]. 凌继尧,译. 北京:中国文联出版公司,1985:208.

事物的发生总有其一定的过程。大致说来，鲁迅、茅盾农村题材创作行为发生的定向性的形成也经历了奠基、酝酿、形成这么一个过程。

在鲁迅、茅盾踏上文学道路之前（鲁迅1881—1906；茅盾1896—1916），他们的生活内容主要有两方面：故乡滋养与异地求学。他们的童、少年都是在故乡度过的。故乡赋予了他们最初的一切，或可以说故乡的一切就像天然妙手，把这两位并非"农家子"的心灵做了一番十分精致的塑造，初步构成了他们感受和理解生活的心理"格局"（又译"图式"，皮亚杰语）。譬如，无论就社区还是家庭而言，他们仍具有着诸多接触农民、了解农村、熟悉农村文化的有利条件，从而输入或收纳丰富的生活信息，为他们日后的创作尤其是农村题材创作打下坚实的基础。鲁迅当年是不出户也可与章运水交上朋友，街上的各色佣工如"阿Q""小D"之类也司空见惯；尤其是"家道中衰"的经历，使他与农民建立了更为密切的心理联系："花鸟"般的意象消退了，置换而来的是受着各种苦痛的农民形象。茅盾也于乡镇之上"天天接触到农民"，镇上的茧行、桑市，家中的女佣和常来走动并谈得拢的丫姑老爷，全家钟爱的蚕儿和满眼的桑田阡陌、河汊农舍等，同样通过无形的媒介把农民的穷愁苦乐点点滴滴地注入他的心田，使他的心灵"图式"中也贮藏了许多有关农村生活的信息，从而影响到后来的自我发展和创作。况且，活生生的民族文化笼罩了一切，也必然制约着作为"中国人"的自我塑造。大禹遗风、乌镇传说、古代典籍、野史杂记、民间戏剧、故事等，或雅或俗，或粗或细，都充盈着丰厚的农业民族心理意识；对鲁迅、茅盾的"塑造"作用也是明显的，使他们于晚年仍深切地感受到"思乡的蛊惑"（鲁迅语[①]）和"隔不断的乡思"（茅盾语）。周扬同志曾说："中国是一个落后的农业国，绝大多数的作家和土地与农民都保持着密切的联系。"[②]在一定意义上可以认为，举世瞩目的"黄土文化"对包括鲁迅、茅盾在内的现代作家的滋育和吸附，形成了描写中国农民的经久不衰的重要的新文学现象。然而单凭古老的"黄土文化"难以孕育出新的生命，鲁迅、茅盾的异地求学把他们带入了中西文化撞击、混融的时代浪潮之中。尽管这只是一种开始，却对他们以崭新的"自我"出现在新文坛上有着极其重要的意义。如鲁迅在南京求学时开始接受进化论，循向而进，在日本又开始了对"国民性"问题的探索；

---

① 鲁迅. 朝花夕拾·小引[M]//鲁迅全集：第二卷. 北京：人民文学出版社，2005：236.

② 周扬. 周扬文集：第1卷[M]. 北京：人民文学出版社，1984：266.

茅盾在北京求学期间，更加娴熟地掌握了外语这种人生斗争的武器，为他当时直接接触西方文化和以后大量评介外国文学作品提供了必不可少的条件。简言之，只有进到"跨文化"的层次，而不只是接受民族文化的塑造才可能有新文学上的鲁迅和茅盾。因为"传统的中国人的自我基本上是随和的，而不是自断的"，"力求争取来自家庭和亲属等社会关系的支持"①。这种缺乏个性精神和理想自我意识的传统文化与鲁迅、茅盾的自我发展显然龃龉不合，所以尽管他们在更广泛的意义上仍受着民族文化的深刻影响，却终生都对传统文化的惰性方面持严厉的批判态度。

这在他们开始文学活动到连续创作之前（鲁迅，1906—1918.5；茅盾，1916—1927.9）便已表现得相当突出，也正是在这一时期他们开始酝酿农村题材创作的。在对民族命运和文化的关注、反省的前提下，他们都做了大量的译介工作，从中获益良多；又热诚而频繁地投身到社会活动中去，从实践中寻找通向人民和拯救人民的道路；时或初探创作的门径，从中便透露了逐渐贴近底层民众的心音。从鲁迅"弃医从文"、翻译《域外小说集》（与周作人合译）、撰写《摩罗诗力说》、经历辛亥革命等一系列事件或活动中，可看出他指向中国农民的"心向"路标。他后来农村题材创作中的许多思想主题、情感意绪，乃至他的艺术观念和审美情趣也都在这一阶段得到了酝酿与建构。如"幻灯片"事件就折射出"阿Q的影像"已在鲁迅的意识深层拱动；《摩罗诗力说》中所写的"中落之胄"的炫耀也仿佛就是阿Q"先前比你阔"的先声；对"辛亥革命"的独特感受在《怀旧》中也得到了第一次艺术的凝聚；等等。茅盾于"叩文学之门"的初始阶段，译介甚勤，其中颇多农村题材作品，如《伏尔加与村人的儿子米古拉》《茄具客》《暮》《老牛》等。于评论方面似更出色，既对著名的俄罗斯作家托尔斯泰、波兰作家莱芒特等在描写农民方面的卓越成就给予评述，又对国内的农村题材创作尤其是鲁迅的创作给予关注和评论。《春季创作坛漫评》《评四五六月的创作》《论无产阶级的艺术》等综论性的文章也清晰地传达出了他对描写农民的热切呼吁、精辟的见解和神往的心情。1921年所写的《不幸的人》以及"五卅"期间写下的多篇散文，也已初步表现了他关注现实底层人民痛苦和倡导抗争的精神特征。况且，茅盾一直十分倾心于社会政治运动的意向和实践，使他从"由工农参与的旋涡中心"里获得了许多关于农村革

---

① ［美］A. 马塞勒等. 文化与自我——东西方人的透视［M］. 杭州：浙江人民出版社，1988：23.

命的材料①。诸如此类的选择、接受与行动，都以鲁迅、茅盾前一时期的主体图式为坚础，又不断同化新的生活信息，铸造新的感知格局或能力，从而不同程度地加速了他们趋向描写农民的心理进程，并渐至把他们的这种心理趋向转化为一种定向和一系列的实际创作行动。

  几乎就在鲁迅、茅盾开始连续创作之时（鲁迅1918.5，茅盾1927.9），他们便开始了对农村题材创作的探索和尝试，但只有经过五四时期（鲁）、左联时期（茅）创作上的持续努力，他们农村题材创作行为的发生才显现出一种定向性，才充分表明了他们这种创作行为发生的非偶然性和相对的稳定性。鲁迅在《狂人日记》中就描写了一些"村人"的侧影；《孔乙己》中有对"短衣帮"的素描勾勒。这种背景或局部性的描写在《药》中被置换成整体性的描绘，底层的挣扎者成了作品中的主要角色；之后写出的《明天》《故乡》《阿Q正传》等小说，便确立了其创作行为发生的定向性。茅盾由中篇小说《动摇》对农民的片段性描写，到"农村三部曲"等一系列创作的完成，也克服了一度因《泥泞》（1929.4）的"失败"而产生的某种畏难情绪，从而由对农民的局部性描写进到整体性描写，由单一描写进到连续性描写，以此显示了相应的定向性。

  当然，作为人的心理过程，知、情、意是互相作用、不断发展的，由此制约着行为的发生，如从横向上考察，也必然是众多具体因素整合的结果。这里不便就此展开详细论述，仅拟情感因素对鲁迅、茅盾农村题材创作行为的发生的推动作用略说几句。如众所知，艺术创作行为的发生是以动机的萌发为其前导的，而创作动机通常就以情感的冲动为其表现："在艺术创作上可以这样说，能够激起一个艺术家情感或情绪的东西，也就能激起他的创作动机，二者经常是同一的。"② 鲁迅和茅盾由自己的生活经历激发起了对农民的深厚感情。如鲁迅所说："我的母亲的母家是农村，使我能够间或和许多农民相亲近，逐渐知道他们是毕生受着压迫，很多苦痛，和花鸟不一样了。"③ 茅盾也说：那些"丫姑爷"，"他们倒不把我当外人，我能够听到他们对我所抱的理想的质疑和反应，一句话，我能看到他们的内心，并从他们口里知道了农村中一般农民的所思所

---

① 参见1927年汉口《民国日报》刊载的由茅盾所写的多篇社论，如《巩固农工群众与工商业者的革命同盟》《整理革命势力》等。
② 杨文虎. 创作动机的发生［J］. 上海文学，1985（1）.
③ 鲁迅. 英译本《短篇小说集》自序［M］//鲁迅全集：第七卷. 北京：人民文学出版社，2005：411.

152

第七章 鲁迅笔下的"农民形象"及"国民性"

感与所痛"①。显然正是这样的源头活水流泻出一条澄碧清澈的情感之渠，满蓄着爱与憎的张力，从而引发了他们创作行为的发生。即使是个人的日常情感生活，也会对作家的创作生涯产生这样那样的影响。如鲁迅、茅盾曾程度不同地受到过旧式婚姻的困扰（后来经努力都有所改变），这在他们的创作上也打下了清晰的印记。他们十分敏感于妇女命运的问题，也都关注下层妇女的婚姻问题，不能说这与作家自己没有密切的关系。而鲁迅在这方面则更为明显些，对于旧式妇女、旧式婚姻的痛苦印象，促使他孕育了更多的农村妇女形象。诚然，仅凭情感还难说就有创作发生，但它可以融化其他的因素，汇合成一触即发的心理潜流。鲁迅、茅盾与农民的情感联系也是如此。

二

创作行为既已发生，其本身也具有定向性问题。这种定向性主要是由作家的创作意向、情感倾向或创作个性体现出来的。显然，促使创作行为发生的心理潜流在行为发生后并未中断，而是外化或物化为艺术作品，具有个性倾向或个人特征的作家"自我"也就得到了相应的表现。如果这种"自我"是相对完整而不是支离破碎的，是具有一贯性而非变化无常的，那么这种"自我"的情志、审美理想、观察与表现生活的特有方式等就会显示出一定的方向性。这与心理学上说的行为具有方向性是一致的，但又更为内在和细致，并更注重作家个人行为的特殊性，亦即他的创作个性。

笔者曾写过《论鲁迅、茅盾农村题材创作的情理交融》②一文，从情与理的向度对鲁迅、茅盾的创作个性在农村题材创作上的体现做了论述。该文认为，鲁迅、茅盾都是"理智型艺术家"，在农村题材创作上也都体现出了自己的理智个性；鲁迅侧重于对农民的精神世界进行艺术的探索，着力描绘出了农民的愚昧、冷漠、甘为奴隶及相应的凝固性生活的艺术画面，集中到一点，即鲁迅写出"灵魂深处未变"，把艺术思维的目的方向引往倡导反封建（间接体现反帝意向）的思想革命；茅盾侧重于对农民的经济生活及政治性的行为做真实的反映，着力描绘出农民贫困而蕴热能、破产而趋反抗的动态性生活的艺术画面，集中到一点，即茅盾写出"社会萌生初变"，主要把艺术思维的目的方向引往倡导反

---

① 茅盾. 我怎样写《春蚕》[J]. 文萃，1945（8）：13-14.
② 李继凯. 论鲁迅、茅盾农村题材创作的情理交融 [J]. 陕西师大学报（哲学社会科学版），1986（3）：16-25.

帝反封建的社会革命。对"沉默的国民魂灵"的集中关注与对始动性社会生活的追摄透视，分别构成了鲁迅、茅盾的稳定性心理结构。从创作论上来看，鲁迅与茅盾充满个性的艺术创造所显示出来的定向性特征之间具有一种互补关系，他们恰好把中国农民的二重性各有侧重地表现了出来，从而昭示着两种描写农民的创作指向，或树立了两种描写农民的范式。文章还强调，"理而情"是鲁迅、茅盾创作的艺术精魂，也是他们农村题材创作上体现出来的总体特征。情感运动的结果是在创作上体现出他们的情感个性。鲁迅以"哀"与"怒"的交织显示出了他的情感个性，如"冰谷的火"，"冷得炙人"；茅盾以"哀"与"喜"的交织显示了他的独特情感个性，如"哀丝豪竹"，泪中有激情。他们对农民的情感态度总的来看可分四个层次：哀痛、愤怒、温和、热爱，以其不同的方式组成了各自情感个性的基本结构。明显的是，从情感的倾向性与理智潜在的制约关系上看，鲁迅由"怒"表现出了某种否定意向，茅盾则由"喜"表现出了某种肯定意向（均有很强的分寸感）。

当然，伴随着作家创作行为的发生和完成，展现在人们面前的也正是浸透了作家理性和情感的以"人"为中心的艺术画面，对现实主义的叙事作品来说尤其是如此。艺术形象是艺术美的载体，在对形象的经营或塑造上也都会程度不同地标示着作家创作个性的存在。鲁迅、茅盾的农村题材创作也就是这样。简括地说，在艺术想象方面，鲁迅的"反思"性强些，茅盾的"疾思"性（感应与表现迅速）强些；在典型概括方面，鲁迅以深刻的历史感与现实感见长，茅盾以强烈的时事感与未来感而突出；鲁迅笔下的农民形象多具有某种"模糊"特征（与土地的关系较疏远或不太密切的非道地的农民）和"丑"的审美特征，茅盾笔下的农民形象则具有某种"清晰"的特征和"美"（初变形态）的审美特征，等等。即使从作品的语言与结构、叙事观点或描写技巧上，也很容易看出鲁迅、茅盾之间的差异，看出其中创作个性的制约作用。从作家"怎样写"的富有个性的表现中，很容易看到作家创作活动的定向运行。

知其然也应知其所以然，那么鲁迅、茅盾由农村题材创作体现出来的创作个性的形成原因也就不应避而不谈了。

赫拉普钦科曾说："作家的个人及其创作个性，是由他那具有充分具体性和独特性的生活经验所形成的。"[①] 正是由于鲁迅、茅盾起自童少年的生活经验的

---

① [苏] 赫拉普钦科. 作家的创作个性和文学的发展 [M]. 上海：上海人民出版社，1977：92.

各自有异,才形成了他们不同的创作个性。如从认识的发展线索上看,少年鲁迅在经历了"家道中衰"的路途上,见到了世人的真面目,培植了他对世人心灵隐蔽世界的敏感和透视力;继至青年,鲁迅对"国民性"问题产生了长久的兴趣,并逐步对"国民劣根性"的亟须改造加深了认识。于是,他的农村题材创作(不限于此)便浸透着他那独特的改造国民劣根性的强烈意识。比较言之,茅盾少年时代的生活较鲁迅平顺一些,对世人的病态心理体会便不如鲁迅那样深切。但"自我"是可以更新、充实的,青年茅盾就与五四热潮融为一体,并在政治上进步迅速,进至中年,革命实际斗争,使他更贴近了当时受苦受难的"大地"。国际、国内的经济恐慌和衰败,多重的盘剥压迫和风起云涌的土地革命运动,等等,无疑都给茅盾以强烈的刺激和巨大的影响,使他同化、顺应生活的重心自然放在了农民的破产与反抗方面,与鲁迅有所不同。再如,伴随着他们生活的各自的情感历程、性格气质,也对他们创作个性的形成有着重要的作用。激情、热情是人追求自己的对象的本质力量,实现自我也要凭借激情的翅翼。艺术创作尤其需要情感的力量。如前曾提到的旧式婚姻,曾是笼罩许多现代作家心头的巨大阴影。其对鲁迅的影响较重,促使鲁迅或自觉或不自觉地对旧式农村妇女给予关注和相应的艺术表现。单四嫂子、七斤嫂、祥林嫂、吴妈等这些妇女形象在一定意义上也与他这样的心理情绪相联系:旧式婚姻加浓加重了他那哀怒交织的复杂情感,观察封建之毒和病态人心也更敏锐、真切;使得他的性格气质趋向抑郁、内向、深沉,在很大程度上把"家道中衰"时节的心灵创伤"定型"了下来,孤寂、冷峻、坚韧;近距离地观察、体认旧式女性的心理意识既加深了自己的思考,又获得了投入创作的情感驱力和方便条件,从而由"叫出无所可爱的悲哀"达到"显示灵魂的深"。而茅盾,他所蒙受旧式婚姻侵害的程度较轻,且又迅速有所改变,使他体尝着有爱的婚姻生活,故而他所关注和摄入作品的多是有爱可言的农村妇女形象(如四大娘之于阿四,六宝之于多多头,秀生大娘之于财喜等),流露了他那平和而热烈、细腻而庄静的性格气质。这种近于黏液质的性格气质与鲁迅的近于抑郁质的性格气质不同,给他的农村题材创作带上了一抹纯净湛蓝的光彩。

  如果相对地把鲁迅、茅盾少年时节对农民的情感态度视为一种"自然态"的话,那么不妨把经过提炼升华了的、从他们作品中流露出来的情感态度视为一种"更新态"。从二者的联系之中,既易于见出他们对农民情感态度的发展与变化,又可以较容易看到他们之间存在的差异与不同。大体说,鲁迅情感的"自然态"与"更新态"之间的联系较明显而且变化也较大。诚然,只有当他从小培植的"哀"情（也有童稚式的欢乐）与中年富于更多理性的"愤怒"之情紧密交织的时候，他的情感才有了较大的更新和变化。如果说少年鲁迅在看人间不平时主要以"哀"向着民众、以"怒"向着压迫者的话，那么，在后来的创作上，除了保持这种自然的倾向性之外，他还以"怒"向着农民身上的诸多精神疾患燃烧起来了。同时就在这愤怒之火中，反倒更烧出了他那一片至诚的爱的心机，于是构成了他创作上最为独特的情感特征。茅盾情感的"自然态"与"更新态"之间的联系没有鲁迅那样明显，而且在情感表现形态上变化也较小（尽管其内涵有很大的充实和丰富）。他少年时节与农民的情感联系较鲁迅还显薄弱，但后来的革命活动成为他这方面情感的强化剂，并且进一步升华，真正使新思想与新感情融为一体，从而成为他这类创作的坚实基础。于是在他的创作中就会看他对"大泽乡"农民暴风雨般起义的热烈礼赞，对老通宝、黄老爹（《泥泞》）等农民不幸命运的哀叹和同情，对像多多头、财喜这样的具有自强和斗争精神的农民的揄扬等。由此也表明茅盾从小逐渐增殖着的对"泥土气息"的爱，没有发生像鲁迅那样转化为一把怒火似的变形，使他情感的"自然态"与"更新态"之间在表现形态上保持着基本上的和谐一致，即由爱而流露为喜与赞，使他的作品在一定程度上带有一种热烈而明快的色调。另外，也可以从民族传统和外国文学的双重影响上来看鲁迅、茅盾创作个性的形成。没有任何作家能够摆脱民族文化对自己的陶染和塑造，即使是世界进入近现代的开放、交汇的新世纪也是如此。鲁迅、茅盾也不例外。他们既对民族文化有接受、顺应的一面，同时又有翻新、超越的一面。鲁迅从小就与民间文艺和讽刺文学发生了密切的关系，培养了透察封建主义的丑恶和长于讽刺批判的能力。茅盾从小酷嗜"西游""水浒""红楼"，培养了自己富于幻想、抗争、反叛的思想性格和阔大、从容、舒放的艺术品质。但自从他们接受这种传统文化熏陶的封闭式环境被打破以后，在他们满眼飘过"欧风美雨"之际，他们的感知"格局"便得到了重新建构，从而超越了由民族文化塑造的"旧我"，由主动择取、拿来自然进到更新自己的传统观念。这样就可看到这样的情形：鲁迅对弱小民族作品的钟爱，尤其对俄罗斯文学的浓厚兴趣和借鉴（如对果戈理、契诃夫、陀思妥耶夫斯基、安特莱夫等），使他的创作在写出灵魂的真实、挖出意识深层的隐情而又时或带上冷峻的讽刺等方面，有效地培植了自己的个性。茅盾则一直希求能够在外国文学中找到那些可以给人以希望、出路的作品，同时主张逐步改变国内文苑灰颓的气象；所以他既求助于左拉的写实主义，又赞佩巴尔扎克对经济的洞悉，更热衷于托尔斯泰和罗曼·罗兰对人生的真切体验和朝向理想的强烈追求（尽管这些作家都有种种局限，但都对茅盾有积极的影响），对高尔基和皮涅克等人的革命作品也由衷敬佩和神往，等等。这些显然对他的创作个性有着"塑造"作用。

当然影响或形成作家创作个性的因素是很多的，除上述之外，还有作家所处的时代背景、作家人生观的面貌乃至某些偶然因素等，难以尽述。但是，单一的元素再活跃或多量，都无法构成富有创造力的作家个性的世界。鲁迅、茅盾由他们创作中显现出来的个性活力，就有赖于他们各自富有独特生活经验和文化心理的主体。而主体的确立，既是不断建构发展的结果，又是众多而非单一的主客观因素相互作用和调适、整合的结果。

三

考察鲁迅、茅盾农村题材创作的定向性问题，并非为了满足思辨的兴趣而是因其确有重要的现实意义。

譬如，探讨其创作行为发生的定向性可以使我们了解到，鲁迅、茅盾农村题材创作行为的发生是个不断建构的过程，他们的生命历程实际在三个层次（奠基、酝酿和形成）上不断建构了主体自身，由此才促使横向上心理定式的形成和行为的发生。从中可以了解到，艺术创作确系作家心灵历史的产物，而非神赐之物。鲁迅、茅盾就在自我成长和创作行为发生的过程中扮演着自我导向的能动性角色，把生活的信息内化为自己的文化心理结构，又以此接纳着新的生活信息并进入艺术的创作，这样才使他们从"非农家子"蜕变为优秀的农村题材作家。从理论上讲，也说明对作家创作行为的"前史"的研究有其必要性，只要对有代表性的作家创作心理做尽可能全面而细致的探讨，从中就会逐渐认识并归纳出文艺创作上的某些规律，如对"非农家子"作家写不写农民完全依赖主体与客体的心理建构水平的高低的考察，就证明在艺术领域里大讲血统论、先验论、阶级论（机械式）的荒谬性。

对鲁迅、茅盾农村题材创作行为自身定向性的探讨更具有实际的认识与实践的意义。如上所说，鲁迅、茅盾的创作在一定意义上已经为描写中国农民程度不同地树立了两种指向或范式。如果把视野扩大一点，我们便会看到，迄今为止，在描写中国农民方面，"现实主义"的艺术确实显示着独特的优越性，并大体遵循着这样两种创作范式：其一，侧重揭示"灵魂深处沉滞未变"，主要由鲁迅所创建；其二，侧重揭示"社会发生初变或巨变"，主要由茅盾、赵树理等作家所树立。很显然，鲁迅的告语"吾辈诊同胞病颇得七八"和茅盾的志在把民族性中蕴藏着的"善美的特点""发挥光大"都在今天仍激起悠长的回声。再者，从鲁迅、茅盾具有定向性的创作实践中也可看出，艺术具有一种神奇的力量，能把人类的理性化作一片情海，扬起瑰丽而圣洁的波浪，去涤荡这生生不息的寰宇。作家的理性与情感本应结为情投意合的一对伉俪，形成"理而情"的融合体而不应有导致二者离异的偏废，作家的意向与情感倾向应具有高度的一致性。而鲁迅、茅盾对自己创作个性的执着追求和表现，显然对有志于在文艺创作上"实现自我"的人来说，也具有一定的启发意义。

当然鲁迅、茅盾农村题材创作的定向性也有自身的局限性。从心理学意义上讲，所谓个性本来就是社会个体人的性格、气质、素养等综合体现出来的一种"侧偏性"，没有与众不同的地方，即无以"个性"名之；在艺术创作上，创作个性也正是创作主体与客体有限统一的产物，它的呈现是"专美"，而不可能是"兼美"，玫瑰花不会散发出紫罗兰的馨香。所谓"局限性"往往正是作家创作个性光照不及的地方。即如茅盾对社会变化的精密观察、剖析，感应生活的敏捷以及视野的广阔和表现上的细腻等个性表现，自然应予称扬。但正如列宁所说："一个人的缺点仿佛是他的优点的继续"[①]，茅盾在极力强化自己创作上的时代性、客观性的同时，却在写"魂灵"、抒情感方面往往不能和其他一些作家包括鲁迅相比拟；由于鲁迅在创作上致力开掘人物的精神世界，尤其注重追索历史积淀的旧文明、劣根性，在艺术表现上较多地融入了象征主义的成分，所以在显示灵魂的深、冷炙、严峻而又充满理性激情的批判与揭露方面，突出地表现出了自己的创作个性，但同时，也就在对生活中动态性的变化多少有些观照不够，对群众和未来有时流露出几近绝望的苦闷与暗淡的情绪。所以我们只能把鲁迅、茅盾视为新文学苑囿中的两朵硕大而并非十全十美的花朵，受其创作指向或范式影响的作家也至多形成了两条彩色的河流，并不能以他们来涵盖整个新文学包括农村题材创作。悦人心目的千变万化和精神表现个体性的林林总总，无疑是富有生机的春天的象征。倘若对我国"新时期"文学尤其是各呈其妍的农村题材创作投去深深的一瞥，也就会得到这种清晰的印象。

---

① 中共中央马克思恩格斯列宁斯大林著作编译局编译. 列宁全集：第33卷 [M]. 北京：人民出版社，1986：44.

第二节 鲁迅农民题材小说的发展和变化

鲁迅农民题材小说不仅在他全部小说创作中占有着最突出的地位，而且也基本上贯穿于他的小说创作的整个过程中，从而鲜明地体现出了一种发展变化的趋势，具有一种序列展开的动态特征。我们认为，对此予以深入的探讨，是十分必要的。

一

在小说创作中，题材的选择为人物塑造提供了前提条件，主题的提炼集中显示出人物的典型意义。因而题材与主题的变化，都与人物形象的变化有着密切的关系。

首先，我们应该提到，鲁迅把农民置于他小说创作的中心位置，这绝非偶然。

王士菁先生曾说："在鲁迅的文学作品中，出现了一系列的不同于'唐宋传奇''宋元话本'和明清以来的小说和戏曲中的人物形象，这是中国文学史上前所未有的巨大创造。"[①] 而农民形象的塑造便是这种"巨大创造"最突出的标志。这并非鲁迅侥幸取得的成功，而是由他本人所经历的痛苦体验和观察以及他思想上、艺术上"求索"不止的精神所孕育的必然结果。谈到鲁迅家道的中衰，那契机和作用为众所知。鲁迅曾说："我的父祖是读书的，总该可以算得士流了，但不幸从我起，不知怎的就有了下等脾气。"[②] 是的，安桥头、皇甫庄，农家子弟、李查、瓜和月亮……这些构成了培植他"下等脾气"的"温床"，从而也培植了他民主思想最初的萌芽。由此，他那尚处襁褓之中的爱憎观得到了带有根本性的修正："我生长于都市的大家庭里，从小就受着古书和师傅的教训，所以也看得劳苦大众和花鸟一样。有时感到所谓上流社会的虚伪和腐败时，我还羡慕他们的安乐。但我母亲的母家是农村，使我能够间或和许多农民相亲

---

① 王士菁. 鲁迅创作道路初探［M］. 北京：中国社会科学出版社，1981：176.
② 鲁迅. 并非闲话（三）［M］//鲁迅全集：第三卷. 北京：人民文学出版社，2005：158.

近，逐渐知道他们是毕生受着压迫，很多苦痛，和花鸟不一样了。"① 有了这样的思想感情做基础，后来才可能为俄国、波兰和巴尔干诸国家的一些作品所诱发，为时代的感召和先进思想的招引而动心，才可能把"更加分明地再现于我的眼前"的"农村之类的景况"② 真实地再现出来。据说，"鲁迅在少年和青年时代，也终于因种种原因，到过绍兴的四十几处农村，这就成为他日后创作的最生动的源泉"③。实际上，鲁迅所经历的流动变化的现实生活，不仅为他引来了清流千尺的创作源泉，而且还献出了砥砺思想意志的磨石，渐渐形成并发展了他的"国民性"思想，所以，从新文学运动的发轫期开始，鲁迅就能以非凡的目光，大胆地看取人生的众象，尤其关注着我们特殊"国情"中的"民情"，关注着我们"弱国"中的农民命运，进而熔铸成不朽的艺术形象。

其次，我们从鲁迅农民题材小说的选材方面来看。在《呐喊》《彷徨》中，鲁迅坚持采"材"于"病态"的农民生活，可以说，这便构成了鲁迅农民题材小说选材上相对"不变"的基本特征。从单四嫂子的"粗笨"、麻木和不幸，到爱姑的蒙屈、受逼和失败；从七斤的"辫子风波"、闰土的辛苦愚钝的举止到阿Q精神胜利法的"战史"，我们几乎到处可以触到这种"病态"的人生。作品中的这些人物无不是落后不觉悟的农民的缩影，尽管程度有所不同，但从总体上看，前后贯通，首尾一致，这即是所谓"不变"的体现。

然而"变"是绝对的，只要具体地去看，便很了然。第一，如果把两本小说集分开来看，《呐喊》中表现在重视对那些男性农民命运的刻画，摄取的是阿Q、闰土、七斤、阿发、六一公公等的生活图画；《彷徨》则集中笔力来表现农村劳动妇女的命运。固然，《呐喊》中也写到了一些农村劳动妇女形象，甚至有单四嫂子这样较完整的艺术形象，但只要与《彷徨》相比较，便很容易看出，祥林嫂、爱姑的形象塑造，涉及的生活素材丰富得多了，画面更宽阔了。或者可以说前者的"片段性"强，后者的"完整性"强。第二，如果以《阿Q正传》做界标，前边的《明天》《风波》《故乡》等更多的是描写农民群众现实生活中的病苦和精神上的落后方面；而后边的《社戏》《祝福》《离婚》则在描写农民群众性格上的"美点"方面有了明显的加强。因此，在选材上有其相应的

---

① 鲁迅. 英译本《短篇小说集》自序［M］//鲁迅全集：第七卷. 北京：人民文学出版社，2005：411.
② 鲁迅. 英译本《短篇小说集》自序［M］//鲁迅全集：第七卷. 北京：人民文学出版社，2005：411.
③ 周芾棠. 乡土忆录——鲁迅亲友忆鲁迅［M］. 西安：陕西人民出版社，1983：203.

变异和差别，前者如七斤的怯弱、惶恐的言行，闰土的麻木、忍苦的神情举止；后者如祥林嫂的坚韧反抗、阿发等人的纯朴无私的表现以及爱姑的泼辣言行，这些特征都为塑造面目各异的人物发挥了它们的作用。第三，大致看来，《阿Q正传》之前，包括《阿Q正传》本身，更多的是取材于辛亥革命有关的事实，而后边的几篇转到反映农村少年和妇女命运上来了。也就是说，由主要关注于政治革命转移到更多地关注社会普遍解放的"天然尺度"方面来了。从这三点看来，《呐喊》《彷徨》中鲁迅农民题材小说在选材上前后确实存在着明显的发展变化。

最后，我们从鲁迅农民题材小说的主题方面来看。鲁迅由选材上的"严"，引发了开掘上的"深"，由选材上的一些变化，也促成了主题提炼上与之相应的一些变化。我们知道，反封建，倡导思想革命，这是鲁迅小说的主旋律，这一主题一以贯之地体现在鲁迅的小说中，而作为在这个总主题支配下的改造"国民性"思想，在鲁迅农民题材小说中表现得尤为突出。中国作为历史悠久的农业大国，农民在总人口中占绝大多数。中国农民生活的状况，在很大程度上，表现着中国社会的状况。从一定意义上说，所谓"国民性"也就主要是指"农民性"。因此，鲁迅孜孜于探索"国民性"的问题，必然促使他在小说创作中，把最多的笔墨用在农民身上，取材于农民的生活，塑造农民的形象。

从实际情况看来，"所谓改造国民性包括两方面的内容，一方面是揭露和批判国民性的弱点，一方面是肯定和发扬国民性的某些优点，其目的都在促进一种新的向上的和符合时代要求的民族精神的诞生"①。这两方面内容在鲁迅农民题材小说中都客观地存在着，但随着创作上的推移进展，这两方面都产生了一定的变化。

其一，最突出的是暴露、批判"国民劣根性"，并且总的看来，由前而后表现为逐渐加强、深化的趋势。例如，《风波》与《离婚》，二者都集中揭示了农民根深蒂固的"奴隶性"以及"偶像崇拜"等严重缺陷。《风波》通过对七斤一家"辫子风波"始末的描述，实际在告诉人们，这里并没有真正的"风波"，生活依然如故地行进在旧日的轨道上。七斤为着辫子问题而生的烦恼、惊恐，恰恰反映了他心目中的"龙庭""皇帝"还高高地存在着，即表明其奴隶根性、崇拜偶像的迷信仍像毒蛇般地缠在七斤身上。《离婚》写的也是一场"风波"，

---

① 王瑶. 谈鲁迅的改造国民性思想——在一次学术讨论会上的发言 [J]. 文学评论，1981（5）：3-10.

这便是围绕着爱姑婚姻问题而发生的一场折腾了三年多终于一朝"落局"的"风波"。曾是那样勇猛无畏的爱姑，三年的苦处尽已承受，却随着七大人的一声喷嚏，"心脏觉得一停"，便屈服了，而且此后恭顺温文，俨然是两个爱姑并世，其实这是爱姑内心的奴隶根性未根除、封建偶像未倒的必然结局。生活好像也回复到"依然如故"的情景中去了。然而，《离婚》毕竟较《风波》更深刻些，意味也更其深长。爱姑对七大人的遵命，反映了她对权势的恐惧心理，这种恐惧心理深植在像爱姑这样曾坚决表示要拼个死活也要出出冤气的人的灵魂深处，便明显地较《风波》中七斤的忧愁、虚惊不同。尽管七斤、爱姑都是被损害的人物，然而《离婚》突出地表现为：能从农民的家庭"风波"中揭示奴隶根性和偶像崇拜的根深蒂固和消极作用，它不是一般地存在于农民的身上，在关键的时候，它便直接成了扼杀农民自发的反抗性的力量，酿成一幕反抗者的悲剧。也就是说，在这里对奴隶根性和偶像崇拜的揭露和批判更进了一层。事实正是这样，鲁迅在创作《彷徨》期间，并不因为他思想上的"彷徨"而拉开了与现实的距离，相反，他为了要在"彷徨"中"求索"，更加着重发掘现实的本质。《彷徨》中对封建蒙昧主义"国民劣根性"的揭露和批判，变得更深沉了。[①] 这也充分显示了鲁迅这一时期"地火在地下运行"的思想特点。

如众所知，《阿Q正传》这篇小说的最突出的主题是批判阿Q的"精神胜利法"。鲁迅把阿Q的"影像"藏在胸中有数年之久，一直酝酿到瓜熟蒂落的程度才把他作为"一个现代的我们国人的魂灵"写了出来，从一定意义上可以说，阿Q简直是集国民劣根性之大成的典型。他的"精神胜利法"实在是既十分普遍又绝妙非凡的"祛痛术"。阿Q身居土谷寺，赤条条地无牵挂，他在政治上、经济上、思想上都无不受到统治者的宰割，他受尽了凌辱。不仅仅在直接与赵太爷、假洋鬼子的冲突中是这样，即使与他看不起眼的王胡等人交上了手，也要被拉到墙上去碰响头。他在屡屡陷入失败的困境中，"无师自通"地找到了这种"精神胜利法"，并且是这样娴熟地运用此"法"，实在令人欲笑又敛，转而痛心疾首。很显然，阿Q的这种"精神胜利法"，概括的范围很广泛，从鲁迅笔下的其他农民形象身上，也多是可以找到"精神胜利法"的影子的，如单四嫂子竭力寻求儿子的梦以自慰，七斤嫂的借斤骂六斤来出气等。但我们也看到，阿Q的"精神胜利法"难以包括祥林嫂在神权和族权折磨下的特有的不觉悟的精神状态。祥林嫂在鲁家出了牛马力，却还有"白胖"的知足，在柳妈怂恿下

---

① 陈树鸣. 鲁迅小说论稿 [M]. 上海：上海文艺出版社，1981：18.

<<< 第七章 鲁迅笔下的"农民形象"及"国民性"

去捐那赎罪的门槛,在"祝福"的前夕发出那并未真正醒悟的疑问,等等,都体现出了与阿Q"精神胜利法"判然有别的思想意义。其他如六一公公、爱姑身上也都有程度不同的弱点,但迥然不同于阿Q的"精神胜利法"。当然,这样一些发展和变化,也必然统摄于反封建、倡导思想革命这一总的主题之下。

其二,最能体现鲁迅农民题材小说主题方面的发展变化的,是鲁迅渐渐注重了对"国民性"积极方面的艺术表现,对原有的"偏颇"有所"救正"。如上面提到的阿Q,即使他是那样落后,然而,在辛亥革命的过程中,自发地也是朦胧地"革命"起来。阿Q想:"革命也好罢";阿Q叫:"造反了!造反了!";阿Q梦:"造反?有趣……来了一阵白盔白甲的革命党……",尽管明显地带着蒙昧和落后的色彩,但毕竟可称得上"死水"起了"微澜",一定程度上显示出了农民阶级应有的历史要求和可贵的品格。阿Q形象蕴含着更加深广的社会的、历史的内容,这既表现在阿Q有着七斤、闰土等的落后一面,甚至有过之而无不及,又表现在正是这样一个阿Q却向往着"革命",走在了七斤、闰土的前面。这种更能透视现实本质的、具有更明显的积极意义的思想表现,在《祝福》《离婚》中得到了继续和发展。农村妇女的命运是被压在社会最底层的,凄苦自不待言,精神上受到的戕害更甚于其他任何阶层的人。但在祥林嫂、爱姑身上,能在漆黑的背景下,闪射出令人振奋的火花。这就是她们已在拼力去追求一种自主的生活,试图掌握自己的命运。这些程度不同的反抗,以及他们性格中坚强的一面,都是不容忽视的积极因素。由此我们也很容易看到这样一点,在刻画农民身上的传统美德方面,鲁迅是始终如一的,如单四嫂子深厚的母爱,闰土的勤劳、淳厚,祥林嫂的坚贞、耐劳等,但基本以阿Q为起点,便极真实地写下了时代的某些积极的影响在农民身上留下的投影,如阿Q的"革命",曾被人称为"辛亥的女儿"[①]的爱姑的大胆反抗。无疑,这里包含着一种新滋生的创作思想,同时说明了鲁迅在视野上确实已有了新的扩大。总之,从以上表述中,我们可以看出,鲁迅对"农民性"的把握有一种趋向更为全面和深刻、表现更为周到和正确的大势。也就是说一方面鲁迅前期"国民性"思想在农民题材小说中不断趋向更深刻全面的表现,另一方面它本身存在的局限性也在逐渐得到一些补救和矫正。

其三,题材的选择,尤其是主题的提炼,与作家的思想感情始终是息息相

---

① 须旅.辛亥的女儿——一九二五年的《离婚》[M]//六十年来鲁迅研究论文选(上).北京:知识产权出版社,2010:341-351.

关的。由此，我们还可以从能够透视出鲁迅前期"国民性"思想的带有立场性的"哀其不幸，怒其不争"的情感态度，来看出一些变化和发展的迹象。如上所说，《阿Q正传》之前的几篇小说，较着重写农民群众的落后面，突出地或只写出了农民群众"不争"的一面，而未能写出农民的"必争"来。到了阿Q形象塑造之时，鲁迅在认识和态度上已有了变化的迹象：真实地写出了阿Q的"革命"。从此，鲁迅便在批评的同时，总是适当看取农民群众的"美点"了。依据自己的生活体验，鲁迅开始了新的探索，在《社戏》中，他把笔触伸向了对童年记忆中农家子弟的歌赞之中，实际是寄托了一种热切的理想，把《故乡》结尾朦胧的意蕴铺展成一幅更生动、更完美的图画。他在希望着农民的后代健康地成长起来，有群体意识，勇敢无畏，会开辟第三样时代的生活。而且《社戏》中老一辈农民六一公公，也不复是麻木不堪的人物了，也突出地表现了农民美好的品格。

正是这样思想的必然发展，鲁迅在1924年年初的《未有天才之前》的演讲中，才会从理论上概括出没有民众，就没有天才的科学思想，才能说出"土实在较花木还重要"的精警之语，表明他对民众——"泥土"的看法有了新的改变，已把热情和赞语更多地给了"民众"。从而使我们能够看到，祥林嫂和爱姑与单四嫂子、七斤嫂相比，则具有了崭新的面目。

从以上的简略论述中，可以引出这样的结论：在《呐喊》《彷徨》中，于选材和主题提炼方面，其主要的特征正如鲁迅自述的那样："我的取材，多采自病态社会的不幸的人们中，意思是在揭出病苦，引起疗救的注意。"[①] 鲁迅在这里讲的"取材"和"意思"实际也正构成了鲁迅农民题材小说的一个基本方面，相对而言，我们可以称之为"不变"，但这种"不变"绝不是铁板一块，因为生活是在流动的，鲁迅思想也在不断地产生一些变化，再加之艺术创造上的"创新"要求，所以又必然促成鲁迅农民题材小说呈现出"变"的一面。事实上，这在题材与主题方面已经体现出来了。但是必须注意，在《呐喊》《彷徨》中农民题材小说的这种"不变"与"变"的特点，实际是有机的辩证统一，所谓"不变"也只是相对的，所谓"变"也只是这种相对稳定的"不变"之中的"变"。因之，可以概括为"不变之变"这样一个总的特点。

---

① 鲁迅. 我怎么做起小说来 [M] //鲁迅全集：第四卷. 北京：人民文学出版社，2005：526.

二

这种"不变之变"的特点，也鲜明地表现在人物塑造方面。

在小说创作中，人物的塑造必然是作家注意的中心，而典型化方法的运用则是人物塑造得以成功的根本途径。鲁迅关于典型及典型化的精辟理论为人们所熟知，《呐喊》《彷徨》中农民形象塑造上的成功，正是这些理论与实践相结合而得到的硕果。鲁迅曾十分真诚地告诉他的读者，从《呐喊》到《彷徨》，"技术""比先前好一些"[①]，这突出地表现在，能够"脱离外国作家的影响，技巧稍为圆熟，刻画也稍加深切，如《肥皂》《离婚》等"[②]。可见愈朝后来，鲁迅更娴熟地把握了艺术创作的规律，这无疑要在人物形象上表现出来。

茅盾确实是鲁迅小说最早的一个真正知音者。他曾十分明确地指出："从《狂人日记》到《离婚》（从一九一八年到一九二五年），不但表示了鲁迅思想发展的道路，也表示了他的艺术成熟的阶段。《祝福》《伤逝》《离婚》等篇，所达到的艺术上的高峰，我以为是超过了《阿Q正传》的。"还说："在《彷徨》集中，我却以为沉痛的作品在艺术上比《呐喊》中的同类作品达到了更高的阶段……就艺术的成熟一般而论，鲁迅的小说后期者尤胜于前期者，这一说法大体上我相信是不错的。"[③]（这里说的前、后期分指《呐喊》《彷徨》两个时期——笔者）其中"超过了《阿Q正传》"之说或有所夸大，但我们认为茅盾主要说的是不要把《阿Q正传》在各方面都看作绝对高峰，要看到《阿Q正传》之后的重大变化和进展。这对我们理解鲁迅小说农民形象塑造上的发展变化很有帮助，起码可以启发我们注意这样几点：第一，《阿Q正传》是鲁迅农民题材小说的最高峰，这是就总的方面来看的。但不能简单地认为《阿Q正传》之后便没有发展变化，抑或认为有变化是走下坡路；第二，可以肯定地说，在《阿Q正传》之后，是确有发展变化的，而且新的收获是很大的，在某些方面是堪与《阿Q正传》相媲美的，正如绵亘的山峦一样，有它的主峰，也当有别有风光的侧岭；第三，鲁迅农民题材小说的发展变化，是复杂的，其间虽有一定的起伏，但总体上呈现出向前、向上的发展变化趋势。总之，鲁迅在农民题材

[①] 鲁迅.《自选集》自序[M]//鲁迅全集：第四卷.北京：人民文学出版社，2005：469.

[②] 鲁迅.《中国新文学大系》小说二集序[M]//鲁迅全集：第六卷.北京：人民文学出版社，2005：247.

[③] 茅盾.论鲁迅小说[M]//茅盾论鲁迅.山东：山东人民出版社，1982：97-104.

小说的创作上，并未停步在《阿Q正传》面前，而是把它当作一块里程碑，由此又迈步向前了。例如，《祝福》和鲁迅屡次自举的《离婚》，在人物塑造上，较之于阿Q便表现出崭新的艺术风貌。事实正如有人指出的那样："中国现代小说在鲁迅手中开始，又在鲁迅手中成熟。"① 这"成熟"也自有一个过程，而且在"成熟"之后，也必然要有再发展和延续。

下面，我们试就鲁迅笔下的农民形象的典型性，尤其是个性问题，结合着鲁迅人物塑造的典型化方法，从三方面予以简述。

第一，人物典型性与典型化方法运用的一些主要表现。鲁迅笔下的农民形象几乎人人都具有典型性，但总的看来，由于典型化方法使用程度上的差别，加之题材本身的制约，这样便往往影响到人物典型性的大小；有时则表现为典型性的各有侧重，春兰秋菊，各备一格；有时也因具体表现手法上的不同，造成了人物典型化程度上的差别。从这些表现中，便可看到一些发展和变化。

在农民形象塑造上，鲁迅同样一贯坚持"杂取种种人，合成一个"的典型化方法，但由前而后是有所变化的，大致显示了鲁迅在典型化方法运用上日臻圆熟和深刻的特点。也就是说，由于"刻画"的更趋深切而有了"新"，就在这"新"——不断有所创新的过程中，隐现出一条发展和变化的轨迹。

首先，从小说题材和情节的典型化上看。如《阿Q正传》与它之前的作品相比，就是一大飞跃。曾被人认为是"散文"的《故乡》，其中"我"的分量与闰土几可平分秋色或更逾其上，而且，闰土的塑造，基本上取材于章运水一人，兼杂他人的事迹极少，这就表现出了一定的局限性，造成了在人物形象上，尤其是个性刻画上，着色的浓度还有不足。相比之下，阿Q的取材显然就广泛得多，也大大超过了《故乡》中的两个"场景"的描绘。这样，小说情节就既繁复曲折，又细腻充分，因而也更引人入胜。"杂取""合成"之法才显得特别灵通、突出。再如，《祝福》与《故乡》，可以说分别概括了祥林嫂和闰土漫长的一生，然而很显然，通过对祥林嫂两进鲁家始末详细的直接描绘，并通过侧面补叙，把祥林嫂的卫家山婆家生活以及贺家墺的生活也做了交代，这样便使得祥林嫂的一生"连成一片"，极完整地再现了祥林嫂悲剧命运的一生，把祥林嫂由肉体到灵魂所受到的损害都极真切细致地展示在人们面前。相比较，《故乡》虽然也撷取了少年闰土和中年闰土的两个重要的片段加以表现，一虚一实，也高度概括了闰土的一生，但不能不说在人物刻画上是有点"大针脚"化了，

---

① 严家炎. 鲁迅小说的历史地位 [M] // 求实集. 北京：北京大学出版社，1983：101.

<<< 第七章 鲁迅笔下的"农民形象"及"国民性"

致使给人感觉上只是两幅平面的而又有内在联系——对比关系的图画，而祥林嫂的形象仿佛深深地镂雕在大理石上，浑厚、细腻、切实，富于立体感。

其次，从对典型人物主要性格特征的把握上考察。《阿Q正传》之后的作品，在农民形象塑造上，与其相比，则表现出各有侧重、别有天地的特征。

由于取材上的不同，在都严格遵循"杂取种种人"、精心"合成"原则的情况下，祥林嫂之于阿Q正是各有千秋的。有人说："跟阿Q比较起来，祥林嫂作为劳动者的精神力量就要坚韧得多了。"[1] 典型化方法运用上的差异，就必然带来人物典型性格上的差异。如阿Q最主要的性格特征"精神胜利法"即为祥林嫂所罕有。阿Q临刑前的画圈，还充分表现出"精神胜利法"；而祥林嫂在将死之际，在索解"灵魂""鬼神"的有无。她的"疑惑"是可贵的，熔铸了她一生痛苦的经验；又是可悲的，因为她穷尽办法还没有找到真正的答案。她的"希望"便充满着莫大的矛盾。她也在极力寻求一种最后的精神上的慰藉，这既显示出祥林嫂"疑惑"的反抗意义，刻画了她坚韧的性格，又不能不说她终未觉醒，带着深深的恐怖进了另一个"地狱"。通过人物典型性格即主要是个性的差异，必然相应揭示出不同的典型意义，因为"社会关系的诸多内容，都要印到个性这张纸上去"[2]。一个阿Q、一个祥林嫂，都是中国最具有个性的农民艺术形象。但一个侧重于发掘人物身上的"劣根性"，进而呼唤真正的社会革命；一个侧重于揭露封建礼教吃人的本质，尤其是农村劳动妇女所受到的欺凌和残害，把"妇女解放"这一重要社会问题更明显地提到人们的面前。通过典型人物主要性格的更易和变化，先后揭示了社会生活不同的本质方面，同时也说明了艺术领域广阔无垠，只要作家努力不止，便可以"看见新路的"[3]。

最后，从典型化的具体手法上看。在典型化过程中，善于捕捉鲜明的个性特征，是塑造典型形象的必不可少的重要一环。鲁迅曾在《我怎么做起小说来》一文中，特别提出了他自己深为称赏的"画眼睛"法，当然这里的"眼睛"，并不纯然指生理上的"眼睛"，而主要是指人物个性特征的"眼睛"。可以这样说，画好"眼睛"，就可以突出人物个性，从而塑造出鲜明生动的艺术形象。无论从哪方面说，祥林嫂形象的塑造，都是鲁迅运用"画眼睛"方法最成功的范例之一。并且比较而言，单四嫂子的形象塑造在"画眼睛"法的运用上便不如

---

[1] 林非. 鲁迅小说论稿 [M]. 天津：天津人民出版社，1979：29.
[2] 杜书瀛. 论艺术典型 [M]. 山东：山东人民出版社，1983：129.
[3] 鲁迅. 关于小说题材的通信 [M]//鲁迅全集：第四卷. 北京：人民文学出版社，2005：375-378.

167

祥林嫂那么突出和成功。在《祝福》中，顺着作者展示的情节线索，我们首先看到的是久已沦为乞丐并行将弃世的祥林嫂的肖像：全白的头发、瘦削、木刻般的黄中带黑的颜面，尤其"只有那眼睛间或一轮，还可以表示她是一个活物"。继之，祥林嫂两次来鲁四老爷家做工时的肖像又从"我"记忆的屏幕上显现出来：初次，"头上扎着白头绳，乌裙……顺着眼，不开一句口"，再次，"两颊上已经消失了血色，顺着眼，眼角上带些泪痕，眼光也没有先前那样精神了"。这三次特别明显的"画眼睛"既画出了生理的"眼睛"，也画出了性格的"眼睛"。当然，在《祝福》中对祥林嫂的"眼睛"描画远远不止这些，比如，向别人倾诉她失去阿毛的悲哀时，柳妈神秘的告诫之后、捐了门槛归来、仍被禁沾祭器之后等处，都紧扣人物的现实境遇和精神变化，揭示出祥林嫂的独特性格，把祥林嫂的纯朴、勤劳、坚韧以及愚昧、麻木、忍从等性格特征都表现了出来。对单四嫂子呢，虽然也抓住了她一些主要性格特征但表现上尚有不够精到之处，如凭靠"我"来数次重复地介绍着单四嫂子：她是"一个粗笨的女人"，便与对祥林嫂的数次"画眼睛"很为不同，也恰能反映二者在典型化程度上的某种差别。

  其他又如，在《呐喊》中，《风波》中主人公本应为七斤，而其个性的鲜明程度竟还不如七斤嫂或九斤老太；《社戏》中也是群像的勾勒，与真正的"这一个"的艺术要求似有些距离。然而这种情形到了《彷徨》中的农民形象塑造时，已完全消除了。很清楚，作为《祝福》《离婚》这样的名篇，都无不有着极其鲜明的个性的中心人物。这也是《彷徨》"刻画稍加深切"的一个重要方面。除此之外，在《呐喊》中的一些篇章里，散文的笔调尚较突出，客观上对典型人物形象的塑造也稍有削弱，如《故乡》《社戏》；在《呐喊》中的多数篇章中，尚较明显地露出外国作家作品影响的痕迹，与艺术的民族化、个性化的最高要求还略有距离。这些到了《彷徨》中的《祝福》《离婚》便消融到民族化的血肉中了。

  第二，关于人物悲剧性的加深与典型化方法的运用。鲁迅笔下的农民形象，基本都是被侮辱与被损害者，这可以说是首尾一致的"不变"的特征；但就这些人物所承受的被侮辱与被损害的程度上看，又是有所不同的，大致上体现出愈朝后来，人物命运的悲剧性有所增强。也就是说随着鲁迅笔下农民形象本身的"有价值"东西的增加，由"毁灭"而生的悲剧感也愈趋强烈。这种典型性的差异与变化，和典型化方法的运用大有关系。鲁迅称《彷徨》中的小说"刻画稍加深切"，茅盾说《彷徨》的"沉痛""痛切"逾于《呐喊》，都有这个意思。

我们可以通过前后的同类人物相比较，来看这种变化。

从单四嫂子到祥林嫂的悲剧性的增强，很为明显。拿单四嫂子失子的悲哀与祥林嫂寡而再嫁，两度失夫，一度失子，为佣多年，流落为丐，雪夜而死的一生遭际相比，不难看出鲁迅塑造的农村劳动妇女形象，在悲剧诗学的道路上迈进了一大步。

再看从祥林嫂到爱姑。我们说，二者除了在悲剧的形式上有明显的不同之外，给人的悲剧感受后者尤有独到之处，而且从这点说来，其悲剧性也有所加强。

《祝福》写的是"逼嫁"，《离婚》写的则是"逼离"，二者都是深刻地反映了现实的力作。前者侧重写宗法礼教、封建意识对劳动妇女的精神摧残；后者着重写与政权紧密结合的封建势力对劳动妇女的逼迫。人物性格上的差异也颇显著，祥林嫂淳厚、勤劳而又坚韧，极力想用自己的劳动挣得"人"的资格；爱姑粗犷、泼辣而又勇敢，她要用斗争反抗夫权的压迫。大约人们会说爱姑的反抗精神较祥林嫂更明显、更强烈些。然而这种本来顽强的一往无前的反抗性格一下被折曲到怯懦乃至卑下的程度。这种规定情景中发生的巨大变化，给人的震动是很大的，仿佛由千尺崖顶忽地跌入无底的山谷。这种"突发性"的悲剧高潮给人的心头以重重的一击，使你于不尽的涵泳中，深味这抗争者悲剧的可哀与痛楚。

假如说单四嫂子是一个被侮辱和被损害的妇女，那么到了祥林嫂则不仅如此，而且被活生生地"吃"掉了；爱姑呢？则竭力要摆脱被侮辱与被损害的命运，却正于刀剑出鞘之时，在"心灵战"中先被缴了械！她们都有美好的品质，都有平常人的正当追求，但都遭到了"毁灭"。单四嫂子尚在盼子托梦，祥林嫂带着恐惧进了地府，而爱姑已成为一具失去了灵魂的木乃伊！

即使就《呐喊》所包括的几个主要农民典型形象来看，总的说，这种"沉痛感"也是逐步有所加强的。例如，七斤、闰土与阿Q。七斤与阿Q都有个"辫子"问题。七斤的在革命浪潮中被剪掉了，阿Q的则用筷子盘起来。七斤是被动的，阿Q恰好相反，那么一盘，那么一插，反映了他心中萌发的"新"意象，成了他"革命"的标志。七斤为辫子的失去产生了惶恐，然而终究很快平复了虚惊，阿Q却为了"辫子"的盘起而得到了"大团圆"的悲剧结局。尽管阿Q"革命"是不自觉的，未醒悟的，或者恰是这种糊里糊涂地走向"大团圆"，才更其可悲可叹！也就是说，七斤与阿Q骨子里都是悲剧性人物，但后者

169

的形象借重于喜剧的表现方式，使悲剧感在一种相反相成的艺术规律制约下，得到了很大的加强。再看闰土与阿Q，一个是地道的普通农民，一个则是不地道的典型的落后农民。作者通过前者少年与壮年的两组特写镜头的展示，把活泼天真的闰土与有着"石像"脸，"像个木偶人"的闰土构成鲜明的比照，给人留下了难以忘怀的印象。阿Q身为雇农，其苦甚于自耕农和佃农，"真能做"而衣食不继，质朴诚实也无人问津，被迫学了点"狡猾"的本事也远远应付不了生活的难题。闰土也有"病态"的一面：麻木，信神。正是在这个方面，阿Q的典型形象较闰土具有了更强烈的悲剧性：麻木是共同的，而"信神"各异，阿Q除了信传统的"神"之外，还极崇拜"精神胜利法"，成了一个"精神胜利法"的信徒，并且这种"精神"渗入他的血液之中，构成了他最突出的个性特征，因此常被人们称为"国民劣根性"典型，"悲哀"也恰恰是集中在这一点上：阿Q失去了他应有的农民的"灵魂"！

第三，人物性格的丰富性在鲁迅农民题材小说同样有充分的表现。鲁迅矢志追求的不是像《三国演义》中那样"欲显刘备之长厚而似伪，状诸葛之多智而近妖"的写法，而是把人当作"真正的活人"来塑造，反对"好人绝对好，坏人绝对坏"的性格单一、片面的描写。总的看，鲁迅笔下的农民形象的典型性格中，基本上都有否定的一面，也有肯定的一面，由前而后，则大致表现为否定的因素相对减小，肯定的因素逐渐有所增加。

例如，阿Q的性格，其丰富性是世人皆知的。如鲁迅所说，阿Q既有着"农民式的质朴，愚蠢，但也很沾了些游手之徒的狡猾"①。阿Q性格的某一特征，似都有一种与之相反相成的另一特征存在，如他的盲目自大与自轻自贱；既勤劳质朴，又慵懒狡猾；既拥护"男女之大防"，又蓦地向吴妈下跪；既高喊"造反"，却又依旧糊里糊涂……阿Q这个形象在鲁迅心目中已孕育了好几年，在有了更多的创作经验积累的基础上，得到了最成功的艺术表现，很显然较七斤、闰土的典型化程度要高得多。我们认为，这种"高"既体现在阿Q式的"劣根性"上，也体现在阿Q"个性"对"革命"的映射上。再如，七斤嫂与爱姑。七斤嫂实际是《风波》中的一个重要角色。她的基本性格特征有一个，便是泼辣。而《离婚》中的爱姑，更是泼辣。七斤嫂的泼辣，主要表现在对家人和八一嫂的态度上，然而另一面对赵七爷恭敬之至。这虽然也显示出她性格

---

① 鲁迅.寄《戏》周刊编者信[M]//鲁迅全集：第六卷.北京：人民文学出版社，2005：154.

的复杂性，但较爱姑则有明显的差别。因为七斤嫂的这种泼辣比较单纯，泼辣而至易怒，怒之根蒂本是她的气量狭窄和愚昧，因之较少含有丰厚的现实内蕴，尤其是缺乏一种积极的意义，所以七斤嫂的泼辣本身，值得肯定的东西并不多。而爱姑的泼辣显然与此不同，她的泼辣是她具有反抗精神的外在表现，对封建礼教和宗法制度有明显的冲击作用。而且这种泼辣是生活逼出来的，"一礼不缺"的贤惠已成过去，她把矛头指向她的对立面，锋芒毕露。然而在泼辣、勇敢的背后，又历史地潜伏着一种致命的怯懦性格，所以在后来特定的情境中，意志强被扭曲，反抗趋于败北。鲁迅在描写这种变化时用了较多的心理描写，从而使爱姑的这种转变有了深刻的心理揭示。我们知道，一个人的个性既有其相对稳定性，又有随情境而变动的变异性，关键在于个人特殊的经历和特定的情境共同作用，使人的行动、态度产生相应的变化。鲁迅正是通过爱姑的心理刻画，找到了她发生如此变化的心理依据，更主要的是揭示其深刻的社会内涵。从而充分显示出爱姑性格的复杂性、多层次性，于是整个人物形象也就更加丰满。从七斤嫂到爱姑，也从一个侧面显示出鲁迅在农民形象塑造上的典型化方法得到了相当程度的深化和更纯熟的运用。

事实证明，鲁迅对事物的"有迁移""有改变"[①] 的客观规律始终有着清醒而深刻的认识，并终生自觉地投身到变革现状的伟大斗争中去，从而体现了强烈的时代精神。而这种精神也多方面地渗进了他的小说创作之中，在农民题材的一系列小说中便体现得尤为明显。生活之河长流，作家思想也在发展，加之艺术上的不倦追求，必然决定作家在进行同类题材创作时，要努力创新，不断拓展自己的艺术道路。鲁迅农民题材小说的情形正是这样。况且，我们知道，鲁迅小说是公认的"史诗"性作品，其中农民题材小说通过对典型形象的成功塑造，在揭示中国"国民性"方面，其成就之大，至今尚无人匹敌，可以说具有永久性的思想和艺术的价值。由此，相对而言，鲁迅农民题材小说不仅具有它的系统性、统一性，同时又呈现出了一种发展变化的面貌，具有清晰可见的动态性特征，而这则从一个重要的侧面生动地体现了鲁迅的那种顽强进取、"上下求索"的伟大精神；并从中也输出了这样一个真切的消息："鲁迅的方向"确是"中华民族新文化的方向"！

---

① 鲁迅.从"别字"说开去［M］//鲁迅全集：第六卷.北京：人民文学出版社，2005：292.

第三节　鲁迅、茅盾农村题材创作的情理交融

鲁迅在散文《无常》中曾说，乡间"下等人"所喜爱的"无常"（"无常戏"的主角）有这么一个重要的性格特点，即"理而情"。值得注意的是，这来自民间露天戏剧舞台上的"无常"戏似乎给我们带来了这样的信息："无常"的这一性格倒与艺术的禀性暗合。我们认为，鲁迅、茅盾的农村题材创作就充分体现出了这样一个道是"无常"却"有常"的"情而理"的总体特征，并从中鲜明地体现着他们各自创作个性的一些主要方面，呈现出了作为"理智型艺术家"所具有的理智个性与情感个性以及二者有机交融的美学境界。

一

如按个性心理类型划分，鲁迅、茅盾当为"理智型艺术家"。过去我们着重从社会历史、政治经济等角度去探讨他们的创作活动及其作品的内容，实际已经为这一观点做了相当充分的诠释。对他们的农村题材创作的一系列研究也证明了这点。

笔者首先注意的是，尽管鲁迅、茅盾同属于"理智型艺术家"，在创作上有许多相通、相近之处，然而细察之，不难看出他们各自都有自己的理智个性。

体现在农村题材创作上，鲁迅侧重于对农民的精神世界进行艺术的探索，着力描绘出农民的愚昧、麻木、甘为奴隶及与之相应的凝固性生活的艺术画面，并主要把艺术思维的目的方向导向倡导反封建（间接体现反帝意向）的思想革命；茅盾则侧重于对农民的经济政治生活做真实的反映，着力表现出农民贫困而内蕴热能、破产而趋反抗的动态性生活的艺术画面，并主要把艺术思维的目的方向引往倡导反帝反封建的社会革命。换言之，鲁迅和茅盾是分别以揭示"灵魂深处未变"与"社会萌生初变"作为自己艺术光华的辐射中心，并从这里向四面八方展开自己的艺术画幅的，从而分别表现出了他们强烈的"变革"精神和由独特思考所创获的渊邃精深和准确切实的理智个性，使他们的作品潜沉下了异常坚实的内核。

从"创作论"的角度来看，无论是鲁迅的"倡导思想革命"，还是茅盾的"倡导社会革命"，都不是他们农村题材创作的全部内涵，他们各自的突出题旨还是另一方创作的重要补充，由此各自有所侧重而又"全面"地反映了社会面

貌。虽然如此，我们还是应该循着他们最为独特的思考方向去探求，方能更贴切一些地看到他们富于审美个性的独特思想意识。

鲁迅于1933年曾明确地说过："说到'为什么'做小说罢，我仍抱着十多年前的'启蒙主义'，以为必须是'为人生'，而且要改良这人生。""所以我的取材，多采自病态社会的不幸的人们中，意思是在揭出病苦，引起疗救的注意。"① 这里突出地表明了他创作上题材与主题的特异之处，而这在他的农村题材创作上表现得更其鲜明。茅盾则竭力主张"从周围的人生中抉取伟大的时代意义的题材"②"企图展示了农村破产的实际，以及促成这破产的种种原因，在这破产过程中农民意识的变动，等等"③。茅盾既如此主张，也是身体力行的。

在艺术创作中充满着"选择"，而这"选择"自然是作家主体本质与潜能的一种外化方式。鲁迅、茅盾与农民在艺术上的联系也正说明了这点。

首先，从题材的时间性这一角度看。鲁迅主要是摄取辛亥革命前后到五四前后这段历史期间的农村生活，茅盾则主要是30年代初期的农村生活。从这里约略可以看到鲁迅"回忆"性强与茅盾"即时"性强的特点。而从作品实际延展的时域中，则更能清晰地看到，鲁迅从早期经验中提取的素材就较茅盾为多。鲁迅农村题材创作基本上选择的是"旧题材"，带上了一些"朝花夕拾"的味道。他从辛亥革命前后的"明日黄花"的衰色颓颜之中，惊人地开掘出了我们民族"前天"的历史直至"今日"的悲剧，使作品具有了深广的历史意义和现实意义。这正是鲁迅从现实出发"返回古代去"，执着地"刨祖坟"所创获的艺术结晶。从阿Q到庄木三，从单四嫂子到爱姑，鲁迅对中国千百年来封建"铁屋子"中生殖着的"国民劣根性"以及封建等级观念和封建礼教所酿造的弊害给予了最广泛的也是最深刻的揭露和批判。茅盾所选取的农村题材则主要是"今日"之朝花，带露折花似为茅盾所擅长；他过去"记忆"库藏中的素材则作为重要的补充材料。他集中关注着当时发生在中国大地上的经济破产、政治腐败、农民们由破产而带来的巨大灾难和走向觉醒反抗的一幕幕情景，致力于初步"建立我们描写农村革命作品的题材"④。如果说鲁迅的农村题材创作主要以历史性"反思"与现实性"沉思"见长，那么茅盾则主要以现实性的"疾

---

① 鲁迅. 我怎么做起小说来 [M] //鲁迅全集：第四卷. 北京：人民文学出版社，2005：526.
② 茅盾. 创作不振之原因及其出路 [J]. 北斗，1932 (1).
③ 茅盾. 西柳集 [M] //茅盾论创作. 上海：上海文艺出版社，1980：297.
④ 茅盾. 中国苏维埃革命与普罗文学之建设 [J]. 文学导报，1931 (8).

思"和鲜明的"未来"意识而显得突出。

其次，从题材的空间性这一角度来看。鲁迅、茅盾的农村题材创作虽都是遵循即小见大的典型概括规则的，但两相比较，鲁迅更倾向于"小"，而茅盾更倾向于"大"。普通的、平凡的而且是"乡间暗陬"中的老中国儿女的生活，成了鲁迅笔下常见的题材，写出的也就多是"几乎无事的悲剧"。鲁迅很善于从鼻尖一样狭小的"人生"中，牵出联系中华民族整个有机体的根根神经，从而揭橥"国民性"，展示了广阔的艺术空间。而茅盾则多摄取那种具有经济、政治性质的题材，可说是人间"有事的悲剧"，这一类题材往往令人触目惊心。当时茅盾正欲完成他"农村与都市的'交响曲'"的宏伟蓝图。他的农村题材创作与他的"都市文学"具有非同一般的衔接性与交融性，从而烘托出"大陆式"的宏大主题。

最后，从题材的特定性质来看，农民与土地的关系以及由这种天然的至密关系派生出的生活图景，必然都要为鲁迅、茅盾所涉写，但是，在他们的笔下出现了不同的情况：鲁迅显然对此未置诸艺术处理的主要地位，而茅盾几乎在每一篇农村题材的作品中，都把这种"关系"当作艺术的一个聚焦点。鲁迅在《故乡》中表现了闰土在土地上挣扎的悲苦命运，"闰土"之名就是因为他是"闰月生的，五行缺土，所以他的父亲叫他闰土"，似在透露着农民渴盼得到土地的心音。然而鲁迅用了远过于此的笔墨更精心地勾描今昔闰土对照的画图，尤其是那幅"辛苦麻木"的"石像"与"香炉烛台"特异的组合图——刻在"我"心灵上的深湛而痛苦的印痕。这种情形在鲁迅的其他农村题材作品中都以不同的方式存在着。茅盾则显然与此有所不同。如果说闰土更以精神上的"破产"——健康神情的丧失和信神、等级观念的滋长给人以最强有力的冲击的话，那么茅盾笔下的老通宝则更以物质上的"破产"及由此牵出的社会根源震慑人心，同时也可以看到伴随着老通宝对土地幻梦的"破产"，他那痛苦的灵魂在挣扎中而渐萌觉醒。从《泥泞》（1929）到《秋潦》（1942）[1] 茅盾展示给读者的，绝大多数正是以"土地"为纽结点的社会生活画面。在这里展示了农民与地主、军阀、资本家，此村农民与彼村农民等多重矛盾和斗争。茅盾对农民与土地关系的关注说明他对经济、政治关系的社会问题较鲁迅更自觉地加以重视了。

---

[1] 《秋潦》为《霜叶红于二月花》的后五章，曾单独发表，有其自身的独立性。参见茅盾. 茅盾全集：第6卷 小说6集[M]. 北京：人民文学出版社，1986：245.

这种思想意识上的区别在选择写怎样的人上也表现了出来。我们看到，鲁迅笔下的农民，在规定的艺术情景中，都保持了与土地"疏远"一些的关系，而茅盾的则是"拉紧"了的密切关系。由此导致鲁迅笔下的"农民"带上了一定的模糊性，即多为不地道的农民，如阿Q、七斤、祥林嫂等；茅盾笔下的农民则具有十分清晰的地地道道农民的特征，作者抓住这种特征并把它有意识地突现出来，以此毫不含糊地表明：这里写的是中国农民。如老通宝、多多头、王阿大、财喜等，甚至他笔下出现的豹子头林冲、闰左成民，都鲜明地体现着作者这样的创作意向：中国农民是这样的或应该是这样的！而鲁迅清晰呈现的创作意向则是要写"国民"、写出"国民性"或"国民的魂灵"，这看似游离了"农民"，实际不仅包括了"农民"，还给"农民"增添了艺术的砝码，使其倍加增强了艺术表现的力量。

由"农民"而及他们的生活，如前所说，鲁迅主要摄写的是"灵魂深处未变"的凝固性的生活图景，而茅盾着力表现的则是乡村中带有"始动"或"初变"形态的社会生活，其主要表现即在于他写出了农民革命的初步或萌芽。当然鲁迅也写到农民"动"的一面，甚至有阿Q式的革命。但那可以说只是生活表层上的有变，骨子里未曾变动。其主要标志是社会文化心理结构未变：农民的"辫子"意识与"小脚"崇拜等，都还一仍其旧。与这种农民生活中"动"的空幻性（如《阿Q正传》）或收敛性（如《风波》）不同，茅盾笔下的农民生活的动势和初变形态是明显的。请看那"吃大户""抢米囤""夜袭三甲联合队"、齐砸"嘟嘟"嘶鸣的小火轮、怒逐欺凌农人的顽劣乡长的阿多、财喜等农民与鲁迅笔下最富反抗性的爱姑也有了明显的距离。爱姑毕竟还是那种动而复敛的生活中的一员。茅盾不仅写出了这种"始动"或"初变"的真实生活，而且使这种生活带上了明显的延展性或放射性，即昭示了生活的进一步向动和变的方面转化。他在《残冬》发表后不久写下的散文《冬天》中就表达了这样的信念："冬天的寒冷愈甚，就是冬的运命快要告终，'春'已在叩门。"可以说这既是他内心的表白，也是对《残冬》等农村题材创作的一个极好的注脚。从这里我们看到，鲁迅愿望中的"从新开始"，在茅盾这里则"'春'已在叩门"。如果说鲁迅还只是朦胧地意识到有"路"（《故乡》），那么茅盾却已鲜明地昭示了迎春的道路（《残冬》）；如果说鲁迅在农村题材创作上主要体现了"医道"精神，力主诊断、疗救，那么茅盾则主要体现了"师道精神"，力主正面启发与引导。这样，鲁迅便主要在"魂灵"的摸索上，察其未变之实，于剖露其"劣根性"的努力中，显示了他的思想独特和精深；茅盾则主要在"社会"的探测上，察其初变之态，于再现其"变动性"的努力中，显示了他认识上的独特与切实。从这里，我们不难看到鲁迅、茅盾在农村题材创作上，体现了各自的理智个性。

二

我们认为，"理而情"恰是一个艺术真谛。它表征着情理二者的合金乃是真正的艺术精魂。因为一般说来，在艺术诸要素之间，"情"处在中介的特殊地位，外向地与形象和艺术方式紧密相连；内向地则与"理"直接相通，并融合成为艺术的内在要素或艺术要表现的真正内容，所以也是真正的艺术之魂。

鲁迅、茅盾的农村题材创作就具有这样的艺术之魂。

尽管我们可以坦然地承认鲁迅、茅盾是"理智型艺术家"，其创作上的理性精神非常突出，但同时必须充分注意，在他们作品中还汇入了能够溶化这些"理性"的情感，显示出了他们各自丰富而复杂的情感形态，从而体现出了他们各自独特的情感个性。

应当说，鲁迅、茅盾都对中国农民抱有极大的同情和炽热的爱，同时掺和着许多复杂的情感因素；在作品中又都是内蕴、含蓄而非外烁、倾泻着的。但鲁迅以"哀"与"愁"的交织显示出了他独特的情感个性，如"冰谷的火"，冷得炙人；而茅盾则以"哀"与"喜"的交织显示了与鲁迅有别的情感特征，如"哀丝豪竹"，泪中有激情。并且不难看到，一方面他们的"理性"沉淀于情感之中，使各自的情感获得相应的深度和倾向性，另一方面这种沉淀了理性的情感给他们颁发了进入艺术创作领域的通行证，又促成了"理而情"的深度融合，达到了艺术的升华，从而使他们的理性获得了缪斯的性灵，具有了相应的艺术价值和感人至深的艺术力量。

鲁迅说过："像热烈地拥抱着所爱一样，更热烈地拥抱着所憎——恰如赫尔库来斯（Hercules）紧抱巨人安太乌斯（Antaeus）一样，因为要折断他的肋骨。"① 可以说，当年鲁迅就非同寻常地热烈拥抱着他的所憎——"国民劣根性"，并以此为中心，汇来了他复杂而充盈的感情：憎而怒，哀而怜，这一切又无不"总根于爱"。我们从这里正可以看出他对"国民性"问题进行艺术探索

---

① 鲁迅.再论"文人相轻"［M］//鲁迅全集：第六卷.北京：人民文学出版社，2005：348.

的那种"执着如怨鬼""没有已时"① 的坚韧个性，看到他那颗挂满冰凌却又燃烧不止的心灵！

这颗心灵通常都是避居在以灰暗为其表征的农民形象身后的。乡间"出场"的人物七斤，就是只知道"雷公""蜈蚣精""夜叉"、皇帝要"辫子""十八个铜钉"的破碗……这样的一个人，他居然凭这些还赢得了村人及泼悍妻子的"尊敬"！阿Q这位口喊"手执钢鞭……"者，实却空空两手，但又能无往而不胜——他有应世的法宝，就是"精神胜利法"；看他自发地亲近"革命"了，但又与"革命"甚为隔膜。这样的农民和他们所处的环境，都深深地陷在愚昧、麻木、冷漠的大泽中，这里是一片真正的荒原，这里的人们以安于奴隶地位的"常态"而扮演着"哀莫大于心死"的悲剧；这里似乎从未增殖一点绿色的生命，哪怕只有一点苗头，旋即复归它那荒凉空旷、黑云低压的原！这怎能不引起伟大的爱国主义者、激进的革命民主主义者的鲁迅沉痛的"哀"与强烈的"怒"呢！如果说"哀其不幸，怒其不争"这种深广的"忧愤"是鲁迅常禀的对待农民的情感态度，那这也主要是哀其不争之不幸，怒其不幸而不争，这里的"不争"是指两种情况而言的，一种是"闰土型"的无意于抗争的"不争"，一种是"爱姑型"的不能抗争到底的"不争"。这两种情形都足以使鲁迅怒极，所以他一方面顺应生活本身去写实，一方面又执着地从"石像"般静定的面孔上和貌似"强者"的魂灵中看出并挖出那为害无穷的奴隶根性。为此他的心一次又一次地剧烈绞痛起来，从闰土的礼拜神明和爱姑温婉情态的复归中，我们分明可以听到鲁迅那沉雷一般的哀音与怒吼。

茅盾怀着崇高的责任感，敏锐地感发蕴含于生活变动之中的信息，以满腔热情和强烈的新鲜感投入创作，庄重而敏捷地把尚还发烫的生活和他内心的温热一起奉献给当时的广大读者。我们不难感受到，茅盾在农村题材创作上，既深切地为农民悲苦的破产命运而哀痛，又于忧患之中萌发了欣喜的春芽。因为就在这"村中忧患"绵绵之中，他又看到了农民们已不只是束手待毙而是奋起反抗，至少他已清清楚楚地看到了这种由自发向自觉反抗移行的喜人趋势。他在散文《乡村杂景》里说道："我爱的，是乡村的浓郁的'泥土气息'。不像都市那样歇斯底里、神经衰弱，乡村是沉着的、执拗的，起步虽慢可是坚定的。"② 显然这里暗示着茅盾对农民性格的独特理解与把握。由此也表明了，茅

---

① 鲁迅.杂感［M］//鲁迅全集：第三卷.北京：人民文学出版社，2005：52.
② 茅盾.乡村杂景［M］//茅盾代表作.黄河文艺出版社，1988：478.

盾的"哀"固无涯，但"喜"（喜其所争）有其内在的规定性，由"喜"而生出的"赞"也于热烈之中没有失去一定的分寸感。即均有"度"上的限制与把握，与那种盲目的乐观、"革命的罗曼蒂克"判然有别。他笔下的农民从老通宝、阿四到阿多，从王阿大（《当铺前》）、财喜（《水藻行》）到祝大（《秋潦》），在趋向抗争方面，都显示着层次或程度上的不同，也透示着茅盾"爱"的缘由：农民们必将次第而进，愈来愈快地走上自觉反抗的道路！

　　就实际情况考察，鲁迅、茅盾对农民的情感态度似可分出这样四个层次：哀痛、愤怒、温和、热爱。总的看，这四个层次上的情感态度固然都为他们所具有，却各有不同。"哀其不幸"在鲁迅已达到了痛心疾首的程度，并由此跃进到"愤怒"这一层次了。而他的"怒其不争"不仅较那位"摩罗"拜伦有质的区别，与茅盾在描写那些落后的农民时流露出来的哀婉、痛惜和愤怒的情感也有明显程度上和具体内容上的差别。因为在这里茅盾更接近"温和"这一层次。显然，在五四时期，鲁迅的先觉性与当时以及他记忆中农民的蒙昧性，在心理上形成了一种鲜明的反差，使他产生了一种"距离感"。不过应该说，鲁迅的情感态度在那种极为畸形而庞杂的社会挤压下，竟被"扭曲"一些了：他不得不以憎以怒，以巨大的哀悯来表露他对民众的爱！然而，在当时，事实上有距离地审视更能看清楚对象本身，涌发的情感也更带有稳定性。于是我们看到，鲁迅保持着一位真正"医生"般的冷静或严酷，果决而凝重地执起解剖刀，看准了疮痈，毫不留情地切入、剜除……情之所至，以致时或流露出了讽刺的笔调。这正是"怒其不争"之情外化的一种结果。比较看，由于30年代初农民阶级有向上浮动的变化，也由于茅盾自觉地向农民移行接近，相对而言，距离感减弱了，而"摆平"的心理体验给他的创作带来了更多的温和与庄重，尤其是在这种情感态度的基础上，便易于对农民们踏上追求解放的道路而流露出欣喜之情。在这一层次上，鲁迅的"温和"往往是和从"记忆"中抄出的早年意象相关联的，并且主要是用来反衬现实黑暗、昏昧、无聊的，更增添了哀怒交织的情感。《故乡》中今昔情景的强烈对照就潜流着作者的这种情感，在《社戏》中甚至也不例外。至于"爱"，这不仅是他们创作的总根，他们情感的最高层次，还是他们"实现自我"的突出表现，显示了他们与人民融为一体的伟大人格和宽厚的人道主义精神。不过，在这一层次上他们之间也有不同：一是与现实生活的内在联系有所不同，鲁迅的爱不仅是与恨（类似恨铁不成钢之恨）交汇成哀怒的情感波涛，而且鲁迅当时对中国农民之爱的现实依据还十分微弱或渺茫，即农民的可爱之处大多还处在掩抑状态之中；而茅盾的爱已较多地正面表达了出来，借对一些农民身上"美点"的展示，抒发了自己肯定性的热爱之情，尤其是茅盾已有了一些所爱的具体现实依据：农民们的"美点"不是萎缩、收敛的，而是伸张、增殖的了。二是呈现的色彩与表达方式有异，如前所述，读着鲁迅的《药》《风波》《祝福》《明天》等作品，即会感到一种"火的冰"一般的冷炙，要穿透冰衣，读者才能感到鲁迅那颗燃烧着爱的心灵。读茅盾的"农村三部曲"、《骚动》《秋潦》《水藻行》等作品，则不难感受到有一种哀痛峻严与激昂奋发的调子并在的爱的律动，使人仿佛耳畔鸣响起了"哀丝豪竹"，感到一股泪中充满激情的冲击力。此外还可以体察到，鲁迅在农村题材创作上流露出了他的冷凝、抑郁、渊邃的精神气质；茅盾却较多地流露了他特有的沉静、精细而又"热惹惹的"①，刚健明朗而又含蓄凝重的精神气质。

换言之，鲁迅、茅盾在农村题材创作中体现出来的情感个性的主要特征及其多层次的复杂性，组成了他们各自独特情感个性的基本结构，依其表现的强弱、倚重及独特性来表示则是，鲁迅为：哀痛（强）——愤怒（强，倚重）——温和（弱）——热爱（强，变形），总体具有独特性；茅盾为：哀痛（强）——愤怒（弱）——温和（强，倚重）——热爱（强，常态），总体具有独特性。

显而易见，以上所说实际已是情理一体化的表述了。成功的艺术家的情理共生、交融、升华的心理过程，本来就是难以分拆得开的。不过，鲁迅的意蕴更深藏些，而情感流露反倒外显些，这些从他作品中富于更多的哲理、心理内涵和较多的"自传"色彩与抒情笔调上可以得到印证。而茅盾的作品所展示的艺术图景似更宏大些，国际、国内的阴霾和农民们的挣扎、破产、反抗往往以相应较大的篇幅表现出来，在对涉及的经济、政治诸关系的形象再现之中，渗透了他的喜怒哀乐，但在表面上几乎从来不露痕迹。因此可以说，与鲁迅在作品中还表露了较多的"自我"情感体验不同，茅盾则更多地把这种"自我"情感体验与时代的命运、民众的命运"同化"了，把"自我"情感从作品的表层推向深层，从而与"理"更接近了。再者我们当然会注意到，情感的倾向性往往是由理智来制约的，鲁迅的"怒"、茅盾的"喜"既主要表示出他们情感个性的差别，从中亦可见出他们理智个性的差异。鲁迅的"怒"所外化的情感就带有明显的否定意向（带有激情的理性批判），而"喜"在茅盾这里的外化情感则带有明显的肯定意向（但很讲求分寸）。

---

① 茅盾.西柳集［M］//茅盾论创作.上海：上海文艺出版社，1980：297-307.

此外我们还注意到，正由于鲁迅、茅盾在创作上一方面努力"求助于常醒的理解力"，另一方面又"求助于深厚的心胸和灌注生气的情感"①，达到了"理而情"浑然一体的境界，情感因素的活跃运动和原动力作用，时或引发他们创作上灵感的激起和非自觉现象的产生，这也正说明理性是沉淀在情感的深处或极深层的，而情感以它的难以抑制的力量推动着他们创作活动的发生与进行。

我们知道，鲁迅、茅盾都对"灵感"说不以为然，常常声明自己是与之无缘的。其实他们的创作并非与"灵感"无涉。拿鲁迅《阿Q正传》和茅盾《春蚕》的创作来说，就存在"灵感"发生的痕迹：阿Q在鲁迅心中藏有多年了，但一向并没有写出来的意思，不意经由"催产士"孙伏园的"一提"，还真"提"起了鲁迅巨大的创作热情，当晚鲁迅便提笔，而且笔调颇合"开心话"的情调，这便说明一时的外部触媒诱发了鲁迅的创作灵感；同样，茅盾即使意志坚强地追求着农村题材的创作，但也只有在找到"春蚕"时，才蓦然获得重大的突破，而且，那灵感之潮的涌发就与他看到的一则报纸新闻有关。② 更何况在《春蚕》发表后，由于反馈信息的积极推动，他意兴盎然地写下了原来并不曾想到的《秋收》《残冬》等作品。

在前面我们已经谈到过鲁迅、茅盾的创作活动与他们故乡的密切关系。的确，故乡成了他们农村题材的"创作家园"。在30年代初期，茅盾曾屡次返回过故乡，这不仅使他爆发了巨大的热情，迎来了丰收的季节，而且几乎每一篇作品（包括散文），都是他过去记忆中的印象与目前强烈感受相交合、碰撞所产生的灵感之果；鲁迅更会由现实的刺激而猛然引发"辛亥革命"前后甚至更早以前对故乡生活的印象，在"我"贯通昨日与今日的"故乡"之际，生出无尽的悲哀与愤怒的情感，终至援笔抒写，竟"不暇顾及""我的呐喊是勇猛或是悲哀，是可憎或是可笑"③ 了。

再者，我们对鲁迅、茅盾创作上的"非自觉性"现象也要给予足够的注意。

一种情形是，在创作上有时出现了预先未曾料到或无意识参与创造的现象。比如，鲁迅写阿Q走向"大团圆"，当有人问难时，他才去仔细追想当时构思和写作的情形，明言没有想到，但由于生活逻辑如此，自己不自觉地循之而动，

---

① 黑格尔. 美学：第一卷 [M]. 北京：商务印书馆，1979：358-359.
② 茅盾. 关于文艺创作中一些问题的解答 [M] //茅盾文艺评论集（上）. 北京：文化艺术出版社，1981：168-178. 并参见李准. 从生活中提炼 [M] //林默涵，唐弢. 题材、人物及其他. 北京：中国青年出版社，1959：52-59.
③ 鲁迅. 呐喊·自序 [M] //鲁迅全集：第一卷. 北京：人民文学出版社，2005：441.

第七章 鲁迅笔下的"农民形象"及"国民性"

所以"这也无法"①。至于对阿Q形象所深蕴的内涵，鲁迅也未必全部深思熟虑、十分明晰了；对祥林嫂身受"四权"捆绑与迫害的事理他也未必要加以全部有意识地表现。何况他对"写农民"这一行为本身的自我意识也有非自觉的成分。因为当时他是专注于摸索国民的魂灵，并非特指"农民"或局限于"农民"的。也就是说，由于他主要是自觉地从倡导反封建的思想革命出发去探索"国民性"，所以尽管他对农民之于中国革命的重要性也有深刻入微的感受，但还未能上升到清晰而全面的，如后来以毛泽东同志为代表的中国共产党人那样的认识程度。然而由于作家创作主体的自觉与非自觉、意识与无意识部分都投入了创作活动，从忠诚于实际生活的现实主义原则出发，这就使鲁迅在相当的程度上能够真实地描写出反映那些牵动着农民问题各方面的完整的艺术画面，产生了"形象大于思想"的现象；着力剖露国民劣根性却也写出了一些农民的美点；未曾以阶级分析观点来认识自己笔下的人物，但人物的阶级属性由形象本身得到了一定的说明；等等。总之，鲁迅绝没有任意削生活之"足"来适自己理性认识之"履"，这才真正是现实主义的胜利。

另一种情形是，有时于"自然而然地从心中流露"的状态中，就包孕了一些"非自觉性"因素。从鲁迅、茅盾农村题材创作的总体过程来看，他们是自觉的，但他们"自觉"到非常"自然"的地步时，就像血管中流血、喷泉中喷水一般，无须明显的理性支配、意志努力，便情不自禁地写出了作品，比如，茅盾极善于观察，并养成了给社会"画像"的习惯，久而久之，习惯成自然，以致使他每到一地，都绝不会空手而归。他的农村题材创作大都是这样"自然而然"自觉而又有些不自觉地产生的。

这里有必要强调的是，其一，情感因素在鲁迅、茅盾的农村题材创作中起着举足轻重的作用，这事实是绝不能有丝毫忽视的，它一方面溶化着理性，另一方面又呼唤着灵感；一方面使创作的自觉性奏响强劲的主旋律，另一方面又使非自觉性弹起动听的和弦或伴音。其二，当然在鲁迅、茅盾的农村题材创作上，有时也存在着情与理未能很好融合、未能达到高度的艺术升华的现象。如鲁迅对"国民性"的认识还带有模糊性，对其劣根性的极大关注无形中强化了"怒"的情感定式，由此在很次要的程度上，使"爱"与"怒"之间产生了矛盾，流露了稍多一点的"阴冷"情调；而茅盾在《泥泞》中流露出来的"冷"

---

① 鲁迅.《阿Q正传》的成因[M]//鲁迅全集：第三卷.北京：人民文学出版社，2005：394-403.

以及《大泽乡》等作品流露出来的"热"都有点失调之嫌：过分任其情感的自流（如《泥泞》的悲观、伤感）或过分强调理性的自觉控制（如《大泽乡》的概念化痕迹），都会给创作带来某种损害。

三

鲁迅、茅盾从农村题材创作中体现出来的"理而情"，个性特征是鲜明的，限于篇幅，笔者不拟对其多元而复杂的成因做出相应的说明，仅就以上所述，引出如下一些初步的结论和有益的启示。

鲁迅、茅盾都是"理智型艺术家"。在他们农村题材创作上也流露出了强烈的理性精神。从中我们可以清晰地看到他们各自的理智个性：鲁迅主要集中写出了农民（国民）"灵魂深处未变"，把艺术思维的目的方向引往倡导反封建（间接体现反帝意向）的思想革命；茅盾主要集中写出了"社会萌生初变"，把艺术思维的目的方向导向倡导反帝反封建的社会革命。对"沉默的国民魂灵"的集中关注与对始动性社会生活的追摄透视，分别构成了鲁迅、茅盾的稳定性心理结构。

如果从纵向即文学史的角度看，鲁迅、茅盾充满个性的艺术创造本身就体现了两人的一种传承关系，不仅艺术的繁荣有赖于创作个性的发展，而且艺术的发展更有赖于创作个性的发展，而且艺术的发展更有赖于创作个性的更新与"繁荣"，无论时空距离的远近，作为一位优秀的作家都不能对于先己而出的杰出作家亦步亦趋地模仿、因袭，而必须执着地建构自己的艺术个性，甚至不惜冲破"旧我"的框架。面对鲁迅这位描写农民的圣手，茅盾有的不仅仅是继承、仿效，更重要的则是能够克尽所能，竭力求新，寻找自我，只有这样，才能真正对鲁迅开辟的描写中国农民这一现实主义"新传统"加以继承和发展，为新文学史做出自己宝贵的贡献。如果从横向上创作论的角度来看，除了也有继承与创新的客观要求之外，则鲁迅、茅盾在农村题材创作上还存在着一种互补关系。即一方的突出题旨还是另一方创作的重要补充，他们恰好把中国农民阶级的二重性格有侧重地分别表现了出来（他们没有割裂生活而是各据个性"改造"了生活），从而昭示着两种描写农民的创作或树立了两种描写农民的范式：无论是侧重描写农民身上的缺陷、倡导思想意识更新、着力刻画心灵，深刻揭示"灵魂深处沉滞未变"，还是侧重（微弱侧重也包括在内）描写农民身上的美点、推动社会迅速变革、着力反映社会变化，及时捕捉"社会发生初变或巨变"这样两种创作倾向都有其合理性与可能性，同时也昭示着把"写心灵"与"写变革"完美统一、平衡起来的创作方向。显然鲁迅、茅盾的创作个性，都是"含有普遍性的独特性"，在新文学（包括新时期文学）创作中均具有一定的历史意义和现实意义！

"理而情"是鲁迅、茅盾创作的艺术精魂，也是他们农村题材创作体现出来的总体特征。情感因素在他们的创作中占着举足轻重的地位，在农村题材创作上也生动地体现了他们的情感个性。鲁迅以"哀"与"怒"的交织、茅盾以"哀"与"喜"的交织，分别显示了他们的独特的情感个性，并在哀痛、愤怒、温和、热爱等四个层次上建立了自己情感个性的基本结构。笔者尤其注意的是他们创作上"理而情"的沉淀与升华、融合与凝结的总体特征及其艺术表现。同时也注意到，正由于情感的巨大作用，在鲁迅、茅盾农村题材创作上也都存在着灵感发生与非自觉情态等创作心理现象。

鲁迅、茅盾的艺术实践表明，人民之所以需要艺术，主要就在于它有一种力量，能把人类的理性化作为一片情海，扬起瑰丽而圣洁的波浪，去涤荡这生生不息的寰宇。但当某些提出向"理智和法则"挑战的人，一股劲地扑向"情感"的怀抱时，应该悟到"理而情"这一"有常"而朴素的道理：在优秀的艺术作品中，情感与理性本应结为的一对伉俪，任何留此舍彼、试图割裂它们的做法都是徒劳的。至于情之所至灵感与非自觉性现象，对之采取不承认主义固然是不妥当的（也包括鲁迅、茅盾自己的某些说法），当然更不能把它们推向极端，把鲁迅、茅盾的创作活动归结为灵感或非自觉性的产物，或相反，把鲁迅、茅盾的创作用灵感、非自觉性的标尺来一一衡量，一旦不合则予以否定。当然我们也不能讳言他们在农村题材创作上，有时情理并未达到高度完美的融合，二者之间存在着明显的矛盾，致使产生了一些缺欠，不过这也同样可以引为鉴镜。显然，作为新文坛上两面光辉的旗帜，鲁迅、茅盾创作上的主导精神并未像某些人蓄意贬抑的那样，消退了光彩夺目的颜色。因为仅仅从他们与中国农民在心理上、文学上的联系中，我们就可以不断获得一些有益的引导和启示。

四

人固然不能生活在真空中，事实上要找一个中立的地位也是极困难的。特别是在激流勇进的中国现代史上，即使持积极向上的态度，稍一疏忽，便会落伍；如果主观上最大的希望就是持中立，那么，他只能被历史所淘汰，堕落为被人民所唾弃的对象。周作人多次说他喜欢"中庸"，喜欢"调和"，这实际上是他软弱、庸俗的心理气质决定的人生态度，"爱"——空泛的爱，正是这种人生态度的自觉或不自觉的表现，决定了他后来的人生道路必然要与被压迫人民的愿望相悖谬，因为在人民群众与统治阶级之间矛盾激烈的时代，他的爱便无对象了，而他的调和论只能为统治阶级所利用，成为统治阶级压制人民群众反抗斗争的舆论工具。

  鲁迅强调反抗、进击，这是他久被压抑的复仇心理所决定的人生态度，而"抗争"则是这种人生态度的集中反映，也是一种策略应对。鲁迅的人生道路不像周作人那样被自己主观意识里的抽象概念所左右，而是始终与时代同前进，与被压迫人民同命运。当人民群众的反抗遭到统治阶级镇压时，他自然地把武装斗争、暴力革命的内容融进"以眼还眼，以牙还牙"的斗争方式中，最后成长为一名坚强的共产主义战士。

  马克思也并不排斥人道主义思想，但马克思坚决摒弃抽象的人道主义，而要求在不同时代赋予人道主义以不同的具体的时代内容。这是马克思主义人道主义思想与资产阶级人道主义思想的根本区别所在。我们从上述分析中看出鲁迅和周作人正是在这个根本区别所在处表现出了明显的差异，因而也导致了他们在中国现代史中走上了颇具典型性的两条道路。

第八章

鲁迅笔下的"女性形象"及其"异化"

第一节 鲁迅小说中的女性异化

从外观看,鲁迅也许难称是雄伟强悍的男子汉;但从内在精神素养、性格气质、审美取向诸方面看,鲁迅则是十足的"硬汉"。毛泽东称他的"骨头是最硬的"[1],堪称的论。他的文学,亦堪称是真正的"硬汉文学"。不过他的这种"硬汉文学"与海明威的"硬汉文学"明显不同。后者的"硬汉精神"(或谓"桑提亚哥精神")表现得更为外露、充分一些,而鲁迅的则表现得更其内敛、深切一些。更为明显的不同还在于,海明威被西方女权主义文学批评家指认为男性中心主义者,其作品具有贬抑女性的倾向;而鲁迅却是男性中心社会(尤其是封建性的社会)及其文化的消解者、颠覆者——特别是在文学话语之中,其严厉的批判锋芒和深邃的洞察力,并不亚于那些最激进的女权主义者。

在这里,我们拟就鲁迅小说(侧重于前期)中对女性命运的艺术观照重行研探,主要借鉴女权主义文学批评的方法,来揭示鲁迅对女性异化[2]的深刻艺术把握,从一个人们有所忽视的侧面,说明鲁迅昭示的新文化方向的又一能指及其重要意义。

---

[1] 毛泽东. 新民主主义论[M]//毛泽东选集:第二卷. 北京:人民出版社, 1991: 698.
[2] "异化"一语在西方人文科学中使用极为普遍,且其含义丰富多样。其中,"异化文学"及其批评也相当繁盛。鲁迅描写女性异化,与西方人文思潮和文学影响有关,但更有他自己独特的探索。

一、作为"人"的异化

文化人类学以及现代性科学告诉我们,在人类历史上,继母权社会而来的父权社会,以愈趋激烈的竞争为机制,使男女两性都不可避免地进入了"异化轨道",但二者却有很大的不同,即"男人感到并承受着被异化的力量",女人却在"承受着被人(男人)异化的力量"①。女性由此不可避免地沦为"完形奴隶"——从物质到精神、从生理到心理都被男性主宰着,遂使"靠男人"成为女性生存的普遍形态。同时,女性又在不由自主地将男尊女卑、女祸女贞、三从四德等本为封建的男权文化律令,内化为自身的生存选择与文化选择。当女性由"被奴化"进入这种"自奴化"的阶段时,也就"意味着女性创造权利的全面丧失,意味着女性存在的全面变异"②。这种作为"人"的异化,正是女性被"吃"的文化演示,在鲁迅小说中,可以说得到了非常充分和深刻的艺术表现。

鲁迅第一篇白话小说③《狂人日记》所构建的中心话语,就是揭露男权封建社会"吃人"本质的。其中的"狂人"恰是深谙男权文化(以赵贵翁、大哥及古久先生的簿子、写满仁义道德的历史所象征的)秘奥("吃人")的叛逆者。但这只限于他"狂"的时候,正是在他处于被迫致狂的特定情境中,他才会游离男权中心话语,道出男权专制文化"吃人"的真相!其中自然也包括对女性的吞吃或异化。连"狂人"也疑心到由于掌握权力("管着家务")的"大哥"的操使,"我未必无意之中,不吃了我妹子的几片肉"。不仅如此,从"娘老子教的""最奇怪的是昨天街上的那个女人……"等"狂人"的恐怖体验中,也透露出女性已经严重异化的消息:"娘老子"不仅自己早为男权传统文化所同化,而且会在不知不觉中,成为男权吃人文化的载体和传播者,由"被奴"进至"自奴"更至"奴幼",对下一代进行管教,使孩子也"睁着怪眼睛,似乎怕我,似乎想害我"。出自人母之口的"咬你几口"的家教话语,对"狂人"刺激十分强烈:"这真教我怕,教我纳罕而且伤心",因之也最终从心底泛出一种挣扎着的声音——"救救孩子……"显然,鲁迅不仅已经发现了"吃人"历史的一般性存在,而且发现了女性"被吃""被异化"尤其是"自我奴化"与

---

① 李小江. 性沟 [M]. 北京:生活·读书·新知三联书店,1989:14-15.
② 禹燕. 女性人类学——雅典娜一号 [M]. 北京:东方出版社,1988:51.
③ 可与鲁迅的第一篇白话论文《我之节烈观》相互参看。

<<< 第八章　鲁迅笔下的"女性形象"及其"异化"

"奴化幼者"的悲剧存在。这正是"狂人"也是作者感到特别心寒、悲凉的一个重要原因。

从一定意义上说，《狂人日记》既是对整个男权"吃人"文化的艺术观照，也是对女性认同这种文化而导致自身异化的象征。这种艺术探索的意向在此后的一些小说中得到了连锁性的程度不同的呈示。特别是在《祝福》中，女性异化得到了整体与细部俱为逼真的揭露，简直可以说是达到了令人毛骨悚然的地步。祥林嫂从男权社会中的一个尚有人惦记的"女仆"与"玩物"，最终成为人们"看得厌倦了的玩物"和不愿提起的不祥的"谬种"。她的并非"人"之意义上的生命旅程，实质上正是其生命不断地遭受异化、销蚀的过程。她根本就不曾有过真正的"人之觉醒"，更谈不上现代意义的"女性意识"。她所有的挣扎与反抗，都并未逾出男权文化设置的魔圈。她从"夫家"出逃（一个意味深长的意象），却继续走着奴隶的路，并且不可避免地堕入以男权专制为特征的由"四权"（政、族、夫、神四权）构成的"异化之网"。此种统治网络对女性来说，又可谓是"死亡之网"。这正如女权主义者经常指出的那样，在男权文化构造的男女二元对立模式中，集中了男性利比多的投射，认定男性是主动者和胜利者，而女性则等同于被动者和死亡。这里所说的"死亡"主要是指女性失去了"人"意义上的存在，在父权制中的"缺席""缄默"等，使女性的精神死掉或为男性意识所替代，只剩下对男权社会有用的工具性的躯体。在祥林嫂身上，则连这躯体也被"吃"掉了。封建"四权"作为男权文化系统的恒常结构，其系统功能自然主要是指向对女性的全面统治与压迫。祥林嫂的被"吃"就与此系统功能密切相关。尽管小说文本中并未写出封建政权、夫权对祥林嫂的直接的现实迫害，但这二者作为男权文化的主要方面仍然隐在地发挥着巨大的"统治"作用。没有"官"出现，但祥林嫂被逼却显然有一种政权在庇护着这种行为；丈夫未直接出场殴打辱骂蹂躏祥林嫂，但她总是"属于"丈夫而非"属于"自己的身份认定，便给"族权""神权"提供了直接逼害、恫吓她的充分理由。"四权"的男性"权威"的确是有机制、有目的、有力度的，它可以使祥林嫂们失去姓名权、劳动权甚至是乞丐权和死后的平安权。更为可悲的是，祥林嫂是无法勘破男权社会这种凶险而狡猾的性权术的，反而在文化心理的深层，充斥着男权文化的积淀物，使她的"生之挣扎"也带上了"做不稳"的奴隶与贞妇的特征。事实上，伴随其"逃"（逃出夫家）→"撞"（恐惧再嫁）→"捐"（捐门槛赎"罪"）→"问"（询问死后之事）→"死"（在"拜的却只限于男人"的"祝福"之际死去）的主要生命历程，鲁迅向读者展示的，显然

187

不是祥林嫂逐步觉醒的过程，而是其怎样彻底异化为"非人"的女性惨史。从主导倾向上看，我们可以视《祝福》为男性在"祝福"、女性在"受难"的极为成功的寓言，也可以视为女性异化而丧夫"人权"的艺术象征。尽管《祝福》中的女性并不都像祥林嫂那样死去，但她们自身及其话语，都大抵仍是男权主义的符号。譬如，鲁四太太虽不像鲁四老爷那样以"可恶""谬种"等恶毒语言来贬毁祥林嫂，但她也实际认同了鲁四老爷的文化原则，视祥林嫂为不洁的女人，在家里"最重大的事件"即祭祀上，坚定地执行着丈夫的指令，禁止祥林嫂去染指祭祀器物。作为鲁家高级奴隶，鲁四太太确乎成了男权文化的代码。再譬如，卫老婆子与柳妈，都不可避免地罩在男权社会的大网里，行事说话，帮忙帮闲的味极重，对眼前正在发生的女性悲剧，只会从命运或迷信的角度去看待。而这命运与迷信的观念恰恰是男权文化中最"灵验"的东西——对制约女性、戕害女性来说，正是如此。于是，卫老婆子与柳妈的"善行""善心"都变了质，而实际成了男权专制社会"吃人"的帮凶。

在鲁迅小说中，确实很难找到真正从男权专制文化束缚中"解放"出来的女性。作为底层社会的劳动女性（如祥林嫂）、上流社会的家庭妇女（如鲁四太太）、带有新女性微光的女性（如子君），乃至带有仙气神采的女性（如《奔月》中的嫦娥）等，都没有争得真正"人"的资格。子君身上的确曾闪射出新女性的微光，勇敢地追求过爱情，但这并不能掩饰其内在的柔弱与狭隘。她将生命像押宝一样全部押在涓生身上，一旦涓生因种种缘故产生动摇或变心，她那"孩子气的眼睛"便只能看到一个虚无。这个"男人靠不住"的悲剧，的确揭示了"人必生活着，爱才有所附丽"的生存哲学。这一哲语尤其适用于子君及一切女性：首先必须是独立的生存而非依赖（像"阿随"）的生存，爱才有所附丽，并会拥有日日常新的爱情活力。可惜子君限于主客观条件未能达此境界，遂在封建思想势力的压迫和涓生的捐弃下，造成了生命最终的异化——走上了死亡之路。《奔月》中的嫦娥，在对丈夫失望之后的"飞升"，实质是"男人靠不住"故事原型的又一变体，其表象上的仙化或神话色彩，并不能掩饰其作为"人"（尤其是女性）之异化的悲剧。因为当"人"（女性）将自我本质交付神仙的时候，恰恰表明了"人"（女性）在此岸世界的失落。

二、作为"女性"的异化

鲁迅曾指出："女人的天性中有母性，有女儿性；无妻性。妻性是逼成的，只是母性和女儿性的混合。"① 严格说来，女人的这种"三性"在男权中心社会及文化的压力下，都会发生严重的异化。《风波》中六斤的"双丫角"已变成了"大辫子"，并且"新近裹脚"，"在土场上一瘸一拐的往来"。小说文本的这种结束，正显示着"女儿"依然被"吃"（异化）的真实。《在酒楼上》中的那位阿顺姑娘，真是"驯顺"的典范。她是那么良善、温和、孝顺、识礼，特别是顺从命运安排的业已异化的女儿性，使她无从主动寻求爱情与婚姻，同时又牢守着封建的性道德，对《女儿经》可谓是无师自通。然而正因如此，她才会受伯伯长庚的欺骗，恐惧着未来的婚姻，抑郁致病而死，失去了"戴绒花"的福气。然而，即便她侥幸活下来，嫁给了男人，她无疑仍是"阿顺"或"顺姑"（这命名很有意味，与"阿随"具有同构性质），仍不可避免地被纳入封建味十足的"贤妻良母"这一妇女范型中去。这种"理想女性"的范型，最能见出男权文化的"高明"来，并且早已成为中国人（包括女性）的文化共识。然而在此却存在着"男女之战"的巨大的战后遗患，即导致了女性自我与社会角色的异化。在女性的生长史，即"女儿—妻子—母亲"的角色递增结构中，男权文化使之成了封闭结构，而限制女性的社会参与，又使其失去"从己"的意识和能力，便成了这种结构的主导功能。"三从四德"等文化指令将女性理直气壮地异化成了"家"的奴隶。于是，在"狭的笼"中的贤妻良母，其本应拥有的丰富多样的社会性角色被简化掉了，结果却常常由于物质的精神的种种实际压力，连贤妻良母也做不稳当，也要发生种种变形。

　　《幸福的家庭》中的那位主妇，在五年前还有一脸的天真和通红的嘴唇，在听到"他"的爱情誓言时，"笑迷迷的挂着眼泪对他看"；然而五年之后，却为了要买一点劈柴而缺钱，那"两只阴凄凄的眼睛恰恰盯住他的脸"。这位主妇为了维持家计，不得不精打细算，并不断地征询"他"满意。然而她的这些努力并不能使"他"注意——惊破了"他"想象中的"幸福的家庭"之梦。与这白日梦（夫妇自由结婚、平等自由、优美高尚、酷爱文艺，"男的是文学家，女的也是文学家……男的是诗人崇拜者，女性尊重者"）恰成反照的严酷现实，使"他"陷入了幻灭失意的心境中，这时，劳累而又憔悴的妻子在"他"心目中就成了世俗不堪的女人，失去了可爱的光彩。不仅如此，"他"还预感到女儿的将来，不免也会落到这种地步。从比较明达的"他"的这种感受中，也可以看出"家"对女性的异化作用，这既不以"他"的意志为转移，也不以"她"的

---

① 鲁迅. 小杂感 [M] //鲁迅全集：第三卷. 北京：人民文学出版社，2005：155.

意志为转移，这是男权专制制度与文化习惯的"作品"。

《离婚》中的爱姑，在15岁出嫁之后，克尽妇道，"真是低头进，低头出，一礼不缺"。然而她却并未因此获得丈夫的爱。相反，那"小畜生"却"着了那滥婊子的迷"，要将她放逐了。爱姑基于自己是"三茶六礼定来的、花轿抬来的"正统意识，为了恢复妻位展开了旷日持久的争斗。但她的"妻性"在变态的反抗中更导致了"小畜生"的失望，遂在慰老爷之后，又请七大人来支持自己。于是爱姑陷入了"完全孤立"，只能依赖自己的反抗本能做最后的一搏了。然而她的村言野语和激愤不平都抵不过七大人的一个"喷嚏"。何以七大人会有如此威力呢？这只要从"他"把玩古人"屁塞"手握"小乌龟"的派头和"公婆说'走'就得走"的话语中，就可以领悟到，"他"实在就是"男权"的更高级也更荒诞的化身。其所代表的男权性政治、性文化压力所具有的力度，恰好能够将爱姑心里积淀的奴隶情结激发出来，使其于无意识中再次为男权所俘虏："我本来是专听七大人吩咐……"在驯服这点上，女性的妻性与奴性获得了统一。为此，慰老爷、七大人们真要好好地喝一场"新年喜酒"了！

当然可以说爱姑的妻性是不彻底的，不能从一而终、视死如归，其禀性中杂有一些原始"野性思维"和反抗精神。但这种"狂"却几乎只限于"家事"，并且不能持久。当她面对男性世界的"社会权威"时，就必然会暴露出自己根深蒂固的脆弱。这种情形在七斤嫂（《风波》）、四铭太太（《肥皂》）等时或泼悍得令丈夫头昏心痛胆寒的女人身上，也鲜明地存在着。七斤嫂可以把丈夫七斤当众骂得"很不雅观"，四铭太太也可以把丈夫狠狠地讽刺挖苦一番。但她们无论在显意识还是潜意识中，都无法寻得足以持续蔑视男性权威的支撑力量。七斤嫂对皇权的敬畏、对赵七爷的恐惧，以及"风波"过后对七斤"相当的尊敬"，都表明她的泼悍实在是有限的。四铭太太痛斥丈夫的虚伪，看上去仿佛是战斗檄文："'咯支咯支'简直是不要脸！""我们女人怎么样？我们女人，比你们男人好得多。你们男人不是骂十八九岁的女学生，就是称赞十八九岁的女讨饭：都不是什么好心思。"然而究其实际，这只不过是她出于本能的嫉恨与自卫的一时情绪发泄而已，并非出于女性的觉醒。从她在这次"斥夫"之前的"帮夫"（大有夫唱妇随之风，一派守旧腔调）与此后的"媚夫"（用了肥皂并持续地用了下去）行为中，不难看出她在努力地磨砺和培养自己的"妻性"。即使面对着明知其骨子里是虚伪的丈夫，也不得不曲意逢迎，并以此为自己的"常态"。相比较，偶然的歇斯底里般的发泄（"斥夫"）反倒成了"失态"。应该说，女性囿于"家"中既久，就会感到压抑，又无社会性的渠道疏导，只好将积郁转向"家"的内部释放,于是转型为"管家婆"甚至是"母老虎"。但这表面上的厉害,并不能掩住其被异化的真相:这不过是在"狭的笼"中的挣扎或嘶叫而已。

在男性中心社会里,制造母性神圣、母爱伟大之类的话语,往往是男性生殖文化与性政治需要的衍生物,是男性精心编织的华美谎言。在消解这种有关母性的话语方面,鲁迅有着心理上的矛盾(他爱母亲且相当孝顺),然而作为极具现代意识的思想家,他却深知处于封建文化氛围中的母爱,往往会异化为极沉重的精神负累。他甚至因此说过"弱子失母则强"这类决绝的话。在他的小说中,有关"母亲"的描绘主要有这样两种情形,都带有明显消解传统"母性"观念的性质。

一是无意识的生殖机器。鲁迅写于1922年的《不周山》(后改名为《补天》),写了素来被人们认为是伟大的人类母亲女娲。但她的"造人"全然是无意识的:她"只是不由的跪下一足,伸手掬起带水的软泥来,同时又揉捏几回,便有一个和自己差不多的小东西在两手里"。这种无意识的"操作"给她带来了欢喜(这是人们最受夸说的),然而渐渐地,她也就感到"无所谓了,而且不耐烦。然而伊还是照旧的不歇手,不自觉的只是做"。直至"左右不如意"的时候,便用紫藤沾着泥和水甩出了无数的"小东西","只是大半呆头呆脑,獐头鼠目的有些讨厌。然而伊不暇理会这等事了,单是有趣而且烦躁,夹着恶作剧的将手只是抢……"这样的依循弗洛伊德学说(主要是探索人类无意识与性之关系的学说)所重构的"造人"神话,显然透露着鲁迅对中国生殖文化传统(只知道"生",却不知优生优育)的消解意向。① 这从那些"小东西"发动战争、互相攻讦、虚伪荒诞、破天毁地甚而诟言与利用女娲等行径中,也可以看出鲁迅对"无意识生殖"的反思态度了。女娲"补天"累死,一般地说,也是自食其果。因为作为人之母的女娲造出的"小东西"恰恰是破天毁地的家伙,而经由女娲"补天"之后的世界,也并未变得更好。她死时,"上下四方是死灭以上的寂静"。她死后,入世的依然攻伐争战,唯利是图,不择手段(甚至在死后的女娲肚皮上扎寨,自命为女娲的嫡派);而出世的却在寻觅"仙山",企图永生,但结果"至多也不外乎发见了若干野蛮岛"。

这种"无意识生殖"导致了生存价值的幻灭,也导致了生殖者自身(女性)的异化。作为女娲的后裔,单四嫂子、祥林嫂、七斤嫂、华大妈等等,也

---

① 参看鲁迅《我们现在怎样做父亲》《随感录·二十五》等文。

都摆脱不了无意识生殖的盲目,更带上了男权文化的色彩,亦即带上了被动的特征。正如有人指出的那样:"女性是人类新生命的载体,女性从事着人类生命的创造,但是这种创造在相当意义上并不是女性主动的有意识的创造,而只是一种被动的无意识的生产。"① 由此,女性沦为维系男权社会的活的生殖机器。但鲁迅的兴趣并不怎样专注于揭露这种笼罩"母性"的男权文化的价值目的及相应的性权术,更少写女性多生子女的生理痛苦。他着力最多的,则是写出女性在被动地生育之后的继续异化。

二是浑茫的"母爱"。当拥有了子女之后,作为母亲自然会受天性的驱遣,对子女投注母爱。《药》中的华大妈与夏大妈对自己的儿子(华小栓和夏瑜)无疑是深爱的,然而这华、夏两家(合之象征着华夏民族)的母亲却不能明白和挽救自己的儿子。华大妈对华小栓的病的无知,与夏大妈对夏瑜的革命的无知颇为相似,即仅有着浑茫的母爱,对儿子之死的悲剧意义缺乏真正的理解,因此面对失子之后的明天,华、夏之母只能感到空虚和茫然。当华、夏之母出现于墓场时,只不过是照老例来祭悼自己的儿子,"呆坐"与"发怔"的神态表明,儿子之死并未使她们明白更多的事情。一个不明白自己在等什么,一个不明白坟头上的花圈是怎么一回事。在生活的盲目中只残剩游丝般的母爱。浑茫的母爱在单四嫂子身上也表现得很突出,鲁迅对此给予了更集中、更细腻的艺术呈现:单四嫂子在"等候天明",为了给病重的儿子治疗,但这治疗却是去求"何小仙";单四嫂子又在"等候天明",在儿子死后的第一个夜晚,守着儿子的尸体,却在幻想着儿子的康复、儿子的孝顺;单四嫂子在祈盼有梦,在又一个暗夜,她希望在梦中见到宝儿,但暗夜却在自顾自地奔波。浑茫的母爱使单四嫂子只拥有着虚幻的明天和孤独的恐惧。这种失子后的心境与遭遇,从祥林嫂身上得到了进一步的展现。当失子的母亲连这浑茫的母爱也得不到实现、得不到证明时,其母性的危机便会导致其生命的衰颓,这不仅是生理上的,更是心灵上的衰颓。

三、作为"性"的异化

在中国封建的男权中心时代,女性在沦为附庸之后,引发了一系列的"性"效应。其中,由男权话语制造的虚伪的礼教,造成了"性"的全面异化,尤其是女性的"性"异化,则是最突出的一种文化现象。在鲁迅小说中,女性的

---

① 禹燕. 女性人类学——雅典娜一号 [M]. 北京:东方出版社,1988:50.

"性"异化主要表现在这样三方面。

其一,女性的"无性"状态。在男权中心时代,女性不是"性"的主体,失去了"性"的主动权,沦为男性"物化"的生殖工具与高级淫具,从而使女性在性活动中,失去了任何主动性与自由感。被笼罩在"礼教"网络中的女性,残酷的性道德使她们连谈说"性"的话语权利,也几乎丧失殆尽了。在鲁迅小说中,我们看到的正是这种情形。在女性的所有话语中,绝难看到自然的、正常的谈说性爱的文字。这是鲁迅的疏忽或有意回避吗?其实不是,因为在相对的意义上说,男权社会已在"妇言""妇德"中加入了性禁忌的砒霜,使女性被性禁忌、性恐惧钳住了口舌造成了严重的"失语症"。即或涉及,要么隐藏在其他话题之中(如《阿Q正传》中的吴妈对阿Q讲赵家婚育方面的事),要么偶有涉及即很快回避或转移话题(如《祝福》中柳妈与祥林嫂的对话),要么以偶然的激愤话语来斥责男人(如四铭太太、爱姑的少量语词)。与此相反,红鼻子老拱、蓝皮阿五、阿Q、高老夫子、老钵、道统以及赵太爷、七大人们却拥有着更多的说性(尽管往往是猥亵的、虚伪的)的话语权利或实际"操作"性的权利。最有意味的是处于社会底层的阿Q在小尼姑、吴妈面前,也具有"第一性"的优势,既有性猥亵的话语,又有性袭击的行为。而小尼姑、吴妈却产生了那么大的性恐惧,逃避、哭泣,要死要活的情绪反应,恰恰表明她们只拥有着男权强加于女性的"贞操"话语。这种禁锢女性、阉割女性的文化话语,显然也操纵着整个"未庄"的女人们,当她们看到出了"风化"问题的阿Q时,便恐惧地"个个躲进门里去"。很显然,这种逃避性文化话语,特别地攫住了女性的心灵,造成了女性的严重的性异化,使她们很难在生活中,主动选择自己的爱情与婚姻。于是也应当不可避免地偏离"性—爱—美"的理想人生之途,堕入"尼姑"式的殉道受难的境遇中,根本谈不上享受如恩格斯所说的"现代性爱"。

其二,性心理的变态。对"性"采取逃跑主义并不能使女性摆脱性的纠缠,其结果必然造成性心理的变态,由性恐惧而移变为性过敏。当阿Q的手摸到了小尼姑的头皮并拧到了她的脸颊的时候,小尼姑"满脸通红",羞愤难当。这恰如格丽尔所说:"对女性的阉割体现在男女两极分化上,其中男子主宰了一切,具有征服性的力量,使异性间的接触形成一种施虐—受虐的模式。"[1] 在这样的

---

[1] [英]格丽尔. 被阉割的女性 [M]. 杨正润,江宁康,译. 南京:江苏人民出版社,1990:7.

"受虐"感受中，女性是不会拥有正常而健康的性心理的。这在鲁迅的笔下，主要是通过对"寡妇心态"的透视性描写揭示出来的。鲁迅曾在《寡妇主义》一文中指出："至于因为不得已过着独身生活者，则无论男女，精神上常不免发生变化……尤其是因为压抑性欲之故，所以于别人的性底事件就敏感，多疑，欣羡，因而妒嫉。其实这也是势所必至的事：为社会所逼迫，表面上固不能不装作纯洁，但内心却终于逃不掉本能之力的牵掣，不自主地蠢动着缺憾之感的。"① 这样的性心理分析，应该说也适用于单四嫂子、吴妈、祥林嫂、柳妈、灰五婶以及早已"闲置"起来的爱姑等"不得已过着独身生活"的女性的。譬如，单四嫂子在寡居中不可避免地苦守着，努力摆脱着蓝皮阿五们的性骚扰。但她毕竟要受到本能的牵掣，既过敏于这种性骚扰，又竭力地抗拒之。在矛盾的痛苦中打熬着岁月。我们看到，即使在奔波着为儿子治疗的时候，单四嫂子也会因性骚扰而极敏感地起了性的反应：当蓝皮阿五借口帮她抱孩子将手插入她的双乳中间的时候，单四嫂子即感到了触电般的"热"的袭击，"一条热"由乳房而上，刹那间就热到了脸上和耳根；两人同走，单四嫂子为了逃避（她不得不如此）性骚扰，谨慎地与阿五保持着"二尺五寸多地"！这距离正表明她的性恐惧。又如吴妈这"小孤孀"，在兴味浓厚地唠叨赵家婚育之事时，其话语背后正蠢动着自己的无意识欲望。但当阿Q跪求要同她睡觉时，她却愣住了，接着便在"超我"的"正经"意识支配下，用呼叫、外逃、哭嚷乃至要寻短见来向他人证明着自己的"纯洁"。然而恰在这种"纯洁"中，分明显露了她那早已变态了的性心理。还有祥林嫂，她也曾竭力证明过自己的"干净"，但她实际却做不到这点。在她走向死亡终点的过程中，作为寡妇的生命本能必然是受到压抑的。她愈想证明自己的干净，则愈是压抑了自己的本能，而这势必会销蚀掉她的生存活力。因此可以说，在祥林嫂的死因中，必然是含有性压抑、性异化的因子的。

其三，性际关系的畸变。人类由男女两性构成，本应自由平等，携手共创幸福的人生。然而在男性中心社会里，这大抵只属于浪漫的故事（就像《幸福的家庭》中"他"所编造的故事）。相反，性际关系的畸变或失谐（特别是男尊女卑、男主女从等），却是严酷而又普遍的事实。鲁迅在小说中对此颇为关注。笔者曾有文论及这一问题②，于此不赘。这里仅就女性在婚姻关系中的畸变

---

① 鲁迅. 寡妇主义 [M] //鲁迅全集：第一卷. 北京：人民文学出版社，2005：280-281.
② 详参李继凯. 新文学的心理分析 [M]. 西安：陕西师范大学出版社，1991：164-177.

情形略加论述。在鲁迅小说中,我们很容易看到这样的情形:被抛离出现实婚姻关系的女性非寡即死(如单四嫂子、祥林嫂、柳妈、爱姑、顺姑、子君等),即使仍处于现实婚姻或曾拥有婚姻的女性,也大都陷入了"伪结合关系"① 而难以自拔,在表面的结偶关系中,却缺乏"可靠的内部结合过程",灵肉总处在某种分裂状态。我们也许会惊奇,单四嫂子、祥林嫂对死去的"丈夫"是那么冷漠,真正占据其心灵的只有儿子;我们从七斤嫂、爱姑对"丈夫"的凶相中,却实在感觉不到"女性解放"的气息,相反却为她们不得不在无爱而又愚昧的生活中消耗其生命而感到悲哀;我们从《伤逝》《幸福的家庭》中的"女主人"身上,确实看到她们身上曾有过的"新女性"的微光,但这微光也莫不消隐于暗淡的婚姻之中。甚至在鲁迅后期的《理水》中,我们也看到了"禹太太"这样徒然顶着婚姻名誉的女性。在她心目中,那位舍家治水的大英雄,却是"没良心的杀千刀"的急于"奔丧"的家伙。而禹爷居功之词中也完全是一副大丈夫派头:"我讨过老婆,四天就走。"在这样的倨傲中,"老婆"在其心目中也成了无所谓的东西。本来,小说根据的大禹治水三过家门而不入的神话,恰是男性制造的最辉煌的神话之一,将男主外、主事业,女主内、主家务之类的男权原则神化了,为男尊女卑的社会构成,埋下了一块基石。鲁迅对这一神话的"新编",却已经具有了消解这一神话中闲置女性、轻视女性的文化倾向。

四、消解女性异化

从鲁迅小说中所揭露的"吃人"文化的大背景上,我们既看到了文本中展示出来的女性异化的现象,同时也看到了鲁迅鲜明地消解女性异化的倾向。这就是通过"解放女性"(首先是"启蒙")和"解构男权"(首先是批判)来逐渐达到消解女性异化的目的。鲁迅早在1918年刚刚放手写白话文的时候,就站在卫护女性的立场,立下了宏深的心愿:"要除去世上害己害人的昏迷和强暴。"② 同时,又发誓似的说"我们要叫到旧账勾销的时候",并以为要勾销旧账,就需"完全解放了我们的孩子"③。这里所说的"旧账",是指"四千年的旧账",亦即男权专制跋扈的漫长时期积累的"旧账",要予以"勾销",真是

---

① 参见【英】德斯蒙德·莫里斯. 人类动物园[M]. 刘文荣,译. 上海:文汇出版社,2002:48.
② 鲁迅. 我之节烈观[M]//鲁迅全集:第一卷. 北京:人民文学出版社,2005:130.
③ 鲁迅. 热风·随感录四十[M]//鲁迅全集:第一卷. 北京:人民文学出版社,2005:339.

谈何容易！鲁迅分明也感到了这份沉重，但他那"反抗绝望"的韧性追求，使他始终没有放弃对男权封建文化"吃人"罪恶的批判和对女性异化进行消解的努力。

在鲁迅小说中，如前所述，已将女性的全面异化（从"人"到"性"）做了深刻而又幽微的艺术呈示，从一个相当重要的侧面，将改造国民性的伟大命题凸现了出来。几乎每一篇涉写女性的小说，哪怕只是穿插性的描写（如《故乡》《在酒楼上》等），都真实而又形象地写出了女性异化的情景，并将创作意旨导往"启蒙"和"疗救"。

然而要对业已异化的女性进行"启蒙"和"疗救"，却不能不从解构男权封建专制文化入手。因为男权专制文化及制度是造成女性异化最直接、最现实的社会、文化根源。正是男性的"胜利"导致了女性的世界性"败北"，使女性丧失了作为"人"的主体性地位，"身不由己地被父系社会以符合自身原则的方式纳入社会秩序（人伦）中。在这里，她只是一种证明男性强大的对象和工具，一种社会性别奴役的空洞能指。……在这个庞大的封建伦理体系中，女性要么在'孝女节妇'和'女妖祸水'之间进行选择和角色认同；要么自造一座精神炼狱，因沉默而蒙昧，因蒙昧而'失语'，最后彻底丧失主体地位——'人'，而成为异化之'物'……"① 有鉴于此，鲁迅在小说中对男权专制文化与社会发起了猛烈的攻击，常常以辛辣的嘲讽和近乎荒诞的喜剧笔法，来解构男权文化的中心话语。譬如，他经常将那些明显带有男权特征的语言在小说的特定语境中"曝光"，从而显露其自身的荒谬与滑稽，剥去其虚伪的外表，达到颠覆其性奴役、性歧视的解构目的。《明天》中的老拱、阿五们对单四嫂子的关心与怜爱的话语，并不能遮掩其卑鄙的"心思"。《头发的故事》中的N说："仍然留起（头发），嫁给人家做媳妇去：忘却了一切还是幸福，倘使伊记着些平等自由的话，便要苦痛一生世！"这自然是刺向那些封建卫道士的激愤的反语。《阿Q正传》中插入的议论："中国的男人，本来大半都可以做圣贤，可惜全被女人毁掉了。"自然也是反语，而正面介绍的阿Q的"学说"（凡尼姑一定与和尚私通、男女接触一定要有勾当之类），则更是对男权性文化的直接颠覆了。《祝福》中鲁四老爷的"可恶……然而……"的名言以及说祥林嫂不干净、是谬种等话语，明显暴露着他那"讲理学的老监生"的嘴脸。《在酒楼上》中的吕纬甫讲自己放弃讲"新学"而改教《诗经》《孟子》《女儿经》，表明他已

---

① 王岳川. 后现代主义研究 [M]. 北京：北京大学出版社，1988：384.

向守旧的"他们"妥协了。《肥皂》中的四铭,常常口若悬河,一派卫道士的虚伪腔调:"秀儿她们也不必进什么学堂了。'女孩子,念什么书?'……我最恨的就是那些剪了头发的女学生,我简直说,军人土匪倒还情有可原,搅乱天下的就是她们,应该很严的办一办……"当他称赞"孝女"时,更能见出他的大虚伪与大卑鄙。《高老夫子》中的牌友们对女性猥亵的话语自不必说,就是瑶圃对高尔础所讲的"兄弟以为振兴女学是顺应世界的潮流,但一不得当,即易流于偏,所以天曹不喜,也许不过是防微杜渐的意思。只要办理得人,不偏不倚,合乎中庸,一以国粹为归宿,那是决无流弊的。"也不过是男性变换新招的性权术的自供。最滑稽的是《离婚》中的七大人所说的那段权威的"离婚论":"……我一添就是十块,那简直已经是'天外道理'了。要不然,公婆说'走!'就得走。莫说府里,就是上海北京,就是外洋,都这洋。……"七大人所说的"公理"在细节上也许不合实情,但的确道出了女性在婚姻中的普遍劣势。还有《补天》中那位女娲两腿之间的小男人(这形象本身就是对"大男人与小女人"二元对立模式的解构)背诵如流的话语:"裸裎淫佚,失德蔑礼败度,禽兽行。国有常刑,惟禁!"于此"油滑"的描写中,鲁迅忍不住将杂文笔法渗入小说,用以增强解构男权禁欲文化的力度,并隐含着对现代"小丈夫"们的巨大讽刺。

消解男权文化的语言,是西方女权主义思想家、作家很感兴趣的方面,认为这是消解女性异化的必要前提或媒介之一。[1] 鲁迅显然也这么做了,并且做得相当成功,既具有深度、力度与广度,又带有喜剧风味,能够给人带来思想启迪和审美享受。

如果说对女性的态度标明着社会或个人"文明"的程度,那么鲁迅的确是属于"现代"的,更进而也是属于"当代"和"未来"的。他的小说及有关作品所显示出来的消解女性异化、解构男权专制的强烈而鲜明的情意倾向,昭示着重建"新文化"的一种意向,使由他所代表的"中华民族新文化的方向"具有了更其完整、充实的文化意蕴。我们认为这对当今中国的现实人生与文学创作,尤其对女权主义思潮及运动的涌起和女权文学批评的延展,都是具有深刻影响和启示意义的。同时,我们也可以说,由于作为"硬汉"的鲁迅拥有着

---

[1] 详参赵凯. 伊甸园景观 [M]. 长沙:湖南师范大学出版社,1992:64. 又参 [挪] 莫依. 性与文本的政治——女权主义文学理论 [M]. 林建法,赵拓,译. 长春:时代文艺出版社,1992:194-221.

关于女性的先进文化观念和文学文本，他实际已经融入20世纪最具先锋意识的人文思潮之中，并且超越了那种仍复陷入男女二元对立模式的女权观念，从呼唤着男女真正平等的声音中，鲜明地体现着走向世界或文化哲学"新世纪"的价值指向。但据此却不能简单地认为，鲁迅是消解"女性异化"、倡扬"女性解放"的盲目乐观者。作为文学家、思想家的鲁迅，绝不会将消解女性异化这一人类共有的难题，想象或简化为一蹴而就的实践命题。与其说他在小说中表达了他对消解女性异化的"乐观"，毋宁说他鲜明地显示了消解女性异化的"艰难"。而在实际生活中，他也不会轻易地摆脱心中的矛盾（包括男女观、性爱观）和异化人（包括异化女性）的困扰。

第二节 鲁迅与莫言小说中的女性命运[①]

女性作为"第二性"的命运状况是文学的基本母题，古今中外的诸多文学大家都会自觉或不自觉地对女性命运在社会、经济、文化、心理等层面进行细致的书写，并由此体现出他们对女性命运的认知深度及相应的艺术高度。作为中国现当代文学史上的两位杰出作家，鲁迅与莫言在女性命运的书写上不期而遇。他们的跨世纪书写和卓然而立，提供了可资研究的丰富话题。本节即尝试将社会学与叙事学紧密结合起来，对二者小说文本中的女性书写进行一些深入的比较分析。

鲁迅与莫言以繁复多元的叙事形式塑造了不同生活状态下的女性形象，从鲁迅笔下的祥林嫂、子君、爱姑、单四嫂子，到莫言笔下的戴凤莲、上官鲁氏、孙眉娘、林岚、万心等，这些女性以及她们在社会历史演进中的文化命运具有"言说不尽"的解读价值。在爱情婚姻家庭、社会生产生活、身体与性表达三方面，鲁、莫笔下的这些女性由精神奴役到相对苏醒，由蒙昧顺从到追求感觉，也由自觉自立到无奈盲从，由勇敢担当到逆来顺受，显示了现当代中国女性命运发展的复杂状况。总体上可以说，鲁、莫都贴切地书写了不同时代女性相同的艰难处境与命运状况。不同的是，较之鲁迅的短篇为主、双重第一人称叙事[②]

---

① 本节与李徽昭（扬州大学）合作。
② 汪晖．反抗绝望——鲁迅的精神结构与《呐喊》《彷徨》研究［M］．上海：上海人民出版社，1991：324-333．

并突出批判性的叙事特质,莫言的长篇小说文本形式丰富多元,叙事手法转换频繁,更多强调了文化压抑下女性生命本能的自然释放,其笔下的女性有了经济权,也能参与公共事务(由于莫言叙事视角的民间性及其"作为老百姓写作"的文学立场,莫言并没有特别注意女性的政治地位提升),但其笔下女性命运的精神质地较之鲁迅时代未有根本改观,仍笼罩着男权文化的无形阴影。二人女性命运书写的差异显然受到文学立场、叙事方式和女性观的潜在影响。鲁迅所持知识分子"立人""张精神"的启蒙文学立场[1]与莫言立足民间的"作为老百姓的写作"[2] 形成了鲜明对比。叙事风格上,鲁迅的沉郁冷峻映照着莫言的热烈奔放,也使得两人笔下的女性形象与性格迥异。在女性观上,鲁、莫都对封建伦理中男权强势地位有所认知,但鲁迅更强调经济权的获得,莫言则以民间生命自由奔放的批判思维来审视女性,赋予女性更强烈的生命意识。这些不同形成了二人女性书写时的叙述语调、视角与女性形象和命运的差异。审视鲁、莫二人的女性观及其笔下的女性命运,可见二人的女性命运书写与20世纪前期冰心、陈衡哲、庐隐、丁玲等现代女性作家回归家庭的命运叙述形成鲜明对照,社会第一性的"他们"很难想象与认同冰心、凌叔华等新女性对家庭的眷顾。在此意义上,鲁迅、莫言以他者化的男性视角,为20世纪中国女性的命运发展提供了一种审视路径,也创设了各自具有个性化的叙事方式。

一、爱情、婚姻与家庭中的命运书写

爱情婚姻家庭问题是女性命运的核心问题,对现代中国小说叙事具有重要意义,既是小说叙事的重要母题(几乎所有的小说都会不自觉地涉及爱情婚姻家庭问题),也是社会意识形态对现代小说叙事的必然要求(婚姻家庭观念是社会意识形态基本构成之一,现代小说自觉的社会功能必然于此有所反应)。作为启蒙思想家的鲁迅认识到女性爱情婚姻问题对于女性自身及社会的双重意义,在其两本小说集中,有一半以上篇幅或多或少地涉及女性的爱情婚姻状态,《伤逝》《离婚》等还以女性爱情婚姻作为小说主题。在女性爱情婚姻的叙述中,鲁迅以极具现代意识的叙事视角营造出多重意蕴的男女双性对话风格,映照了旧礼教下女性婚姻家庭命运的艰难。

---

[1] 林非. 鲁迅的文学启蒙思想[J]. 文艺理论与批评, 1989 (3).
[2] 莫言. 文学创作的民间资源——在苏州大学"小说家讲坛"上的讲演[J]. 当代作家评论, 2002 (1): 4-9.

鲁迅叙述中的女性多无法决定自己的爱情与婚姻，常常沦为封建家庭婚姻交易的工具。最典型的是祥林嫂（《祝福》），丈夫死后，祥林嫂从婆家逃出做工，却又被"精明强干"的婆婆"抢"回家，以较高的彩礼嫁给了（实际是出卖）贺老六，祥林嫂沦为旧式婚姻交易的商品，叙述人也在由祥林嫂推移而来的悲哀中沉思恍惚。类似祥林嫂被封建婚姻家庭束缚命运的，有华大妈（《药》）对旧家庭的维护，单四嫂子（《明天》）对儿子的唯一寄托，还有其他主题叙事中体现出的四铭太太（《肥皂》）与方太太（《端午节》）对旧家庭男权的顺从甚至讨好。《在酒楼上》中的顺姑似乎不是小说叙事重心，但吕纬甫恰恰又以她为叙事焦点，这个女人听闻了长庚对自己从未谋面的男人的诳语后郁郁死去，令人倍感凄凉。在鲁迅的爱情婚姻叙事中，复调叙事中的"我"（现代知识分子形象）承担了重要的叙事功能，也以此呈示作者对女性命运沉思的声音，这种声音掺杂着作者的主体启蒙意识，却是暧昧不明的。① 鲁迅对女性爱情婚姻命运独特的复调性叙述显示了他的启蒙思想立场，揭示了女性在旧婚姻家庭制度中既是受害者又是维护者的凄惨状况。

　　鲁迅以文学拯救民族灵魂的重要体现便是塑造抗争婚姻家庭旧礼制的女性形象。《离婚》中，乡村人物的闲言碎语参与了爱姑的离婚叙事，也凸显了环境对女性命运的影响。爱姑在婚姻破裂后的决绝态度表明了女性抗争婚姻家庭不公的勇敢。子君（《伤逝》）是另一个敢于反抗的青年女性，叙述者涓生对子君的过去时态的表述情感与语调暧昧、复杂，这一叙事策略让读者冷静地体悟子君形象的意义。子君说"我是我自己的"，并与涓生同居，体现了鲁迅对女性爱情婚姻的美好期许。当然，在封建礼教依然控制一切的社会，女性的抗争很难看到希望（比如，爱姑的抗争也只是基于"三茶六礼定来的、花轿抬来的"正统意识，其争斗的只是要恢复妻位，而所有反抗都敌不过七大人为代表的男权政治②。子君最终也是回到旧家庭中去）。由于鲁迅复调的叙事特征以及短篇小说以展现"生活或时代的片段性"③ 为主，这些女性在爱情婚姻中的命运状况也多是片段式的，其间却包含着深沉的悲剧性。

　　在女性爱情婚姻命运叙述中，鲁迅超越了旧小说的全知视角，叙述语调沉

---

① 吴晓东. 鲁迅第一人称小说的复调问题[J]. 文学评论，2004（4）：137-148.
② 李继凯. 全人视境中的观照——鲁迅与茅盾比较论[M]. 北京：中国社会科学出版社，2003：116.
③ 吴义勤. 难度·长度·速度·限度——关于长篇小说文体问题的思考[J]. 当代作家评论，2002（4）：93-113.

重、视点多元,"我"的出场与内在的辩难确证着鲁迅隔着距离审视的文学启蒙立场,女性的悲剧命运状况也以此立体呈现。鲁迅笔下的这些女性无论是被损害还是互相损害,无论是苦苦挣扎还是去抗争,都归于悲剧包括"几乎无事的悲剧"的结局,从而深切揭示了女性异化的严酷真相。

新中国赋予了女性婚姻自主权,但旧礼制限制爱情婚姻的境遇并未彻底改变,女性依然要与旧婚姻观念进行抗争。"十七年"小说中的女性形象,继承了赵树理《小二黑结婚》和丁玲《太阳照在桑干河上》的革命化叙事方式,塑造了不少勇敢为爱情婚姻自由而抗争的女性形象,这推动着女性爱情婚姻自由的实现与自我命运主宰能力的提高。但遗憾的是,其间也存在新的女性异化形态和叙事失真现象,这种异化和失真在"文革"期间便达至极端,连起码的爱情描写也被革除掉了。幸运的是,改革开放后,涌入的西方思潮加速推动了女性爱情婚姻自主权的发展,女性的自我认知能力也得到提升,婚姻自主意识普遍增强,这在莫言具有现代多元风格、将现实虚幻化的小说叙事中得到了有效体现。

由于时代差异,莫言对女性爱情婚姻的认识与鲁迅有较大差别,他塑造了更多具有生命自由立场上的抗争与自主意识的新女性形象。依父母之命走进婚姻的戴凤莲(《红高粱》),面对轿夫余占鳌的抢婚,敢于接受从天而降的源自生命意识的"幸福",主动回应了余占鳌的举动。在戴凤莲的爱情故事中,作为孙子的"我"是叙述者,但在女性抒情性表达时,"我奶奶"戴凤莲做起了叙述者,叙述视角的变换展现了民间女性奔放热烈的生命本能释放以及对旧礼制反抗的朦胧意识。《透明的红萝卜》以沉默的儿童视角审视菊子姑娘与小石匠在公共生产劳动中产生的现代自由爱情,使我们看到了爱情婚姻的新环境。紫荆(《金发婴儿》)也在日常劳作中与黄毛产生了爱情,并最终选择了黄毛,而放弃了对在军队任职的丈夫的依赖。《丰乳肥臀》以结构宏大的长篇形制叙述了上官鲁氏"一个完整的性格成长的历史"[1],上官鲁氏三年未育,便通过"借种"改变自己的家庭地位,对封建家庭观念做出了耐人寻味的反抗,而后竭力保护孙辈孩子,深刻体现了中国民间的家庭观和生命观。莫言长篇小说中的女性爱情婚姻叙事结构开放灵活,语言放达恣肆,充分表达了乡村女性爱情婚姻自主与旺盛生命力的协调统一。

---

[1] 吴义勤. 难度·长度·速度·限度——关于长篇小说文体问题的思考[J]. 当代作家评论, 2002(4): 93-113.

新时期以后，女性解放的话题在当代小说中经由"爱的权力"的呼唤发展到了"身体解放""欲望解放"的层面，其间各种女权主义、女性主义思潮起到了推动作用。① 但封建礼教的久远传统、上千年积淀的男权文化影响依然存在。中国女性，尤其是乡村女性在两种文化冲撞中纠结不堪，她们既寻求生命自由的释放，又无法完全摆脱男权中心地位与恶化的政治意识形态的束缚，陷入了两难的命运境地。莫言正是以奇异独特的艺术感觉、灵活变换的叙述视角真切叙述了女性在两种文化冲撞中的命运状况，他笔下有一些女性也陷入了畸形的婚姻家庭状态。孙眉娘（《檀香刑》）不甘心与懦弱无能的傻小甲的婚姻，先后和钱丁、县太爷分别产生恋情，形成畸形的爱情婚姻状态。接受了与哑巴丈夫无爱婚姻的暖（《白狗秋千架》），为了"要个会说话的孩子"，便要与返乡的旧情人偷情，荒诞却又合乎文学叙事伦理。林岚（《红树林》）作为权力的交换品嫁给了地委秦书记的弱智儿子，之后又接受了与秦书记的乱伦关系，充当了秦书记的生育工具，与公公形成了畸形的家庭关系。姑姑万心（《蛙》）早年曾钟情于飞行员王小倜（带有强烈革命色彩和受尊崇的权力形象），当年长20多岁的县委书记杨林看好她时，万心"为了这个家族""为了这些势利小人"而准备嫁给杨林，其间包含着强烈的权力与革命崇拜意识。莫言以长篇叙事展现了女性性格成长史，也审视批判了中国女性对男性、权力的异化情感，这些女性对家庭与婚姻命运的畸形选择和被动接受，昭示了女性命运的自我主宰之路依然漫长。

女性的爱情婚姻命运发展是小说叙事行进的重要着力点，也以此透射出女性在爱情、婚姻与家庭中的角色变化。从鲁迅到莫言，爱情、婚姻与家庭中的女性命运书写有着一以贯之的深刻性。鲁、莫都认识到爱情、婚姻自由的重要性，但他们不同的叙事语调和结构方式却一致对男权中心地位及封建礼教对女性爱情婚姻自主抉择的隐形制约做出了批判。因而戴凤莲、上官鲁氏、孙眉娘都无法彻底脱离祥林嫂时代的男权中心地位，只不过祥林嫂是被动的、戴凤莲是主动的，实际都是从这个男人换到了另一个男人那里，她们的反抗依然是不彻底的。可以说，莫言与鲁迅笔下的女性爱情婚姻命运十分类似，依然都是不

---

① 吴义勤. 当爱已成往事——评潘向黎长篇小说《穿心莲》[J]. 当代作家评论，2011（2）：167-169，206.

公正男权社会制度的受害者。①

二、社会生产生活中的命运趋向

文学可视为社会现实的参照,"某些社会画面可以从文学中抽取出来,这是毋庸置疑的"②。现代小说叙事重要的社会功能及意识形态特质使小说叙事相当程度上受到社会生产生活的影响,对文学作品中女性的社会生产生活进行解读可以透视女性命运的发展症候。鲁迅时代,乡土社会的整体状况并未有多大改观,性别上的排斥依然"未能克服,妇女是不许参加公众事务的"③。鲁迅小说叙事注重白描,这也是一种具有叙述功能的"描写叙述化"。同时,由于鲁迅小说多追求多重的叙述角度,追求叙述的变化,又一定程度上削弱了小说的叙述速度。④ 但不可否认的是,正是这种缓慢的叙述速度,使小说阅读的感觉如同小说文本呈现的农业生产生活,沉静而迟缓。

鲁迅笔下的女性多从事家庭料理性质的长短工,不具有公共性,没有独立的经济地位,她们基本不参与公共事务,生产劳作很难得到社会认可。《祝福》以"我"的视角讲述祥林嫂的故事,使作者的叙述掺杂了对祥林嫂的命运思考以及与作者辩难的情感关系。祥林嫂在鲁四老爷家做短工,所有的生产资料只是一双劳作的手,何以获得经济权呢?《明天》中,人物所处时空阴郁忧伤,女性生产生活的时代背景毕现。失去丈夫的单四嫂子从事家庭纺纱工作,生产资料有限,交往范围也受种种限制,更不必说参与社会公共事务。《阿Q正传》中的吴妈不是叙述的焦点,但她的生产生活却在非焦点叙事中成为值得深思的女性命运现象,女佣的生产生活封闭了她对社会及自身的认知。鲁迅小说中这些在小城镇或乡村生活的女性,其生产劳作方式多附庸于男性,生产生活空间逼仄安静。在相对静止的自然经济与社会政治中,祥林嫂、单四嫂子、吴妈等的生产活动范围都局限于村镇市郊,其无须与外界过多接触联系,也没有生产

---

① Michael Duke. 二十世纪八十年代莫言小说中的过去、现在和未来[M]//艾伦·维德默,王德威等编辑. 从五四到六四:二十世纪中国的小说和电影. 哈佛大学出版社, 1993:295-326. 转引自宁明. 莫言海外研究述评[J]. 东岳论丛, 2012, 33(6):50-54.
② [美] 勒内·韦勒克, 奥斯汀·沃伦. 文学理论(修订版)[M]. 刘象愚, 等译. 南京:江苏教育出版社, 2005:111.
③ 费孝通. 江村经济[M]. 北京:商务印书馆, 2002:77.
④ 吴义勤. 难度·长度·速度·限度——关于长篇小说文体问题的思考[J]. 当代作家评论, 2002(4):93-113.

积累。

鲁迅还塑造了叙事配角性质的纯家庭女性形象系列，她们放弃了参与社会生产与小范围公共事务的机会，完全依附男性，这些女性虽然只是小说叙事配角，却是叙事推进及叙事环境构成的必要元素。这些女性有三类，其一是完全不事生产劳作的老年女性，交往活动局限于家庭乡邻，显示了中国老年女性的生活常态。如九斤老太（《风波》）、《孤独者》中的祖母等，她们过着被供养的日子，很少与社会生产生活产生联系。其二是一些年轻女性，如乡村"出场人物"的七斤嫂子（《风波》）只做些家务以及照顾孩子、婆婆。四铭太太（《肥皂》）与子君（《伤逝》）也不需要承担生产重任，不参加社会公共事务，缺少了鲁迅所说的爱的附丽——经济权，局限了公共视野，使命运陷入无从寄托的悲哀境地。其三是可以控制一定的经济权却竭力维护男权中心的老年女性。如祥林嫂的婆婆，一位"精明强干""很有打算"的老年女性，她处心积虑将祥林嫂卖给贺老六，只是为了小儿子的婚姻，也就是对男权中心家族的维护。

新中国以法律形式确立了女性参与社会生产生活的众多权利，如参政权、教育权等，这种自上而下的女性命运解放从制度上改变了女性封闭的家庭生活方式，文学的敏感触角对女性的生产生活变化进行了细致生动的呈现。有着丰富农村生活经历的莫言，以"作为老百姓"的切身体验描写了不少女性在"文革"时期参与集体劳动的情形。菊子姑娘（《透明的红萝卜》）有与男性平等的生产地位，她参与了敲打石头的公共劳动，确证女性经济权的相对独立。方碧玉（《白棉花》）是参与了公共生产的棉花厂女工，林岚（《红树林》）是"文革"时期红树林珍珠养殖场的女工，后来是广播站的播音员。这些女性进入了公共生产劳动领域，社会生产生活范围得到了扩大，但"文革"时期抽象的男女平等不但不能抹平女性所受的歧视，反而使得女性失落了自己的性别体验，扭曲了自己的主体人格。① 《月光斩》中，老铁匠接待的年轻姑娘颇具男性气质，草绿色的仿制军装和打一把刀的要求使这个姑娘呈现出被时代异化的特质。林岚在身体尚未恢复的情况下，打着吊针为电台发送带着官僚气息的文稿。后来做了地委常委、宣传部长，和父亲说话也是官腔官调，具有令人吃惊的雄性特质。姑姑万心（《蛙》）受"革命"号召，在"接生"和"计生"之间转换，为了工作，可以"动用一切手段"，女性性别特征渐渐消失。"文革"时期，尽管女性和男性平等地参与了社会生产和公共事务，也有了一定的经济权，

---

① 何雁. 当代中国女性文学的三种强调［J］. 当代文坛，2003（5）：82-85.

但革命话语下的男性气质是"文革"时期女性共同的性别取向,女性的性别意识多受政治意识影响,最终使得女性沦为政治和男性的异化物。

女性的社会地位一定程度上受生产资料占有情况的制约,莫言于此有深切的体验和言说。戴凤莲(《红高粱》)以特殊的方式"继承"了单家父子的酿酒作坊,成为作坊主,占有了生产资料,这是戴凤莲成为一位雄强女性的重要经济资本,因此,戴凤莲作坊主的生产活动与支持余司令"抗日"有一种内在关联。不过,女性命运的自主除了需要生产资料支撑,还依赖男女真正平权的文化保障,否则,即便女性占有社会生产生活资料、参与公共事务,也无法获得自主权。陈珍珠(《红树林》)就是占有了一定生产资料的当代女性,但她的一切很快便被男人侵占,二虎更是对其叫嚷"男人的文化就是金钱,女人的文化就是脸蛋"。《蛙》中的万心和小狮子是具有独立生产生活地位的当代女性,对"革命"的绝对信仰反而使她们丧失了女性特征及应有的女性生活体验。紫荆(《金发婴儿》)也有自己的生产资料,却依然沦为如同封建礼教下女性(鲁迅笔下祥林嫂、吴妈等家庭女佣)的相同命运,成为一名当代家庭女佣,这不能不说是值得反思的当代女性命运现象。

恩格斯认为,"妇女解放的第一个先决条件就是一切女性重新回到公共劳动中去"①。诚然如此,公共劳动的参与及经济权的获得对女性命运具有重大的支配作用。鲁、莫二人的社会生产生活书写体现了小说的"百科全书"特质,无论短篇还是长篇,人物话语、行动都散发着社会生产生活的时代气息,他们都注意到女性经济权、生产活动与女性命运状况的关系,并都以独特的叙事方式真诚书写了女性在社会生产中的命运情况。然而,在中国这样一个男权文化与封建传统久远的国家,公共劳动的参与、生产资料的占有是否让中国女性有了独立自由的命运,这种经济权的获得是否就为女性自我命运主宰提供了必要而充分的条件,从鲁迅、莫言的小说叙事来看,未必如此。

三、身体与性表达中的命运状况

作为人本主义文化思潮的重要表征,身体解放是现代民主发展的重要一维,文学叙事中的身体与性书写既张扬了生命的力量与本能状态,又还原了人类本真的生命意识。在身体书写中,女性身体如何解放,女性如何通过身体表达自

---

① 马克思恩格斯选集简要介绍编写组. 马克思恩格斯选集:第四卷[M]. 北京:人民出版社,1995:70.

我，这些问题既是中国女性命运解读的重要一维，也是中国现代小说研究值得关注的问题。身体书写在女性作家那里可以被视为"自我认同的方式"，以此表达女性被压抑、被扭曲的生存状态。① 从丁玲一直到当代诸多女性作家，她们的身体叙事确实呈现了性别视域下女性的一种认同方式。尤其是早期丁玲就曾塑造了不少"在身体、行动与恋爱、性爱方面追求自主""在恋爱与性爱方面的表现也相当直爽"的"摩登女郎"。② 尽管丁玲小说中的女性身体与性表达颇为大胆，但并非当时文学的主流，只是文学"摩登女郎"的文学"摩登"行为，在身体与性表达中，这些女性很难建构自我主体地位，仅可认为是对女性自我意识发展的一种呼吁。

与丁玲以及后来的其他女性作家有巨大不同，作为"男性中心社会（尤其是封建性的社会）及其文化的消解者、颠覆者"③，鲁迅小说叙事很少有直接裸露的身体与性书写。由于"乡土文学的叙事伦理是典型的启蒙伦理"④，启蒙者鲁迅与被审视和批判的乡土人物间有着较为疏远的距离，鲁迅很难在叙事中直接铺陈展示女性的身体与性。但身体与性是人的自然性与社会性的重要表现，作为白描大师的鲁迅依然对有关部位（如眼睛、头、膝盖等）进行了深刻的叙述，他的身体书写"立足民族立场，对近代中国人的身体和精神给予深切的关注。他是以'肉体—精神'的对应关系来描述身体"⑤。鲁迅认识并透视了女性身体（物质的一种存在）封闭的状况，以此揭示女性生命本能的文化压抑。鲁迅笔下的女性很少有与肉身紧密相关的姓名权（祥林嫂、吴妈、四铭太太、单四嫂子皆如此，这些称呼显示她们附属于男人），姓名权的丧失与女性"身体"的封闭（在封建礼教下，不敢也不能打开自己的身体）息息相关，她们只能被动接受男性对自己的身体表达与攻击。鲁迅的身体书写与性表达是含蓄的、潜隐的，主要通过"描写性叙述"推动故事情节发展，显示了女性作为"人"及

---

① 郭冰茹. 个人、身体与"个人化写作"[J]. 中国现代文学研究丛刊, 2012 (12): 110-117.
② 江上幸子. 现代中国的"新妇女"话语与作为"摩登女郎"代言人的丁玲 [J]. 中国现代文学研究丛刊, 2006 (2): 68-88.
③ 李继凯. 全人视境中的观照——鲁迅与茅盾比较论 [M]. 北京: 中国社会科学出版社, 2003: 114.
④ 吴义勤. 乡土经验与"中国之心"——《秦腔》论 [J]. 当代作家评论, 2006 (4): 74-82.
⑤ 陈卫. 身体的秘密——由鲁迅作品中的身体意象看身体写作史 [J]. 鲁迅研究月刊, 2009 (6): 18-24.

"女人"的异化的凄惨状况。

女佣吴妈（《阿Q正传》）无法接受阿Q（社会第一性的男性，同处社会底层的阿Q在吴妈、小尼姑面前具有绝对优势，因而具有性猥亵与性袭击的"权力"[1]）直接要求"困觉"的求爱方式，便连续哭诉，及至最后要寻短见，受封建礼教熏陶的吴妈没有（也不能想到）去反抗男性对自己的攻击。阿Q摸了小尼姑的头后，小尼姑也只是骂了一句便哭着跑开（"小尼姑"形象与阿Q的身体表达构成了文化反差，也是鲁迅小说身体书写的深长意味所在）。守寡的单四嫂子（《明天》）抱着孩子回家，蓝皮阿五过来帮忙，"从单四嫂子的乳房和孩子中间，直伸下去，抱去了孩子。单四嫂子便觉乳房上发了一条热，刹时间直热到脸上和耳根"。一同行走时，两人"离开了二尺五寸多地"。鲁迅擅长以视觉与感觉交织的通感表现女性身体的外在运动，用视觉语言来揭示女性身体呈现出来的内心的悲痛[2]，其简练的白描叙述方式与郁达夫强烈主观的身体书写也有着鲜明区别。在主观性和客观性的强烈对抗中[3]，鲁迅将文学批判的主体性与高度的社会严肃性相结合，以忧愤内敛的叙述语调、独特的描写式叙述显示了含蓄凌厉、耐人寻味的现代小说叙事艺术魅力，也以此强烈地击中了封建礼教下女性身体封闭、性际关系失谐的文化要害。

新时期的改革开放推动了西方女性主义等各种新思潮的不断涌入，与此同时，市场经济发展中，"嘉年华式的肉体冲动，一朝解禁，真是一发不可收拾"[4]。莫言便是在这一思潮中策应嘉年华式的肉体冲动的重要作家，其小说叙事中的身体与性书写繁复热烈，充满着肉欲激情。但根本的意义上，莫言的身体与性书写更多地洋溢着生命意识以及文化反思后的反讽精神。莫言探触到民间社会女性身体潜在的社会与文化功能，将女性身体表达作为小说叙事推进与人物情感表达的重要符码，进而以身体及性书写表达了人性与本能长期压抑下的自然反抗。"莫言迷醉民间文化——并不是字面上或庙堂里张扬的那些文化，他对文化的感觉几乎是原生态的。在他的文化的体认中又常伴随对人性的挖掘，包括对

---

[1] 李继凯. 全人视境中的观照——鲁迅与茅盾比较论 [M]. 北京：中国社会科学出版社，2003：119.
[2] 陈卫. 身体的秘密——由鲁迅作品中的身体意象看身体写作史 [J]. 鲁迅研究月刊，2009（6）：18-24.
[3] 王富仁. 鲁迅小说的叙事艺术 [J]. 中国现代文学研究丛刊，2000（3）：1-36.
[4] 王德威. 千言万语，何若莫言 [M] // 当代小说二十家. 北京：生活·读书·新知三联书店，2006.：254.

潜意识、集体无意识的挖掘。"① 在这样的意义上，莫言多声部、多元化的长篇小说叙述方式呈现了女性的身体与性意识演进史，这些女性的身体与性书写酣畅淋漓，是独特的莫言小说风格，也是中国小说长篇形制特有的语言与叙事风格。

莫言笔下的女性在身体表达中多居主导地位。上官鲁氏（《丰乳肥臀》）除了失身于她的姑父和被败兵轮奸外，都是主动与其他男人发生性关系。林岚（《红树林》）开头便与一个"鸭子"（男性卖身者）媾和，性与身体在这里失去了伦理制约，成为情绪释放的工具。往前探溯，早年公公秦书记在身体上侵犯林岚时，她起初难以接受，但"双腿就像被水浸泡过的饼子一样酥软了"，伦理和理性的围墙最终被欲望冲破，便在身体上处处迎合秦书记，及至给秦书记生下儿子，这个女人终于以身体换来了权力地位的不断上升。暖（《白狗秋千架》）主动向"我"——返乡知识分子提出了苟且偷情的要求。戴凤莲（《红高粱》）在被土匪余占鳌劫掠时甚至主动"揽住了那人的脖子，以便他抱得更轻松一些"，正如她临终前的表白"我的身体是我的，我为自己做主"，与子君（《伤逝》）的表白内容惊人地一致。孙眉娘（《檀香刑》）在和干爹钱丁的乱伦中也处于主动地位，她又心醉神迷于谈吐高雅的县太爷，想方设法接近这个男人，最终将身体献给了县太爷。《蛙》中四个时空的"计划生育故事"都有身体功能的展示，相互形成了互文，也以此达到历史反思和人性高度的统一。②王仁美、小狮子及其他乡村女性身体的主要功能是生男孩传宗接代，尤其是小狮子为已经老年的"我""继承血统、延续家族"，找代孕中心的陈眉为"我"生了一个男孩，更投射出莫言对女性身体功能被滥用的独特认知。

莫言的"许多小说中都弥漫着一种共同而强烈的心态，这就是性的躁动"③，女性的身体与性表达几乎成为莫言所有小说的重要情节，其笔下女性身体表达又多主动，可以看作是女性朦胧的主体意识，这也是莫言小说叙事主题与语言的独特标志。应该注意到，莫言的民间立场与鲁迅的启蒙立场的叙事方式有着一定的不同，鲁迅小说叙事的知识分子话语系统与真实的"乡土"之间

---

① 温儒敏，叶诚生．"写在历史边上"的故事——莫言小说的现代质[J]．东岳论丛，2012，33（12）：6-9.
② 吴义勤．原罪与救赎——读莫言长篇小说《蛙》[J]．南方文坛，2010（3）：43-45.
③ 吴俊．莫言小说中的性意识——兼评《红高粱》[J]．当代作家评论，1987（5）：97-102.

总有着一定的游离①，远不如莫言在民间立场下对乡土原生性和丰富性中女性身体与生命意识关联的发掘。当然，莫言小说叙事中女性的身体与性表达中还有许多封建文化认同的心理存在，比如，许多女性仍有对男性中心地位潜意识中的认同、羡慕与崇拜，可以说，这些女性对自我身体的主宰是不彻底的，是附庸于男权中心的，其女性主体意识也是脆弱的。

四、女性观与女性命运的历史省思

鲁迅、莫言以不同的小说形制及叙事风格充分展现了20世纪中国女性命运的独特演进历史，其小说中的女性形象具有言说不尽的阐释价值。作为杰出的文学家，在小说之外，鲁、莫对女性问题也有基于各自时代、文学立场、生活经历的独特思考与言说。鲁迅抱有启蒙主义思想观，他认为，"是故将生存两间，角逐列国是务，其首在立人，人立而后凡事举；若其道术，乃必尊个性而张精神"②，以此为出发点，鲁迅的文学活动几乎都毫不例外地将自己整体的启蒙主义思想（与儒家之"道"处于对立地位的"道"）贯彻于反对儒家传统思想的启蒙主义工作中。③ 在"立人"和"张精神"的启蒙思想主导下，他形成了独特的女性观。鲁迅认为："女人的天性中有母性，有女儿性；无妻性。妻性是逼成的，只是母性和女儿性的混合。"④ "既然平等，男女便都有一律应守的契约。男子决不能将自己不守的事，向女子特别要求。"⑤ "从事理上推想起来，娜拉或者也实在只有两条路：不是堕落，就是回来""所以为娜拉计，钱——高雅地说吧，就是经济，是最要紧的了。自由固不是钱所能买到的，但能够为钱而卖掉""在目下的社会里，经济权就见得最要紧了。第一，在家应该先获得男女平均的分配；第二，在社会应该获得男女相等的势力。"⑥ 与鲁迅上述文学立场、女性观一致的是前述各个小说文本对女性命运的犀利书写，其限制型的小说叙述方式更增添了读者对其笔下女性命运悲剧感、真实感的透彻体悟。

与鲁迅不同，成长于高密乡村、接受"文革"时期小学教育的莫言没有海

---

① 吴义勤. 乡土经验与"中国之心"——《秦腔》论 [J]. 当代作家评论，2006（4）：74-82.
② 鲁迅. 文化偏至论 [M] //鲁迅全集：第一卷. 北京：人民文学出版社，2005：58.
③ 林非. 鲁迅的文学启蒙思想 [J]. 文艺理论与批评，1989（3）.
④ 鲁迅. 小杂感 [M] //鲁迅全集：第三卷. 北京：人民文学出版社，2005：155.
⑤ 鲁迅. 我之节烈观 [M] //鲁迅全集：第一卷. 北京：人民文学出版社，2005：125.
⑥ 鲁迅. 娜拉走后怎样 [M] //鲁迅全集：第一卷. 北京：人民文学出版社，2005：166-168.

外生活经历和传统精英文化积淀。莫言认为鲁迅是启蒙者,鲁迅的写作是"知识分子的视角",具有批判性。他所认同的则是"作为老百姓的写作"①,这一写作方式"基本上是从个人出发的,站在个人的角度上写自我"②。他认为,真正的民间写作就是"作为老百姓的写作",作家"不要当道德的评判者"③。莫言基本的文学立场便是"作为老百姓的写作"。基于此,莫言认为社会"深层意识里面,对女孩的歧视还是有。尤其年龄大一点的人,对男孩女孩还是不同的""女性面临的环境很严酷——不仅仅是精神上的,也包括肉体上的。例如,那种病态的审美,裹什么小脚啊;还有落后的生育观念啊"。由于作为老百姓的民间立场以及多年乡村生活经历,莫言对中国乡土民间中女性生存状况了解得更切实细致。他认为,"一个女人在一个中国传统家庭里如果不能生育,她就不是一个女人,她连一个丫鬟的地位都不如"④。莫言还认为"母性一旦被唤醒,它所产生的力量可真算是移山倒海""每当家庭和社会遇到重大动乱的时候,女性肯定是起到了一种坚强后盾的作用",而且"女性表现得更有力量,更坚强。女性的生命力量更加强大"。而莫言好友贺立华先生也对"莫言所写的所有坏人里头,没有一个是女人"的现象给予了高度关注。⑤ 可见,莫言是以乡土民间灼热的生命温度、生命依恋在潜心感悟着中国女性独特的生存意识,这些女性观是莫言小说叙事中女性形象的重要思想来源,也是他不断进行女性书写的动力源泉。从其处女作到成名作,再到声名远播于西方世界,获取诺贝尔奖,其间都显示出"莫言文学"与"书写女性"的一以贯之的密切关系。笔者以为称其为当今中国描写女性的"国手"或"大师"绝不为过。正可谓:"春夜雨霏霏,高粱红灿灿。丰乳加肥臀,蛙声唤加冕!"

作为中国现代文学的重要传统,鲁迅对莫言确实产生了一定的影响。莫言"大约七八岁的时候就开始读鲁迅",不但把鲁迅"通读了一遍",有些文章还

---

① 莫言.文学创作的民间资源——在苏州大学"小说家讲坛"上的讲演[J].当代作家评论,2002(1):4-9.
② 莫言.作家和他的文学创作[J].文史哲,2003(2):149-152.
③ 莫言.文学创作的民间资源——在苏州大学"小说家讲坛"上的讲演[J].当代作家评论,2002(1):4-9.
④ 莫言,刘琛.把"高密东北乡"安放在世界文学的版图上——莫言先生文学访谈录[J].东岳论丛,2012,33(10):5-10,2.
⑤ 参见莫言,刘琛.把"高密东北乡"安放在世界文学的版图上——莫言先生文学访谈录[J].东岳论丛,2012,33(10):5-10,2;贺立华.莫言创作30年主体意识三度跃迁[J].海南师范大学学报(社会科学版),2012(4):57-59.

<<< 第八章 鲁迅笔下的"女性形象"及其"异化"

"反复读"。① 在阅读与理解鲁迅的基础上,他还专门撰写了《铸剑》的解读文章。② 20 世纪 80 年代后期,莫言开始理解鲁迅,"一段特殊的体验使其对自己的周边环境有了鲁迅式的看法,或者说开始呼应了鲁迅式的主题"③。莫言也坦陈"自己的写作一直是没有离开鲁迅的",有的学者也认为"莫言是坚持鲁迅的道路的"④,因此,在女性问题上,莫言和鲁迅都能看到男权中心意识对女性的无形戕害。但由于文学立场以及生活经历不同,二人的女性观其实也存在一定差异。鲁迅在一个启蒙的制高点上来审视与叙述封建道统崩溃中的女性命运,更多关注女性的经济独立与男女平权,他不能像莫言那样自觉地感受与体认乡村女性蓬勃的生命意识。莫言小说汪洋恣肆的长篇叙事的重心就是女性命运,这种叙述外化为贴合乡村实际的语言与叙事方式,因此,他的长篇小说叙事具有奔放热烈、想象瑰奇的独特风格,其笔下女性浓烈葱郁的民间气息、蓬勃旺盛的生命意识、复杂两难的命运书写令人耳目一新。

鲁迅关注的是文化观念形态上女性被奴役的精神状况,莫言则"更加关注生命的物质形态(比如,人的肉体需要和人性的生命力状况等),而不是文化的观念形态(诸如,善、恶、文化原型或象征物之类)"⑤。莫言笔下的女性大多可以掌控自己的身体,通过身体这样一种可以自由支配的物质形态表达对男权的臣服或反抗、对生命力的尊敬或奉献。中国农民长期的物质贫困状态,加上根本性的男权中心地位影响,乡村女性的生存苦难更为严重。身体作为乡村女性最切近方便的物质要素,在民间自由自在的生命状态中得到蓬勃旺盛的表达,正显示了女性坚强的生命意识。然而,尽管莫言笔下的女性可以自由支配身体,甚至也有了鲁迅所要求的经济权,却仍难从精神上摆脱厄运。林岚(《红树林》)是做了地委宣传部长及常务副市长的当代知识女性,万心(《蛙》)是受过中等教育的拥有独立经济地位的乡村妇产医生,但她们依然无法摆脱男权中心文化在生活中及精神上的无形影响。林岚沦为当代"性奴",万心则失去了女性特征和性别体验,直到老年才在忏悔中开始婚姻生活。

从鲁迅、莫言独具风格的小说叙事来看,在相对广袤的中国乡土社会,男

---

① 莫言. 读鲁杂感 [M] //给父亲的信. 沈阳:春风文艺出版社,2003:119.
② 莫言. 谁是复仇者?——《铸剑》解读 [J]. 中国现代文学研究丛刊,1991(3):107-111.
③ 孙郁. 莫言:与鲁迅相逢的歌者 [J]. 当代作家评论,2006(6):4-10.
④ 孙郁. 三十年的思与想 [J]. 文艺研究,2008(12):23-26.
⑤ 张闳. 感官王国:先锋小说叙事艺术研究 [M]. 上海:同济大学出版社,2007:40.

权、夫权文化等无法根绝的封建意识还依然是不少女性精神上认同与建构的重要取向。因此，无论是祥林嫂、吴妈、戴凤莲、上官鲁氏等乡村女性，还是子君、林岚、万心等知识女性，她们都是被男性所书写和审视的男性性别的他者。① 在被男性审视中，祥林嫂、吴妈、戴凤莲、上官鲁氏与子君、林岚、万心很难确认自我。也就是说，鲁迅与莫言笔下众多女性的爱情婚姻家庭与社会生产生活命运仍然无法由自我主宰，她们的命运仍然是男性视角下被他者化的一种命运状况。从鲁、莫小说叙事来看，无论占有生产资料、参与公共劳动或接受教育与否，在男权依然是中国社会同一性与中心性的文化背景下，女性命运很难有根本改观。诚如吴义勤所言："当许多'政治性'的问题已解决之后，女性的问题似乎并未迎刃而解。女性各个层次的'解放'都实现了，'经济也独立'了，但女性却似乎陷入了更大的困境。"② 因此，当我们重新审视那些与鲁迅相近时代的新知识女性（冰心、凌叔华、陈衡哲、庐隐、苏雪林、丁玲等）的命运选择时，我们看到她们对自身命运有着女性立场的独立认知："在男性的性别角色不发生任何变动的社会结构中，新女性要成为冰心所说的'贤妻良母'，或者如陈衡哲所倡导的'母职是大多数女子的基本职业'，就必定要有所放弃，有所牺牲。"所以当她们"按照'女子解放'的思潮来设计和安排自己的生活时，便敏锐地感觉到传统的相夫教子的角色定位与个体人生价值的追求之间无法调和的矛盾"③。20世纪前期冰心、凌叔华、陈衡哲等部分新知识女性的婚姻家庭想象，往往比倡导女性解放、呼吁女性人身自由与经济权的鲁迅等先行者更为传统和保守，这些新女性更愿意回到家庭，在家庭中实现自己的价值。这种情形令人感到欣喜乐观，还是感到无望无奈？抑或悲欣交集、纠结不已？

但无论如何，理性的学理探讨及人文求索仍须继续。梁景和曾说："社会文化的变革是一个长期动态的运演过程。五四时期社会文化虽然发生了很大的变化，但这种变化是有局限的。有的变化刚刚开始，有的变化刚刚扩展，有的变

---

① 鲁迅、莫言对女性命运的艰难处境及其改变途径有着独特思考，一定意义上超越了男性性别。但在性别视域中，男性身份与视角对小说叙事的女性命运还有相当的影响，鲁迅与莫言潜在的男性性别意识仍然使他们的女性命运书写还隐约有着难以避免的无意识的认识偏差。
② 吴义勤. 当爱已成往事——评潘向黎长篇小说《穿心莲》[J]. 当代作家评论，2011 (2): 167-169, 206.
③ 郭冰茹. "新家庭"想象与女性的性别认同——关于现代女性写作的一种考察[J]. 文学评论，2009 (3): 48-52.

化至今还没有完成，仍在继续变革的过程当中。"又说："人的解放包括诸多方面，如形体的解放，教育的解放，经济的解放，政治的解放，伦理的解放等。而五四时期社会文化的演变正体现着人的解放的深刻主题。"① 这些话说的是五四时期社会文化尤其是女性文化变迁问题，文史互证，对照而言，鲁迅和莫言笔下的女性命运也许能够生动地揭示，从五四走来的追求人文复兴、人之解放的知识者，仍须直面中国女性命运变革、女性解放及文化发展中存在的种种现实问题，上下求索，探觅实现双性和谐、幸福美满的途径。

---

① 梁景和. 五四时期社会文化嬗变论纲——以婚姻、家庭、女性、性伦为中心 [J]. 人文杂志, 2009 (4): 142-148.

第九章

文体史视域中的鲁迅文体

第一节　文体与鲁迅文体探索

如果从现代文体学所提供的学术视野观照鲁迅文体，势必会引出许多有价值的研究课题。因为自19世纪末、20世纪初生成、发展起来的现代文体学，受到语言学、符号学、语用学以及文学理论批评等许多学科理论的影响，所涉及的论域非常广阔。倘按照不同角度或不同分类标准，则文体学还有名目繁多的分支学科或理论流派，如功能文体学、表情文体学、过程文体学、情感文体学、生成文体学、实用文体学、语文文体学、文学文体学、形式文体学、文类（或体裁）文体学、历时文体学、语篇文体学、语境文体学（或社会历史文化文体学）、比较文体学、结构主义文体学、布拉格美学文体学、风格文体学等等，着实让人眼花缭乱。① 我们这里不可能也没有必要机械地用舶来的文体学术语来套解鲁迅文体，而仅拟从文体史的角度来评估鲁迅文体。至于其他相关的内容只能有所涉及而已。

文体（style），作为文体学（stylistics）的基本概念，至今仍是众说纷纭。其意义范围很难给予准确的界定。相比较，对文体做这样的界说则是简明扼要的："文体有广狭两义，狭义上的文体指文学文体，包括文学、语言的艺术特征（有别于普通或实用语言的特征）、作品的语言特色或表现风格、作者的语言习

---

① 参见王守元，张德禄主编. 文体学辞典［M］. 济南：山东教育出版社，1996. 亦可参阅刘世生. 西方文体学论纲［M］. 济南：山东教育出版社，1998；张德禄编著. 功能文体学［M］. 济南：山东教育出版社，1998. 等著作。

<<< 第九章 文体史视域中的鲁迅文体

惯以及特定创作流派或文学发展阶段的语言风格等。广义上的文体指一种语言中的各种语言变体，如因不同的社会实践活动而形成的新闻语体、法律语体、宗教语体、广告语体、科技语体；因交际媒介的差异而产生的口语语体与书面语体；或因交际双方的关系不同而产生的正式文体与非正式文体等。由于文体有广狭两义，文体学也就形成了'普通文体学'（语体学）与'文学文体学'这两大分支，它们分别对这两个不同领域进行研究。"① 我们这里所说的文体，是在其最基本的意义层面上使用的，即谓文体（主要指狭义文体）是写作（尤其是创作）的语言表达方式。文体在不同的语境中往往有不同的含义，大致说来有这样几种：（1）体裁意义上的文体，即文类文体。如小说、诗歌、散文和戏曲以及论文、报告、讲演、应用文等。（2）语符意义上的文体，即语言文体。如跨民族、跨行业的语言符号以及相应的字词、句式、结构等，语体的不同，往往表明在思维方式、文化习俗和审美习惯等方面也存在着差异。（3）风格意义上的文体，即风格文体或文体风格。如作品在整体上呈现出来的不同的审美特征，其中有民族的文体风格、阶级的文体风格、流派的文体风格和个人的文体风格等。文体也可分级：通常所说的四大基本文体小说、诗歌、散文、戏剧可视为一级文体，其他文类如长篇小说、中篇小说、短篇小说（含小小说）为二级文体，其他依写法分的小说如现实主义小说、浪漫主义小说、意识流小说等可视为三级文体。如果细分，还会分出四级文体、五级文体等。其他文体类此，都可以相对分级（包括结合型文体如散文诗、诗化小说、诗剧、小说化报告文学等等），从而形成文体的巨大网络。但按作品内容或题材的分级则不在此列。

在中国古代文论中，文体论不是其中的"显学"，但也有一些相关的论述。甚至早在《礼记》中偶尔就有对文体的涉论。后经《汉书·艺文志》《典论·论文》《文赋》的扩而大之，到《文章流别志论》《文心雕龙》等就已形成较大规模。古代文体论所提及的文体概念的含义主要指文章的体裁样式和风格气韵这两种意思，兼及与此相关的文章作法、结构和修辞等。如《文心雕龙》的《风骨篇》与《定势篇》所说的"洞晓情变，曲昭文体""势流不反，文体遂弊"等，皆指文章体裁；《文心雕龙》的《体性篇》、钟嵘《诗品》和严羽《沧浪诗话》中所论及的"八体""文体华净""建安体"等，则指文章风格；其他

---

① 申丹. 叙述学与小说文体学研究［M］. 北京：北京大学出版社，1998：81.

与此相关的《文镜秘府论》《文则》《文筌》等则论及文章作法。① 历史上常以文章风格意义上的"体"来对著名的作家或流派的创作风格加以概括，如所谓"屈骚体""太白体""盛唐体""庾信体""台阁体""宫体""语丝文体""鲁迅文体""冰心体"等。至于扬州八怪之一郑板桥的"你体有你体，我体有我体"的求"体"创"体"话语，更是传为佳话。相比较，西方人却主要从语言本体的角度来看待文体。即使所说的"风格"，也主要是指语言风格。但西方人"语言"观内涵很多，如韦勒克所说："文体研究一切能够获得某种特别表达力的语言手段，因此均可置于文体学的研究范畴内；一切语言中，甚至最原始的语言中充满的隐喻；一切修辞手段；一切句法结构模式。几乎每一种语言都可以从表达力的价值的角度加以研究。"② 于是在文体、语体、风格等概念之间有着更多的相通之处，而其中又以语体为核心。由此对作家作品从文体学角度进行研究也同样拥有广阔的空间。

对于各种样式或各种意义上的文体，自然可以进行分析和评估。比如说，某人作品文体风格独特、语言奇异，或者说某人演讲非常精彩、妙趣横生，就既是分析概括，又含有价值判断。作家的生命有赖于作品及其传播。而"文学作品的存在是一种特殊的语言实体的存在，也即文学文体的存在"③。文体是作家个性的外化和语言的指纹，也是作家生命的象征。鲁迅作为一位杰出的文学家、思想家，"写"（创作）和"说"（话语）成了他人生的基本方式。于是"文体"就成了他证明自我价值的途径，而这样的生命和价值就存在于"文体史"（文体的历史）之中。因此从"文体史"的角度来观照鲁迅，也正是我们认识多维视野中的文化巨人鲁迅不可缺少的一个重要方面。

文体史是以文体学为理论基础的，它并不导向单纯抽象的理论思考，而着意于对作家作品的文体创造进行具体的历史分析和相应的价值评估。值得注意的是，如果从文体史角度来考察鲁迅的价值，直白地说，不应该也不能够局限于"文学"特别是"纯文学"的范畴，因为鲁迅所创造的各种文类文体实际已经超出了文学文体的范畴。作为文化巨人的鲁迅的一个最直接有力的证明，是他所写下并印行于世的各种不同类型的文章。虽然这些文章的不同体式，在严格意义上并非都属于文学文体，但鲁迅一生所遗存的作品精华，却大部分或基

---

① 参见褚斌杰．中国古代文体概论［M］．北京：北京大学出版社，1990：13-35．
② ［美］勒内·韦勒克，奥斯汀·沃伦．文学理论［M］．刘象愚，等译．北京：生活·读书·新知三联书店，1984：191．
③ 张毅．文学文体概说［M］．北京：中国人民大学出版社，1993：6．

本上采取了文学文体,从而充分显示了文学大师的"本色"行当和"创造"能力——《鲁迅全集》为此提供了可以直观、品评的文本。此外,我们也不能仅仅从20世纪的中国文学、文化的断代史来看待鲁迅文体,因为鲁迅的文体资源和文体价值都并不局限于中国的20世纪。鲁迅是继往开来的文化巨人,他既属于中国,也属于世界。从文体上看可以说也是如此。如郁达夫就曾这样评价鲁迅的文体成就和历史性的卓越贡献:"如问中国自有新文学运动以来,谁最伟大?谁最能代表这个时代?我将毫不踌躇地回答:是鲁迅。鲁迅的小说,比之中国几年来所有这方面的杰作,更高一步。至于他的随笔杂感,更提供了前不见古人,而后不能追随的风格……"① 这种极而言之的颂赞式的评论,也许并不十分稳妥允当,但将鲁迅在文学史、文体史中予以定位的意图则是非常明显的。

作为作家,大抵都希望自己能有大的艺术创造,从而于文学史、文体史中脱颖而出,并超凡脱俗,卓立于文坛之上,"前不见古人,后不见来者",即使由此"独怆然而涕下",大概也会心甘情愿。但真正要有大的艺术创造谈何容易!因为作家处于绵延不已的文化、文学长河中,本身就是这文化、文学影响的产物,他(她)要想在继承前人的基础上拥有自己的杰出创造,就必须做出巨大的努力。这就不可避免地要遭逢"影响的焦虑"和"创新的苦恼",对此必须加以有效克服才能有所突破。鲁迅的情形正是如此。无论是从事《呐喊》《彷徨》的创作,还是从事《野草》《故事新编》《朝花夕拾》的创作,以及从事战斗性杂文的创作,其创作心境的沉重都是不言而喻的,而其中也就有如何才能写得更好的属于文体创造方面的焦虑和苦恼。鲁迅承受着这样的焦虑和苦恼而努力克服之,奋起超越之,于是才有了重大的突破和创造。

但有时并非总是如此。比如,鲁迅曾比较轻松地去为白话诗"敲边鼓",自己也写出新诗来加入颠覆旧体格律诗体式的阵线中。然而,旧体诗仍依赖其巨大的文体优势征服了鲁迅,使他在这样的文体中为自己留下一份"习惯成自然"的轻松和一些怀旧性的自我安慰。从文体史角度来看,不必讳言,鲁迅的旧体诗是较少文体创新的,其白话诗的文体亦尚嫌生涩。这也很能说明传统文体惯性的强大和鲁迅灵魂中确有袭古而来的"鬼气""毒气"。鉴于鲁迅在诗歌文体创造方面较为薄弱,所以笔者较少涉论及此。

---

① 郁达夫1937年为日本出版《大鲁迅全集》而作短文,原载一九三七年三月一日日本《改造》第十九卷第三号,见郁达夫.鲁迅的伟大[J].鲁迅研究月刊,2000(7):48.

我们这里拟主要借鉴历时文体学或历史文体学的理论方法，对鲁迅文体进行一些实事求是的分析和评估。亦即主要从动态的、纵向的"文体史"角度评析鲁迅文体在历史上的文体转化、兴替、变革中的作用、地位和价值，并从鲁迅文体创造及演变的现象和轨迹中总结出规律及经验教训。自然，由此对关注现代文体及相关的文体史、文学史的人来说，也可以获得一些有益的启示。

第二节 鲁迅文体研究的历史回顾

在整个鲁迅研究或"鲁迅学"的格局中，鲁迅文体研究应该是一个重要的方面。但长期以来却受到了相对的冷落，从而使这方面的研究显得比较薄弱。日本学者丸山昇曾说："说到文学方面，一个事实是，在这之前就有了对于各种文学的评价的不满。比如，（20世纪）50年代前期《人民文学》上刊载了陈涌的'呐喊论'，这是在我研究《呐喊》之前吧。我记得当时看了后觉得，如果这样的东西是马克思主义的，我也可以不当马克思主义者了。也就是说，作家的主体完全失掉了，只是写了些什么，仅仅注意题材的感觉，对此极为不满。"① 在这里，的确道出了一个基本的事实，就是过去的鲁迅研究对"题材"格外重视，而对作家主体和创作"体裁"（文体）却比较忽视。不过丸山昇的感觉也有以偏概全之嫌，因为即使是陈涌的鲁迅论，也在很次要的方面论及了鲁迅的"主体"和"文体"（如作家世界观和作品艺术分析中就含有这方面的研究）。这种情况在中国大陆的鲁迅研究界比较普遍，就是在王富仁的新研究系统、钱理群的心灵探寻和汪晖的主体性研究中，以及像《鲁迅的写作艺术》（杜一白）、《鲁迅小说研究》（冯光廉）、《鲁迅语言修改艺术》（刘刚等）之类的论著，也都有与其研究主旨相关联的一定分量的鲁迅文体分析。综观鲁迅研究史，应该说，鲁迅文体研究不仅存在，而且是有脉络可寻的。

如果从鲁迅正式发表文章算起，对鲁迅文体的初识在有的读者那里，则早在20世纪初的1907—1908年前后就发生了。但其时尚少有人公开对鲁迅的文章进行评述。对他早期文章（其中有些确是鸿文）的研究和关注，则是后来的事情。而对鲁迅文学文体的关注，是在鲁迅的文言小说《怀旧》问世之时，标志

---

① 吴俊编译. 东洋文论——日本现代中国文学论 [M]. 杭州：浙江人民出版社，1998：23.

是有人关注鲁迅的作品并给予了评点。及至五四前后，鲁迅的小说引起了越来越广泛的注意。此后便"一发而不可收"，随着鲁迅创作的文类增多和影响扩大，对鲁迅文体的评论和研究也越来越多，不少分析也都达到了相当精专的水平。许多文章对鲁迅小说文体的艺术分析尤其具有功力。这种状况经"文革"的停滞和扭曲之后得到了继续和新的发展。特别是20世纪80年代中期以来的鲁迅文体研究，出现了突飞猛进的现象，取得了更多的收获。

综观鲁迅文学文体研究的历史，大致可以分为这样四个时期：鲁迅逝世前为其萌发和初建时期；鲁迅逝世后至"文革"前为鲁迅文体研究的拓展和深入时期；"文革"中为鲁迅文体"研究"被扭曲和利用时期；新时期以来为鲁迅文体研究复苏和重建时期。以下分而述之。

（一）鲁迅文体研究的萌发和初建

鲁迅文体研究的萌发和初建时期，如前所说，大致可以追溯到1913年4月25日出版的《小说月报》上编者对鲁迅文言小说的评点（学生时代和早年从文的鲁迅所作的诗文与论文，也会得到师友的评论，但未见公开发表）。这是至今发现的最早公开发表的评论鲁迅作品包括其文体的文字。作为当时著名文学刊物的主要编辑者，恽铁樵对《怀旧》这篇小说的文体显然非常欣赏。在夹批式的评点中，他称赞这篇小说行文灵活，情节生动，文笔和章法的精妙之处，"可作金针度人"；人物刻画也"绘声绘影"等。在小说后面所附的总评性质的《焦木附志》中，他甚至认为《怀旧》已经达到了常人"不能致力"的艺术境界，堪为文学青年从事创作的典范。尽管这里有前辈鼓励、提携新人的"夸奖"成分，但对鲁迅文体的特别注意却相当可贵，为"贴近"鲁迅文本提示了一条路径。但其评点的传统形式与《怀旧》一样，都受到了文言文这种语体的限制。到了1918年5月，鲁迅在《新青年》上发表了《狂人日记》，接着又从白话小说文体扩展到白话杂文文体。此后更是一发而不可收。这些创作引起了越来越多的注意。于是从1919年到1921年，出现了一些片段的和比较完整的关于鲁迅作品的评论。有些便是对鲁迅文体的评论和评估。如1919年2月出版的《新潮》第1卷第2号的"书报介绍"栏发表了"记者"对《狂人日记》这样的评论："《新青年》里的好文章……就文章而论，唐俟君（鲁迅）的《狂人日记》用写实笔法，达寄托的（Sym-bolism）旨趣，诚然是中国近来第一篇好小说。"该刊1919年5月出版的第1卷第5号，傅斯年在《随感录》中又写道："文章大概可以分做外发和内涵两种，外发的文章很容易看，很容易忘；内涵的文章不容易看，也不容易忘……《新青年》里有一位鲁迅先生和一位唐俟先生是能做内涵的文章的。实在是《新青年》里一位健者。"这里显然将鲁迅文体当作"内涵"型文体来看待,的确是有鉴赏力的看法。1921年沈雁冰(茅盾)对鲁迅文体已有涉论,及至1923年,鲁迅的小说集《呐喊》出版不久,茅盾便倾心力写下了一篇厚重的评论文章《读〈呐喊〉》。① 其中有这样一些屡被引用而带有"经典"意味的话语:"这奇文(指《狂人日记》——引者)中冷隽的句子,挺峭的文调,对照着那含蓄半吐的意义,和淡淡的象征主义的色彩,便构成了异样的风格,使人一见就感着不可言喻的悲哀的愉快。""在中国新文坛上,鲁迅君常常是创造'新形式'的先锋;《呐喊》里的十多篇小说几乎一篇有一篇新形式,而这些新形式又莫不给青年作者以极大的影响。"茅盾在这里对鲁迅的文体风格和文体创新的充分肯定,在当时来说是非常精辟精彩的,很有概括力和理论性,是"含金量"很高的"文体论"。几乎与茅盾同步,周作人也对鲁迅的小说进行了相当成功的解读,甚至更以一个知情人的身份,谈出了鲁迅小说所受外国文学影响的"笔法来源",但同时他也谈到鲁迅在借鉴基础上的文体创造。如他在介绍了鲁迅《阿Q正传》的外来"笔法"之后指出:"这篇小说里收纳这许多外国的分子,但其结果,对于斯拉夫族有了他的大陆的迫压的气氛而没有那'笑中的泪',对于日本有了他的东方的奇异的花样而没有那'俳味'。"② 在这里,周作人的"比较文学"视野显然为萌芽期的鲁迅文体研究拓宽了思路。在鲁迅文体研究的萌发和初建时期,还有一些出自化名作者的评论显得比较有见地,如Y生指出,《呐喊》是"完整的文艺作品",它"十之七写实,十之三理想",它的"立意——深远""布局——谨严""叙事——周密——曲折",它的"造句——明显——单纯"。由此他认定《呐喊》是"一部成功的绝好的作品",有"特殊的面目与不朽的生命力",也有文体理论方面的价值,所以他特别提出,可以将《呐喊》用于中小学的教学:"如《呐喊》集这类作品,虽不能当作地理与历史课本看,至少也可以用作一部作文法与修辞学读,比较什么国文作法,实在高出十倍。"③ 仅就他的这种提议而言,即足以见出他对鲁迅文体价值的肯定——有谁会让写得不好的文章去"教书育人"而误人子弟呢?又如天用指出:鲁迅笔下写的作品多是"妙文",尤其认定鲁迅所写的乡土题材的作品,"篇篇有美妙的地方",更推崇《故乡》在艺术上的"凯

---

① 茅盾. 读《呐喊》[J]. 时事新报·文学旬刊, 1923(91).
② 仲密. 阿Q正传[N]. 晨报副刊, 1923-03-19.
③ Y生. 读《呐喊》[N]. 时事新报·学灯, 1923-10-16.

旋",其重要的根据就是因为在这里有作者"自创的文体"。而这文体在他看来便是带上了鲜明的杂感色彩,所以他称鲁迅《呐喊》中的小说是"杂感体的小说"①。这种总的概括也许并不够准确,但从文体角度努力去把握鲁迅小说文体的尝试却是难能可贵的。

在对鲁迅作品的文体品评方面,自然并非都是称道之词。也是在天用的文章中,就对鲁迅小说描写上的一些不足提出了他的看法,即使是他最为赞赏的《故乡》,他也认为其哲理性结尾不够妥当。除了一些居心叵测的骨头里仇恨新文学的人对鲁迅作品全盘否定外,对鲁迅作品能够坦诚地谈出自己看法的人,其实也都有接受美学意义上的合理性。其中有些批评意见也是针对鲁迅文体的。如有人曾批评《阿Q正传》的笔锋太露,稍伤真实;讽刺过分,易流入矫揉造作。至于成仿吾的《〈呐喊〉的评论》对鲁迅小说的尖刻批评,更是不留"情面"了。其中主要是挑鲁迅小说文体上的毛病。比如说,《阿Q正传》"描写虽佳,而结构极坏",不过是"浅薄的纪实的传记";《一件小事》是一篇"拙劣的随笔";而就《呐喊》整体而言,也存在着"用字不甚修洁,造句不甚优美"的弊病,存在着"自然主义"的倾向。经他"严格"的筛选,只有《不周山》有资格进入"纯文艺的宫廷"。从文体观来看成氏的评论,是很容易看出他的狭隘的,他的团体宗派主义情绪也是很明显的。总是以自己的朋友的作品为标准来比照鲁迅,只要不接近或不同就不好,这种"自我中心"不免是太过幼稚而又简单化了。②

随着鲁迅创作的进一步发展,鲁迅的文体评论也有了新的发展。值得注意的有张定璜的《鲁迅先生》,其对《狂人日记》与《双枋记》《焚剑记》等的文体比较以及对鲁迅文体风格的理解,很有见地,显示了厚重的分量;王任叔的《鲁迅的〈彷徨〉》,对鲁迅文体风格的论述显示了相当严谨的态度;茅盾的《鲁迅论》,对鲁迅小说和杂文的研究意味都更为浓厚了;而瞿秋白的《鲁迅杂感选集·序言》,则对鲁迅杂文给予了很有气势的总体把握,对鲁迅杂文文体特点的概括尤其具有影响力。这篇被视为鲁迅研究史上里程碑式的论文,把鲁迅的杂感称为"文艺性的论文",并对鲁迅这种文体发生的原因、形成的特色等都给予了相当精辟的论述。郁达夫、冯雪峰、刘大杰、赵景深、周立波、李素伯等人在对鲁迅的评论中也都涉及了鲁迅的文体,并都倾向于肯定或基本肯定。

---

① 天用.《呐喊》——桌话之六 [J]. 文学周报,1924(149).
② 参见袁良骏.鲁迅研究史(上)[M]. 西安:陕西人民出版社,1986:21-23.

但值得一提的,还有后期创造社和新成立的太阳社对鲁迅的整体否定,除了政治上的宣判"死刑",其中自然也对鲁迅的文体,包括人所普遍承认的笔法圆熟都不屑一顾了。当然,不久,这些曾攻击鲁迅的人也出现了变化,如阿英(钱杏邨)在编写《现代十六家小品》时,就在接受瞿秋白观点的情况下,转而认为鲁迅的杂感"是鲁迅在《呐喊》《彷徨》之外的一种新的创造,对中国文坛的一种有力的贡献"了。在鲁迅逝世前夕,有郁达夫的《中国新文学大系·散文二集·导言》给鲁迅的散文文体做了精彩的评说,并与周作人等人的文风做了比较。还有李长之的《鲁迅批判》,作为鲁迅研究史上第一部研究专著,是值得注意的。但其中谈及鲁迅文体的内容不是很多。不过,该书《总评》部分却对鲁迅文体的历史贡献有很好的概括。

(二) 鲁迅文体研究的拓展与深入

一般说来,作家生前的评论大多带有"对话"的特征,真正的研究性是比较弱的。因此就鲁迅文体研究的上一个时期而言,其各类文章的研究性其实是不太强的。研究性的增强一般是在作家的身后,但通常是在所谓"盖棺论定"之后。因为在作家刚刚逝世的悼念性的话语中,带有强烈情绪化的笼统的赞誉之词会蜂拥而来,而且缺乏充分而又坚实的论证过程。这也就是说,在鲁迅生前的"鲁迅研究"中,对作家作品的即时性的随感式的"评论"或"批评"(包括否定性的批评文章)通常占有主要地位。即使有茅盾的《鲁迅论》、瞿秋白的《鲁迅杂感选集·序言》、张定璜的《鲁迅先生》这样的大文,也无改这一总体的状况。彼时基本上未能拉开距离审慎、细致地"研究"鲁迅。贴得太近是很难摆脱自己的现实境遇、政治立场以及与鲁迅的恩恩怨怨,来冷静客观地从容不迫地"研究"鲁迅的。在面对鲁迅的文体时也基本如此。

我们看到,在鲁迅逝世后的悼念、纪念活动中,有许多"盖棺"的"定论"出来了,标志着对鲁迅评价的升级,也似乎为此后的鲁迅研究奠定了研究的基调。比如,称鲁迅为"文化巨人""一代文豪""伟大的思想家、实践家""划时代的天才革命文学家""中国的高尔基""民族革命的伟大斗士"等等,在这里实际已经提出了鲁迅是伟大的文学家、思想家和革命家的观点(但尚未进行有机的整合)。又比如,称鲁迅先生为"民族魂",也是一个很有影响力的"论点"。不过在当时的语境中,"民族魂"的价值主要则系乎现实斗争的需要,并不是由于鲁迅创造了新的文体。当时人们真正关切的是民族利益、民族命运,主要注意的是鲁迅的思想品德与民族存亡兴衰之间的现实联系。在这里文学以及文体则大体仅被视为有力的工具。比如,郭沫若在鲁迅逝世后连续写下的

《民族的杰作》《不灭的光辉》等悼念文章便是如此。即使是郁达夫、胡风等人，强调的主要也是鲁迅之于民族的思想价值、战斗精神等。不过，在悼念的热潮及其之后，很多人都在强调全面研究鲁迅的重要性，并力图在逼促的写作环境中写出有分量的研究文章。这在客观上也会在促进鲁迅研究整体发展的情况下，使鲁迅文体研究也有所发展。这从鲁迅逝世后的第一本论文集《鲁迅研究》①、解放区的《鲁迅研究丛刊》第一辑②、毛泽东的鲁迅论、平心的《人民文豪鲁迅》、王任叔的《鲁迅的创作方法》、吕荧的《鲁迅的艺术方法》、茅盾的《论鲁迅的小说》、冯雪峰的《鲁迅和俄罗斯文学的关系及鲁迅创作的独立特色》、何其芳的《论阿Q》、王瑶的《论鲁迅作品与中国古典文学的历史联系》、欧阳凡海的《鲁迅的书》、陈涌的《论鲁迅的现实主义》、巴人的《鲁迅风·发刊词》和《论鲁迅的杂文》等等一系列研究成果中，便可以清晰地看出。随着研究鲁迅的论著的与日俱增，对鲁迅的艺术创造包括文体创新也给予了较多的关注。有从总体上评析艺术风格的，也有分别从文类文体的角度评析鲁迅作品的。鲁迅研究专著、论文集、重要论文和资料整理等在"量"上的大幅度增加，只是鲁迅研究走上正规的学科性建设的比较直观的现象。但这也是必要的。在这样的大规模的拓展中，鲁迅文体研究虽然较少被独立地加以看待，却也会在总体研究的推进中在某些方面得到深入。比如，茅盾在这一时期的鲁迅小说研究中，较他自己在前一时期的印象式评论就有了新的推进；巴人对"鲁迅风"是心仪甚深的，既大力提倡，又倾心师法，还深加探讨。他的《论鲁迅的杂文》③是第一本鲁迅杂文研究的专著，主要从文体角度对鲁迅杂文进行了纵横结合的比较系统的论述，其中有不少观点道出了一家之言，有较高的学术价值。如其将鲁迅杂文的文体风格大致分为八种：一为短小精悍、泼辣而讽刺的杂文，二为深厚朴茂显示无比的学识的杂文，三是趣味浓郁引人入胜——诗意的形象化的杂文，四是战斗的论文式的杂文，五为抒情的杂文，六为质直的、搏击的杂文，七为客观的暴露而不加以论断的杂文，八为书序一类的杂文。尽管这里对鲁迅杂文的文体风格的把握未必都恰到好处，但从文体风格的角度将鲁迅杂文的文类分析引向了进一步的深入。此外，在这一时期的鲁迅杂文研究中，朱自清、李广田、唐弢、田仲济等作家以及朱彤、刘绶松等学者，也从创作尤其

---

① 夏征农编. 鲁迅研究 [M]. 上海：生活书店，1937.
② 延安鲁迅研究会编辑. 鲁迅研究丛刊：第一辑 [M]. 延安：延安新华书店，1941.
③ 巴人. 论鲁迅的杂文 [M]. 上海：远东书店，1940.

是文体建构的角度,对鲁迅杂文给予了很高的评价。相对于那些蓄意贬低、否定鲁迅杂文的种种观点来说,显然具有更多的学术价值。尤其是这一时期出现了钱谷融《鲁迅杂文的艺术特色》这样的长文,对鲁迅杂文的文体渊源、文体特色以及文体价值等,都做了非比寻常的细密透彻的论述,可以视为这一时期鲁迅杂文研究趋向深入的一篇代表作。在这一时期,鲁迅的《野草》《朝花夕拾》《故事新编》以及诗歌也都受到了较多的关注。聂绀弩的《略谈鲁迅先生的〈野草〉》是专门研究鲁迅散文诗的有代表性的论文,而卫俊秀的《鲁迅〈野草〉探索》,则是这方面研究的带有奠基性的研究专著。此外,荃麟的《鲁迅的〈野草〉》、雪苇的《论〈野草〉》、杜子劲的《鲁迅先生的〈野草〉》、陈紫秋的《论鲁迅先生的诗》等,都在努力发掘《野草》的思想价值和艺术价值,有的文章还在与外国文学的比较中试图把握《野草》的文体创新特征。但总体来看,在论述《野草》的文体价值方面还是相当薄弱的。至于对《朝花夕拾》《故事新编》的文体研究,就更为薄弱,只是兼顾性的涉及而已。由于"文以载道"的传统思维方式的深层制约,研究者对思想内容的集中关注往往遮蔽了鲁迅文体应有的光辉,忽视了对鲁迅文体进行更加深入的研究。

在这一时期里,除了苏雪林、梁实秋、郑学稼、向培良等人对鲁迅的蓄意诋毁之外(有的前后有很大变化,如苏雪林),大部分论及鲁迅的文章,都是肯定性的、称扬性的,尤其是新中国成立后,在毛泽东的鲁迅论的指导与整合下,这种鲁迅研究的取向就更为显明。事实上,在很长的一个时期里,即使是对鲁迅的文体研究也实际成了对鲁迅之所以"伟大"的一种佐证或被动的诠释。这一方面确实对鲁迅的艺术研究产生了不小的促进作用,将鲁迅文体研究的范畴给予了一定程度的拓展,在某些方面还得到了深入。但另一方面,也比较明显地限制了对鲁迅作品文体价值的更符合实际的研究和论证。也就是说,这一时期的鲁迅文体研究既有拓展、深入的一面,也有趋向单调、狭隘的一面。而后者就会产生这样不良的影响:鲁迅的文体实践对后人来说意味着只有经验没有教训,只应称颂、师法而没有必要进行创新甚至超越。这样的文体研究,其结论或基调往往都是预设的。自然,这样的研究取向隐含的问题后来也确实暴露无遗了。

(三)鲁迅文体"研究"的被扭曲和利用

"文化大革命"是被视为"大革文化命"的中世纪般黑暗的历史时期。在这一时期中的鲁迅研究自然也陷入了极大的危机之中。通常把这一时期看成鲁迅研究的空白期,或者认为这一时期只有出于政治阴谋需要的对鲁迅及其作品的蓄意"误读"和"利用"。王富仁指出:"在'文化大革命'中,业务派的鲁迅观随业务派的消失而消失,而被马克思主义政治派硬化了的鲁迅却被留存下来,作为一个文化偶像被利用。"① 这里确实道出了一个基本的事实。近年来讲鲁迅被如何利用的话题从国外说到了国内,其中心存偏见的误解是有的,但更多的则是严肃的历史反思。应该说这样的反思是必要的,也是有道理的。"文革"中的鲁迅无疑是历史上被利用得最厉害的一个作家或文人。他的文风和用语往往被肆意曲解,在被竭力推崇中却又任意地予以践踏,使"鲁迅走在金光大道上"成了巨大的讽刺、荒诞的象征,也成了莫大的悲剧。但值得注意的是,"文革"中的鲁迅"研究"实际也存在着复杂的情况。虽然主导方面,鲁迅"研究"确被畸形政治玩弄,鲁迅的文体及其"研究"也在竭力为现实的"阶级斗争"服务,对鲁迅杂文文体"战斗"性特征的格外强调,成了"'文革'中的鲁迅"的最现实的一种命运,自称学习了鲁迅杂文的犀利笔法及语言风格的大字报或大批判文章,成了"文革"中最具威力的写作范式。但在"挫折之中,也有一些意外的收获",这表现在一些新资料的发现及相应的解析上。② 此外,"地火在地下运行"的情况也还是存在的,即在地下或半地下状态中,也还是有良知未泯、心犹未死的人在异乎寻常的艰难中,坚持着比较清醒的并带有学术性的思考。也正是由于有这种比较严肃认真的"正读鲁迅"的积累过程,所以,在"文革"结束不久,真正的鲁迅研究也便迅即进入了复苏时期,鲁迅的文体以及相应的美学思想也重新唤起了人们的注意。

(四)鲁迅文体研究的复苏和重建

这也就是新时期以来的鲁迅文体研究。在20世纪70年代末和20世纪80年代,鲁迅研究和其他人文学科一样,获得了新生,获得了新的发展机遇。一些老学者焕发了学术青春,老当益壮地重新拿起笔来;一些中青年学者更是热情高涨,投入鲁迅研究的队伍中。在"左"的阴影还未退去的情况下,就写出了一些有分量的鲁迅研究论文,如《〈狂人日记〉的思想和艺术》(严家炎)、《鲁迅的世界地位和国际威望》(戈宝权)、《略论鲁迅思想的发展》(李泽厚)、《论性格真实》(刘再复)等。也推出了《鲁迅早期五篇论文注译》(王士菁)、《鲁迅前期思想发展史略》(林非)、《〈野草〉研究》(孙玉石)、《鲁迅与外国作

---

① 王富仁. 中国鲁迅研究的历史与现状(连载八)[J]. 鲁迅研究月刊,1994(9):47-54.
② 袁良骏. 当代鲁迅研究史[M]. 西安:陕西人民教育出版社,1992:375-381.

家》(张华)、《鲁迅杂文的艺术特质》(阎庆生)等研究著作。还出现了规模宏大的"鲁迅研究丛书"和《鲁迅研究》等研究期刊。不过,上述研究成果中只有较小"部分"对鲁迅文体有所涉论。新时期以来,较多较早的鲁迅文体研究多是与鲁迅作品的教学密切配合的。即使是大学老师的研究文章,也多以教学上的需要作为研究的动力。如唐弢、严家炎、黄修己、林志浩、朱德发、陈平原、冯光廉、杜一白、黄曼君等,都在高等教育的教席上执教多年,为教学的需要都投入不少精力来从事文学史和鲁迅研究方面的著述,其中也都不免要对鲁迅的文体艺术有所论述。20世纪80年代前期,一些恢复了学术青春的老先生,对鲁迅的艺术特色和风格给予了较为深刻的论述。他们所带出来的学生也开始继续探索,不断对鲁迅的艺术创造在肯定的意义上予以新的发掘,提出了不少新的观点。比如,王富仁、陈平原、杨义、刘纳等都对鲁迅的文体给予了程度不同的关注,带有文体学意味的学术论文也发表了一批。有的论文是比较文学方面的,但在跨国文学的比较研究中,也注意到了鲁迅文学的文体个性及其形成的外来影响,视野显得越来越开阔。陈平原在1983年10月便撰写了《鲁迅的〈故事新编〉与布莱希特的"史诗戏剧"》[1]这样的带有文体比较性质的论文,可以说就是一个非常鲜明的例证。尽管如此,对鲁迅文体研究的自觉程度是很有限的。袁良骏曾指出:"鲁迅'文体'的研究原来几乎是一片空白,而李国涛的《STYLIST——鲁迅研究的新课题》,则是对这一课题的第一声回答。"[2] 这里的表述也许不够准确,但强调"文革"后至20世纪80年代中期缺乏鲁迅文体的"自觉"性研究,还是比较符合实际的。由于没有特别点明"文体",尤其是没有现代文体学的理论支撑,即使是比较传统的文体方面的研究,也常常被遮蔽于对鲁迅的笼统的思想艺术研究之中。

如果根据西方"现代文体学"在中国的20世纪80年代中期以后才开始产生明显影响的传播状况来看,自有鲁迅文体评论以来,其"研究"历程也可以大致分为两大时期,即前"现代文体学"时期(20世纪80年代中期以前)和"现代文体学"影响初显时期(20世纪80年代中期以来)。

前"现代文体学"时期,有关鲁迅文体的文字大多是一般文章学、写作学、风格学意义上的评论或鉴赏;而在"现代文体学"影响初显时期,有关鲁迅文

---

[1] 陈平原. 鲁迅的《故事新编》与布莱希特的"史诗戏剧"[J]. 鲁迅研究, 1984 (2): 20-41.

[2] 袁良骏. 当代鲁迅研究史 [M]. 西安:陕西人民教育出版社, 1992:422.

体的研究文字则越来越多,理论色彩也越来越浓,研究专著的出现就是一个标志。"现代文体学"影响初显时期,也正是中国重开国门、致力于改革开放时期,文学本体的回归成为总的不可逆转的趋势,对文体的重视和文体创新的尝试日益显著,无论是作家还是评论家、学者,都逐渐增强了文体意识。如王蒙,既搞文体创新,意识流和荒诞变形等文体手法的尝试使他的创作名垂青史,同时他还写出了文体意味很浓的即兴式的评论,在提倡文体创新上产生了广泛影响;如童庆炳主编的《文体学丛书》,第一次如此集中而又充分地探讨文体学方面的一系列问题,其中也每每以鲁迅文体为例,这套被季羡林先生称为"具有填补空白的意义"的丛书,在营造重视文体及文体学的氛围方面起到了积极的作用;如李国涛、陈鸣树、卢今、范伯群、皇甫积庆、任广田、张学军等人,都曾先后借鉴语言学、文体学、叙事学、修辞学或新批评等思想方法,倾注心力将鲁迅文体(包括文类文体、语言文体、风格文体等)作为"新课题"加以深入研究,取得了相当有分量的成果。其中尤其是李国涛、皇甫积庆等人非常自觉地投入鲁迅文体的研究中,其成果也更具有文体研究的代表性。李国涛的《STYLIST——鲁迅研究的新课题》[1]论述了这样三方面的问题:何谓鲁迅文体;鲁迅文体是如何形成的;鲁迅与他人的文体比较。尽管与此前的鲁迅作品研究、风格研究、修辞研究等有着密切联系,但毕竟是对鲁迅文体的一次集中研究,使鲁迅文体研究开始"敞亮"起来,其中的不少具体分析是颇有启发意义的。皇甫积庆的《情结·文本——鲁迅的世界》[2]一书对鲁迅文体也有开拓性的研究,将文体与深层心理结合起来进行了一些分析,其中论及鲁迅文体文类的构架等问题,提供了新鲜的观点。但该书的重心明显在于"情结"的发掘和分析。

如果说在20世纪80年代中期以前的鲁迅文体学研究,在整个鲁迅研究格局中还很不显著的话,那么从20世纪80年代后期到90年代,对文体、语言、形式的重视业已成了推动整体鲁迅研究的巨大力量。也就是说,20世纪80年代后期以来加快节奏的文体学的译介与研究,以及与此相关的新批评、结构主义、叙事学等的传播和应用,也对鲁迅研究产生了明显的影响,烘托出鲁迅文体研究的新局面。尤其是近些年来的青年鲁迅研究者,特别注重于鲁迅的文本本身和相应的形式分析。"他们强调了对'文本'的重视,避免了以现成的某种结论和观点来套解鲁迅作品的弊病;他们重视形式分析,使以往鲁迅作品研究中一

---

[1] 李国涛. STYLIST——鲁迅研究的新课题[M]. 西安:陕西人民出版社,1986.
[2] 皇甫积庆. 情结·文本——鲁迅的世界[M]. 武汉:长江文艺出版社,1997.

向较为薄弱的形式分析开始发达起来；他们注重广泛的知识积累，使他们能够在较大程度上揭示出鲁迅的更为丰富的文化价值；他们既注重学术的严谨性，又注重与鲁迅的灵魂的沟通，抱同情之了解，使得鲁迅研究充满了一种生气。"① 如果说这里对 1995 年以前的鲁迅研究所做的概括是比较准确的话，那么，最近几年的鲁迅研究中更出现了从"文本"走向"文体"的倾向。仅以 1997 年的《鲁迅研究月刊》为例，就刊登了直接论述鲁迅文体的论文达 10 篇左右。其中如《"油滑"新解》（郑家建）、《鲁迅的〈野草〉和夏目漱石的〈十夜梦〉——散文诗的文体学的比较》（王向远）、《鲁迅杂文与英国随笔的比较研究——兼论鲁迅杂文在世界散文史上的地位》（张梦阳）、《结构、解构、建构——论鲁迅文体思想及文体/文类构架》（皇甫积庆）、《论鲁迅对〈二心集〉型批评文体的反拨》（张直心）、《阿 Q 典型与〈阿 Q 正传〉艺术结构问题》（葛中义）、《鲁迅作品中的几个同义合成词》（刘玉凯）、《鲁迅小说的空间形式》（叶世祥）等文，可以说都是相当老到的规范的文体研究论文，体现出了重建鲁迅文体研究的强劲发展势头，同时也体现出了鲁迅研究者文体意识的增强和相应的研究水平的提高。

但综观长期以来的鲁迅文体研究，可以说也还存在着一些明显的不足，概括说有"三多三少"：其一，泛泛而谈者多，深入论述者少；其二，一味称扬者多，全面剖析者少；其三，生吞活剥者多，融会贯通者少。

在相当长的时期里，我们对鲁迅的各类文体作品都极为关注，搜集整理、印刷出版、研究分析以及进行有关教学等等，莫不投入了很大的精力。应该说是有收获的，也构成鲁迅研究优良传统的一方面。但在鲁迅作品的研究和教学领域里，陈陈相因的话语也比比皆是。或按照一般思想主题、艺术特色的分析套路，或简单地搬用领袖或鲁迅自己的话来证明鲁迅艺术的"伟大"，对鲁迅的文本结构和文体特色缺乏深入细致的分析。由此在较多的情况下，总是给人一种泛泛而谈的印象。不仅如此，在谈论鲁迅文体时绝大多数人于事先便预选了赞美的基调。其思路总在为鲁迅的文学成就大唱赞歌上绕圈子。哪怕对鲁迅自己明确表示过自我否定的弱笔败笔或明显的生硬语词，也想方设法去给予赞扬，甚至是习惯性地给予最高级的美誉，为此还不惜刻意贬低风格殊异的其他作家。由此而来的结果必然不能冷静地分析鲁迅文体建构上的不足，为贤者讳的传统

---

① 详参朱晓进. 近年来青年鲁迅研究学者的研究趋向 [J]. 中国现代文学研究丛刊, 1995 (2): 7-19.

文化心理在这方面仍然起着明显的作用（但也有人对鲁迅任意加以诋毁，近期如朱文、韩东等，就又走上了另一极端）。还有人格外喜欢用西方文艺理论的新概念、新语词来套解鲁迅，在对鲁迅文本和西方文论都没有深刻理解的情况下便盲目用来分析鲁迅作品，于是只好生吞活剥、生搬硬套，这样当然不能真正地把握住鲁迅文体的融通中西的文体创造和艺术风格，也难以达到融汇中西的研究境界。

第三节　历史视域中的鲁迅文体

历时文体学的视野是一种历史研究，旨在从历时的角度对文体进行历史语言学的描述和分析，故也可叫作"历史文体学"。历史文体学从动态的、纵向的角度述评历史上处于不同时空的文体的转化、兴替、变革等，并从其演变的现象和轨迹中总结出规律及经验教训。由此历史文体学所描述与阐释的文体演变历史，就成了文学史的重要组成部分。不过这些既有的文学史大多对文体史都有程度不同的忽视。文体史在整个文学史格局中不仅不占主导地位，而且也没有获得自身的独立性，甚至仅仅成了政治史、宣传史、思想史、社会史或文化史的另一种版本而已。文体史研究的对象是文学话语体式和文本结构的历史，并由文本结构方式的转换生成深入到审美心理结构和艺术精神结构的演化变易，揭示出艺术的感受—体验模式和艺术创作范式的历史。显然，文体史最集中地体现了文学史的特殊性，没有文体史的积极建构，也便没有真正意义或完形自足的文学史。

在文体史的视野中来考察鲁迅文体，就有必要了解鲁迅文体创新意识的历史生成和鲁迅文体创新的具体体现这样两个密切相关的问题。

（一）鲁迅文体创新意识的历史生成

在作家的整个"内宇宙"中，也为自己的情思意绪的"载体"留下了重要的位置，这也是对"表达"和"表达方式"的期待和把握。由此形成了作家的"文体意识"（也包括内在的非自觉的部分即"文体潜意识"）。这样的或显或隐的"文体意识"是文学创作的必要前提。所谓"文体意识"，是作家和读者关于文体的种种观念和认识，它是通过长期的文化影响尤其是阅读活动形成的。而文体的形成自然有一个漫长的历程，一旦形成便对作家的创作、读者的接受、评论家的批评产生积极或消极的影响（积极影响主要体现为识别、引导和提升——文体作为文化产物对人的影响主要是积极的。但其消极的影响也不可忽视,特别是在文学必须变革的时代,旧文体的陈规陋习便成了文体创新乃至思想变革的障碍。)。作家在形成自己的文体意识并成为作家之前,也是一个普通的读者和文学爱好者。日积月累的阅读和学校师长的传授,使其在领受思想感情方面的文化信息的同时,也会接受有关的文体形式方面的信息。特别是那些规范的文类文体和具体的文体写作要求,会对他的习作历程产生最明显的影响作用。及至作家进入文坛甚至在文体创新方面有了显著的贡献时,在阅读中继续接受文学文体方面的影响这一过程也都不会间断。如此说来,作家的文体意识较之于他的文学创作更内在、更漫长。在作家的文体意识中,对于既往的文体惯例、文体规范的体认固然是不可或缺的,但更为重要的却是文体创新意识。甘于循规蹈矩地按照既有的文体规范和写作要求去写作(不是严格意义上的创作)的人是常见的,但这样的写作即使很高产、很精致、很实用,也无法成为真正的艺术创造并在文学史上占有重要的位置。近年来有人以此为根据将茅盾从文学大师的行列逐出固然有些武断粗暴(因为茅盾实际是有重要的文体创造的),但其对文体的强调却显示了对文学本身的高度重视。在文体创新上有没有自己的贡献,的确是检验作家文学成就的一个不应缺少的尺度。"我们可以看到,文学史上那些富有创造力的作家常常都有极强烈的反传统意识,表现在文体上就是强烈的文体创新意识,其极端形式甚至表现为一种反文体意识。"①

  大体说来,鲁迅就是这样的极有文体创新意识的作家,他的超越了旧有文体的一系列创作,已为此做了最有力的历史证明。只是在特殊的语境中,鲁迅才会流露出某种程度的"反文体意识"(当然并非不要文体,也并非完全抛弃原有的文体规范)。如他曾为杂文文体做出的辩护,便是广为人知的先例。由于鲁迅深受现代性的启蒙文艺观(或社会功利文艺观)的支配,他的"反旧文体意识"也一向强烈,这从鲁迅对文体的有关论述中便可以看得出来。比如,在比较文化、比较文学的视域中,鲁迅便看到了中国传统型文章(文体)的局限性。他指出:中国历来文章要么"颂祝主人,悦媚豪右",要么"心应虫鸟,情感林泉",要么"悲慨世事,感怀前贤",这便造成了文化的萎靡不振和精神的沉默低落,因此亟待改革,力倡"刚健不挠,抱诚守真"而能"发为雄声"的"摩

---

① 陶东风. 文体演变及其文化意味 [M]. 昆明:云南人民出版社,1994:103.

罗"之诗。① 当鲁迅带着积极浪漫主义的激情迈向冷峻的开放型现实主义的时候，其心目中的"新文场"必定与"瞒和骗"的旧文场迥然不同，并确立了关于文艺创新的基本观念："没有冲破一切传统思想和手法的闯将，中国是不会有真的新文艺的。"② 鲁迅的文艺观诚然具有鲜明的社会功利性，但他始终注意文艺之为文艺的审美特性："我以为一切文艺固是宣传，而一切宣传却并非全是文艺……革命之所以于口号，标语，布告，电报，教科书……之外，要用文艺者，就因为它是文艺。"③ 由此，鲁迅对艺术真实极其重视，视艺术真实为艺术生命的基因，抗拒着"瞒和骗"或"团圆主义"的旧文艺习惯的困扰。为了求取艺术的真实，鲁迅对种种矫揉造作的玩弄"障眼法"的文学也给予了深刻的揭露，并针对虚伪的玩弄形式而内容空虚的"遮眼文学"，特意提倡写实的"白描"手法。这种"白描"便是"有真意，去粉饰，少做作，勿卖弄而已"④。同时，针对古典叙事文学中类型化人物极为普遍的现象，鲁迅倡导并践行文学典型形象的塑造。其现实主义的典型化手法，亦构成了鲁迅创造现代文体的一个重要方面。能够创造艺术典型的现代文本，在对人的理解和文体的把握上都要带上现代的特征，这是无疑的。

任何文体创新行为的发生，都有赖于长期以来的各方面的积累和特定的历史条件，其中，作家的文体创新意识当是作为创造主体最内在的东西。如果一个作家没有强烈的文体创新的主观要求，那么要有很有力度和卓有成效的文体创新的结果，自然就无从谈起。从上面的简略介绍中，我们可以管中窥豹，看出鲁迅的文体创新意识是多么强烈。那么，鲁迅文体创新意识的历史生成主要依赖哪些历史因素呢？概括说来有以下几方面。

(1) 中国近代文化（包括进入近代的中外文化思潮与传统）的影响，尤其是广泛的阅读对鲁迅文体意识形成的影响。

在清末民初这一历史时期，中外文化在一个独特的历史境遇里相聚。尽管用"相聚"这一语词好像过于亲密了些，但我觉得从文化传播和接受的角度来说，这倒比用"碰撞"更符合实际一些。即以青少年鲁迅为例，他正是在前所未有的文化空间里读书学习的，在中外文化相聚的广阔的文化原野上采集着自

---

① 参见鲁迅．摩罗诗力说［M］//鲁迅全集：第一卷．北京：人民文学出版社，2005：65-120.
② 鲁迅．论睁了眼看［M］//鲁迅全集：第一卷．北京：人民文学出版社，2005：255.
③ 鲁迅．文艺与革命［M］//鲁迅全集：第四卷．北京：人民文学出版社，2005：85.
④ 鲁迅．作文秘诀［M］//鲁迅全集：第四卷．北京：人民文学出版社，2005：631.

己喜欢的东西。鲁迅不是在厌恶中去大量地阅读他所能读到的书籍的,而这些书籍(尤其是其中的文学作品)对他的影响则绝不限于思想方面,也定然有语言文体方面的潜移默化的影响。鲁迅文体创新意识的形成确实与其读书生活有着极其密切的关系:关于文体的具体概念固然来自鲁迅在求学阶段的潜心阅读,而他所接触的古今中外的各种文章,也会从感性和理性上给予他以切实的教育,使他认识到文体的差异性和重要性,尤其是通过对古今中外作家文体的接触和了解,还会使他格外认识到文学文体创新对于作家的重要性,并在自己的写作中努力去向自己认为理想的文体学习。比如,鲁迅早年文章所具有的"慷慨激昂"的文风,就与他的阅读活动(读康梁、章太炎等的作品)密切相关。笔者曾特别强调中国近代文化、文学的"中介"性作用:"如果说中国近代文化的发生发展为近代文学的发生发展提供了不可或缺的文化背景与文化资源,那么,'西学东渐'也就在中国人的被动接受和主动迎纳的交错运动中,逐渐酝酿出了一些行之有效的文化策略及相应的文化选择,其中,近代文学的提倡便是一个重要的方面……新式学堂的陆续建立,留学生成群结队地涌出国门,以及近代报刊业的逐渐兴起和'西文''东文'带来的丰富信息等等,使近代文学思潮发生了显著的变化。对外国文学的重视诱发了翻译文学热,对外国文学的加深加多了解,又诱导出模仿或师法的冲动,于是有了文学改良运动,有了小说戏剧地位的攀升,有了白话的初兴,有了西风初拂下的中西杂陈、新旧交并的创作面貌,也有了康梁'维新'的文艺观,南社的'革命'的文艺观,王国维的悲剧美学观,周树人的'摩罗'诗力说等等。"① 鲁迅早年对中外文化的广泛接触,是在近代文化环境中进行的,而其初步形成的文学观也是采用近代过渡形态的文体予以表述的,其初期带有创作性质的《斯巴达之魂》《怀旧》等也是如此。1903年鲁迅在《〈月界旅行〉辨言》中就曾以深受梁启超影响的口吻写道:"惟假小说之能力,被优孟之衣冠,则虽析理谭玄,亦能浸淫脑筋,不生厌倦。……我国说部,若言情谈故刺时志怪者,架栋汗牛,而独于科学小说,乃如麟角。智识荒隘,此实一端。故苟欲弥今日译界之缺点,导中国人群以进行,必自科学小说始。"② 这生动地表明,鲁迅的文体创新意识深受中国近代文化语境的影响和制约(并影响到他后来的文体选择,如对小说的重视、对边缘文体

---

① 李继凯.略论清末民初文学与外国文学[J].江苏社会科学,1999(2):122-128.
② 鲁迅.《月界旅行》辨言[M]//鲁迅全集:第十卷.北京:人民文学出版社,2005:164.

的青睐及注意向外国文学寻求借鉴等)。其诗学主张的"摩罗"化与文言语体的不尽协调,也恰恰体现了鲁迅对近代文化语境的不由自主的依赖,而其文体创新意识的进一步提高,则还有赖于时代文化的进一步发展。

(2) 来自五四新文化运动所形成的现实文化环境的影响,尤其是来自志同道合的师友和《新青年》的影响。

鲁迅是从五四新文化运动的"不惮于前驱"的文化方阵中挺立出来的文化巨人,是从五四新文学的冲击波中脱颖而出的文学大师。他的文体创新的最现实的文化资源即来自以《新青年》为核心的新文化运动所形成的"新文场"。这是亘古未有的新文化信息系统和信息中心,对鲁迅的文学创作产生了最直接的影响,同时又给这"新文场"提供了最具创新力度和影响力的文学产品,以崭新的文学体式和创作方法,为"新文场"奉献了具有典范意义的作品。鲁迅受益于现实文化环境的一个最明显的例子,是他能够顺利进入五四新文化运动确立的完成(或接近完成)形态的"白话"语境。这种由新建的语言文化所形成的"白话"语境,为鲁迅创造了可以驰骋其艺术想象和创作天才的必要的语言条件,这绝对是一个不可忽视的关键。鲁迅曾以文言小说《怀旧》一试身手,虽也得到编者奖掖,但是并未引发鲁迅"一发而不可收"的强烈的创作冲动。其最明显也最重要的原因就是以《新青年》为龙头的"白话革命"所开拓出来的白话语境,为作者和读者找到了最易于沟通和交流的途径,使得文学创作能够起到它应有的作用。由此也就不难看出,鲁迅文体创新意识的形成确实与时代要求或特定的文化语境有着非常密切的关系。我们知道,文学变革从来不是凭空形成的。在五四运动前后,新文学伴随着新文化运动走过了一段惊心动魄的分娩期及速长速衰期。彼时的人们对"新"的关注显然构成了最突出的文化现象,他们似乎还不习惯于讲"现代"和"现代性"这样的时髦话语,但在文化习语的大势所趋中,即使有邯郸学步或文化失语之虞,也要更进一步地敞开国门和胸襟,迎纳西学的东渐,领受西风的吹拂。于是,外国文学较之于近代更多地进入了中国读者的期待视野,并对有志于创造本民族新文学的五四作家,产生了深刻而又深远的影响。因此也可以说,当鲁迅崛起于文坛的时候,他无疑对他所处的五四时代做出了很大的贡献,但同时他也正是五四时代的产儿。他的独特的文体创造,如果脱离了五四时代提供的特有的文化语境,实际是不可能产生的。

鲁迅在这一时期的关键阶段发挥了关键作用,堪称是"实践型文体家"。与胡适对文体改革、白话运动的理论思考相比,鲁迅在文体创新的理论主张及其影响上也许并不具有特别的优势，但在创作实践上，鲁迅却以非常坚实、尖新的文学实绩独步文坛，将新的文体样式有力地推向人们的面前。新文学的产生和发展，必然表现为文体的创造和发展，这本为题中应有之义。正如胡适所说："文学革命的运动，不论古今中外，大概都是从'文的形式'一方面下手，大概都是先要求语言文字文体等方面的大解放……这一次中国文学的革命运动，也是先要求语言文字和文体的解放。"① 陈独秀也指出："吾国文艺，犹在古典主义、理想主义的时代，今后当趋向写实主义。文章以纪事为重，绘画以写生为重，庶足挽今日浮华颓败之恶风。"② 胡适的"八不主义"和陈独秀的"三大主义"等主张也都有相当明确的文体创新方面的要求。五四时期的"文学革命"是如此，到了"革命文学"阶段也是如此。"革命"对文学的文体也必然提出相应的要求。所谓"文艺大众化"就是这样的文体要求。"大众化"文体必然要趋向通俗，在急切的革命任务或大众现实需求的制约下，还要这种"通俗"加快传播的速度。于是便出现了短、平、快的通俗文体，如街头诗、朗诵诗、活报剧、报告、通讯、故事以及花样翻新的民间曲艺等等。在文人圈子里也增加了写短文写小品的动力。当然也有一些作家出于各种原因，而守护着"自己的家园"。他们是外在于这种"大众化文体"的，追求的是"纯文学文体"。鲁迅后期应该说是处在这二者之间。他既认同革命文学的总体选择，但也信守作家文人独立的文体创造。在当时他既坚持写适用战斗需要的杂文，也心萦神系于文体创新，继续致力于《故事新编》的创作。何况，鲁迅的杂文创作本身和当时的"大众化"文体除了短小、快捷的外在形似之外，其实二者的文体构成（从内在的运思方式到外在的语言表达及其浑然一体的文体风格）是有许多不同之处。由此也可以说，鲁迅所创造的中国现代杂文文体，作为五四新文化运动的产物，它既在五四时期发挥了重要的作用，也在走向大众化的文体变革中，发挥着独特的尤其是并不媚俗的重要作用。

（3）在与同时期作家的比较和竞争中建构自己的文体个性，这里体现出了同时代人对鲁迅文体产生的影响。

如果我们在"历时"中可以看出鲁迅对文体传统的继承与破坏的话，那么在"共时"中便可以看出鲁迅对文体个性的积极建构。鲁迅在语言文学世界中

---

① 胡适. 谈新诗——八年来一件事［M］//胡适文存：第三集. 北京：人民文学出版社，1998：133.
② 陈独秀. 现代欧洲文艺史坛［J］. 青年杂志，1915（4）.

的价值,不在于他对已有文体认同了多少,而在于他在文体创新创造方面的突破与贡献,而文体创新意识的生成则是其必要的前提。这在此前已有论述,于此不赘。这里要强调的一点是,从文学创作的一般规律性的要求看,每一时代的作家要想取得成功,在文体创新方面也要有超越意识,既要超越前人,也要超越同时代人,或者说是要使自己的文体个性与众不同。事实上,在鲁迅文体创新意识的支配下,在与同时代作家的有形无形的竞争(自然也有互相借鉴和督促)中,鲁迅的文体创新愿望不是减弱了,而是增强了;不是从创作实践中撤退了,而是在写作的具体操作中,几乎是每时每刻都在尝试建构新的文体。有时在鲁迅心目中的竞争对手也会是御用文人。他曾以胜者的语调说:"论理讲,我是没有承受这么多攻击的资格的。我有什么值得人们这般注意的呢,我不是共总写过两本小说,两本小品,几本杂感么?要我倒掉是颇容易的,假使他们也稍微努力地作出一些工作来;然而就是这一点点,他们都不作,这是颇使我悲哀的。"① 在这里,鲁迅除了对自己的文章做了谦虚的归类,其主要的意思却是客观地介绍了自己在文学创作和文体实践中所取得的实绩,在自我与他者的比较中恰可以证明作家的价值在于文体鲜明的创作,而不在于所依附的权势。

鲁迅是一个竞争(有时也是斗争)意识很强的作家,当他以《狂人日记》等作品跃上文坛时,就大有不鸣则已,一鸣惊人的气势。事实上,无论20世纪文学史怎样"重写",都难以改写这样最基本的历史事实:经过鲁迅长期的积累和探索,他在现代短篇小说、现代散文诗和现代杂文等文体方面,堪称是独步文坛的(这无疑值得文学史家或文体史家们予以大书特书)。鲁迅当年勇敢地"弃医从文",显示出他对文学的"有意",但他后来又一再说出"不是为了当时的文学家之所谓艺术"之类的话,又表露出了对文学的"无意"。而鲁迅恰恰于这有意无意之间,创造出了卓越超迈、独特新颖、不同流俗的文体,在努力拓展文学的话语空间的同时,对语言符号的精心组织充分显示了他的艺术功力。是各种各样经过精心组织的语言符号使其独特的文体得以存在,同时也使其深刻的意义得以彰显。文体的平庸会使一切化为乌有,这种教训在文学史上是数不胜数的。鲁迅对此自然是非常熟悉的,所以他竭力追求文体的奇崛和特异,形成不可替代的"鲁迅文体",以及为人们所称道的"鲁迅风"或鲁迅特有的艺术范式。无论在现代小说、现代杂文、散文诗还是新体故事等方面,鲁迅的

---

① 武德运编.鲁迅谈话辑录[M].北京:北京图书馆出版社,1998:16.

文体创新都是同时代人所难以企及的。

(二) 鲁迅文体创新的具体体现

文体在发展的历程中，会出现这样那样的变化。有时是较小的变化，有时则是较大的变化。在古代漫长的文学发展过程中，文体也随之发展变化。其间也屡有较大的变化，如初期粗陋的诗文变为后来五彩缤纷、流派争光的诗歌、散文天地，又陆续生成了词曲、小说等重要的成熟的文体样式。但在大部分情况下，尤其是到了古典文学走向末期和衰败的时候，文体的变化便趋于弱化，甚至陷入僵化之中。在这时如果仍然一味地尚古、泥古，文坛便会一片死气沉沉、了无生机，文学艺术的发展也便无从谈起。所以就非常需要进行变革，需要相当彻底的"文学革命"，其中也包括文体变革和文体创新。在这种情况下，文体的变化往往会很大，甚至先期会引起争议、引起轰动，引起文坛的广泛注意和积极探索前路的热情，由此而来的文体创新的先锋性可以说非常引人瞩目。

作为新文学的先驱者和奠基人，鲁迅的文体创新是在五四新文化运动的大背景下生动地展开和运演的。"从文学观念、审美意识、价值尺度、创作方法到文体变革、语言转换和传播方式等众多方面，进行了一场名副其实而又意义深远的'文学革命'。由此，'五四'新文学以其鲜明的现代'大文学'的形态，成为中国文学史上重要的里程碑。"[1] 鲁迅从《怀旧》的写作中已做出了更新文体的初步努力：笔调趋于冷静，笔锋趋于深刻，幽默的语言，浅近的文言，细腻的心理，以及口语化的对白，等等，不仅为古典文言作品所少有，而且也为他自己此前的写作所少有。到了五四时期，鲁迅独树一帜的崭新文体便成了新文学中引人入胜的景观。在今天看来，白话革命，语言转换，其实是对整个民族文化和文学进行革新和重建的重大选择。这正是五四人"稳准狠"地抓住了一个要害和关键。这也正如胡适所总结的那样："我们公开承认白话是文学上一个美丽的媒介，在过去一千年中，特别是近五百年中它已产生了一种新的文学，并且是创造与产生现代中国文学的一个有效的工具。"[2] 一个不容忽视的事实是，在五四时期的文学革命中，更直观、更显在的是"文体革命"。经过这种现代感非常强烈的文体革命，既有的文体格局有了大的调整，如小说戏剧跻入了文坛，又添加了新的文类；此外，受外国文学影响，中国既有文体得到了程度不同的改造，如旧格律诗的打破或破体，文言文的基本否弃或置换，传统小说

---

[1] 李继凯. 五四新文学的文化创造 [J]. 文学评论, 1999 (3): 18-25.
[2] 胡适. 胡适说文学变迁 [M]. 上海：上海古籍出版社, 1999: 258-259.

叙事手法的改变和丰富，等等。鲁迅并非在五四文体革命的每一方面都做出了贡献。就其卓越的文体创造以及对中国文学和文体史的重要贡献而言，大致说来则主要体现在以下几方面。

（1）对现代白话文文体建构的贡献是独特的、重大的，亦即在语体上的实际贡献无他人可以取代和相比。

如众所知，五四新文学在促进现代语言文明方面，做出了历史性的巨大贡献，同时还在这种极具革命意味的语言转换中，创构了新的文学范式。在五四时期发生的声势浩大的"白话革命"，体现了中华民族渴望改善语言工具、加强中外文化交流的良好愿望。其作用不仅在五四时期传播了新文化、创造了"活文学"，提高了中国现代语言文明，而且从整个20世纪和更长远的文化建设需要来看"白话革命"的历史作用，便会发现它是中外文化交流"语境"中的现代产物，对现代文化传播亦即"信息革命"，乃至当今的"电脑换笔"都提供了重要的语言基础。认定语言变革是提倡新文化、新文学的基础，这是五四人的重大发现，同时也意味着五四人抓住了问题的关键。而赖此所展开的一系列具有现代特征的文化活动，为整个中华民族文化的重建，做出了空前巨大的贡献。其中，作家们"把语言文字的变革与文体革新结合起来，运用白话写作格式新颖的诗歌、小说、戏剧、散文，致力于创作纯正的富有艺术魅力的现代文学新体裁，从而改变了各类作品的艺术风貌和神韵，使人耳目一新。尤其是小说、戏剧由'附庸小道'踏进了文学殿堂，取得了文学正宗地位，具有划时代的意义"[①]。由此文体革新、语言转换成为五四新文学建构新的文学范式的重要方面。而在这样的文学大转型、语言大变换的过程中，鲁迅以其杰出的语言实践和文学实绩，为时代、为民族同时也为自己，塑造了一个非常高大的实践型文体家的形象。

（2）鲁迅对传统文体格局的改变和重构贡献了自己的力量。

每一时代文学发展的显在标志，往往就是文体结构、文体风格、文体地位发生了明显的变化。而一个作家的历史作用的大小，往往也由此可以清晰地看出。在五四时期，鲁迅在文体创新方面，实际已经展开了文体的"三向突破"，即在现代小说文体、现代杂文文体和现代散文诗文体方面进行了大胆的探索，这些都为文学格局的现代性重构做出了非常重要的贡献。其贡献之大，使他足

---

① 龙泉明. 在历史与现实的交合点上——中国现代作家文化心理分析[M]. 西安：陕西人民出版社，1992：49-50.

以成为中国现代小说之父、中国现代杂文之祖和中国现代散文诗之师，对此可以说是毋庸置疑的。这里且以现代小说的文体建构为例。我们知道，在中国传统文学格局中，诗文占据主导地位，在士大夫观念中作为"小道"而存在的小说实际连"边缘文体"都很难算得上。但鲁迅却主要致力于小说的现代文体形式的建构，并以其沉宏深郁、新警奇崛、外冷内热、精练凝重的文体风格，赢得了世人的注目，也为现代小说文体争得了重要的地位。使原本"尝试"在先、声名极显的新诗（也借助了中国读者历来重视诗歌的"期待视野"）在崛起的现代小说面前显出了较轻的分量。随着新文学运动的深入发展，现代小说文体在整个新文学格局中成了"中心性文体"或"主导型文体"。鲁迅曾很感慨地说："在中国，小说是向来不算文学的。在轻视的目光下，自从18世纪末的《红楼梦》以后，实在也没有产生什么较伟大的作品。小说家的侵入文坛，仅是开始'文学革命'运动，即1917年以来的事。自然，一方面是由于社会的要求的，一方面则是受了西洋文学的影响。"① 鲁迅是历史感很强的文学大师，他对自己在文学史上的文体创新方面的贡献，并不故作谦虚姿态地加以回避。他曾以如椽的史笔写道："凡是关心现代中国文学的人，谁都知道《新青年》是提倡'文学改良'，后来更进一步而号召'文学革命'的发难者……在这里发表了创作的短篇小说的，是鲁迅。从1918年5月起，《狂人日记》《孔乙己》《药》等，陆续的出现了，算是显示了'文学革命'的实绩，又因那时的认为'表现的深切和格式的特别'，颇激动了一部分青年的心……从《新青年》上，此外也没有养成什么小说作家。"② 在这里，鲁迅立论的角度主要是文体的角度。其基本观点也早已得到了普遍的认同。尽管鲁迅早在创作小说之初，并未奢望"要将小说抬进'文苑'里""不过想利用他的力量，来改良社会"③。但经过切实的努力之后，鲁迅的小说却成为现代小说文体的典范，为它在文苑中争得一席前所未有的重要之地立下了汗马功劳。鲁迅前期小说打破了古典小说以人物彼此之间的故事为中心情节的模式，开创了以塑造人物、表现思想感情为意图的小说模式，在安排情节、结构形式和具体描写上，都多有创造，从而支撑起现代小说宏大而深微的艺术空间，并成为照耀后人的恒久性的艺术光源。

---

① 鲁迅.《草鞋脚》小引[M]//鲁迅全集：第六卷.北京：人民文学出版社，2005：21.
② 鲁迅.《中国新文学大系》小说二集序[M]//鲁迅全集：第六卷.北京：人民文学出版社，2005：246-247.
③ 鲁迅.我怎么做起小说来[M]//鲁迅全集：第四卷.北京：人民文学出版社，2005：525.

鲁迅确实是一位属于他那个时代的先锋派，在文体形式探索上保持着非常前卫的姿态。但他却不是一个追逐时髦的浅薄的文体家。他的《我的失恋》一诗，从一定意义上讲，就是对一种"时尚文体"的辛辣嘲讽。又如他对张资平小说陷入三角模式的独特概括及批评，等等，表明鲁迅向来对文体很在意也很敏感，而且很有主见。即使在他从理性上认同了大众化、民族化的时候，他的文体也还是不同流俗、卓异独特的。由此也可以说，鲁迅是一位名副其实的严肃型文体家。

（3）在"杂合""兼容"中建构新文体，古今中外的拿来、融会，拓宽了文体创新的道路。

鲁迅一生留下了千余篇作品，按一般的文体文类统计，共有小说集 3 册，散文集 1 册，散文诗集 1 册，杂文集 17 册，学术著作 4 册，另有数量可观的书信、日记以及译著和古籍整理。这么多的文字工作，使鲁迅经常在不同的文体之间转换，甚至使他必须具备"杂家"的文化素质。鲁迅杂文的"杂合"文体特征是非常显著的——据此可以称他为杂合型文体家。他的众多杂文集的文本已为此留下了不易的历史明证，他的有关言论也对此给予了明确的说明。比如，他说："其实'杂文'也不是现在的新货色，是'古已有之'的，凡有文章，倘若分类，都有类可归，如果编年，那就只按作成的年月，不管文体，各种都夹在一处，于是成了'杂'。分类有益于揣摩文章，编年有利于明白时势……现在是多么切迫的时候，作者的任务，是在对于有害的事物，立刻给以反响或抗争，是感应的神经，是攻守的手足。潜心于他的鸿篇巨制，为未来的文化设想，固然是很好的，但为现在抗争，却也正是为现在和未来的战斗的作者，因为失掉了现在，也就没有了未来。"[①] 在这里，鲁迅说得明明白白，他的杂文文体观的精华可以说基本集中在此。鲁迅的杂文观来自自己的切身体验，他自己的身体力行已使杂合型的现代杂文文体，有了更加广阔自由的发展空间。但就鲁迅的个人志趣而言，他所喜好的现代杂文，包括小品文，却是更多地受外国散文（如英国的 Essay、法国的随笔散文）影响的现实感和战斗性强烈的"粗暴"的杂文，而不是受明清小品影响的闲适型杂文。为此，鲁迅对那种多与旧文章的文体风格相合的小品文，提出了尖锐的批评。认为追求闲适是要使杂文"成为'小摆设'，供雅人的摩挲，并且想青年摩挲了这'小摆设'，由粗暴而变为风

---

① 鲁迅.《且介亭杂文》序言[M]//鲁迅全集：第六卷. 北京：人民文学出版社，2005：3.

雅了"。鲁迅对这样的杂文文体风格的"回归"提出了针锋相对的主张："生存的小品文，必须是匕首，是投枪，能和读者一同杀出一条生存的血路的东西。"① 这样的具有现实感和批判性的现代杂文，是鲁迅始终坚持和发展的现代文体，对中国文学的文体史做出了不可替代的独特贡献。出于对现实需要、时代需要的深刻理解，也出于鲁迅自己长期形成的审美爱好，鲁迅的杂文观在文体史上是独树一帜的。

鲁迅在建构自己的文体世界时，决不将自己封闭起来，而是采取积极的"拿来主义"，这是广为人知的，不必细述。由此而来的沟通古今、融汇中西和兼容雅俗，却使他的文体世界呈现出了异乎寻常的丰富多彩。这种丰富主要有两种情形：一种情形是在同一部（篇）作品中，由于有效的"杂合""兼容"，其文体出现了创造性的变化，形成独特的不可重复的文体。如鲁迅的《狂人日记》，就是在成功地实行"拿来主义"的前提下，将多种形式（小说性的叙事、日记体的记录、内在的抒情和随机的议论等）与多种方法（现实主义、象征主义、表现主义及浪漫主义等）有意无意地结合起来，使之形成内在的复调结构，并显示出很大的艺术张力。茅盾当年在读这篇文体奇特的小说时，便敏感地察觉到它在文体形式上的创造，以及对青年产生的影响。这在当年来说，是带有普遍性的"文体反应"。其实，鲁迅的任何一部作品集，如《呐喊》《彷徨》或《故事新编》《热风》《野草》或《朝花夕拾》等等，编入其中的作品在文体上显然都不是整齐划一的，同中有异的文体多见，都有杂合、兼容的现象。如《呐喊》中就有多种体式的小说，甚至是有散文性的作品被兼容其中。而同期的《知识即罪恶》等小说性作品，却被编入了他的杂文集。对一向做事特别讲究"认真"的鲁迅来说，这不能简单理解为他的随意，而应理解为他的有意。即在鲁迅看来，对一部（篇）作品来说，其文体特征出现"杂合""兼容"的现象，乃是正常的事情。这里体现了非常"现代"的观念，亦即自觉地对"大一统""清一色"和作品模式化的传统进行反驳和告别。

另一种情形则是，从鲁迅作品的整体格局来看，鲁迅坚持不懈地进行文体创新，从而使他的文体出现了明显的发展变化，并形成了多种多样文体的同在。鲁迅的文学世界是丰富多彩的，首先就在于鲁迅是兼擅多体的文体家，没有他在文体上的不断探索，也就不会有其丰富多彩的文学世界。这也可以视为鲁迅

---

① 鲁迅. 小品文的危机［M］//鲁迅全集：第四卷. 北京：人民文学出版社，2005：590-593.

文体的多体"通艺"现象。由此可以看出他的文体创造的杰出才能，即兼擅众体，勤于探索，在文体建构上具有非凡的创造潜能。其全集是诸体的合集固不待言，其杂文集更是名副其实的诸多文体的杂合，有典型的现代杂文作为主体构成，也有常规意义上的书信、学术随笔、散文诗、散文、序跋、论文等夹杂其中（鲁迅自己有明确的说明）。即使是他的散文诗中，也杂入了打油诗体、独幕话剧体等，还有《朝花夕拾》中一组散文，向来被认为其文体风格是比较一致的。其实，除了艺术创新上的要求，也还有写作环境、心境的变化等原因，使《朝花夕拾》的文体"杂乱"起来。鲁迅在《朝花夕拾·小引》中说："这十篇就是从记忆中抄出来的……文体大概很杂乱，因为是或作或辍，经了九个月之多。环境也不一：前两篇写于北京寓所的东壁下；中三篇是流离中所作，地方是医院和木匠房；后五篇却在厦门大学的图书馆的楼上，已经是被学者们挤出集团之后了。"鲁迅自知文体的"杂乱"，但大抵还是在相对的意义上把文章编起来。这些说明了鲁迅对文体本身的严格分类也许是不感兴趣的，比如，他可以把笔法很相近内容也类似的《兔和猫》与《狗·猫·鼠》分别编入小说集和散文集，即使后来也未加调整；或者他对后来被习惯认可的所谓现代文体，并未有"先见之明"（现在就有人从现代文体观念出发去重新编选鲁迅作品）。但鲁迅对其作品的文体在创作中是很注意的，充分拓展和享受着五四文学革命所带来的创作自由，不断的创新成了他对自己的期待。在这种自由地寻找各种形式的文体的求索过程中，鲁迅也许体验到了作为作家最大的创造性的快乐——其中自然也有对语言自由驱遣的快乐。尤其在形式对其内容的表达极为充分、得体、巧妙而显示出对内容的"征服"时，鲁迅体验到的快感诚是难以言传的。不能想象鲁迅在写作中总是那么沉重不堪。如果总是痛苦压抑，全无"从文"的快乐可言，鲁迅还会那么"依恋"他的"金不换"吗？

（三）现代白话小说文体的多维建构

鉴于小说是20世纪中国最为重要的文体样式，这里要特别强调鲁迅对中国现代小说文体多方面的建构作用。中国现代小说的诞生，不仅出于鲁迅的现代启蒙主义精神的激发，在相当程度上也应归功于鲁迅对文体形式的相当彻底的革新。说起鲁迅小说文体，一些人便习惯成自然地想起鲁迅自己的言说，甚至于径直以鲁迅的自语为基本观点，总是讲鲁迅小说"对话不说到一大篇""不描写风月""可以没有背景""白描手法""表现的深切和格式的特别"等，视野不免有些狭窄，或仅仅注意到鲁迅小说艺术与本民族文化传统的关系，剥离出其中的"民族形式"成分（近些年来人们对鲁迅与传统的关系给予了更多的关

注)。其实，鲁迅小说艺术的文体有多种来源，至少来自这样几方面。其一，来自外国文学的启示，如《狂人日记》的文体便更多地得益于果戈理的影响；其二，来自民族固有传统形式的袭用及其现代化，如《祝福》中的"画眼睛"法就更多地继承了传统的艺术精神；其三，来自创作主体自己独立的艺术创造，如鲁迅的《孤独者》带上了更多的"私人化"写作的特征；其四，来自未被传统或正统文学接纳的民间底层文艺的影响，如民间神话传说、故事戏曲对《理水》《社戏》的构思、语言和风格的渗透性影响。这些来源的汇流和交融，使鲁迅小说获得了丰富的艺术滋养，也才有可能孕育出成功的小说文体和文本，奠定其在文学史上的重要地位。当然，比较而言，鲁迅主要是通过输入外民族的艺术表现形式，并在与本民族传统形式的综合运用中进行独立创造而实现的。鲁迅的"拿来主义"当然不是停留在口头上的，而且也实际有着广泛的对象，但在鲁迅小说的叙事艺术的现代性变革上，却无疑主要得益于对外国小说艺术的借鉴。我们知道，在外国文学影响下形成的中国现代小说，在叙事观点、叙事时间、叙事结构、叙事语言等方面，与传统小说已有明显不同。比如，仅仅从叙事观点看，鲁迅所奠基的中国现代小说就采取了多样化的叙事观点，这就使小说出现了与古典小说明显不同的艺术面貌。通常，据叙事者与故事的距离远近可形成三种叙事观点：全聚焦视点、内聚焦视点和外聚焦视点。第一种又称"零聚焦"视点，亦即通常所谓"全知全能"的叙事方式，叙事者仿佛上帝，无所不知，并通过叙述，控制着一切，中国古代小说多采取这种叙事方式；第二种内聚焦视点意为叙事者通常寄寓于某个人物之中，借其所知所思等来叙事，可以以第三或第一人称叙事，其特点是叙事者所知与人物一样多；第三种视点中的叙事者如同局外人或旁观者，只叙述人物所看到和听到的，不做主观评价，其特点是叙事者所知少于文本中的人物。这后两种叙事视点在中国近现代小说中开始增多，并成为占主导地位的叙事方式，但也适当运用零聚焦叙事观点。[1] 鲁迅即善于如此，将这几种叙事视角充分调动、转换（如《狂人日记》《孔乙己》《故乡》《阿Q正传》《伤逝》《理水》等），为中国现代小说创建了一些基本的叙事方式，也为中国现代小说的发展拓宽了道路。再如，鲁迅小说打破了古典小说以人物彼此之间的故事为中心情节的模式，开创了以塑造人物、表现思想感情为意图的小说模式，自由安排情节（这与叙事观点的现代转换密切相关）；在结构形式上，打破了古典小说按纵向时间叙述的方式，在多维时空

---

[1] 方忠. 叙事学与中国现代小说 [J]. 中国现代文学研究丛刊, 1997 (1): 228-235.

中自由地组织结构，可以时空倒错，可以意识流动，顺叙、倒叙和插叙自由选择，不受旧有模式的限制（鲁迅的小说大多都是如此）；将现实主义的典型化原则成功地应用于小说创作，并注意与其他创作方法（包括象征主义、浪漫主义、表现主义等）的融合，创造了独具匠心的现代小说文体。《阿Q正传》的文体创新或许可以视为鲁迅文体创新典范中的典范，其悲喜剧结合、中外叙事艺术结合的文体特征和写实、象征、隐喻、反讽的艺术手法，都能给人留下非常深刻的印象。又如，鲁迅对传统小说（以及其他叙事文学）的大团圆模式所给予的破袭，也是极其有力的。他不仅在创作中彻底冲破了"大团圆"传统文学模式，抛弃了与"瞒和骗"的自欺欺人心态相适应的思维方式与语言习惯，而且在大量的文章中，以清明的现代理智，剥离着"大团圆"的虚假的漂亮外衣，显示其不可言喻的荒诞和贻害无穷的弊端。他的小说（包括新编体故事）便较多地借鉴了外国的悲剧艺术。但正如茅盾指出的那样："鲁迅的作品即使是形式上最和外国小说接近的，也依然有它自己的民族形式。这就是他的文学语言。也就是这个民族形式构成了鲁迅作品的个人风格。"[①] 因此，在我们特别强调鲁迅小说的外来影响的时候，也不要忽视鲁迅对民族语言民族形式的创造性的转化。

（四）现代杂文文体的奠基者和扛鼎者

几乎在鲁迅用文言文写小说的同时，鲁迅也用文言文写起了杂文（或传统味较浓的议论文，如在《越铎日报》上发表的《望越篇》等）。但真正称得上现代杂文的却是他在《新青年》上开始写的杂感，此后也一发不可收，写出了十多册杂文集，成了丰产的现代杂文家。由此也成了中外文体史上很有特色和影响力的杂文家。关于鲁迅在杂文方面的文体创造及其评价，历来众说纷纭、莫衷一是。其实，大家在承认鲁迅在杂文创作上有文体创新和文体个性方面，则是比较一致的。与此相关的论述也已经很多。我这里则主要简略谈两点自己的想法。其一，鲁迅的大部分杂文是诗化批评，据此可以说他是一个"批评型文体家"。而常被人谈起的"师爷笔法"（应主要从积极方面理解）也是其具体表现之一。在鲁迅的笔下，逻辑性文本与诗情性文本得到了紧密结合，在情理交融中饱含着作家整个生命的投入。其震撼人心的力量也由此而来。在此要特别强调的是，鲁迅的文体风格与其人格精神是有着非常密切关系的。比如，鲁迅具有批评家、雄辩家的敏捷锐利、议论风生的气质和才能，这是很个人化的

---

① 茅盾. 漫谈文学的民族形式 [N]. 人民日报, 1959-02-24.

人格方面的因素，同时又有丰富热烈甚至峻急的感情，这就是他既善于批评议论又笔端常带情感的内在原因，"诗化的批评"由此也就成了鲁迅杂文的最基本的特征。也就是说，鲁迅的杂文在总体上看来是具有"诗性"的批评性、议论性文字，是独特的文体样式。其中有较大部分的文学意味很浓，诗性较强，是可以被视为文学的，但并不是可以将鲁迅所有杂文都作如是观。其二，我感到，在我们对鲁迅作为中国现代杂文文体的奠基者和扛鼎者进行评估时，实际总是易于陷入文学（尤其是纯文学）还是文化（尤其是政治文化）的矛盾之中。其实，在我看来，作为文化巨人的杂文与作为文学家的杂文，从价值评估方面看并不是完全相同的。因为从文化学和文学的不同角度来看待杂文，所看到的实际景观和实有作用是存在着差异的。杂文作为文化创造的精神产品，堪称一绝，堪称"精品"，堪称是痛快淋漓的精神体操；是文化批判，也是文化享受。但如果将其视为文学创造的精神产品来看待，就很难说了。是不是"文学"（尤其是纯文学）的杰作，这不能靠意气用事，更不能仅仅靠从政治上的蓄意拔高。从整体上将鲁迅杂文视为"文化"产品，则无论如何去评价它的"文化"价值，似乎都格外顺理成章，其各方面的价值功能（包括政治文化功能）都可以组织到"文化创造"的范畴之中。但从世界文学所取得的普遍共识来看鲁迅的杂文，却很难将鲁迅自称为"速朽文学"的杂文（也是处于文学与非文学边界的作品）视为文学上的杰作。从良好的主观愿望去希望鲁迅的杂文是伟大的不朽的文学杰作是一回事，而鲁迅杂文是否真正是伟大的不朽的文学杰作则是另一回事，因为这要用开放的动态的世界文学的总体水平来衡量和检验。各种过分的赞誉对鲁迅的杂文来说，实际是勉强的，甚至是不必要的。因为作为"文化"方面的独特创造，其作用和价值是很大的，并不比作为"文学"的作用和价值低。鲁迅的杂文有文学的作用和价值，但这只是其一部分的作用和价值，甚至还不是最主要的作用和价值。而当我们用"大文化"的眼光来看待鲁迅的杂文时，便会自然而然地超越"纯文学"的视野，对鲁迅的杂文给予更适当的价值评估。在宏伟宏观的文化领域，"文学至上"的"纯文学"观，只能显出过于一往情深的"单纯"甚至是"狭隘"。

（五）中国现代散文诗文体的重镇

鲁迅在文体史上的贡献，如前所说，从其最主要也最具体的文体创新方向来看，主要的文体建构策略是采取了"三向突破"，即在小说、杂文和散文诗方面进行集中的文体探索。事实上由此可以看出鲁迅确是文体建构的圣手，堪称大师手笔。鲁迅在散文诗创作中，也表现出了一个文学大师的创造潜力——特

第九章　文体史视域中的鲁迅文体

别是善于在"边缘"区域或"接合"部进行开垦的能力。鲁迅曾结合自己的心境说到《野草》的创作："后来《新青年》团体散掉了，有的高升，有的退隐，有的前进，我又经验了一回同一战阵中的伙伴还是会这么变化……有了小感触，就写些短文，夸大点说，就是散文诗，以后印成一本，谓之《野草》。"① 这里表露出鲁迅对散文诗这种文体也许还不够明确、不够自信的"自觉"。但是鲁迅确实在先将《野草》表述为"短文"之后，马上又将其引向"散文诗"的文体定位和定性。这里体现的恰恰是初探某种文体时的犹疑和谦虚。这种犹疑和谦虚还写在后来的《〈野草〉英文译本序》（此译本并未出版）中："这20多篇小品，如每篇末尾所注，是1924至1926年在北京所作，陆续发表于期刊《语丝》上的。大抵仅仅是随时的小感想。因为那时难于直说，所以有时措辞就很含糊了。"这里又改说"小品"，不再称"散文诗"，也许是由于新的语境和言说对象使然吧。但《野草》所收的大部分篇章确是相当典型的散文诗，而且早为一些学者所一再强调和证明。即就新时期初期而言，就有许杰的《〈野草〉诠释》、孙玉石的《〈野草〉研究》、李何林的《鲁迅〈野草〉注解》、李国涛的《〈野草〉艺术谈》、闵抗生的《地狱边沿的小花》等著作专予阐释。其中就有这样的断语："《野草》是一部散文诗，它要用高度凝练的语言来表现，运用一些语言技巧，如隐喻、讽喻，或是象征的手法来表现……"②"《野草》是中国现代散文诗走向成熟的第一个里程碑。正像《呐喊》开辟了中国现代短篇小说的历史航道一样，《野草》是在中国现代散文诗的发展中具有开山意义的作品。"③ 这些论断至今看来仍然符合历史的实际。不过，过于笼统地肯定鲁迅《野草》的散文诗的文体特征，会比较牵强地解释像《我的失恋》《过客》等篇章的文体归属问题，而且对鲁迅在散文与诗的接合部如何操作如何创造的具体情形，也未能进行深入细致的研究。其实，鲁迅的自述中对此已经有了很好的提示，其"小感触"之类，也正是对现实、对人生、对生命的富于审美穿透力的感受，这感受又是流动性、朦胧性的现代思绪，于是由内而外地"决定"了相应的语言表达方式，使其既有散文的形式自由，又有诗的韵味情调，从而显示出边缘文体的"别致"。鲁迅致力于这种文体的建构，固然从波特莱尔、屠格涅夫等外国作家和屈原、李贺等中国古代作家那里得到过艺术启示，但只有鲁

---

① 鲁迅.《自选集》自序[M]//鲁迅全集：第四卷.北京：人民文学出版社，2005：469.
② 许杰.《野草》诠释[M].天津：百花文艺出版社，1981：18-19.
③ 孙玉石.《野草》研究[M].北京：中国社会科学出版社，1982：260.

迅才能写出《野草》这样的散文诗集（尽管其中有不纯粹的篇章），却成了无可更易的历史。而且，在《野草》的前后，鲁迅实际都还时或写出类似的"小感触"式的文本，倘集中起来，会比《野草》的篇幅扩大一倍以上，这说明，鲁迅在散文诗这一文体的实践方面，并不止于《野草》。这样，鲁迅在散文诗这一文体方面所取得的成就也就更大。尽管如此，我还是觉得没有必要将"最伟大"之类的语词加诸鲁迅的《野草》。这种表述在五四这一特定的历史时期是适当的，但要无限地扩大开去，则未必适当了。因为在散文诗不同的文体风格之间硬要分出高下，是很难的，也许还是很不明智的。但无论怎样，视鲁迅为中国现代散文诗的重镇，则是无人可以否定的。

总的看，鲁迅在文学文本与非文学文本、政治文本与诗歌文本、历史文本与小说文本、小说文本与杂文文本、散文文本与诗歌文本、艺术散文文本与回忆录文本以及中国文学与外国文学等有距离甚至是对立关系的范畴之间，寻求着相结合的途径，创造了现代小说、现代杂文、现代散文诗、历史小说或新编故事等，这种在"边缘"或"接合"部的文体创造，特别值得称道。还有一点也值得特别注意，就是鲁迅文体具有的"杂合性"或通常所说的兼容性、包容性。我们之所以要特别强调鲁迅文体的杂合性特征，是因为在我们看来这最符合鲁迅文体的实际，而且是"回到鲁迅那里去"的一个比较清醒的判断。何况，"杂合"概念的现代意味其实很浓（电脑时代的五笔字型中就有很重要也很特别的"杂合型"，其特征是码元之间虽有间距，但不分上下左右，或者浑然一体，不分板块）。杂合不是乌合、杂乱、拼凑，而是意味着多元化、多样性和多功能的文本选择，意味着文体创新的必要条件的充分准备。鲁迅多次谈到自己的文体之"杂"，这不能简单地理解为自谦。鲁迅是非常复杂的，在思想感情方面是如此，在文体形式方面其实也是如此。

据上述，倘从不同角度概括的话，便可以称鲁迅为这样的文体家：

（1）鲁迅是现代型文体家；

（2）鲁迅是实践型文体家；

（3）鲁迅是杂合型文体家；

（4）鲁迅是批评型文体家；

（5）鲁迅是创新型文体家；

（6）鲁迅是大师级文体家。

<<< 第九章 文体史视域中的鲁迅文体

第四节 鲁迅文体的现代性和经典性

我们称鲁迅为现代型、实践型、杂合型、批评型、创新型和大师级文体家，实际也都隐示着鲁迅文体的现代性和经典性。由此可以看出的也正是鲁迅文体的理论价值和实践意义。诚如一位日本学者所说："具有现代性的鲁迅文本，从叙述学角度加以研究，不仅可以达到对鲁迅文学的全面理解，更重要的是正确评价鲁迅在小说史或文体史上的地位。"① 从叙述学研究鲁迅小说是如此，从文体学研究鲁迅的文体也是如此。作为一个中国现代文化巨人，在保守还是创新、封闭还是开放、静止还是变革等文化立场的选择上，显然选择的是后者。与此相应，鲁迅的富于现代性的文化创造也表现在许多方面，文学只是其中的一个非常重要的方面而已。尽管鲁迅文体所涉范围超过了文学，却以文学文体为主。在文学领域，鲁迅的创造才能得到了相当充分的发挥。倘若他不是在自己各方面最成熟的英年，抛开了这个他原本不想离开的世界——"千古文章未尽才"的话，他应该还会有更大的贡献，包括在文体创新方面。比如，如果假以时日和必要的健康，使他能够写出他构思、准备多年的长篇小说或文学史论著，那么其实际的贡献真是很难估量的。至少可以少些遗憾，也堵住一些狂徒关于这方面的非议。自然，就鲁迅实际完成的文学创作而言，其在现代文体方面的建树就已经堪称是伟大的了。视其文体成就为20世纪中国文学的一个高峰并不为过。

当然，也不是鲁迅所有作品都体现出了鲜明的现代性或拥有无可争议的经典性。比如，他的旧体诗，从文体上看可以说是相当典型的近代文学样式，即采取的是"旧瓶装新酒"的文体模式——尽管这种模式也可以创作出真正的名篇。又如他的新诗，从文体上看是相当现代的，在当时也是先锋性的文体选择，但在中国文学史或新诗史上，却很难将鲁迅的这些仅为一时敲边鼓的作品，视为文学史或诗歌史上的经典。这也就是说，鲁迅作为一个文学大师，尽管在文体上已经是一个多面手，但还是有他的弱项和缺项的，比如，他的新诗和处于构思阶段的长篇等。即就前述的旧体诗和新诗文体而言，鲁迅也确是较少有成

---

① [日]中里见敬.《伤逝》的独白与自由间接引语[M]//吴俊编译.东洋文论——日本现代中国文学论.杭州：浙江人民出版社，1998：133-154.

247

功的文体建树的。尽管在创作上也都达到了较高的水平，但在文体上却没有真正地独树一帜，开宗立派。我们在读鲁迅的"灵台无计逃神矢""万家墨面没蒿莱""运交华盖欲何求""曾惊秋肃临天下"时，能和读龚自珍的"九州生气恃风雷，万马齐喑究可哀"与黄遵宪的"斗室苍茫吾独立，万家酣梦几人醒"时感到文体上有明显的"划时代"的不同吗？所以从文体上讲，鲁迅的旧体诗就是"旧"体诗，在文体创新上没有必要给予过多的赞誉（当然用旧体也能写出好诗，如苏曼殊、柳亚子、毛泽东的某些诗）。笔者曾指出："从总的情形看，从龚、魏到南社诗人，都还习惯于运用旧体诗这一载体，来表达自己带有先进性的思想感情。龚自珍求新求异，首先是集中在对'文心古无'的追求上，但在形式方面姑且忍住：'文体寄于古'（龚自珍《文体箴》）。这是典型的'旧瓶新酒'的诗学观。在近代诗坛上具有很大的普遍性。……作为古代与现代交界处的近代诗歌，基本上是以旧形式表达新内容的面貌出现的，呈现为一种'中介'形态。其中比较典型的'寓新意境于旧风格'的诗作，大抵可称之为'近代新诗'或'准新诗'。"[1] 这种近代文学文体现象在20世纪仍有延宕，在一定程度、一定范围还存在着，由此也可以看出，传统的影响和文体的稳定，有时也并不完全以人的意志为转移。因此，这也就要求我们在关注鲁迅文学文体的现代性和经典性及有关问题时，也要有起码的实事求是的态度。

（一）鲁迅文体的现代性

鲁迅的思想感情的现代性特征，诸如，主张"立人""启蒙"，提倡"科学""民主"，关爱"个性""自由"以及拥有相应的忧愤深广的情怀等，都被普遍认为是现代性的思想意识和情感特征，这些在一定程度上是可以"内在"地影响到作品的文体风格、语调及色彩的。但是，文体在实际的建构过程中，又并不是总在被动地受到这种"内在"思想感情的支配。它有时也具有明显的相对的独立性。比如，内涵是旧的，而文体形式却可以是新的。这种错位现象的存在，鲁迅在五四时期就发现并给予了明确的提示。但在鲁迅这里，却竭力追求着内涵与文体的和谐统一，并在多数情况下实现了这种追求。鲁迅文体的现代性也由此显得特别突出。大致说来，这体现在以下几方面。

（1）鲁迅对现代文体的建构得益于多元多样的文化资源。

鲁迅的文体创造与时代要求或特定的文化语境也有着密切关系。我们知道，文学变革从来不是凭空形成的。在五四运动前后，新文学伴随着新文化运动走

---

[1] 李继凯，史志谨. 中国近代诗歌史论 [M]. 长春：吉林教育出版社，1995：97-98.

过了一段惊心动魄的分娩期及速长速衰期。彼时的人们对"新"的关注显然构成了最突出的文化现象，他们似乎还不习惯于讲"现代"和"现代性"这样的时髦话语。但在文化习语的大势所趋中，即使有邯郸学步或文化失语之虞，也要敞开国门和胸襟，迎纳西学的东渐，领受西风的吹拂。于是，外国文学也大量进入中国读者的期待视野，并对有志于创造本民族新文学的作家，产生了深刻的影响。这种于20世纪初发生的情形，在20世纪末似乎也遥相呼应地有了类似的映象。急切跟随西方、效仿西方的冲动和努力，使近些年来出现了后现代主义话语的狂轰滥炸，给人们造成了某种错觉，以为中国文化、中国文学找到了前进的方向，以为现实主义、浪漫主义、现代主义统统成了过去，以为痛快淋漓的解构策略可以为我们拓展出一片崭新的天地，从而多少忽略了后现代主义本身的趋于极端的激进及其隐含的危机。激进导致的幻觉使"现代性终结"话语流行一时，使虚妄的狂欢与无奈的幻灭交并发生。其实，整个20世纪的大潮都是"现代性构建"，尽管其间曲曲折折、起起伏伏，各种文学交错并存，呈现出驳杂的复合的状貌，但这条主线却异常清晰，迄今依然是当务之急，成为大势所趋的历史性选择，显示出前所未有的强劲的发展态势。所谓"四个现代化"，人的现代化，民族现代化，民主、科学、人权、法制等，都实际处于积极建构而有待完成的过程之中。在某些情况下，前现代和后现代的现象确实都存在，比如，在文学中，古典性的话语（像古体诗词、成语对联、传统叙事等）和最时髦的解构叙事或文本游戏都并不少见，但这些均未成为20世纪文学实践的主流。从鲁迅的《阿Q正传》到陈忠实的《白鹿原》，启蒙理想和忧患意识都一以贯之；从郭沫若的《女神》到王蒙的《活动变人形》，个性解放和反叛精神也始终是心的呼唤、灵的冲动。即就目前的"多元"格局而言，也并非现代话语、后现代话语和古典话语均衡并存的三足鼎立，在这里，后现代的先锋性与古典的保守性均可以从不同方面、不同层次上对现代性话语给予丰富和充实。据此也可以说，从主导方面看，20世纪的中国文学是现代性的文学，而不是后现代主义文学，也不是古典主义文学。但综观其存在的真实状况，尤其是20世纪初期的二三十年代文学和后期的八九十年代文学，既显示出明显的主导形态，又显示出丰富的多元风貌。故其文学性质殊难简单地予以把握。勉强为之，或可说20世纪中国文学具有多元主导的性质。所谓多元，是指多种多样的文学的历史性真实存在；所谓主导，是指现代性文学的无可争辩的历史性的主导地位。倘若从更广阔的文化视野来看，所谓多元多样，也正是"现代性"的具体体现，恰与一元一尊的"古典性"相对应。

在多元的文化视域中，被建构于新的文化系统的传统文化也会有积极作用。就是说，五四的文体革命实际并不是要完全彻底地消灭旧文体。文言小说、旧体诗、史传文学等文言文体仍以置换或渗透的方式进入了新文体的结构图式，并由此接通了民族形式的血脉。鲁迅小说在这方面就表现得很突出。文体更新的另一个途径，是两种文体或多种文体相互交叉、融合从而生成新的文体。比如，散文诗，就既非散文又非诗，这种结合型或中介型文体在五四时期是非常新颖的。鲁迅的散文诗《野草》就显示了鲁迅在这方面的努力。自近代以来的小说文体的变化，既得益于外国文学的影响，也得益于诗词、史传、游记、书信、日记、笑话等其他文体的渗透性影响，使小说文体发生了许多变化。① 鲁迅小说也是如此。王瑶先生即认为鲁迅小说有古典诗词的抒情传统的影响。② 对古典的重新认识和重新建构会促成新文体的诞生，这是屡被验证的文体变革的一个规律。另一种情况是在对旧文体的变革中，只不过是改变了旧文体的某些关键性的文体特征，便使其文体发生了位移。鲁迅在这方面也有些尝试。比如，对情节小说的现代置换使他写出了《狂人日记》这样的心理化、象征性的现代小说；对传统史传文学的记事笔法的冲破，使他写出了《故事新编》这样的戏仿体的现代感相当强烈的历史小说。

（2）鲁迅的文类文体大都突破了旧有的文体模式。

文体的建构在艺术上的要求，可以说是要创造审美性的"有意味的形式"。英国批评家克莱夫·贝尔在其名著《艺术》一书中格外强调的是艺术的形式，其"意味"所指也只是形式激发的审美情感。这种形式主义的艺术观揭示了形式的审美价值，却以保持艺术的纯粹性为口实而排拒现实功利、思想或理性的渗透。这至少在很大程度上局限了人们对艺术多样化的理解。各种各样的思想感情恰恰是各种各样的文体得以滋生的土壤。即使仅就小说文体形式而言，也有适应表达各种思想感情的多种样式，如散文体小说、诗体小说、传记体小说、小小说、短篇小说、中篇小说、长篇小说、文言小说、白话小说等等。鲁迅在小说文体方面的创新已如前述。在此拟讨论一下《故事新编》的文体所具有的现代性。《故事新编》在文学文体上的创新，使鲁迅显示出同时代作家难以匹敌的"先锋性"，并由此相当充分地表现出了他的文体个性。早在1960年，唐弢

---

① 详参陈平原. 中国小说叙事模式的转变 [M]. 上海：上海人民出版社，1988：168-218.
② 王瑶. 论鲁迅作品与中国古典文学的历史联系 [J]. 文艺报，1956（19）：11-19；王瑶. 论鲁迅作品与中国古典文学的历史联系 [J]. 文艺报，1956（20）：18-22.

就《故事新编》的文体谈了这样一些看法:"这是一个革命作家对于传统观念的伟大嘲弄""任何属于传统形式的凝固概念,都不能约束它、绊住它,因为这代表着一种新的创造"①。意识到这种文体创新的研究者还有李桑牧等人。在20世纪80年代中期以来,除了陈平原之外,还有殷国明、郑家健等人的《从〈故事新编〉到〈百年孤独〉》《"油滑"新解》等成果,都试图在20世纪世界文学的共同经验中或更潜在的民间诙谐文化传统里来寻求对鲁迅文体创新的解释。而在我们看来,《故事新编》的文体创新则主要体现在打破常规、别开生面、另辟蹊径,将古今界限分明的叙事方式、小说与杂文互不侵犯的文体分野、史实与幻想的不相协调、严肃文本与戏仿文本的对立冲突、文人文学与民间文化的互渗交融等等,都在更为开放的艺术思维空间里得到了新的融会贯通与杂合整合。在此,鲁迅的"油滑""变形""夸张""幽默""反讽"等手法的充分调动和自由运用,也就成了有意无意的具有现代意味的重构性的文体创造。如《补天》中的"古衣冠的小丈夫"的出现、《理水》中"文化山"上的学者之流、在《起死》《非攻》《出关》中的警察、讲演和诸多杂文化的议论等等,都不再被视为游离性的部分,反而成了具有现代主义色彩的艺术创造,成了世界性文学思潮在中国的几乎是同步发生的现象。20世纪的多元化和新综合的文艺发展方向,在鲁迅的文艺活动与创作实践中,已经体现得非常明显。鲁迅在《故事新编·序言》等文章中,曾称之为"小说""速写"和"演义"等,概念的游移客观上也显示了文体界限的模糊。刘纳指出:五四新文学既是重视文体创新的时代,又是轻慢旧式文体的时代,"在文体解放的浪潮中,新文学作者依仗新的文学信念与文学思路搅乱了旧有文学的'谱',以模糊各种文体的界限来实现文学整体的变革"②。鲁迅也显然采取了这种变革文体的策略。其中要强调的一点是,沟通古今、模糊虚实的"戏仿"性文体在鲁迅这里是严肃的,与当今流行的以"搞笑"见长的"戏说"体有着根本的不同。

再如,鲁迅的散文(包括杂文)也具有鲜明的现代性。五四时期的散文文体对传统文体的变革也是很大的。首先是语言发生了重大转换。亦即白话散文

---

① 唐弢. 鲁迅和他的《故事新编》[J]. 新港,1960(10). 收入人民文学出版社1979年5月版《海山论集》、作家出版社1962年8月版《燕雏集》、人民文学出版社1984年8月版《鲁迅的美学思想》、社会科学文献出版社1995年3月版《唐弢文集》第7卷时,均题作《故事的新编,新编的故事——谈〈故事新编〉》。

② 刘纳. 嬗变——辛亥革命时期至五四时期的中国文学[M]. 北京:中国社会科学出版社,1998:390-391.

已从近代的边缘位置转换到现代的中场位置。白话散文的兴起,正如鲁迅在《小品文的危机》中指出的那样:"这是为了对于旧文学的示威,在表示旧文学之自以为特长者,白话文学也并非做不到。"鲁迅的散文创作足以证实此点。尽管鲁迅并不是白话最早的提倡者,但当他逐渐认识到白话的重要性后,却成为白话文学最坚定的捍卫者和最出色的实践者。鲁迅原本于旧学、旧文濡染很深,他的文章中留下了不少这样的痕迹。如郭沫若在 1941 年写的文章《庄子与鲁迅》中,以相当翔实的语词分析,说明了鲁迅在一些方面确实受到了庄子的影响,尤其是文体构思上更值得注意。鲁迅自己早在《写在〈坟〉后面》里已有类似的表白,说在思想上受庄子影响会产生消极因素,但"行文构思"所受的影响,却是有好处的。但当鲁迅一旦更为深刻地体会到白话文的好处,就更易于看清古文的弊端。他甚至对文白夹杂造成的文体弱点也了然于心。他认为,处于文章转型期的作者,会有一些是不三不四的不太成熟的,这是历史性的现象。但是,鲁迅显然已分明看到了文言文的衰落和白话文的崛起,并努力去娴熟地掌握白话,以便全身心地投入散文(特别是杂文)的写作中。当他运用自由度很大的现代白话从容驰骋之时,不仅写出了大量具有现代内容和现代形式的佳作,而且也相信他自己获得了一种前所未有的创作上的自由感觉。

(3) 鲁迅的文体风格独特卓异而又丰富多样。

文体的个性风格是文体结构中最能显示特色的部分。文类文体作为体裁上的分类,较之于文体的个人风格自然并不相同。比如,同写短篇小说而文体可以不同,同属现实主义小说而文体也可以不同,道理就在于有个人文体风格的不同。从文体风格来看鲁迅作品的文体特色,在不同的研究者那里也往往有不同的概括与评价。有的将其文体风格归纳为冷峻、深沉、诙谐的,有的则归纳为幽默、辛辣的,有的归纳为贴切、形象、优美的,有的归纳为冷峭、尖刻、沉郁的,等等。也正应了那句古话:仁者见仁,智者见智。其实这相当充分地显示了鲁迅文体的丰富性。而这丰富性的主体方面的原因,则是鲁迅的艺术趣味、文体观念其实具有"多元性"。[①] 鲁迅的小说惊人地精练,涵养着可以再生的丰富的信息,使读者可以常读常新;鲁迅小说的摄魂的语调包孕着能够诱思的情感,使人们能够品味无穷。如《祝福》《伤逝》《药》《孔乙己》等,莫不如此。像杂文中的名句:"所谓中国者,其实不过是安排这人肉的筵宴的厨房"

---

① 参见徐行言. 论鲁迅艺术趣味与文艺思想的多元性——在表现主义与写实主义的二难抉择中 [J]. 文艺理论研究, 1997 (6): 57-68.

第九章 文体史视域中的鲁迅文体

"丑态而蒙着公正的皮,这才催人呕吐"等,比喻生动形象,感情激愤却又显得极度冷静,简练之至,仿佛"压缩软件",具有很大的文体功能或张力,典型地表现出了鲁迅的文体特色。鲁迅对古旧的中国曾以"铁屋子""地狱""活埋庵"等喻之,亦准确深刻而又简约精警,发人深思。比如,鲁迅写道:"姓名我忘记了,总之是一个明末的遗民,他曾将自己的书斋题作'活埋庵'。谁料现在的北京人家,都在建造'活埋庵',还要自己拿出建造费。"[1] 中国的落后,子民的愚昧,导致自己付出代价来"活埋"自己。这看上去像个笑话,其实却沉重得让人不堪承受。即使是鲁迅出诸"曲笔"的幽默,虽有时也有无伤大雅的轻松的幽默,但也绝不是单纯的"搞笑",更不是庸俗的献媚,较多的则是"辛辣的幽默"或"沉痛的微笑"。幽默,在不同的语境中其情调和口吻往往也有所不同。有时以正经、庄严的口吻和词语,叙可笑可哂之事,如《从胡须说到牙齿》即诙谐中有讥刺,揶揄中有抨击;有时反之,恰以嘻嘻哈哈的轻松之语,裹着难以言说的沉痛与忧患,如《春末闲谈》《文艺与政治的歧途》《忧"天乳"》等文中便多见反语,读之即有这种幽默之感。(有话难以直说而用反语的原因很多,语境压力则是最主要的原因。在鲁迅时代尤其如此。)《春末闲谈》中的这些话,便取得了正话反说的绝佳效果:"人民与牛马同流——此就中国而言,夷人别有分类法云——治之之道,自然应该禁止集合:这方法是对的。其次是防说话。人能说话,已经是祸胎了,而况有时还要做文章。所以仓颉造字,夜有鬼哭。鬼且反对,何况于官?"幽默感,使"轻松的悲剧"成为更具有感染力和恒久性的文本现实。这确实是非常难能可贵的。在这方面,《阿Q正传》无疑是最典型的范例。对此论者颇多,其中有一般意义上的"悲喜剧深切融合说",也有由此更进一步的"形式内容相互征服说"等。即使是《狂人日记》这样的多种"主义"和"手法"相辅相成的文本,其文本间也具有幽默的意味,如"迫害狂"患者奇特的心理状态、荒诞不经的联想、飞速跳跃的思路、恍惚迷离的幻象、可叹可笑的健忘,以及出自"狂人"习性的语言等等,使《狂人日记》的文本具有了强烈的幽默感。在《故事新编》中,也普遍存在着基于看穿看透的大智大睿和更趋成熟的艺术表达的自信,使小说文本的幽默感有增无减,从思维空间到语言表达,真正契合了多来点"古今中外"的创作要求。鲁迅的"游戏文字"在大量的作品中固然很少,但也绝非没有,而之所以有这样的"游戏文字",大抵也是故作轻松的幽默与滑稽。有时鲁迅的"游戏"

---

[1] 鲁迅. 通讯 [M] //鲁迅全集:第三卷. 北京:人民文学出版社,2005:22.

也是出于无奈或基于"战术"方面的考虑。尤其是在他与新闻检查官做"游戏"的时候，他的"游戏"笔墨仍然是对"言论自由"的现代文化传统的一种守卫姿态。正所谓"游戏"中有"真意"，"谐语"中有"大义"。这些在鲁迅的《伪自由书》等杂文集中即有着突出的表现。鲁迅应黎烈文之邀而为《申报·自由谈》撰稿，时或采取剪辑和评说紧密结合的方式，一方面保存了一些"妙文"，而穿插的评论更增其"妙"，让人读了会忍俊不禁。如鲁迅在《伪自由书》的"后记"中，一半是平时积累的"剪报"，把个"后记"弄得很长。他自己也似乎意识到了这点，说："《后记》这回本来也真可以完结了，但且住，还有一点余兴的余兴。因为剪下的材料中，还留着一篇妙文，倘使任其散失，是极为可惜的，所以特地将它保存在这里。"这种剪辑和解说的配合很像如今的电视专题片，对时政、文化等热点问题给予及时的把握。能够格外引人瞩目，且不乏趣味性。这正如有的学者指出的那样："鲁迅在《伪自由书》中的剪贴技巧和套用手法，从文体而言，都是一种杂文体。它把记载和论述、报纸的文体和鲁迅自己的评论和鲁迅自己的评论文体故意'杂'成自己的文章。从好处来说，这应属一种开放型的杂文，它可以兼容并包，不分界限，并且直接和现实及时事打交道，而且——像报纸一样——极有时效。"① 由于这种"时效"及文章锋芒等原因，语境的压力就会增大，于是在鲁迅杂文中便会出现一些"□□□"符号，这也可以视为被迫形成的一种"别致"的省略法，甚至构成了一种独特的"修辞"——反讽。

很早就有人指出鲁迅文学创作的艺术辩证法。这似乎是个老话题了。在这个老话题中却包含着其文体风格的许多奥秘。比如说，他的杂文的尖刻与婉曲，便是这种文体风格辩证法的生动体现。他曾自述："我自己也知道，在中国，我的笔要算较为尖刻的，说话有时也不留情面。"② 但他也并非一味尖刻，直截了当，他在谈叙事作品时，对能够"婉而多讽"的《儒林外史》就相当欣赏；他在讲"壕堑战"时，笔下也会曲曲弯弯，机锋暗藏。有时，"尖刻"与"婉曲"则是你中有我，我中有你，相互配合，相互兼容；有时，笔调的紧张与从容也相偕而出（如《论雷峰塔的倒掉》《看镜有感》），密切配合，从而将直笔与曲笔密切结合，达到了张弛有致的很高的境界。尽管事过境迁，鲁迅以杂文出击

---

① 李欧梵．"批评空间"的开创——从《申报·自由谈》谈起［M］//王晓明主编．批评空间的开创——二十世纪中国文学研究．上海：东方出版中心，1998：101．
② 鲁迅．我还不能"带住"［M］//鲁迅全集：第三卷．北京：人民文学出版社，2005：260．

的对象或许发生了种种变化,是是非非的辨析也不再那么重要,但鲁迅的炉火纯青的文体却赫然挺立在文体史上,其文体风格的独特和"刺激",也会给读者留下长久的深刻印象。

(4)把握"人的复杂与文的复杂"的统一。

为了求取艺术的真实,鲁迅对种种矫揉造作的玩弄"障眼法"的文学也给予了深刻的揭露,并针对虚伪的玩弄形式而内容空虚的"遮眼文学",特意提倡写实的"白描"手法。还提倡"杂取种种人,合成一个"的典型化手法,等等,这些作为鲁迅创造现代文体的具体追求的体现,确实有"去蔽"的作用。貌似单纯简省的白描法与合成法,却惊人地显示出了人的复杂与文的复杂,以及二者的统一。所谓"现代性"的存在景观,可以说有一个非常鲜明的标志就是"复杂化"。人,在具有现代感的作家那里不再是单纯、单色的人;文,在具有现代感的作家的笔下也日趋斑驳陆离,极尽变化之能事。据此,鲁迅在中国的叙事文本的历史长河中特别欣赏的是《红楼梦》的叙事创造,亦即彻底突破了传统文学"叙好人完全是好,坏人完全是坏"的叙事模式;在外国文学的叙事杰作中,他特别看重的是陀思妥耶夫斯基极其善于"显示出灵魂的深"的文本,亦即原创地运用了一些堪称是现代主义的方法,剥离出人的难以言状的复杂。自然,鲁迅对人与文的复杂形态的高度重视,并不是单纯为了显示人或文的复杂,一如其不是为了艺术而艺术一样,他的叙事艺术既避开了传统的"闲书"的陈腐,又避开了时髦的"洋书"的陷阱,一切皆要出诸自己别出心裁的创造。鲁迅早年曾心仪手追西方的积极浪漫主义思潮,并在更广阔的文化视野中,对初兴的现代主义也有所收摄,这对他后来注重于客观再现和主观表现相融合的开放型现实主义文艺观而言,显然是重要的思想资源。这使鲁迅的冷峻的开放型现实主义文体构成亦透现出浓烈的主观性和深挚的抒情性。这也使鲁迅对安特莱夫的创作产生了浓厚兴趣,从而高度赞扬其创作"都含着严肃的现实性以及深刻和纤细,使象征印象主义与写实主义相调和。俄国作家中,没有一个人能够如他的创作一般,消融了内面世界外面表现之差,而现出灵肉一致的境地"[①]。进而对厨川白村的文艺观也产生了强烈的共鸣,深刻地感悟到"非有天马行空似的精神即无大艺术",而大艺术的文本建构自然也非同凡响。鲁迅的艺术实践业已证明,他的确善于在多方面借鉴的融会贯通中创造看似平易而

---

① 鲁迅.《黯澹的烟霭里》译者附记[M]//鲁迅全集:第十卷.北京:人民文学出版社,2005:201.

实则奇崛的文本。鲁迅的理论、创作以及论争、翻译等都表明，他倾其心力进行的不是东施效颦、鹦鹉学舌，而是真正现代意义上的文艺整合与文艺创新。有人不惮其烦地将鲁迅描绘成一个存在主义者或现代主义者，似在"拔高"鲁迅，其实并不契合于鲁迅的文本实际，只不过是某些人的主观意愿而已。从主导方面看，五四时期的文艺观则体现为现代形态的现实主义观，同时对浪漫主义、个性主义、进化论、生命哲学及唯美理论等均有所吸收，从而显示出了更其强烈的现代性色彩。

（二）鲁迅文体的经典性

当今社会上有些人诚为语言的巨人和行动的矮子，在自己其实还是个"文学青年"（如所谓"新生代"中的有些人）的时候，就目空一切，以"解构"甚至是"革命"的名义，对鲁迅肆意进行攻击、诋毁，断言鲁迅是一块老石头，鲁迅成了过去，鲁迅是要不得的乌烟瘴气的鸟导师，等等，不一而足。这和当年太阳社与后期创造社对鲁迅的批判颇为相似。但不幸的是，宣告"阿Q死去了"的人也亲眼看到阿Q成了文学史上的经典，宣告鲁迅是双重反革命的人，更是用极为响亮的声音歌颂着鲁迅的伟大和不朽。这些历史并未失去意义，对那些沉迷于"消解经典"的人来说当有警示的作用。因为鲁迅留下的创造性文本，包括他的那些小说、杂文、散文、散文诗和学术论著甚至是一些讲演录、谈话等，都已经一再被历史证明为中国20世纪的具有经典性的文本。而从鲁迅文体的经典性的具体体现来看，可以说表现在许多方面。于此略述主要的几点。

首先，鲁迅所提供的大多数具有创造性的文本，既是文化经典、文学经典，也是文体经典。在古代，通常只有儒家的经籍和宗教方面的经书方可视为经典。而在现代，则开放宽容多了，除了历史上各家各派学说的代表作或经籍可以视为经典之外，现代人创造的重要的有影响的作品大抵也可以视为经典。但这自然也要拉开一定的时间距离。也就是说要有一定的历史感并有重要价值和影响作用的文史哲等方面的著作，才能够进入经典的行列。《辞海》说经典是"一定的时代、一定的阶级认为最重要的、有指导作用的著作"。这种界说是有一定道理的，但忽视了经典也有超时代、超阶级的超越性，以及经典标准的相对性。无论是在意识形态范畴，还是在文化史、文学史领域，鲁迅作为思想家或思想家型的文学家，以及世所公认的文化名人，可以进入"经典"则是无可怀疑的。"一位文化名人进入经典，首先意味着他的历史定位已相对形成。""经典鲁迅庄重地、平静地、永恒地注进文学长河，对他的评价也归入学术文化的范畴。……他生前身后，只需用他的作品来面对世界，面对历史。他足够传世而有余。"① 鲁迅能够传世的，是他的精神产品，尤其是他的那些体现了他的创造才能的文学作品。这些作品都有其独特的文体形式，这些文体形式的当代阐释是可以不断进行下去的，因为这些文体也充分体现了鲁迅的创造才能，并且实际在开辟"新文场"方面做出了最为突出也最为重要的贡献。从这种意义上讲，鲁迅创造的文体在新文学史上被视为文体经典，也是无可怀疑的。即使就他的杂文文体而言，无论是作为现代文化产物（文化性杂文），还是其中诗性强的许多篇章作为文学创作（文学性杂文），其文体都有重要的现代性价值。对鲁迅来说，写作文学性杂文或诗化批评，正是他的拿手好戏！他是一个名副其实的"批评型文体家"。师爷笔法也正是其具体表现之一，而这种笔法也与地域文化有着密切关系。② 文化资源丰富而又根深叶茂的鲁迅文学及文体，理应在中国文化史乃至世界文化史的经典之林中占一席之地。

其次，鲁迅文体作为经典性的文体，在文学史上有着中国其他现代作家所难以企及的影响，而且这种影响有着相当的广泛性和持久性。鲁迅文体是他在写作实践中上下求索的结果，可以说是个体劳动的结晶，但同时又成为社会的公共需求和消费的对象，在文学史上也有着重要的影响。而由这影响便可以看出鲁迅文体的经典性。与其他现代作家相比，鲁迅文体承载着"思想家型的文学家"全部的思想感情和文化文学方面所有的追求。语符化结构化的文体，显示其所具有的艺术精神的多元化和勤于探索的先锋性，由此也构成了其作为文学经典、文体经典的规范化的魅力。比如，其创作方法和具体手法就产生了重要的影响。鲁迅的冷峻的开放型现实主义在现代文学史和新时期文学所产生的影响，早已是有目共睹。如鲁迅笔下特有的一些"特酷特冷"的艺术意象，就在不言中产生了深远的影响，并得到了带有原型意味的重构和重现。我们知道，鲁迅笔下的"病象"描写可谓是"连篇累牍"，成为文本中最引人注目的核心意象，也给文本带来特有的"冷"的气息和"药"的滋味。这是因为，"在鲁迅看来，传统的中国人大多是'病态型'的人，尽管程度或病状有着种种的不同。其病态人生的种种表现，或'病态社会'的百态图，可谓得到了迄今为止

---

① 吴福辉.鲁迅经典化的路向［M］//向阳，文珍编.鲁迅新画像.乌鲁木齐：新疆人民出版社，1997：83.
② 参见严家炎.《20世纪中国文学与区域文化丛书》总序［J］.理论与创作，1995（1）：9-11.

仍是最充分的再现"①。这自然也是由于鲁迅是"特殊医生"的缘故。从"看客"现象的强刺激所引发的对中国人"病象"的密切关注,诱发了作为学医出身的鲁迅的极大的兴趣。由于他的集中关注,才会发现许多问题——从杀头与被杀头,迫害与被迫害,侮辱与被侮辱到由此而来的各种精神疾病,成为他最热衷的描写对象。这显然影响到了他的文体建构和文体风格。② 中国人被视为"东亚病夫",这本是外国强权者对中国人的蔑称,却在鲁迅的文本中可以找到最具体生动的证明。在这里,客观存在的病象引起的是情感倾向迥然不同的"诊断"。在强权者那里是认为中国人因病可以任意欺凌,而在鲁迅这里却是力图加以"疗救""改造国民劣根性",从而立人立国。他的创作也正是为了这种启蒙的需要:"说到'为什么'做小说吧,我仍抱着十多年前的'启蒙主义',以为必须是'为人生',而且要改良这人生……所以我的取材,多采自病态社会的不幸的人们中,意思是在揭出病苦,引起疗救的注意。"③ 尽管鲁迅对这种启蒙的"疗效"并没有太大的期待和依赖,但在这追求的过程中却留下了心血所凝化的作品,也由此深刻地影响到了自己的文体风格。一想起"劣根"的隐喻,便知道鲁迅的文体该是多么沉重。当"文革"式瞒和骗的"高大全"文学成为过去时,在作家笔下越来越多地涌现出来的作品,便是对国民劣根性或各种病态的关注。从"鲁迅风"在20世纪中国的时断时续、时强时弱的吹拂,便可以领略到其作为文学经典、文体经典的价值和意义。至于从鲁迅传统的形成和当代一些作家的自述中,人们无疑都可以获得大量的"接受"鲁迅影响方面的消息。即使是少数民族地区的作家也能得其沾溉:"他的小说、杂文、散文艺术曾经深刻地影响着中国少数民族现代文学和当代文学的发展,参与着中国少数民族作家的成长的哺育。"④ 事实上,鲁迅的"故事新编"也已经构成了一种文体范式,并对后世产生了深远的影响。近期由三秦出版社推出的《名家主笔古小说新编》即为一例。陈忠实就此撰文指出:"由活跃于当代中国文坛最具影响力的小说作家,对精心挑选的古典短篇小说进行新编或再创作,将原先几千字甚至只有几百字的小说,新编为几万字甚至十几万字,其中的某种神秘感就足以

---

① 李继凯. 民族魂与中国人 [M]. 西安:陕西人民教育出版社,1996:3.
② 王德威. 从"头"谈起——鲁迅、沈从文与砍头 [M] //想象中国的方法:历史·小说·叙事. 天津:百花文艺出版社,2016:135-146.
③ 鲁迅. 我怎么做起小说来 [M] //鲁迅全集:第四卷. 北京:人民文学出版社,2005:526.
④ 丁子人. 鲁迅文学传统与中国少数民族文学 [J]. 鲁迅研究月刊,1997(12):34-41.

使人掀卷探幽。""从某种意义上说,这是一场古典作家与当代作家之间进行的以语言为武器的'战争',参加故事新编的作家们的思想气质、文学个性、艺术思维方式的差异,更增加了这场'战争'的丰富性和广阔性……"陈氏将此视为今日作家与古典作家跨越时空的文学对话,并以为其间"确有文学贯穿古今的快乐与酣畅"①。戏仿古典而流于搞笑的东西在当今确有泛滥成灾之势,然而这却不是鲁迅式的"新编"。鲁迅式的戏仿古典与贯通古今,张大了艺术表现的时空,在奇异的重新建构的文体中,达成了内涵的有效增殖和增容。

最后,鲁迅文体的经典性体现为它是中国20世纪广义政治符码化的杰出代表。笼统说来就是:鲁迅文体大都是精短精练的"战斗型文体"。鲁迅曾为争取杂文的生存权利和发展空间论辩申述,那已广为人知;他也曾特意为短篇小说的存在权利,做过这样生动有力的申述:"在巍峨灿烂的巨大的纪念碑底的文学之旁,短篇小说也依然有着存在的充足的权利。不但巨细高低,相依为命,也譬如身入大伽蓝中,但见全体非常宏丽,眩人眼睛,令观者心神飞越,而细看一雕阑一画础,虽然细小,所得却更为分明,再以此推及全体,感受遂更加切实,因此那些终于为人所注重了。"② 正是由于有这种对精短文体的充分理解,所以鲁迅的杂文及其他作品的体式都有个最突出的特征:短。尚短尚精使鲁迅惜墨如金,追求文短而意深、词约而意丰(钱锺书曾谈及此,甚至认为鲁迅把《阿Q正传》写长了,还可剪裁。)。但在鲁迅的笔下,并不因为尚短而只剩下干巴巴的说理,形象的、从容的笔致增强了其文章的生动性。其小说也多以精短见长。这种以少胜多的艺术追求和魅力,也深深地吸引着后来人。"这些鲁迅的传人(指新时期以来优秀的有批判精神的杂文家——引注),确实把民族的希望之旗高高地举了起来。中国新文学自诞生以来,还没有哪位作家的哪种文体,能够如此广泛如此长久地影响着后人。'鲁迅风'的不朽价值,已经被鲁迅的生前和身后反复证明了。这是中国作家的宿命,也是全民族的悲剧。鲁迅曾希望自己的杂文能够同被鞭挞的现象一道'速朽',然而它却依然这样鲜活,不仅存活到了新时期,而且必将伴随中华民族实现现代化的全部历程。"③ 显而易见,中国20世纪是一个特别功利化也不能不功利化的世纪,而应运而生的鲁迅文体的功利性特征也的确非常鲜明。不必讳言,20世纪中国文学与政治的关系是非

---

① 陈忠实. 跨越时间和空间的文学对话[N]. 光明日报,1999-02-25.
② 鲁迅.《近代世界短篇小说集》小引[M]//鲁迅全集:第四卷. 北京:人民文学出版社,2005:134.
③ 姜振昌. 鲁迅与中国二十世纪杂文[J]. 鲁迅研究月刊,1999(8):17-25.

常密切的,对文学的发生发展,包括对文体都产生了重要的影响。在总体上看,有益于救国救民、世道人心的进步政治促进了20世纪中国文学的快速发展。小说的崛起和杂文的兴盛等都是显例,而这一切无非是为了适应新文化运动(实际是以爱国、民主的政治文化为核心的)的需要。在"白话革命"和"文学革命"的新文体创造的热潮后面,原有极大的关涉民族命运的功利性动机。鲁迅的文体也受孕于斯,反哺于斯,并在五四成为历史经典的同时,也化作了文化经典、文学经典的重要组成部分。五四时期的"文学革命"是如此,发展到"革命文学"阶段也是如此。"革命"对文学的文体也必然提出相应的要求。所谓"文艺大众化"就是这样的文体要求。"大众化"文体必然要趋向通俗,在急切的革命任务或大众现实需求的制约下,还要这种"通俗"加快传播的速度。于是便出现了短、平、快的通俗文体,如街头诗、朗诵诗、活报剧、报告、通讯、故事以及花样翻新的民间曲艺等等。在文人圈子里也增加了写短文写小品的动力。当然也有一些作家出于各种原因,而守护着"自己的家园"。他们是外在于这种"大众化文体"的,追求的是"纯文学文体"。鲁迅后期应该说是处在这二者之间。他既认同革命文学的总体选择,也信守作家文人独立的文体创造。据实说来,也正是由于鲁迅很难完全融合于当时的革命文学,在当时便遭到了批判,此后也因此而难以实际成为革命文学的经典。不过,能够成为"文学革命"的经典也就很足够了,其文体的时代意义、文学价值和深远影响,也就使后人有高山仰止之感了。如今,据说社会已经进入了"后现代"阶段,可是我们还是发现鲁迅没有成为过去,即使在被视为消解了鲁迅传统的作家余华那里,也可以看到他由远离鲁迅转而靠近鲁迅的动向。[①] 同时也发现鲁迅对旧文化、旧文学以及旧文体的"积极解构与积极建构并举"的运作和策略,在有些急于离他远去的人那里,实际却被异变成了"消极解构与胡乱拼凑同步"的炒作和迷失,有时连"游戏"的起码规则也不顾及了。比如,南方一家大型刊物提倡"陌生一切,破坏一切,混沌一切"的所谓"凸凹文本",要在文体上使"坏",大概就与真正的文体创新背道而驰了。

  鲁迅创造的文体(尤其是文学文体)是现代性的开放文体,它永远面向读者、面向世界敞开,接受着现实和未来的审视和品评。活的文体也正是这种充满生机和魅力的文体。当代作家王蒙曾用形象的话语来形容文学文体:"看一个作品的文体就好比是看一个人的胖瘦、高矮、线条、姿态、举止、风度、各部

---

① 余华,杨绍斌."我只要写作,就是回家"[J]. 当代作家评论,1999(1):4-13.

分的比例,以及眼神、表情、反应的灵敏度与速度等等。文体是个性的外化。文体是艺术魅力的冲击。文体是审美愉悦的最初的源泉。文体使文学成为文学……"①鲁迅在文体创造上的贡献及其重要性也说明,以往对文体的忽视或仅仅将其视为是一种附加物,或思想和内容的体面的装饰品,亦即文体是思想的服饰的观念是存在问题的。这也是影响到我们不能更深刻全面地理解鲁迅的一个重要的原因。幸而这种状况近年来有了较大的改变,在一般读者那里也较为明显地增强了文体意识。近期,《中华读书报》搞了一次大型的"20世纪百部文学经典"调查评选活动,结果鲁迅的《阿Q正传》《野草》《故事新编》和《彷徨》等4部(篇)作品榜上有名。虽然是国人所选,似有偏爱之嫌,但从这偏爱中还是能够看出读者对鲁迅作品的普遍喜爱。而且,我还觉得读者分明在注意鲁迅作品意蕴的同时,似乎更看重鲁迅作品的"现代文体"——现代感特别强烈的"有意味的形式"。

---

① 王蒙.《文体学丛书》序言[M]//童庆炳.文体与文体的创造.昆明:云南人民出版社,1999:1.

第十章

鲁迅的创作活动与信息反馈

鲁迅的创作活动是否受到来自读者的反馈信息的影响和调节？它对我们有何启示？这是值得我们重视但过去却多少被忽略了的一个问题。我们一向对鲁迅的创作引起的社会反响、产生的社会效果很重视，这当然是正确而必要的。但如果仅满足于此，就会忽略掉读者给鲁迅创作上带来的影响。其实，鲁迅与读者理应是双向性的关系，即具有作用于读者与反馈于作者的对应关系。

当然，我们所说的"读者"，包括阅读鲁迅著作的各色人，而不是局限于哪一类或哪一阶层的人；我们所说的"反馈"，也不仅仅指被人称作"重要的信息反馈器"的文学批评，还应包括其他各种各样的反馈方式及其内容。

第一节 相知—酬应

我国有位知名导演说过：作为一个演员"终究你要跟她（指观众——引注）共处的，并且她一定会在你创造的过程中强制你接受她的影响"。还说："演员与观众之间的活生生的交流是可珍贵的。"① 按照马克思主义关于生产与消费的原理，不仅"艺术对象创造出懂得艺术和能够欣赏美的大众"，而且艺术的"消费"也能"生产出生产者的素质，因为它在生产者身上引起追求一定目的的需要"②。显然，鲁迅的创作活动也是合于此律的，它必然受到反馈信息的调节与影响。事实上，鲁迅作为一位伟大的文学家，在相当大的程度上是与他相知的慧心、实意的读者同在共进的。

---

① 郑君里. 角色的诞生［M］. 北京：中国电影出版社，1981：234.
② 马克思，恩格斯. 马克思恩格斯选集：第2卷［M］. 北京：人民出版社，1972：95.

第十章 鲁迅的创作活动与信息反馈

鲁迅在编就他的第一部小说集《呐喊》时说："悬揣人间暂时还有读者,则究竟也仍然是高兴的。"① 在他几乎全力写作杂文的时候说："生存的小品文必须是匕首,投枪,能和读者一同杀出一条生存的血路的东西。"② 鲁迅既然这样时刻把读者装在自己的心中,那么读者——他的知音者有何回应呢?对他的再创作又有何积极的推动作用呢?

鲁迅在五四浪潮中发出的"呐喊"之声,是要给在寂寞里奔驰的猛士以慰藉和鼓舞的。那么"猛士"们的热烈反应反过来也给鲁迅以很大的慰藉和鼓舞。可以说,鲁迅从《呐喊》的第一篇到最终结集出版,无疑也凝聚着他当时的战友们——也是最亲近的读者们的一部分心血。当鲁迅发表《狂人日记》时,他已实际成了《新青年》团体中的一员,他自觉地遵奉"将令",在作品中"删削些黑暗"。而作为革命前驱者如李大钊、陈独秀等人也给鲁迅以有力的支持,对他的创作予以衷心的赞赏和鼓励。这种契合可从李大钊的这段话中得到印证："自从我认识鲁迅以来,他就是一个愈受压迫愈要反抗的战将……他对旧社会,确是深恶痛绝。我们所痛恨的罪魁祸首,也是他痛恨的罪魁祸首,我们讨厌的社会渣滓,也是他讨厌的社会渣滓。在文化革命的战阵中,他确是一面大旗。"③ 鲁迅曾说督促他做小说最有力的要算陈独秀。的确,陈独秀当时是鲁迅小说的知音者。他说："鲁迅兄做的小说,我实在五体投地的佩服。"④ 从这些反馈信息以及周围战友们的态度上,鲁迅深深感到了知音的难得。尤其是深深体味过"寂寞"之苦的他,不可能不为此而感到兴奋。

如果说李大钊、陈独秀、钱玄同、刘半农等人给鲁迅的鼓励尚多是口头的、默契的支持和配合,而远在南方的上海,有一位年轻的文学理论家在为鲁迅的小说高声赞好,这就是茅盾。他在《小说月报》上撰文明确宣称："过去的三个月中的创作我最佩服的是鲁迅的《故乡》"⑤ "《阿 Q 正传》……实是一部杰作"⑥。他还赞叹鲁迅小说"真气扑鼻"并说"鲁迅君常常是创作'新形式'

---

① 吴子敏等. 鲁迅论文学与艺术 [M]. 北京:人民文学出版社,1980:92.
② 吴子敏等. 鲁迅论文学与艺术 [M]. 北京:人民文学出版社,1980:580.
③ 张又君. 作家剪影·鲁迅与李大钊 [M]. 湖南:湖南人民出版社,1984:2.
④ 陆品晶. 陈独秀书信 [J]. 历史研究,1979(5):92.
⑤ 茅盾. 评四、五、六月的创作 [J]. 小说月报,1921,12(8).
⑥ 茅盾. 致××信 [J]. 小说月报,1922,13(1).

的先锋……"①。这些严肃的文学批评家②的真知灼见，作为文学评论的信息反馈给鲁迅时，它们对鲁迅更认真地从事创作、讲求艺术技巧的圆熟是大有助益的。

青年与鲁迅作品的"因缘"特别密切而持久。当年多少进步的知识青年被鲁迅的作品深深地吸引着，就像在黑暗中盯视着前方的炬火。更有许多青年由爱作品而及人，通信、求见、畅谈、互勉、共战……从青年那里，鲁迅获得了最大的、最可宝贵的创作反馈信息源，使他能够不断地从青年的各种各样的反应中汲取再创作的动力和材料。鲁迅晚年还曾带着欣慰的语气写道："从 1918 年 5 月起，《狂人日记》《孔乙己》《药》等，陆续的出现了，算是显示了'文学革命'的实绩，又因为那时的认为'表现的深切和格式的特别'，颇激动了一部分青年的心。"③ 显然，这是当初鲁迅获得了大量反馈信息给他的创作心理注入了新的激素，使鲁迅能够"一发"而"不可收"地写出许多小说来。一位文学青年在读完《呐喊》后，充满激情地写道："我觉得《呐喊》确是今日文艺界一部成功的绝好的作品，有左右文艺思潮倾向的魔力，其中正因他有'特殊的面目与不朽的生命力存在'。"又说："我现在所要代表说的，是我们青年文艺界中，正还需要这同样作品出现。我们仍立等着，静听着鲁迅君第二次的呐喊声。"④ 在鲁迅先生的脑海中曾深深地印下了这样的一幕："还记得三四年前，有一个学生来买我的书，从衣袋里掏出钱来放在我手里，那钱上还带着体温。这体温便烙印了我的心，至今要写文字时，还常使我怕毒害了这类青年，迟疑不敢下笔。"⑤ 这里不是清清楚楚地显示了青年读者曾给鲁迅创作带来的反馈影响吗？"不敢下笔"正意味着鲁迅在下笔时更加严肃。

如果说这种反馈方式很特殊，那么读者借编者"传情达意"就更其特殊了。想当初，孙伏园（《晨报副刊》编辑）那么"一提"，就使鲁迅突然想起了久蓄心中的"阿Q"，当即写出第一章，那"开心话"的色彩是很浓的，但到了第二章，"伏园也觉得不很开心"，便移到"新文艺"栏中去了。这就促使鲁迅更加严肃、冷峻地来写阿Q的悲剧了。然而，这里的伏园似乎并不是一个孤立的个

---

① 茅盾. 读《呐喊》[J]. 文学周报，1923（91）.
② 茅盾作为《小说月报》的主编，其实他的评论已引人注目，况且此时茅盾已与鲁迅开始了交往。早在五四时期，鲁迅就把茅盾视为严肃的批评家。
③ 吴子敏等. 鲁迅论文学与艺术 [M]. 北京：人民文学出版社，1980：806.
④ Y生. 读《呐喊》[N]. 时事新报·学灯，1923-10-16.
⑤ 吴子敏等. 鲁迅论文学与艺术 [M]. 北京：人民文学出版社，1980：221.

人,他既联系着作者,更联系着读者(他本人也是其中之一),他的感觉实已和许多读者融成了一片。

我们注意到,鲁迅的艺术创作在体裁上曾发生了较明显的转移和变化:渐渐地疏远了现代题材的小说,离开了散文诗,而大量地进行杂文写作了。其主要原因有这样三点:首先,由于鲁迅杂文具有犀利、冷峻、精警和幽默的艺术特色,吸引了广大的读者,他们尤为其迅速地反映现实和析理深刻透辟所折服。如有人介绍过这样的真实情形:"《热风》《华盖集》等杂文集,其吸引读者与影响之大,实较作者的负盛名的小说有过之无不及。"[1] 这种由杂文而引起的特别强烈的反响,对鲁迅显然是有很大催动作用的。后来瞿秋白同志的《〈鲁迅杂感选集〉序言》在扩大杂文影响和激励作家写作方面也发挥了不小的作用。其次,是鲁迅与相知读者之间"活生生的交流"促使他更执着于杂文的写作了。在当年,许多读者尤其是进步青年急切盼望读到鲁迅的文章,那种每有新作,不胫而走,辄得一读,快活许久的动人情景,只需打开一两本有关鲁迅的回忆录即可找到这样的记述。由于钟爱至殷,所以有的青年竟以为鲁迅的文章在报刊上仿佛少了,就直接写信询问鲁迅或向他提出"希望"。鲁迅曾于复信中说:"我很感谢你对于我的希望,只要能力所及,我自然想做的。"[2] 最后,鲁迅非常明白他的作品尚有很大的潜在的读者层,即广大的工人与农民。但他终于通过各种信息传输获得了这样的结论:真正的大众文艺尚未来到。当前,最迫切的是加速黑暗社会的灭亡,而杂文,不啻最佳的战斗武器!

第二节 争议—增进

在中国现代文学史上有一个非常引人注目的现象,就是文艺论争的频繁和激烈。而鲁迅的许多杂文可以说就是这些论争的产物。其中有些论争是属于进步文艺阵营内部的论争。这样的一些论争往往对鲁迅的创作是有推动作用的。

无论当年一些人怎样不够理解鲁迅,怎样误解甚至采取了"笔尖围剿",也无论鲁迅对这些来自战友的批评如何愤愤不平,如何严厉地加以批驳,但都无可否认这样的事实:针对进步阵营内部"喊喊嚓嚓,招是生非,搬弄口舌,决

---

[1] 参见李素伯. 小品文研究 [M]. 上海:上海新中国书局,1932.
[2] 吴子敏等. 鲁迅论文学与艺术 [M]. 北京:人民文学出版社,1980:557.

不在大处着眼"① 的言行，针对着同一阵营战友射来的"冷箭"，尤其是针对着一些革命作家的责难，鲁迅一面严格地解剖着自己，从论争中汲取一定的营养，一面也给那些"左"倾幼稚病痛下针砭。并由此构成了他杂文写作上的一种谦让与剖露紧密结合的特点，显示了"有情的讽刺"这一独特的艺术风格。

文艺批评与反批评作为最有力、最有效的反馈器，也是对鲁迅杂文创作的一种重要的控制力量。即如1936年发生的"两个口号"的论争，进步的文艺阵营内部发生了较大的分歧，论争甚为激烈。徐懋庸在鲁迅害病时递上了一封颇有刺激力的信，"逼"得鲁迅写了《答徐懋庸并关于抗日统一战线问题》（病中口述，由冯雪峰笔录），文中既严正指出诬陷行为的可鄙，又以充满恨铁不成钢的心情写道："倘使他们真的志在革命与民族，而不过心术的不正当，观念的不正确，方式的蠢笨，那我就以为他们实有自行改正一下的必要。"文中也有一定的讥讽成分，但我们似可从中看出鲁迅那种急切而激荡的热情，充分显示了作为当时革命文艺工作者的同志、良师和诤友的人格。

其实，自从鲁迅走上文坛以后，围绕着他的创作始终存在着极大的争议。鲁迅深有感触地说"中国的论客，论事论人，向来是极苛刻的"②，比如，对鲁迅的创作就曾出现过"阿Q死去了""醉眼中的朦胧""华盖下的绅士"等等讽刺话和苛刻之评。一方面这些掷回来的生硬而又尖刻、冰冷而又强烈的反响，使鲁迅颇为痛心，但另一方面，也为他的再创作提供了足量的刺激信息并锻炼了他特有的风骨。

不错，鲁迅确曾说过在他下笔时便"抹杀了各种批评"③，但对此我们必须做具体分析。（1）相对于当时文学批评本身的"幼稚"，鲁迅则相当成熟，作为思想家、文学家能够"自己思索，自己作主"④。（2）当时文学批评的风气不良，捧杀、棒杀式的批评盛行。尤其对鲁迅，这种"捧""棒"之声更是不绝于耳，所以鲁迅说，对这些"如果当真，就要无路可走"⑤。（3）但绝不是完全"抹杀"这类批评，如成仿吾对《呐喊》艺术上的批评纵使过苛，但《彷徨》的"圆熟"似与成氏等人的批评有一定关系，而且鲁迅也明明说过："我有一件事要感谢创造社的，是他们'挤'我看了几种科学的文艺论，明白了先前的文

---

① 吴子敏等. 鲁迅论文学与艺术 [M]. 北京：人民文学出版社，1980：996.
② 吴子敏等. 鲁迅论文学与艺术 [M]. 北京：人民文学出版社，1980：898.
③ 吴子敏等. 鲁迅论文学与艺术 [M]. 北京：人民文学出版社，1980：518.
④ 吴子敏等. 鲁迅论文学与艺术 [M]. 北京：人民文学出版社，1980：250.
⑤ 吴子敏等. 鲁迅论文学与艺术 [M]. 北京：人民文学出版社，1980：249.

学史家们说了一大堆，还是纠缠不清的疑问。"① 思想上的趋向"明白"使得文章更加明朗，在"革命文学"论争中鲁迅所写的杂文较以前更加深刻有力了。(4) 我们既要看到鲁迅这种说法是对意在"抹杀"他的"批评"的积极反驳，具有异常鲜明的针对性，又要格外注意，这并不是鲁迅对文艺批评的整体性态度。如前所述，他对茅盾、瞿秋白等那样的"严肃的批评家"的批评就不曾"抹杀"过。当时，他不仅不愿随意抹杀对自己创作的批评，反而是极其渴望着有能"操马克思主义批评的枪法"② 的"坚实的、明白的、真懂得社会科学及其文艺理论的批评家"③ 出现，给自己以切中肌理的批评的。

鲁迅也同读者（包括批评家）讨论或争议自己创作上的问题。比如，围绕"阿Q"的争议向来颇多，鲁迅所谈也不少。当有人指说捉阿Q而用机枪的写法远于事理时，鲁迅便援引现实中执政府对付赤手空拳的请愿学生的事例加以说明，这个说明成了他的一篇犀利的新的杂文。当有人说阿Q的性格似为两重分裂的人格时，鲁迅做了更为详细的解说与发挥，把阿Q的"革命"与"大团圆"问题看成是现实中必然存在的历史真实。这样既联系现实又上溯历史的纵横驰笔，往往又是一番新的创造，可以说，是由读者的反馈信息诱发出来的新成品。

第三节 诋毁一韧战

鲁迅说过，印行《坟》，"自然因为还有人要看，但尤其是因为又有人憎恶着我的文章。说话说到有人厌恶，比起毫无动静来，这是一种幸福……延长我的生命，倒不尽是为了我的爱人，大半乃是为了我的敌人——给他们说得体面点，就是敌人罢——要在他的好世界上多留一些缺陷"④。正因此，鲁迅陆续问世的作品几乎无时不在被他的敌人诋毁着。尽管他们施尽了种种手段，罗织罪名，向鲁迅大泼污水，然而，鲁迅专和黑暗"捣乱"的脾性反而由此更加坚韧了。

鲁迅一贯坚持把满足进步读者的"希望"视为办好《新青年》的宗旨之一，反对胡适向"官场"妥协的主张。这种对敌持战斗姿态，对友持躬迎态度

---

① 吴子敏等. 鲁迅论文学与艺术 [M]. 北京：人民文学出版社，1980：469.
② 吴子敏等. 鲁迅论文学与艺术 [M]. 北京：人民文学出版社，1980：400.
③ 吴子敏等. 鲁迅论文学与艺术 [M]. 北京：人民文学出版社，1980：403.
④ 吴子敏等. 鲁迅论文学与艺术 [M]. 北京：人民文学出版社，1980：216.

的鲁迅精神，往往在他的创作活动中表现出来。如《狂人日记》，对进步读者来说是如闻春雷，而"当日如果竟有若干国粹派读者把这《狂人日记》反复读至五六遍之多，那么就敢断定他们（国粹派）一定不会默默的看它（《狂人日记》）产生，而要把恶骂来欢迎它的生辰了"①。即或这种"恶骂"没有当即发生，那么紧接着《孔乙己》《阿Q正传》等作品的问世，就的确引起了敌垒中的惶恐和疯狂的反扑。这也就恰恰形成了一种反馈信息，使鲁迅充满了"一发而不可收"的创作激情。然而另一方面，这种攻击和诋毁也给鲁迅造成了沉重的内压感、苦闷感，在一定程度上给他的心境投下了阴影。

鲁迅确是酷嗜杂文。然而从反馈角度说，这也是那些因读他的杂文而不舒服的"读者"造成的。鲁迅曾与陈西滢、梁实秋等发生过不能"带住"的"公仇"之战。也正是这种激烈的鏖战使鲁迅与杂文愈加难舍难分。鲁迅说，愈是有人仇视杂文，愈使他感到了杂文的威力和重要性："现在是多么切迫的时候，作者的任务，是在对于有害的事物，立刻给以反响或抗争，是感应的神经，攻守的手足。潜心于他的鸿篇巨制，为未来的文化设想，固然是很好的，但为现在抗争，却也正是为现在和未来的战斗的作者，因为失掉了现在，也就没有未来。"② 于是我们看到了在鲁迅的杂文中"为现在抗争"而展示的广阔的社会与文明批评和批判的图景，其中就包括对"现代评论派""国粹派""新月派""民族主义文学""第三种人"等派别的荒谬或反动意识的无情批判。

那些统治阶级的代表人物——党部检查官，或者也可算是鲁迅的特殊读者。他们的诋毁更与迫害紧紧相连。什么"堕落文人"的名号一立，接着便是通缉令。对这些特殊读者的反应，鲁迅并不都是激愤，也有着战斗者的欢欣。如他所说，他的作品不仅要使偏爱他的文学的主顾喜欢，更要使"憎恶我的文字的东西得到一点呕吐"，为此，"我也很高兴"。显然，当这种偏爱者"喜欢"，憎恶者"呕吐"的真实信息反馈回鲁迅那里时，则促使他更加顽强地以壕堑战、钻网术等等战法来坚守杂文阵地。

还可一提的是，有时一些青年对鲁迅作品的妄评也引起了鲁迅创作心境的恶化，以至于发出"不见得再做了"的慨叹。当然他是不会因此而搁笔的，为了人民利益，他一生都在战斗中。由此，我们也可以得知，创作的使命担当和信息反馈之于鲁迅有时是多么重要。

---

① 茅盾. 读《呐喊》[J]. 文学周报，1923（91）.
② 吴子敏等. 鲁迅论文学与艺术 [M]. 北京：人民文学出版社，1980：932.

第十一章

鲁迅的文化磨合与创新

鲁迅是一位文化名人，是古今中外文化交汇化育亦即"文化磨合"而成的"文化鲁迅"，由此成就了作为现代中国文人代表人物之一的鲁迅。他的出现也体现了现代中国"新文化"的建构格局与发展方向：他的双向乃至多维的"拿来主义"并不是单一的民族主义或西方主义，他的那些看上去激进激烈的文化批判话语大多都带上了"文化策略""文化修辞"的意味，体现了文化磨合的进程及规律，且依然会与时俱进地给人们带来各种启示。而那些持续研究鲁迅所创化的"鲁学"及各种社会化的言说，也包括对鲁迅的各种误读误解以及江湖上、网络上的各种传奇传说，都属于因"文化鲁迅"而生发、衍生的"鲁迅文化"[①]，同样是动态的、磨合的，也具有开放性和复杂性。显然，无论是"文化鲁迅"还是"鲁迅文化"，其实都是现代中国文化中的一个丰富而又复杂的文化存在，都具有复合性及多面性的特征。从这种"宽容"的文化磨合视域来观照鲁迅，也就能够发现一个看上去常常"文化偏至"实际却"文化兼容"的"文化鲁迅"，进而领略其通过文化磨合而来的"大现代"文化观。

迄今为止，学术界和社会上仍有不少人仅仅认为鲁迅是典型的破坏型、批判型人物，没有什么正面的建树。其实，鲁迅本名就是"周树人"，他的人生与文化理想就是要"立人立家立象"，即使致力于批判和剖析，也是为了树人树己、立人立国，并通过文化磨合建构"后古代"的"大现代"文化观。笔者认为：鲁迅是伫立在"后古代"中国"大现代"文化场域中的文化巨人，是"现代中华民族魂"。他在"后古代"的历史转换期，通过古今中外的文化磨合，创化并形成了"大现代"文化观，从而昭示着他所代表的"中华民族新文化的方向"。对鲁迅这样一个思想文化个体而言，他接受和创化了他所接触的古今中外

---

① 参见葛涛. 鲁迅文化史 [M]. 北京：东方出版社，2007.

文化思想资源，并经过创造性的磨合、整合形成了自己的文化思想。单一文化资源不能成就鲁迅，以线性思维或对立思维理解鲁迅必然会产生偏差。恰是多元多样文化的相遇与磨合成全了鲁迅，从而也为"中国鲁迅"走向世界并成为"世界鲁迅"提供了可能。

第一节　拿来与磨合：鲁迅"大现代"文化观的生成

中国文化源远流长，博大精深，影响广远。这种影响也体现在鲁迅身上。如众所知，中国有古代与现代之别，既有一个辉煌灿烂也丰富复杂的"大古代"，也有一个艰难求索、奋斗不息的"大现代"。这个"大现代"也就是"后古代"的所有时段的整合及命名。通常所言说的近代、现代、当代在"大现代"视域中得以整合、磨合，体现了中华民族对现代化中国及其文化的持续追求。所谓中国"大现代"文化，就是"古今中外化成现代"的集成文化、多样文化，其中有对古代文化的继承和弘扬，有对世界文化的接受和消纳，也有逐渐增强的国际化传播。

学术界之所以有"说不尽的鲁迅"之说，恰是因为在中国建构"大现代"的艰难进程中有一个经常能够唤起人们回忆和思考的文化巨人"鲁迅"。他是真实的文人，他有许多自己命名的名字（包括笔名）和他人口中的名号（包括N家，如文学家、思想家、革命家、教育家、美术家等），其生活体验和笔墨书写可以说都非常丰富乃至相当复杂。人们经常言说他的丰富，其实他的复杂显示着更加真实的自己，也"外化"为他笔耕一生所造就的复杂万端的"书写文化"（所有文本及手稿）。更奇妙的是，他的丰富乃至复杂的真实自我和书写文化能够经常出人意料地"复活"，并在各种各样的关注和言说中复活，生发出各种各样的意义。由此衍生或次生的"鲁迅文化"（包括各种各样的研究、改编及媒体传播等）也非常丰富和复杂。这种基于丰富乃至复杂而能复活的文化巨人在中国"大现代"时空中并不多见，值得从很多层面或维度上进行深入细致的探究。

这样一位丰富乃至复杂且能不断复活的文化巨人是如何生成的？作为个体的文化人，鲁迅是在古今中外文化磨合中逐渐形成的；作为伟大的文学家和思想家，其人文世界也是在古今中外文化磨合中逐渐"化成"的；作为日常生活与社会活动中的求索者、践行者，鲁迅也离不开文化磨合带来的睿智、坚韧及遗憾。其间不仅有文化磨合而来的独具匠心的文化创造，也有因文化磨合障碍带来的各种矛盾与不足甚至误判。鲁迅的知识谱系是在古今中外文化知识积累中建构而成的，其思想文化/文学的成就得益于古今中外文化观念或学说的磨合及启迪，既有传统文化儒道释墨精神文化包括立人立国、魏晋风骨、家国情怀、非攻理水等影响的痕迹，也有外国思想文化/文学艺术包括达尔文、尼采、托尔斯泰及外国小说、木刻、电影等影响的印记，更有极为复杂而又严酷的日常生活与现实文化带给他的丰富体验、强烈刺激及无穷暗示……鲁迅试图将这一切磨合而成一种文化力量，切实推动立人立国、启蒙救亡的现代进程。他的"文化偏至论""摩罗诗力说""启蒙文艺论""立人立国说""吃人文化说""拿来主义论""反抗绝望说""救救孩子说"和"民族脊梁说"等，都是在古今中外文化磨合语境中生成的话语体系，也带有与具体语境相契合的文化修辞特征。比如，他的"拿来主义"实际就是典型的主张"文化磨合"的学说。他在其名文《拿来主义》中，强调不能采取被动的"闭关主义"，在彼时也不宜采取主动却卑微的"送去主义"，而应坚定地采取双向的"拿来主义"："我们要运用脑髓，放出眼光，自己来拿！""我们要拿来。我们要或使用，或存放，或毁灭。那么，主人是新主人，宅子也就会成为新宅子。然而首先要这人沉着，勇猛，有辨别，不自私。没有拿来的，人不能自成为新人，没有拿来的，文艺不能自成为新文艺。"① 很显然，鲁迅视野中的可资"拿来"的文化资源是中外皆有、古今已存的，那就像有形无形的宅子，主人更换，文化重构，即会有"新宅子"：新文化、新文艺。其实，鲁迅主张"拿来主义"的文化磨合观念，早在其"弃医从文"后写出的多篇文言论文（《人之历史》《摩罗诗力说》《科学史教篇》《文化偏至论》《破恶声论》）中就表达得相当鲜明了。如他在《文化偏至论》中说："此所为明哲之士，必洞达世界之大势，权衡较量，去其偏颇，得其神明，施之国中，翕合无间。外之既不后于世界之思潮，内之乃弗失固有之血脉，取今复古，别立新宗，人生意义，致之深邃，则国人之自觉至，个性张，沙聚之邦，由是转为人国。人国即建，乃始雄厉无前，屹然独见于天下，更何有于肤浅凡庸之事物哉？"② 鲁迅在这里强调的明哲之士所应持守的文化思想，就是古今中外化成磨合而来的"大现代"的文化思想，以世界思潮、"拿来主义"为先导和基础，经过权衡较量、反复磨合，力求适宜适配，翕合无间，从

---

① 鲁迅. 鲁迅全集：第6卷［M］. 北京：人民文学出版社，1981：40.
② 鲁迅. 鲁迅全集：第1卷［M］. 北京：人民文学出版社，1981：56.

而取今复古、通变入世,创造现代内涵丰富且不失内外文化泉源的新文化,这也就是经过磨合、重构的"别立新宗",体现出了磨合古今中外文化的博大胸怀和创立新文化流派的非凡气魄。彼时年轻的鲁迅就有这样的文化视野和抱负,实属难能可贵。笔者曾撰文①指出:

> 一方面要求"拿来"者具有比较文化的眼光、优良的主体素质,同时,另一方面,没有"拿来"及创造性的转化,又不能形成宽广的文化视野,优秀的文化主体。这是一种文化悖论。解决这一文化悖论靠的是不断的勇敢的"拿来"、辩证的比较、文化的实践。在鲁迅看来,"拿来"者的主体素质既可以从本民族文化潜能中获得,发扬"将彼俘来"的汉唐文化精神,又可以从外国先进文化的启悟中获得——学习普罗米修斯式的献身精神以及"摩罗"的创造精神。鲁迅本人作为一个出色的"拿来"者,就主要是通过这样深刻的继承与借鉴的途径,获得了"拿来"能力及丰硕的文化成果的。鲁迅早在《文化偏至论》中,就曾表达了他关于文化比较方法的思想:"首在审己,亦必知人,比较既周,爰生自觉",既需反对"近不知中国之情",又需反对"远复不察欧美之实",这样,才能确立新文化的范型:"外之既不后于世界之思潮,内之仍弗失固有之血脉"。这种思想,具有重要的文化方法论意义,并不仅仅是适用于一国一时的。

值得注意的是,及至鲁迅后期创作了《故事新编》并撰写《中国人失掉自信力了吗?》等文章,我们更有理由认为,鲁迅本人就是诸多文化思潮和文化元素积极磨合的一个杰出代表,单纯用一个"主义"(如个人主义或集体主义)或"理论"(如进化论或阶级论)来看待鲁迅往往难以自圆其说。因为在他的笔下,无论是其论辩文章还是创作文本,都彰显了"文化磨合"的文化主张,鲁迅一生的文化思想是一个思想世界或丛林,与"后古代"涌起的"文化磨合思潮"② 翕合无间。进而我们也有理由强调,以鲁迅为代表的五四新文化先锋们,实际并不是对本国传统文化的全盘否定,更非对外来文化的无情拒斥。他们实际是在探求文化磨合之道,寻求重建具有现代性、世界性的富有活力的文化生态体系。

---

① 李继凯.文化的巨人,方法的典范——论鲁迅的文化研究方法论思想[J].鲁迅研究月刊,1992(6).
② 李继凯."文化磨合思潮"与大现代中国文学[J].中国高校社会科学,2019(4).

第二节 思想与方法：鲁迅"大现代"文化观的构成

鲁迅在"后古代"的时空中逐渐建构了自己的"大现代"文化观，这个"大"，除了其文化思想有通古今之变、通中外之广和通人类之情而来的"大"（通变化而大、通世界而大和通大爱而大，这也是鲁迅"大现代"文化观的三大特征），还由于其文化思想内容在动态建构中能够逐步扩大与阔大：由近及远、中外皆备。他由近及远、由中及外，反复磨合，遂能化成文魂，由此才能"文心雕龙"，铁肩担道义，妙手著文章。青少年时期的鲁迅，主要接受和消纳的是家乡绍兴越地文化（江南文化），随后由近及远，走异路、逃异地，在南京接受进化论和科技文化教育，在日本留学，接受了多元多样现代文化包括日本文化、俄罗斯文化的影响，由此建构了较为完形的以进化论为主导的思想文化观。在此也表明，"留学"即是"文化习语"，留学生群体即是促进中国文化与社会转型的重要力量，发挥了巨大作用。[①] 作为留学生的鲁迅形成了持续关注和接受外国先进文化的习惯，使他在留学之后仍处在"学无止境"的状态之中，及至定居上海，其丰富而又复杂的思想体系亦即"更大"的"大现代"文化观业已形成，对此学界论述甚多，笔者不再赘述，在此仅就鲁迅丰富而又复杂的文化观念体系所体现的三个主要文化思想取向及与之适配的思维方式/方法，加以简要的论述，从思想与方法的角度，揭示鲁迅"大现代"文化观构成的突出特色。

其一是基于"大现代"文化观对于封建文化的批判。通常人们认为鲁迅是"西化派"的代表人物，擅长简单地套用西方文化概念批判历史悠久的中国文化，所以其批判愈是尖锐则问题愈大。其实，鲁迅用来批判封建文化的思想武器是其建构、磨合而成的"大现代"文化观，有其综合创新而来的威力和爆发力。我们知道，鲁迅在五四文化界崛起的时候，年龄已经相当大，尤其是与五四一代"新青年"比较的时候，他已经是接近40岁且经历许多坎坷的人了。他的"大现代"文化观积累和建构也达到了相当成熟的层面。基于此，他对积弊

---

① 参见周棉. 留学生群体与民国的社会发展 [M]. 北京：中国社会科学出版社，2017.

甚多、误国害民的封建文化已经有了极为深刻的观察和思考，所以才有了一批小说和文章喷薄而出，成为对封建文化进行彻底批判的代表性作者或新文化旗手。毛泽东曾在《新民主主义论》这部经典著作中高度评价鲁迅，认定他是五四文化新军的"最伟大和最英勇的旗手"，还肯定"鲁迅是中国文化革命的主将，他不但是伟大的文学家，而且是伟大的思想家和伟大的革命家。鲁迅的骨头是最硬的，他没有丝毫的奴颜和媚骨，这是殖民地半殖民地人民最可宝贵的性格。鲁迅是在文化战线上，代表全民族的大多数，向着敌人冲锋陷阵的最正确、最勇敢、最坚决、最忠实、最热忱的空前的民族英雄。鲁迅的方向，就是中华民族新文化的方向"①。从文化视野来看待鲁迅，毛泽东也堪称是鲁迅的一个旷世知音。他赞肯鲁迅，并非妄言鲁迅。正是鉴于鲁迅有"三大家"的综合实力，毛泽东才会认定他是五四文化新军的旗手，并代表中华民族的新文化的发展方向。中国新文化即"大现代"中国文化，"大现代"中国文化亦即后古代中国文化，是古今中外文化资源交汇、磨合而来的中国现代文化。从19世纪到20世纪，人类社会的现代化浪潮已经从欧洲局部向全世界扩展，对20世纪的中国来说，其现代化过程最为显著地表现为现代文化思潮的兴起和政治革命的此起彼伏。在当时，文化中国与政治中国都处于探路修路阶段。鲁迅力求通过思想启蒙尤其是国民劣根性批判来彰显对长期奴役民众的封建文化的批判。他将积淀甚久、弊端严重的封建文化视为一种奴役民众、销蚀灵魂的"吃人文化"，并用文学修辞将其形象化并凸显其"吃人的记录"："大小无数的人肉筵宴，自从有文明以来，一直排列到现在。"②众多民众处在一间"绝无窗户而万难毁灭"的"铁屋子"里而不自觉自己的悲剧命运。"中国的百姓，却就默默地生长，萎黄，枯死了，像压在大石底下的草样。"③鲁迅在《热风·随感录三十八》中还说："我们一举一动，虽以自主，其实多受死鬼的牵制。"④ 在这种情况下，宗族、宗法、宗祖式的文化思维惯性导致国人思想的落伍和僵化，封建封闭封锁导致封国封口封心，导致广大民众在行为、习惯、价值、观念等方面都不能与时俱进，进入不了"后古代"的现代文化时空。个体自我意识的麻木、愚昧，国家集体意识的弱化、模糊，造成了日常习焉不察的吃人悲剧和连

---

① 毛泽东. 毛泽东选集：第2卷［M］. 北京：人民出版社，1991：698.
② 鲁迅. 鲁迅全集：第1卷［M］. 北京：人民文学出版社，1981：217.
③ 鲁迅. 鲁迅全集：第7卷［M］. 北京：人民文学出版社，1981：82.
④ 鲁迅. 鲁迅全集：第1卷［M］. 北京：人民文学出版社，1981：313.

篇累牍的屈辱条约。鲁迅笔下的众多小说，如《狂人日记》《孔乙己》《药》《明天》《头发的故事》《故乡》《阿Q正传》《白光》等，都深刻揭示了封建文化对国人灵魂的奴役及控制，其笔下生动的人物形象如阿Q、华老栓、爱姑、祥林嫂、闰土等也都通过各自的人生悲剧，昭示了封建文化何以"残酷而又优雅地吃人"的现实。显然，鲁迅最擅长于文化批判，倡导文化剖析包括剖析自我，由此才能有现代文化自觉并摆脱封建礼教专制文化及"精神胜利法"的困扰，从而获得基于"大现代文化"而来的文化理性。鲁迅的文化理性、文化自信实质是积极的反思和重建，并不是一味的断裂和毁灭。

其二是基于"大现代"文化观对于多元文化的承传。鲁迅固然最用力于反思和剖析封建性质的思想文化及社会文化，在这个意义上他是典型的"文化剖析派"的杰出代表。但他对中国传统文化尤其是优秀的传统文化实际上也有承传甚至是弘扬。比如，鲁迅对传统文化中的入世精神、家国情怀、励志精神、实干精神等皆有积极的承传和弘扬，对地域文化包括江南文化及越地文化的承传、对影响深远的儒家文化及墨家文化等的承传等都可谓卓有成效。如鲁迅对古代优秀文化的承传确实非常值得发掘。众所周知，中国古代文化虽然非常悠久，但"后古代"文化却并不悠久，在鲁迅有生之年，这种"后古代"文化亦即新文化或现代文化甚至还在初创阶段。为了创造新文化，鲁迅那代人比较多地借鉴了外国文化尤其是外国现代文化资源。这种情况亦如前所述，是非常关键和必要的。然而，要有效地解决中国问题，也确实需要通过文化磨合进行适度适配的"中国化"。其实，鲁迅与中国古代优秀传统文化渊源很深。中国有强大的文人文化传统，一直抱有家国情怀、心忧天下苍生。鲁迅对魏晋文人文艺自觉的体味细致入微，就表明在他身上就有其来有自、影响深刻的历史传承和积淀。传统中的儒道释墨等思想文化都影响了鲁迅，即使是孔孟开创的儒家文化传统也如盐入水，从少年时节就浸润了鲁迅的灵魂。儒家经典《大学》为读书人确立的人生目标即修身齐家治国平天下，古往今来此说的影响都至为深远。这是民族文化律令，也是民族文化自觉。无论历史有多么曲折，依稀都有承传之声绵延不断。如"居庙堂之高则忧其民，处江湖之远则忧其君"（范仲淹），"为天地立心，为生民立命，为往圣继绝学，为万世开太平"（张载），"铁肩担道义，妙手著文章"（李大钊），等等，铿锵有声，这种绵延的志士仁人精神传统也会形成文化氛围，鼓舞像鲁迅这样的现代文人"不惮于前驱""我以我血荐轩辕"，坚毅地承担起自己的历史使命。笔者还注意到，近年来在中国学术界很重视现当代文学与传统文化及地域文化的关系，也将鲁迅视为一个研究重心。即使在新冠疫情持续期间，相关研究也在进行中。比如，就在疫情于中国大陆基本缓解的时候，"鲁迅与江南文化"学术研讨会如期于 2020 年 10 月 24 日—25 日在上海师范大学人文学院举行。该会议集中彰显了"鲁迅与江南文化"的关系。事实上，作为浙江绍兴人的鲁迅，他在赴日本留学前都是生活在江南并深受江南文化濡染的，他的生活体验和文化认知都深深打上了江南的烙印。不过，江南文化本身也是发展变化的，也有从古代向现代转型的历史轨迹，鲁迅从国外返回也曾在浙江、上海等地生活与工作，他也通过自己的言行尤其是文艺工作，包括他的文学创作、美术倡导、电影观赏以及文化批评等，切实为江南文化的现代化做出了贡献。在这个过程中，鲁迅自己的江南文化资源积累和相关思想认知，也伴随着一个文化积淀和文化磨合的过程。比如，积淀深厚的江南文化可以化为其作品中的日常生活场景、人物精神特征，在《孔乙己》《药》《祝福》《故乡》《阿Q正传》《社戏》等作品中，读者都可以领略到江南人的日常生活及其文化面貌。值得特别强调的是，鲁迅并不是以全盘赞肯的态度来书写江南文化的，尤其是对江南人精神文化品格中存在的落后、愚昧等给予了深刻的描写，其中渗透了他的文化剖析和批判。即使在晚年他对大上海流行的"海派文化"，也有其深刻的反思和批判，从中彰显了他的现代文化观，并对江南文化现代化健康发展起到了促进作用。如前所述，文化接纳和磨合恰恰需要跨越时空和国别所限，仅仅在传统的"江南文化"圈里是不能创建中国"大现代"文化的，仅仅固守于传统儒家文化也不行。所以在现代时空中非常需要译介、评说乃至争论。

而在文化传播与再造方面，鲁迅堪称是一位具有国际性和前驱型的"文化大使"。他确实有意识地译介了不少外国文人著作，更自觉地借鉴过不少外国作家，但他并没有走外国作家走过的现成之路，他总会多方借鉴、化用且又独出心裁。即使书写乡村和城市这些常见题材，他关注的焦点也总有他独到的发现，由此与外国作家及他同代的作家文人就有了明显的区别。从文化多元影响的意义上讲，鲁迅恰是在"古今中外化成现代"方面创造了自己的文化世界、文学天地。他的文化观和文学观中，既有来自欧美、日本的影响，也有来自俄罗斯文化、文学的影响，当然还有来自中国文化/文学的影响（这本身就可以有东南西北中多方面的复杂影响）。鲁迅的文化世界和文学天地是广阔的，这明显得益于他在《文化偏至论》等文本中展示的磨合古今中外文化的"大现代"文化建构的理性思路。比如，学术界很多学者都热衷于讨论鲁迅《狂人日记》与果戈理《狂人日记》的关系，将影响研究和平行研究都发挥到很高水平。但在笔者看来，鲁迅与果戈理的比较研究，足可以揭示：这是一个中俄文化/文学交流、磨合的典型范例。而对俄罗斯文学与鲁迅的整体研究和个案分析，也都可以构成严肃而有价值的学术课题。正如于文秀指出的那样："据统计，鲁迅或翻译或评述、译述过的俄苏作家达37人之多，俄苏作家在他译述过的外国作家中居于首位。在对中外文化遗产的接受与吸收中，鲁迅始终保持清醒的头脑和独立的分析，以'拿来主义'为立场出发，不仅显示了与中国古典文学艺术的一脉相承，同时充分汲取俄罗斯批判现实主义作家的创作经验，显示出鲁迅文学思想的开放性与超前性，表现出一位伟大作家可贵的精神追求与探索，为后世作家昭示了成功的奥秘，也提供了可资仿效的经典范例。"①

其三是基于"大现代"文化观对于新文化的创造。通过文化批判、文化传承亦即有效的文化磨合，实现双向的"拿来主义"，尤其是通过对传统文化的创造性转化，确立了文化创新的新文化方向。在五四时代，新文化运动的发生和发展，也便随着外来文化和传统文化的"运动"和"磨合"而不断建构。显然，没有外来文化的持续引进和创化，没有传统文化的持续坚守和激活，其实也就没有新文化运动的动态生长和成熟。鲁迅是中国文化的反思者、批判者，也是中国文化的守夜人、传承人，他是"古今中外文化"磨合而成的丰富而又复杂的"文化巨人"。即使就其承载的"三家说"（文学家、思想家和革命家）中多有争议的"革命家"而言，笔者认为称鲁迅是特殊意义上的"革命家"是成立的，其主要意涵是指鲁迅不仅有不少鲁迅式的革命行为，而且有鲁迅独特的革命文化观。在他看来，革命是利于国家和民众的事业，是让人活的，也是有具体针对性和实效性的，不能总是一味地"革命"。他有段著名的关于革命、反革命、不革命的绕口令式随感，对简单的暴力循环式的革命提出了警示，这种警示就隐含在这段随感的结束句子里："革命，革革命，革革革命，革革……"② 鲁迅还曾说"唯新兴的无产者才有将来"，这被有些人作为鲁迅是"阶级论"者的实证。实际在鲁迅逐渐形成的"大现代"文化观念中，有启蒙

---

① 于文秀. 鲁迅与俄罗斯文学［N］. 光明日报, 2019-09-05. 鲁迅曾潜心翻译了《死魂灵》《毁灭》等优秀作品，积极进行中俄文化交流，毛泽东、习近平等国家领导人曾予以关注和称扬。
② 鲁迅. 而已集·小杂感［M］//鲁迅全集：第三卷. 北京：人民文学出版社, 2005：556.

也有革命，有无产者也有创业者，充满着具体问题具体分析的睿智之见。窃以为鲁迅所理解的"无产者"不是真的一无所有者和依恋暴力者，而是创造物质文化、精神文化和制度文化的主力军，并与"共产者"相通，认同和践行本质为"共享主义"的"共产主义"学说。因为真正具有高远理想的"无产者"并不是"阿Q"式的"我要什么就是什么，我喜欢谁就是谁"的投机者或窃取者。当今世界，对"无产者""共产者""革命者"以及"共产主义"的误解可谓是太多了。笔者在此要进一步确认的是，被毛泽东称为"中国文化革命的伟人"[①]的鲁迅，讲究的是对于革命文化的积极倡导和适度把握，其间充分体现了鲁迅对于文化磨合"适配适度适合"原则的考量。这在复杂的"民国"历史演进过程中，能够有这样的"清醒现实主义"的考量也是非常难能可贵的，至今看来尤其是如此。这也就是说，鲁迅作为革命家主要不是"政治革命家"而是"文化革命家"，他在文化战线上可以身先士卒，冲锋陷阵，韧性战斗，冲破种种文化"围剿"，从而彰显出"匕首"与"投枪"的威力。在这个过程中，鲁迅实际也对中国现代的"革命文化"做出了重要的贡献。在学术界和社会上，也有些人承认、肯定鲁迅对于旧文化旧中国的批判乃至"破坏"之功，但就是看不到鲁迅"立"起来的业绩。关于鲁迅的现代文化/文学业绩，笔者曾在《全人视境中的观照——鲁迅与茅盾比较论》和《20世纪中国文学的文化创造》等著作中论述过，而关于鲁迅是当之无愧的"现代中华民族魂"、鲁迅建构了影响深远的"新三立"现代人生范式、鲁迅是现代文人书写劳动的模范等，笔者也进行过一系列阐述，于此不再赘述。[②]

第三节　策略与修辞：鲁迅"大现代"文化观的表达

认真思考鲁迅的文化策略与文化修辞，是相当紧要的课题。每个人活着都会身处特定的时代环境和具体语境，如何应对时代急迫的现实需要并发出自己

[①] 毛泽东. 毛泽东选集：第2卷[M]. 北京：人民出版社，1991：702.

[②] 参见李继凯：《全人视境中的观照——鲁迅与茅盾比较论》（中国社会科学出版社2006年版）、《20世纪中国文学的文化创造》（中国社会科学出版社2009年版）；《鲁迅：现代中华民族魂》，《鲁迅研究月刊》，2018年第3期；《略论鲁迅的"新三立"和"不朽"》，《鲁迅研究月刊》，2013年第9期；《论鲁迅与中国书法文化》，《华中师范大学学报》2010年第3期，等。

的声音，是"现实主义者"鲁迅最关切且最需要明智面对的问题。如何才能"我以我血荐轩辕"？持久的"弃医从文"则是其非常关键的文化选择。那么，如何"从文"？从什么样的"文"？这就要特别关注鲁迅的文化策略与文化修辞。显然，要改变积弊已久的国家落后面貌，要启蒙深陷文化蒙昧状态的民众，要在很多方面做很多工作。鲁迅当年能够做的工作可以有多种，但他认定"从文"更为重要，因此他连续"弃医从文""弃政从文""弃教从文"，期待着主要通过"从文"来达成自己改进社会与人生的目的。他曾谈及自己的创作动机，说："我便觉得医学并非一件紧要事，凡是愚弱的国民，即使体格如何健全，如何茁壮，也只能做毫无意义的示众的材料和看客，病死多少是不必以为不幸的。所以我们的第一要著，是在改变他们的精神，而善于改变精神的是，我那时以为当然要推文艺，于是想提倡文艺运动了。"[1] 鲁迅由此将主要精力投入文艺运动及创作上，尤其在五四时期、左联时期，鲁迅从崛起于文坛到引导左翼文艺，推出了一系列沉甸甸的小说和犀利无比的杂文，为中国现代文学树起了极有标志性的文学丰碑。

文化修辞实际上就是寓意深厚的文化话语，其修辞效果或实际影响比较大，其中的文化意蕴比较复杂甚至会引起争议，但文化修辞是再生性的，可以不断衍生，有说不尽的意味在里边。文化修辞也会产生纯语言的文学表达效果，形象生动，令人难以忘怀。它实际上可以是一个人物，也可以是一个意象，更是一个符号世界，是一个让人可以再生想象的文化话语。身处"大现代"进程中的鲁迅是现代中国文学大师，作品内容深广，思想博大精深，艺术风格多样，尤其长于寄意遥深的文化修辞。他是修辞巨匠，平凡的话语出自他的笔下，往往也会别有意趣，另有洞天，隽永含蓄，诙谐峭拔，为读者展现了丰富多彩的文化修辞。鲁迅作为现代时空中的一个杰出作家，自然很擅长进行现代汉语修辞，这种语言修辞恰是其"文化修辞"的基础。笔者这里所说的"文化修辞"是特指运用独特的概念或形象来表达"文化策略"和"文化批判"，在强化语言表达效果的同时提升文化传播效果。这也就是说，所谓文学中的"文化修辞"，不是指作品中通常运用的比喻、夸张、排比、对偶、设问、反问、衬托、顶真、对比、反复、反语等，而是指与"文化主题"紧密相关的特定意象，意涵丰富且意味深长，其修辞效果很大，比如，鲁迅笔下的"吃人""人血馒头"

---

[1] 鲁迅. 呐喊·自序 [M]//鲁迅全集. 北京：人民文学出版社，1981：417.

"铁屋子""过客""阿Q""精神胜利法""假洋鬼子""落水狗""长明灯""拿来""脊梁",等等,鲁迅精心构思的这些"概念"或"符号",都是与文化主题密切相关的修辞表达,是"故意为之"的,其间渗透了文化策略方面的运思。包括他的偏激也是如此。无论是当年还是现在,都会有经常说起鲁迅的"偏激",包括他本人有时也会说到自己的尖刻。他是在文化自觉中有意为之地选择"激进"或"偏激"吗?具体分析中,确实有人经常脱离历史时空和特定语境,指摘鲁迅当年语言表达上的种种问题;甚至也有人在新的时代和语境中刻意学习鲁迅的话语方式,却不恰当地"攻击"一些其所看不惯的现象,仿佛"他"成了鲁迅的"化身"或"传人"。而这类拙劣的"模仿者"不仅不能提升"鲁迅文化"的传播水平,维护鲁迅作为现代中华民族魂的形象,而且其言行偏激的"不合时宜"恰恰有损鲁迅形象,且会在社会层面产生一些误导作用。其实,鲁迅的犀利甚至所谓"偏激",恰恰体现了他贴近当时的时代需要、达成其文化目的而采取的适配的文化策略和文化修辞。充分体现了其激进、激烈却机智应对的文化策略。这也就是说,要理解当年的历史情境和鲁迅的策略选择,也要尽量设身处地、回归历史语境,甚至也要有个"度"的把握问题。比如,鲁迅的诸多"过激""决绝""尖刻"表达都是在特定时代、具体语境中的符号化,原本是文化策略运思的产物,体现为策略性很强的话语及巧妙的修辞。最为著名和典型的例子是其对"吃人文化"的批判和"在铁屋子中的呐喊"。对此学术界和社会上聚讼纷纭,争论甚多。事实上鲁迅无论在杂文中还是小说中都是在揭露封建文化的某些负面的文化功能,指认其为"封杀"人性、个性及女性的文化。尤其在《狂人日记》《祝福》《孔乙己》《药》《伤逝》《离婚》等小说中,通过文学的象征、比喻、讽刺等修辞方式,将封建文化讲求、实践层面恪守的"存天理、灭人欲"等专制性、暴力性的文化律令概括为"吃人文化",在五四时代无疑非常需要,即使"骇人听闻",也与时代发展进步的需求极相适应。而欲"摧毁这铁屋子"的呐喊以及"救救孩子""救救女子""救救士子(知识分子)"的诉求,显然也都是时代赋予的"文化使命"。鲁迅便是承担这类时代命题和文化使命的"文化战士"之一。他的许多言论都是彼时"文化战士"角色性的表达。由此,我们可以特别关注被称扬和诋毁的激进时代与鲁迅的话语修辞,也要体察在文化磨合过程中的鲁迅式话语生成及修辞效果,也要深入探析和把握时代语境变迁与鲁迅话语的多重意涵。比如,笔者和学术同人曾提出"言说不尽的鲁迅与五四"这个命题,还召开了全国学术会议加以深入讨论并出版了会议论文集。① 其中便论及鲁迅与五四及其文化关联的众多方面。通常人们所说的"五四精神"的核心内容是爱国、进步、民主、科学等，这些在鲁迅身上都有鲜明的体现，且都有标志性的"话语"体现及其"修辞"表达，其表达效果与当年语境息息相关。如果离开时代的语境和话语特指，往往以情绪化或对立思维支配的批判话语来对待五四和鲁迅，则必然会导致误读误判，无论如何激烈和决绝也经不住认真的推敲。

我们应该回到五四前后的历史语境来悉心体味五四人的话语及其表达方式。笔者曾从文化策略视角观照"大现代"中国文学，特别强调了文化策略的重要性和必要性。指出："就是每当历史大变局，'文化策略'思想的正确或谬误就会显现出来，对民族命运和文化发展都会产生极其重大的影响。"② 鉴于鲁迅的文化地位及影响力，他的文化策略尤其是文化批判策略就有了非同寻常的意义。鲁迅的文化批判对象主要是封建文化、半殖民文化及其现实中的各类代表人物，往往是专制者、权威者及拥有话语权的人，批判这些当道的现实文化及人物不仅需要见识和策略，还需要有足够的勇气和韧性。所幸的是，鲁迅的策略性选择使他发明了种种"战法"，其中的"壕堑战"就尤为著名。他说："在青年，须是有不平而不悲观，常抗战亦自卫，倘荆棘非践不可，固然不得不践，但若无须必践，即不必随便去践，这就是我之所以主张'壕堑战'的原因，其实也无非想多留下几个战士，以得更多的战绩。"③ 这也正是鲁迅自己作为战士积累的经验，转而用来引导年轻人去进行壕堑战，如何在有效保护自己的同时谋求人生社会的生存与发展策略。这也很容易使人想起他"一要生存，二要温饱，三要发展"的著名论断，其中显然也有类似的人生设计与现实对策的考量。鲁迅当年大发感慨，主要针对的是当时兴起的一股"保古"思潮，业已危及国家命运、百姓生存，所以鲁迅更看重的是国人生存权及国家安全的维护，他强调的是"当务之急"和"权宜之计"，他说："我们目下的当务之急，是一要生存，二要温饱，三要发展。苟有阻碍这前途者，无论是古是今，是人是鬼，是《三坟》《五典》，百宋千元，天球河图，金人玉佛，祖传丸散，秘制膏丹，全

---

① 李继凯，赵京华等主编. 言说不尽的鲁迅与五四——鲁迅与五四新文化运动学术研讨会论文集 [M]. 北京：中国社会科学出版社，2011.
② 李继凯. 从文化策略视角看"大现代"中国文学 [J]. 文艺争鸣，2019（4）.
③ 鲁迅. 两地书 [M] // 鲁迅全集：第11卷. 北京：人民文学出版社，2005：21.

都踏倒他。"① 如果根据这段话就笼统说鲁迅是彻底反传统文化甚至是毁灭传统文化的人，似乎也言之凿凿，却脱离了当年特定的时代环境和"保古"不"保人"的语境，也就很容易把鲁迅的这段精彩的言论亦即文化修辞误解为简单鲁莽的偏激之论，更难体会到鲁迅爱国爱民、热爱生命的拳拳之心及其文化策略、文化修辞方面的考量。客观而言，鲁迅所处时代是中国近代史以来最困难最迷茫最纷乱的时期，即使在五四时期很多原来的觉醒者也如涓生子君们一样陷入"醒后无路可走"的境地。在这种情况下，尤其需要鲁迅式的坚韧和"反抗绝望"的精神，也非常需要鲁迅那种冷峻、清醒、激烈、痛快、决绝、坚韧的现实主义的文化姿态及话语表达。事实上，以清醒的现实主义精神、积极进取的人生态度为其特点的反抗绝望的人生哲学，是鲁迅哲学的核心，同时也是20世纪的中国所留下来的非常重要的精神遗产。② 由此才能见证鲁迅是真正的文坛"硬汉"以及"鲁迅的骨头是最硬的"等说法的合理性。

就鲁迅作为文学家而言，他对作品的发表是非常重视的，对其传播包括读者接受情况其实也很重视。这里就有个如何充分利用和发挥媒体力量的策略考量。鲁迅一生都与现代纸媒文化关系至为密切。他的文学与纸媒同在。事实上，纸媒可以说就是鲁迅那一代文人不能摆脱的家园。即使在他并没亲临的地方，纸媒也可以使他"在场"并发挥重要的作用。比如，我们就可以从符号化与媒介化的角度看待"鲁迅在延安""鲁迅在俄罗斯"等文化传播现象。鲁迅生前的很多时间都被用来编辑期刊或与出版机构打交道。他还采用了很多笔名来从事写作，这是当时文人最常运用的一种"寄托"和"自卫"策略，目的主要是可以通过期刊审查并力争顺利发表。为了更好地发挥启蒙文化作用，鲁迅还巧妙地运用了民间民俗事象作为文化修辞。比如，在《祝福》中，鲁迅运用"捐门槛"和"除夕祭祖"这两个民间文化修辞，极为深刻地揭示了封建文化"润物细无声"，确是"野径云俱黑"，愚民文化就在民间日常生活中，销蚀农村女性生命活力于民间民俗信仰中，这里真正透露了鲁迅的"忧愤深广"。

潜心研究鲁迅的人们从他创造的文化结晶中，发现了非常宏富的文化思想与精神，情不自禁地誉之为"百科全书"，并将相应的研究视为"鲁学"。③ "鲁

---

① 鲁迅. 华盖集 [M]//鲁迅全集. 北京：人民文学出版社，1981：45.
② 参见钱理群. 我们为什么需要鲁迅？[J]. 时代人物，2016 (10).
③ 参见李文兵.《鲁迅大辞典》——一部学研鲁迅的"百科全书" [J]. 瞭望周刊，1985 (5).

学"的兴盛与中国人民对"大现代"文化的追求息息相关。对鲁迅这样一个思想文化个体而言,他接受和创化了他接触的古今中外文化思想资源,并经过创造性的磨合、整合形成了自己的文化思想。单一文化资源不能成就鲁迅,以线性思维或对立思维理解鲁迅必然会产生偏差。恰是多元多样文化的相遇与磨合成全了鲁迅,从而也为"中国鲁迅"走向世界提供了可能。很明显,鲁迅的文化视域非常广阔,在其笔下尤其是杂文论域,中与外、大与小、古与今、男与女、美与丑、好与坏、老与少等都有所涉论,他思维灵活,分析犀利,论及万象,思接千载。将鲁迅视为"后古代"即"大现代"文化/文学(不限于"五四式"新文化/文学)的先驱者、创造者无疑是实事求是的看法。鲁迅作为"大现代"文化人,我们可以称他为"大鲁迅""大先生"。笔者认为,从"大现代"文化视域中看待鲁迅,应当允许表达各种观点,那些丰富复杂的文化名人,争议恰恰很多,由此也才会形成文化热点及重点。鲁迅研究及"鲁迅文化"就是这样的热点及重点。近期在中国又新成立了若干鲁迅研究机构,如绍兴文理学院的"鲁迅研究院"、北京语言大学的"鲁迅与世界文化研究院"、北京师范大学的"鲁迅研究中心"等,就表明了这点。鲁迅曾在《故乡》中说:"其实地上本没有路,走的人多了,也便成了路。"在笔者看来,鲁迅就是最勤勉的为了"大现代"文化建设的探路、铺路者,他不仅探路、铺路,他还沿路而行,努力种树,不仅树人立人,而且树文立象,在传统文人"三立"的基础上,建构了"新三立"的现代文人的人生世界[1],也在并非长寿的生命过程中,达到了很高的人生境界。近期有参与国家2016—2020年《中文学科发展报告》撰稿的学者谈及,从内心最想见到的作家应该是鲁迅。她发现学术界很多人都不约而同地说起鲁迅,学术研究的热点之一就是鲁迅研究:"总有人在以不同的方式言说鲁迅,鲁迅给了我们这个时代特殊的视角,提供了最为丰富的阐释人生的资源,确实应该感谢他、关注他。我觉得我们越来越渴望接近鲁迅,鲁迅日益以一个'烟火漫卷'的姿态介入我们的人生,成为一种话语方式。这样的鲁迅才能构成一种真实的力量。如何理解鲁迅,可能依然是一个时代性的命题。"[2]而如何在世界范围传播鲁迅,显然更是一个时代性的命题。这个命题是与国家宏大课题相一致的:"如何让世界更好认识中国、了解中国,需要深入理解中华

---

[1] 参见李继凯.略论鲁迅的"新三立"和"不朽"[J].鲁迅研究月刊,2013(9).
[2] 杜桂萍.杜桂萍谈枕边书[N].中华读书报,2021-05-11.

文明,从历史和现实、理论和实践相结合的角度深入阐释如何更好坚持中国道路、弘扬中国精神、凝聚中国力量。"① 鲁迅作为"大现代"或"后古代"文人的杰出代表,他的拿来与磨合、思想与方法、策略与修辞以及鲁迅研究界的持续努力,对积极推动中华优秀传统文化创造性转化、创新性发展,无疑也会起到重要的促进作用。

---

① 习近平. 习近平给《文史哲》编辑部全体编辑人员的回信 [EB/OL]. 新华网,http://www.xinhuanet.com/2021-05/10/c_1127428330.htm.

后　记

　　人生有缘，学术有缘。俺这个"晚生"与鲁迅先生及相关研究亦有缘。从文化传播或个人感受角度大概也可以斗胆说：俺与鲁迅先生有"三缘"。

　　首先是有"人生之缘"。因为人生体验的相近可以拉近心灵的距离。尽管有时代的变迁甚至是改朝换代的巨变，但苦难人生的体验大抵仍是相通的，特别是青少年时期经历的"家道中衰"，令我对鲁迅有颇为深切的认同，那看透世态炎凉、世人面目的心境也似乎萦绕于心而难以摆脱。清末发生于周家台门的"家道中衰"，和"文革"中我所经历的"家道中衰"固然有明显区别，比如，鲁迅祖父的科场案和我父亲的"走资派"各有其"时代特色"，但引发家境大变而从小康之家堕入穷困则庶几相近。鲁迅故事具有很浓的励志意味，即使在非常强调政治或革命的时代，接触鲁迅生平的有心人仍能在感叹人生维艰的同时，意识到人生与磨难的关联及其锻炼意志的意义，意识到苦难人生恰可以增强人生历练和适者生存的能力，从而成为生活中的强者和智者。我与鲁迅的结缘，还曾使我长期节衣缩食省出钱来购买和研读与鲁迅相关的书籍，并且喜欢购买"金不换"毛笔和模仿鲁迅式的书写"行为"，从中似乎也能体会到与鲁迅精神气息的相通相连。近年来，我还乐于效法鲁迅用书法馈赠师友，特别是爱书写鲁迅的诗文以赠友人。窃以为这也是传播鲁迅人生经验及"鲁迅文化"的一种方式。

　　其次是有"学研之缘"。生存有赖学习，特别是"异地求学"，令人逐渐将人生的蓝图展开，习得文化话语和生存本领，其意义至关重要，虽圣贤和草民皆莫能外也！我从小学起就接触了鲁迅，"文革"中即使在"戴帽中学"就读，也能接触鲁迅，尽管那时被阉割的鲁迅多被曲解和利用，但诚实的人依然能从鲁迅的诸多言语中体会到人生的启迪和批判的犀利。待恢复高考进入大学，我在本科学习阶段便自觉地多接触鲁迅，并得到过著名学者吴奔星、陈金淦等老师的教育和点拨。特别是在吴奔星先生的悉心指导下，我写成了题为《试论鲁迅〈野草〉国民性思想和"化丑为美"艺术特色》的毕业论文，并在毕业后有机会借重此文参加了江苏省鲁迅研究会及该会召开的学术讨论会。会后即下定决心要考研究生了，于是报考了西安一所高校，并由此从苏北到西北开始了数十年"走西口"的人生历程。硕士阶段，我读了很多关于鲁迅的书籍，其中有我导师黎风的老师李何林先生关于鲁迅的书，也有很多鲁迅同时代人的回忆录和后来者的研究著作。我在读研期间写过不少习作，其中发表的就有八篇，半数皆与鲁迅有关。为了熟悉鲁迅研究并撰写硕士学位论文《鲁迅与茅盾农村题材创作比较观》，我曾转益多师，向林非、单演义、张梦阳、张华、王世家等先生当面请教，受益良多。特别是我第一次踏进中国社科院大门见到了张梦阳先生，听讲之余还看到他在研究室屋中放着小床，得知他经常下班不回家就在这里从事研究和休息，我才知道搞研究可以如此专注和拼搏，这对我确实有着很大的启迪作用。毕业后，我仍然坚持从事鲁迅研究，曾和师弟阎晶明合作论文《建构"立人"的系统机制——鲁迅论中国人》，此文发表后即为人大报刊资料复印。后来，为了进修，我进了北京师范大学王富仁先生家的门，为了攻读博士学位我又进了武汉大学易竹贤先生家的门，都多有请益、多所承教、多有启迪也多有故事，这里就不多说了。总之，我与东南西北中不同地域的老师们都多少结下了学研之缘。我曾在关于鲁迅的两本著作《民族魂与中国人》《全人视境中的观照——鲁迅与茅盾比较论》（有内地和台湾两个版本）的后记中，对相关情况都有所介绍，这里且从略。但不能从略的是我对许多学术先辈、老师及编辑先生的感激之情！

  最后是有"教研之缘"。如果说我在20世纪80年代初担任中学语文教师时，还只能"传授"鲁迅的作品，那么当我于1986年成为高校教师后，则一直注意将教学和科研紧密结合起来，使之相互促进。从教过程中，讲授鲁迅及鲁迅研究成为我最喜欢的课程，与研究生们讨论鲁迅，也成了教学相长的有益之事。我曾多年为本科生、研究生开设鲁迅选修课，讲授鲁迅时经常脱稿发挥，且能理论联系实际，讲述鲁迅与人生、与文学、与社会、与世界以及与时政的种种关联，显示着"学为世用"的学术取向。比如，我曾有意识地引导我的博士生周惠研究鲁迅与自然灾害的关系，且很快在《鲁迅研究月刊》上发表了论文，其后续的博士学位论文（获得全国百篇优秀博士学位论文奖）也包含这方面的研究内容。我常常引导学生进入鲁迅研究的"实验场域"，强调实验性研究与鲁迅研究的关联，认为在此基础上的学术进取具有实验性和挑战性，在鲁迅研究中进行学术操练，可以获得学术经验和学术信心等等，对从事中国现当代文学研究的人们来说，往往具有特别重要的奠基性的意义。近年来，我仍热衷于从事鲁迅研究方面的活动，曾兼任着三届中国鲁迅研究会副会长，不仅积极组织过全国性的鲁迅研究会议，主编了《言说不尽的鲁迅与五四——鲁迅与五四新文化运动学术研讨会论文集》，还特别能够坚持引导研究生关注鲁迅研究，近期就与我的多位博士生研究了有关鲁迅的多个论题，且都取得了阶段性成果。

近十多年来，俺总想着再出一本关于鲁迅的书，但多年来因身兼管理工作特别忙乱就一直耽搁了下来。到了兔年，忽一日在微信群里看到葛涛兄要编一套鲁迅研究丛书，于是乎在疫情不再肆虐、个人业已赋闲的新春时节便动心了：俺也凑个热闹吧。马上联系，马上就确定了选题。所幸因为有长期的积累（包括与老同学、博士或硕士合作发表的部分成果，纳入本书的若干章节已在内文注明），加上葛涛兄的鼓励和研究生牛瑞源的帮忙，也能在短期内拿出这部书稿。在此要谢谢葛涛兄和文学博士生牛瑞源同学，也谢谢光明日报出版社的编辑老师们的辛勤付出！

今年恰逢中国鲁迅研究诞生110周年（1913—2023），值得纪念。出版这本小书也是献上心香一瓣。事实上，关于鲁迅，言说者已经很多，绝对是"众说纷纭"。我这里表达的自然只是自己看到的想到的有关鲁迅的印象或心得，不妥处还请方家批评指正！

李继凯　2023年5月15日于西安，10月12日再改